BIOGRAFÍA

Nora Roberts

Nora Roberts, autora que ha alcanzado el número 1 en la lista de superventas del *New York Times*, es, en palabras de *Los Angeles Daily News*, «una artista de la palabra que colorea con garra y vitalidad sus relatos y personajes». Creadora de más de un centenar de novelas, algunas de ellas llevadas al cine, su obra ha sido reseñada en *Good Housekeeping*, traducida a más de veinticinco idiomas y editada en todo el mundo.

Pese a su extraordinario éxito como escritora de ficción convencional, Roberts continúa comprometida con los lectores de novela romántica de calidad, cuyo corazón conquistó en 1981 con la publicación de su primer libro.

Con más de 127 millones de ejemplares de sus libros impresos en todo el mundo y quince títulos en la lista de los más vendidos del *New York Times* sólo en el año 2000, Nora Roberts es un auténtico fenómeno editorial.

NORA ROBERTS

Las Estrellas de Mitra: Volumen 2
Título extra:
En el calor de la noche

Editado por HARLEQUIN IBÉRICA, S.A.
Hermosilla, 21
28001 Madrid

ISBN: 0-373-82771-7
www.eHarlequin.com/Spanish
Printed in U.S.A.

ÍNDICE

Esplendor secreto

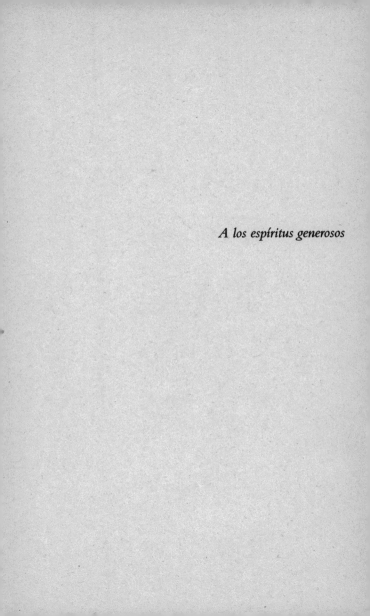

A los espíritus generosos

I

La chica del retrato tenía un rostro capaz de dejar a un hombre sin aliento y turbar sus sueños. Era, posiblemente, lo más cercano a la perfección que podía alcanzar la naturaleza. Sus ojos azul láser susurraban sensualmente y sonreían, sagaces, bajo las densas pestañas negras. Las cejas describían un arco perfecto, y un leve y coqueto lunar punteaba el extremo inferior de la izquierda. La tez era tersa como porcelana y bajo ella se advertía un leve atisbo de cálido rosa, lo bastante cálido como para que uno fantaseara con que aquel ardor prendiera sólo para él. La nariz era recta y finamente esculpida. La boca, una boca difícil de olvidar, se curvaba seductoramente, suave como un almohadón y, sin embargo, de formas fuertes. Una roja tentación tan atrayente como el canto de una sirena.

Enmarcando aquel rostro turbador, una salvaje cascada de pelo negro como el ébano se precipitaba sobre los hombros desnudos y blancos. Reluciente, abundante, hermosísimo. Una melena de ésas en las que hasta un hombre de carácter podía perderse, hundiendo las manos en aquella negra seda, mientras su boca se sumía más y más adentro en aquellos labios sonrientes y tersos.

Grace Fontaine, pensó Seth, la efigie misma de la belleza femenina.

Lástima que estuviera muerta.

Se apartó del retrato, molesto por la atracción que ejercía sobre su mirada y su psique. Había querido pasar un rato a solas en la escena del crimen después de que acabara el equipo forense, una vez el juez hubo ordenado el levantamiento del cadáver, cuyo rastro permanecía aún allí como una fea silueta de forma humana, manchando el pulimentado suelo de nogal.

Era bastante fácil adivinar cómo había muerto. Una terrible caída desde el piso de arriba, a través de la sinuosa barandilla, ahora rota y afilada, hacia abajo, con la linda cara primero, sobre la mesa de cristal del tamaño de un lago.

La muerte le había arrebatado su belleza, pensó Seth, y eso también era una lástima.

Era también fácil de adivinar que alguien la había ayudado en su fatal salto al vacío.

La casa, pensó Seth mirando a su alrededor, era magnífica. Los altos techos acrecentaban el espacio, y media docena de generosas claraboyas dejaban entrar la luz rosada y esperanzadora de los últimos rayos de sol. Todo se curvaba: la escalera, las puertas, las ventanas. Muy femenino, supuso Seth. La madera relucía,

el cristal brillaba, los muebles eran, saltaba a la vista,
antigüedades selectas. Alguien iba a pasar un mal rato
quitando las manchas de sangre de la tapicería gris
paloma del sofá.

Intentó imaginarse cómo era la casa antes de que
quien hubiera ayudado a Grace Fontaine a saltar inva-
diera aquellas habitaciones. No habría figuritas rotas,
ni cojines rajados. Las flores estarían meticulosamente
ordenadas en sus jarrones, en lugar de aplastadas sobre
las intrincadas cenefas de las alfombras orientales. Y,
desde luego, no habría sangre, cristales rotos, ni capas
del polvillo que los equipos forenses utilizaban para
encontrar las huellas digitales.

Aquella chica vivía bien, pensó Seth. Desde luego
podía permitírselo. Se había convertido en una rica
heredera al cumplir veintiún años. La privilegiada,
mimada huérfana, la díscola muchacha del imperio
Fontaine. Una educación excelente, club de campo, y
quebraderos de cabeza, imaginaba Seth, de la rancia y
conservadora familia Fontaine, de los famosos grandes almacenes Fontaine.

Rara era la semana que no aparecía una mención a
Grace Fontaine en las páginas de ecos sociales del
Washington Post, o una foto de un paparazzi en las
revistas del corazón. Y, normalmente, no por sus buenas acciones.

La prensa pondría el grito en el cielo en cuanto
trascendiera la noticia de la postrera aventura de la
vida y milagros de Grace Fontaine. No faltarían tampoco las alusiones a sus muchos lances. Posar desnuda
a los diecinueve años para el póster central de una re-

vista, sus tórridos y notorios amoríos con un casadísimo lord inglés, sus devaneos con un galán de Hollywood.

Seth recordaba que en su elegante y sofisticado cinturón había otras muescas. Un senador de los Estados Unidos, un escritor de best-sellers, el artista que había pintado su retrato, la estrella de rock que, según se rumoreaba, había intentado quitarse la vida al plantarlo ella.

Su vida había sido corta, pero intensa en amores.

Grace Fontaine había muerto a los veintiséis años.

El trabajo de Seth consistía en esclarecer no sólo el cómo, sino también el quién. Y el porqué.

Del porqué, ya tenía cierta idea: las tres Estrellas de Mitra, unos diamantes azules que valían una fortuna, el acto desesperado e impulsivo de una amiga, y la avaricia.

Seth frunció el ceño mientras recorría la casa vacía, catalogando los acontecimientos que lo habían llevado a aquel lugar, a aquel punto. Debido a su interés por la mitología, interés que cultivaba desde niño, sabía algo acerca de las tres Estrellas. Eran éstas materia de leyenda, y en otro tiempo habían estado agrupadas en un triángulo de oro que sostenía en sus manos una estatua del dios Mitra. Una piedra para el amor, recordó, repasando los pormenores del caso mientras subía las curvadas escaleras que llevaban al primer piso. Una para el conocimiento, y la última para la generosidad. Mitológicamente hablando, aquél que poseyera las Estrellas obtendría el poder del dios. Y la inmortalidad. Lo cual era, naturalmente, una me-

mez. Sin embargo, ¿no era extraño, pensó Seth, que últimamente hubiera soñado con refulgentes piedras azules, con un tétrico castillo envuelto en bruma, con una habitación dorada? Había también un hombre de ojos tan pálidos como la muerte, pensó, intentando aclarar los detalles confusos del sueño. Y una mujer con el rostro de una diosa.

Y su propia y violenta muerte.

Seth se sacudió la inquietante sensación que acompañaba el recuerdo de los jirones de aquel sueño. Lo que necesitaba eran datos, datos lógicos y elementales. Y el hecho era que aquellos tres diamantes, cada uno de los cuales pesaba más de cien quilates, valían el rescate de seis reyes. Y alguien los ambicionaba, y no le importaba matar para poseerlos.

Los cuerpos se le amontonaban como leña, pensó pasándose una mano por el pelo negro. Por orden de fallecimiento, el primero había sido Thomas Salvini, socio de la casa Salvini, expertos en gemas contratados por el Instituto Smithsonian para autentificar y tasar las tres piedras. Todas las pruebas indicaban que Thomas Salvini o su gemelo, Timothy, no se habían conformado con autentificarlas y tasarlas. Más de un millón de dólares en efectivo evidenciaban que tenían otros planes... y un cliente que quería las Estrellas de Mitra para sí mismo.

Aparte de eso, había que tener en cuenta la declaración de una tal Bailey James, hermanastra de los Salvini y testigo ocular del fratricidio. James, gemóloga de impecable prestigio, decía haber descubierto los planes de sus hermanastros para falsificar las piedras, vender los originales y dejar el país con los beneficios. Ella había acudido a ver a sus hermanos a solas, pensó Seth sacudiendo la cabeza. Sin contactar con la policía. Y había decidido enfrentarse a ellos después de enviar dos de los diamantes a sus dos mejores amigas, separándolos con intención de protegerlos. Seth dejó escapar un leve suspiro al pensar en las misteriosas mentes de los civiles.

En fin, Bailey James había pagado muy caro su impulso, pensó. Se había visto implicada en un espantoso crimen, había conseguido a duras penas escapar con vida... y con el recuerdo de aquel incidente y de todo lo anterior bloqueado durante días.

Seth entró en el dormitorio de Grace. Sus ojos de tonos dorados y pesados párpados recorrieron fríamente la habitación, que alguien había registrado brutalmente.

¿Y había acudido entonces Bailey James a la policía? No, había elegido a un investigador privado en el listín telefónico. Los labios de Seth se afinaron, llevados por la irritación. Sentía muy poco respeto y aún menos admiración por los investigadores privados. Por pura suerte, James se había topado con uno bastante decente, reconoció Seth. Cade Parris no era tan malo como la mayoría, y había logrado, también por pura suerte, Seth estaba seguro, olfatear un rastro. Y, de paso, había estado a punto de lograr que lo mataran.

Lo cual condujo a Seth al cadáver número dos. Timothy Salvini estaba ahora tan muerto como su hermano. Seth no podía reprocharle a Parris que se hubiera defendido de un hombre armado con un cuchillo, pero cargarse al segundo Salvini los había llevado a una vía muerta.

Y, durante aquel fin de semana del Cuatro de Julio tan movidito, la otra amiga de Bailey James se había escapado con un cazarrecompensas. En una extraña muestra de emoción aparente, Seth se frotó los ojos y se apoyó contra el quicio de la puerta.

M.J. O'Leary. Seth había estado interrogándola personalmente. Y era él quien debía decirle, al igual que a Bailey James, que su amiga Grace había muerto. Su sentido del deber incluía ambas tareas.

O'Leary tenía la segunda Estrella y había permanecido huida con el cazarrecompensas Jack Dakota desde el sábado por la tarde. Aunque sólo era lunes por la tarde, M.J. y su compañero habían conseguido acumular cierto número de tantos: incluyendo tres cuerpos más.

Seth meditó sobre el estúpido y despreciable prestamista que no sólo le había tendido a Dakota una trampa encargándole la falsa tarea de atrapar a M.J., sino que además se dedicaba al chantaje. Los asesinos a sueldo que habían perseguido a M.J. formaban probablemente parte de sus tejemanejes, y habían acabado con su vida. Luego habían tenido muy mala suerte en una carretera mojada por la lluvia.

Lo cual lo llevaba a otro callejón sin salida.

Grace Fontaine era posiblemente otro más. Seth ignoraba qué podía deducir de su casa vacía, de sus desordenadas pertenencias. Aun así, lo inspeccionaría todo pulgada a pulgada, paso a paso. Ése era su estilo.

Sería minucioso, preciso, y daría con las respuestas. Creía en el orden, y en la ley. Creía, irreductiblemente, en la justicia.

Seth Buchanan era un policía de tercera generación que había ascendido hasta el rango de teniente gracias a su innata destreza para el trabajo policial, una paciencia casi aterradora y una afiladísima objetividad. Sus subordinados lo respetaban. Algunos, en secreto, lo temían. Seth era muy consciente de que a menudo se referían a él como *La Máquina*, y no se ofendía. Las emociones, la ira, el dolor y la culpabilidad que los civiles podían permitirse no tenían cabida en su trabajo. Se tomaba como un cumplido que lo considerasen distante, incluso frío y cerebral.

Permaneció un instante más en la puerta. El espejo de marco de caoba del otro lado de la habitación reflejaba su imagen. Era un hombre alto y bien proporcionado, con músculos de hierro bajo la negra americana. Se había aflojado la corbata porque estaba solo, y el paso de sus dedos le había desordenado ligeramente el cabello, que era negro y abundante, un tanto ondulado, y que solía apartarse del semblante serio, de cuadrada mandíbula y piel tostada.

La nariz, que se había roto hacía años, cuando todavía iba de uniforme, le confería a su rostro cierta rudeza. Su boca era firme, dura, y poco dada a la sonrisa. Sus ojos, del dorado oscuro de las pinturas antiguas, permanecían fríos bajo las rectas cejas oscuras.

En una mano, de ancha palma, llevaba un anillo que había pertenecido a su padre. En la parte interior del oro macizo se leían las palabras «Servir» y «Proteger». Seth se tomaba muy a pecho ambos deberes.

Inclinándose, recogió una prenda de seda roja tirada sobre el amontonamiento de ropa que se alzaba sobre la alfombra Aubusson. Las puntas encallecidas de sus dedos la rozaron suavemente. El camisón de seda roja iba a juego con la bata corta que llevaba la víctima, pensó.

Quería pensar en ella únicamente como en la víctima, no como la mujer del retrato, y ciertamente tampoco como la que aparecía en los sueños inquietantes que perturbaban su descanso últimamente. Le irritaba que su pensamiento volara una y otra vez hacia aquel rostro asombroso: hacia la mujer que se escondía tras él. Aquella cualidad era, o, mejor dicho, había sido, parte de su poder. Aquella habilidad para infiltrarse en la psique de los hombres hasta convertirse en una obsesión. Debía de haber sido irresistible, pensó, sujetando todavía el jirón de seda. Inolvidable. Y peligrosa.

¿Se habría enfundado aquel exiguo torbellino de seda para un hombre?, se preguntaba. ¿Acaso esperaba compañía, una noche de pasión? ¿Y dónde estaba la tercera Estrella? ¿La había encontrado el visitante inesperado y se la había llevado? La caja fuerte de la biblioteca, en el piso de abajo, había sido reventada y vaciada. Parecía lógico pensar que ella hubiera guardado allí algo tan valioso. Sin embargo, ella había caído desde allá arriba. ¿Había huido? ¿La había perseguido él? ¿Por qué le había dejado entrar en la casa? Las sólidas cerraduras de las puertas no habían sido forzadas. ¿Había sido ella tan imprudente, tan descuidada, como para abrirle la puerta a un desconocido, llevando únicamente una fina bata de seda? ¿O acaso conocía a aquel hombre?

Tal vez hubiera alardeado del diamante, quizás incluso se lo hubiera enseñado. ¿Habría tomado la avaricia el lugar de la pasión? Una discusión, luego una pelea. Un forcejeo, una caída. Después, el destrozo de la casa como tapadera.

Era una hipótesis de partida, se dijo Seth. La gruesa agenda de la chica estaba abajo. La revisaría nombre por nombre, del mismo modo que él y el equipo que había destinado al caso revisarían la casa vacía de Potomac, Maryland, pulgada a pulgada.

Pero ahora tenía que ir a ver a ciertas personas. Diseminar la noticia de la tragedia, atar los cabos sueltos. Tendría que pedirle a alguna de las amigas de Grace Fontaine, o a un miembro de su familia, que fuera a identificar oficialmente el cuerpo. Lamentaba más de lo que quería que alguien que la hubiera querido tuviera que ver su rostro destrozado.

Dejó caer el camisón de seda, echó un último vistazo a la habitación, con su enorme cama, sus flores pisoteadas y sus bonitos frascos antiguos tirados por el suelo, que relucían como piedras preciosas. Sabía ya que aquel perfume lo perseguiría al igual que el rostro, bellamente pintado al óleo, del salón de abajo.

Era de noche cuando regresó. No era raro en él dedicarse a un caso hasta bien entrada la noche. Seth carecía de vida más allá de su trabajo. Nunca había pretendido forjarse una. Elegía cuidadosamente, incluso con minucioso cálculo, a las mujeres con las que se veía. Casi todas aguantaban a duras penas las exigencias de su trabajo, y rara vez trababa con ellas una auténtica relación. Sabía lo difíciles de aceptar que eran aquellas exigencias de tiempo, energías y dedicación para los que esperaban, de modo que se había acostumbrado a esperar las quejas, los reproches, incluso las acusaciones, de las mujeres que se sentían desatendidas. Por eso nunca hacía promesas. Y vivía solo.

Sabía que había poco que pudiera hacer en la escena del crimen. Debería haber estado en su despacho, o, al menos, pensó, haberse ido a casa para despejarse un poco. Pero se había sentido arrastrado de nuevo hacia la casa. No, hacia aquella mujer, admitió. No era aquella casa de dos plantas de madera y cristal lo que lo atraía, por muy bonita que fuera. Era el rostro del retrato.

Había dejado el coche en lo alto de la rampa de entrada y fue caminando hasta la casa, cobijada por enormes árboles añosos y arbustos recortados, reverdecidos por el verano. Había entrado y pulsado el interruptor que encendía la luz deslumbrante del vestíbulo.

Sus hombres habían emprendido ya el tedioso interrogatorio puerta a puerta por el vecindario, confiando en que alguien, en una de aquellas casas enormes y exquisitas, hubiera oído o visto alguna cosa. El forense trabajaba despacio, lo cual era comprensible, se dijo Seth. Era fiesta, y el personal de servicio había quedado reducido al mínimo. Los informes oficiales tardarían un poco más.

Pero no eran los informes o la falta de ellos lo que lo inquietaba mientras se acercaba inevitablemente al retrato colocado sobre la chimenea de azulejos esmaltados. Grace Fontaine había sido amada. Seth había subestimado la hondura que podía alcanzar la amistad. Había visto, sin embargo, aquella hondura, y aquel dolor asombrado y devastador en los semblantes de las dos mujeres de las que acababa de despedirse.

Entre Bailey James, M.J. O'Leary y Grace Fontaine existía un vínculo más fuerte del que había podido imaginar. Lamentaba, y él rara vez tenía remordimientos, haber tenido que darles la noticia de manera tan abrupta.

«Lamento su pérdida». Palabras que los polis decían para disfrazar con eufemismos la muerte con la que convivían cotidianamente, a menudo violenta, siempre inesperada. Él había pronunciado aquellas palabras como muchas otras veces en el pasado, y había visto derrumbarse a la delicada rubia y a la pelirroja de ojos de gato. Aferradas la una a la otra, se habían derrumbado, sencillamente.

No había hecho falta que los dos hombres que se habían convertido en los paladines de aquellas chicas le dijeran que las dejara a solas con su pena. Esa noche no habría preguntas, ni declaraciones, ni respuestas. Nada que él pudiera hacer o decir lograría traspasar aquella gruesa cortina de dolor.

Grace Fontaine había sido amada, pensó de nuevo,

mirando aquellos bellísimos ojos azules. No sólo deseada por los hombres, sino querida por dos mujeres. ¿Qué había detrás de aquellos ojos, detrás de aquella cara, que merecía esa clase de afecto incondicional?

—¿Quién demonios eras? —murmuró, y fue respondido por aquella sonrisa tentadora y audaz—. Demasiado bella para ser real. Demasiado consciente de tu belleza para ser dócil —su voz profunda, enronquecida por el cansancio, resonó en la casa vacía. Deslizó las manos en los bolsillos y se balanceó sobre los talones—. Demasiado muerta para que me importe.

Y, a pesar de que se apartó del retrato, tuvo la inquietante sensación de que lo estaba observando. Calibrándolo.

Aún tenía que hablar con sus parientes más cercanos, unos tíos de Virginia que la habían criado tras la muerte de sus padres. La tía estaba veraneando en una villa, en Italia, y esa noche no podría ponerse en contacto con ella. Villas en Italia, pensó, diamantes azules, retratos al óleo sobre chimeneas de azulejos azul zafiro. Aquél era un mundo demasiado alejado de su sólido origen de clase media y de la vida que había abrazado con su oficio. Sabía, sin embargo, que la violencia no hacía distingos.

Al final se iría a casa, a su diminuta casa en un terreno del tamaño de un sello de correos, apretujada entre docenas de casitas igualmente pequeñas. Estaría vacía, pues nunca había encontrado una mujer que despertara en él el deseo de compartir siquiera aquel reducido espacio privado. Pero estaría allí, aguardándolo.

Y aquella otra casa, pese a su tarima pulimentada y sus grandes extensiones de reluciente cristal, su ondulada pradera de césped, su centelleante piscina y sus arbustos recortados, no había salvado a su dueña.

Seth rodeó la silueta marcada en el suelo y comenzó a subir las escaleras otra vez. Estaba inquieto, reconoció. Y el mejor modo de calmarse era seguir trabajando. Tenía la impresión de que una mujer como Grace Fontaine, con una vida tan agitada, tal vez hubiera anotado los acontecimientos de su existencia, y sus sentimientos al respecto, en un diario.

Inspeccionó minuciosamente el dormitorio, en silencio, con la aguda sensación de hallarse atrapado en el intenso perfume que ella había dejado tras de sí. Se había quitado la corbata y la llevaba guardada en el bolsillo. El peso del arma, metida en la sobaquera, formaba hasta tal punto parte de él que ni siquiera lo notaba.

Revisó los cajones sin remordimientos, a pesar de que estaban ya casi vacíos, pues su contenido yacía disperso por la habitación. Buscó bajo ellos, tras ellos y debajo del colchón. Pensó vagamente que aquella mujer tenía suficiente ropa como para vestir a una compañía entera de modelos, y que tenía predilección por los tejidos suaves: sedas, cachemiras, rasos, angorinas... Colores atrevidos. Colores de piedras preciosas, con cierta inclinación hacia el azul. Con aquellos ojos, pensó al recordarlos, ¿por qué no?

Se sorprendió preguntándose cómo habría sido el timbre de su voz. ¿Encajaría con aquel rostro provocativo, sería áspera y baja, como un ronroneo tenta-

dor? Se la imaginaba así, una voz tan oscura y sensual
como el perfume suspendido en el aire.

Su cuerpo no desmerecía de aquel rostro, ni de
aquel perfume, se dijo mientras entraba en un
enorme vestidor. En eso, naturalmente, se había visto
favorecida por la naturaleza. Se preguntaba por qué
algunas mujeres se sentían impelidas a añadir silicona
a sus cuerpos para atraer a los hombres. Y qué hombres con cerebro de guisante preferían eso a un
cuerpo sin trampa ni cartón.

A él le gustaban las mujeres francas. Insistía en ello.
Lo cual, suponía, era una de las razones por las que
seguía viviendo solo.

Recorrió con la mirada, sacudiendo la cabeza, la
ropa que seguía colgada. Por lo visto, hasta al asesino
se le había agotado la paciencia. Las perchas estaban
corridas, de tal modo que las prendas se apretujaban a
un lado, pero el asesino no se había molestado en sacarlas. Seth calculó que el número de zapatos ascen-
día en total a más de doscientos, y las estanterías de
una pared estaban evidentemente diseñadas para
guardar bolsos de mano. Bolsos que, en todas las formas, colores y tamaños imaginables, habían sido ex-
traídos de su lugar, abiertos y registrados.

En otro armario había más cosas: jerséis, bufandas,
bisutería. Imaginó que ella tendría también gran cantidad de joyas auténticas. Estaba seguro de que algunas habrían estado guardadas en la caja fuerte del piso
de abajo. Y era posible que también tuviera una caja
de seguridad en algún banco. Eso lo comprobaría a
primera hora de la mañana.

A ella le gustaba la música, pensó, observando los altavoces inalámbricos. Había visto altavoces en todas las habitaciones de la casa, y había discos compactos, cintas y hasta discos viejos tirados por el cuarto de estar del piso de abajo. Sus gustos eran eclécticos. De todo, desde Bach a los B-52.

¿Solía pasar las noches sola?, se preguntaba Seth. ¿Con música puesta en toda la casa? ¿Se acurrucaba alguna vez delante de la elegante chimenea con uno de los centenares de libros que cubrían las paredes de la biblioteca?

Tumbada en el sofá, pensó Seth, con aquel camisoncito rojo y sus bellas piernas flexionadas. Una copa de brandy, la música baja, la luz de las estrellas filtrándose por las claraboyas. Seth se lo imaginaba muy bien. La veía alzar la mirada, apartarse la mata de pelo de aquel rostro asombroso, curvar los labios al sorprenderlo observándola. Dejar a un lado el libro, extender una mano invitadora, emitir aquel leve y áspero ronroneo de su risa mientras él se sentaba a su lado.

Casi podía saborearlo.

Masculló una maldición, procuró dominar la repentina aceleración de su corazón. Viva o muerta, pensó, aquella mujer era una hechicera. Y las malditas piedras, por muy absurdo que fuera, sólo parecían acrecentar su poder.

Y él estaba perdiendo el tiempo. Perdiéndolo por completo, se dijo al levantarse. Avanzaría más si seguía el procedimiento habitual, la rutina de siempre. Tenía que marcharse, meterle prisa al forense, presionarle para que le diera la hora aproximada de la muerte. Debía empezar a llamar a los números de la agenda de la víctima.

Necesitaba salir de aquella casa que tanto olía a Grace Fontaine. Allí parecía respirarla. Y mantenerse alejado de ella, decidió, hasta que estuviera seguro de que podía dominar sus extraños delirios.

Irritado consigo mismo, enfadado por haberse apartado del procedimiento habitual, cruzó de nuevo el dormitorio. Acababa de empezar a bajar la curva de la escalera cuando un movimiento llamó su atención. Echó mano al arma. Pero era ya demasiado tarde.

Bajó muy despacio la mano, se quedó donde estaba y miró hacia abajo. No era la pistola automática que apuntaba hacia su corazón lo que lo había dejado paralizado. Era el hecho de que quien la sostenía con firmeza era una mujer muerta.

—Vaya —dijo la difunta, entrando en el halo de luz de la lámpara del vestíbulo—. Como ladrón eres un auténtico chapucero. Y, además, estúpido —aquellos ojos extrañamente azules se alzaron hacia él—. ¿Por qué no me das una buena razón para que no te meta una bala en la cabeza antes de llamar a la policía?

Para ser un fantasma, era clavada a la imagen que Seth se había hecho de ella. Su voz era ronroneante, cálida, áspera y asombrosamente viva. Y, para estar muerta, tenía un rubor de ira muy cálido en las mejillas. Seth no solía quedarse en blanco. Pero eso era precisamente lo que le había ocurrido al ver a aquella mujer vestida de seda blanca, con un destello de gemas en los oídos y una centelleante pistola plateada en la mano. Se rehizo bruscamente, a pesar de que ni el asombro ni el esfuerzo se hicieron aparentes cuando respondió a su pregunta sin sonreír.

—Yo soy la policía.

Los labios de ella se curvaron: un generoso arco de sarcasmo.

—Desde luego que sí, guapo. ¿Quién iba a estar merodeando por una casa cerrada y vacía si no un patrullero abrumado por el trabajo?

—Hace bastante tiempo que no patrullo. Me llamo Buchanan. Teniente Seth Buchanan. Si apunta ese arma un poco a la izquierda de mi corazón, le enseñaré mi placa.

—Me encantaría verla —ella movió lentamente el cañón de la pistola sin dejar de mirar a Seth. El corazón le golpeaba como un martillo, con una mezcla de cólera y miedo, pero dio otro paso adelante cuando él se metió dos dedos en el bolsillo. La placa parecía auténtica, pensó. Al menos, lo que alcanzaba a ver del escudo dorado de la solapa que él sostenía alzada.

De pronto, tuvo un mal presentimiento. Un hundimiento del estómago peor aún que el que había experimentado al detenerse en la rampa y ver aquel coche extraño y las luces de la casa encendidas. Apartó los ojos de la insignia y los alzó de nuevo hacia él. Sí, parecía mucho más un poli que un ladrón, pensó. Muy atractivo, con aquel aspecto pulcro y formal. El cuerpo recio, los hombros anchos y las caderas estrechas.

Unos ojos así, de un marrón claro, casi dorado, y

fríos, que parecían verlo todo al mismo tiempo, pertenecían o bien a un policía o bien a un criminal. En cualquier caso, imaginó Grace, pertenecían a un hombre peligroso.

Los hombres peligrosos solían atraerla. Pero, en aquel momento, mientras intentaba asumir la extrañeza de aquella situación, no se hallaba de un humor receptivo.

—Está bien, Buchanan, teniente Seth, ¿por qué no me dice qué está haciendo en mi casa? —pensó en lo que llevaba en el bolso, en lo que Bailey le había mandado unos días antes, y sintió que aquel inquietante hormigueo en el estómago se acrecentaba.

«¿En qué lío nos hemos metido?», se preguntó. «¿Y cómo voy a salir de él con un policía observándome?».

—¿La placa va acompañada de una orden de registro? —preguntó ásperamente.

—No —él se habría sentido mejor, mucho mejor, si ella hubiera bajado el arma de una vez. Pero parecía gustarle empuñarla, aunque apuntaba un poco más abajo. Sin embargo, Seth había recuperado su aplomo. Manteniendo los ojos fijos en ella, bajó el resto de las escaleras y se quedó parado en el vestíbulo, frente a ella—. Usted es Grace Fontaine.

Ella vio que se guardaba la placa en el bolsillo mientras aquellos inescrutables ojos de policía escudriñaban su rostro. Estaba memorizando sus rasgos, pensó ella, irritada. Tomando nota de cualquier peculiaridad que pudiera distinguirla. ¿Qué demonios estaba pasando?

—Sí, soy Grace Fontaine. Y ésta es mi casa. Y, dado que está usted en ella sin una orden de registro, está cometiendo allanamiento de morada. Como llamar a la policía parece superfluo, puede que me limite a llamar a mi abogado.

Él ladeó la cabeza y sin querer captó un jirón de aquel olor de sirena. Tal vez fuera eso, y el efecto inmediato que produjo en su cuerpo, lo que le hizo hablar sin pararse a pensar lo que decía.

—Bueno, señorita Fontaine, para estar muerta, no tiene usted mal aspecto.

Ella respondió entornando los ojos y arqueando una ceja.

—Si eso es un chiste de polis, me temo que tendrá que explicármelo.

A Seth le irritó haber hecho aquel comentario. Era una falta de profesionalidad. Cauteloso, alzó lentamente una mano y apartó el cañón de la pistola hacia la izquierda.

—¿Le importa? —dijo, y, luego, rápidamente, antes de que ella pudiera oponerse, se lo quitó limpiamente de la mano y le sacó el cargador. No era momento de preguntar si tenía licencia para llevar armas, de modo que se limitó a devolverle la pistola vacía y se guardó el cargador en el bolsillo.

—Conviene sujetar el arma con las dos manos —dijo despreocupadamente, y con tal aplomo que Grace sospechó que se estaba burlando de ella—. Y, si quiere conservarla, procure no perderla de vista.

—Muchas gracias por la lección de defensa personal —irritada, abrió su bolso y metió dentro la pistola—. Pero aún no ha contestado a mi pregunta, teniente. ¿Qué está haciendo en mi casa?

—Ha sufrido usted un percance, señorita Fontaine.

—¿Un percance? ¿Más jerga de policías? —ella dejó
escapar un soplido—. ¿Ha entrado alguien en mi casa?
—preguntó, y por primera vez desvió la atención del
hombre y miró más allá de él, hacia el interior del
vestíbulo—. ¿Me han robado? —añadió, y entonces vio
una silla volcada y algunas piezas de porcelana rotas
bajo el arco del cuarto de estar. Maldiciendo, hizo
amago de apartar a Seth, pero él la agarró del brazo y
la detuvo.

—Señorita Fontaine...

—Quíteme las manos de encima —replicó ásperamente, interrumpiéndolo—. Ésta es mi casa.

Él siguió sujetándola con firmeza.

—Me doy cuenta de ello. ¿Cuándo fue exactamente
la última vez que estuvo usted aquí?

—Haré una jodida declaración en cuanto com-
pruebe qué falta —logró dar otros dos pasos y comprobó por el estado en que estaba el cuarto de estar
que no había sido un robo limpio y meticuloso—.
Vaya, menuda chapuza han hecho, ¿eh? A mi servicio
de limpieza no va a hacerle ninguna gracia —bajó la
mirada hacia el lugar donde los dedos de Seth seguían
ciñendo su brazo—. ¿Está usted probando mis bíceps,
teniente? A mí me gusta pensar que son firmes.

—Su musculatura está bien —por lo que dejaban en-
trever sus ligeros pantalones de color marfil, estaba

mejor que bien—. Quisiera que contestara usted a
unas preguntas, señorita Fontaine. ¿Cuándo estuvo en
casa por última vez?

—¿Aquí? —ella suspiró y encogió un hombro elegante. Su mente revoloteaba alrededor de los tediosos
pormenores que rodeaban un robo. Llamar a su
agente de seguros, rellenar una solicitud, hacer declaraciones—. El miércoles por la tarde. He estado fuera
de la ciudad unos días —le preocupaba más de lo que
se atrevía a admitir que su casa hubiera sido saqueada
en su ausencia. Sus cosas en manos de extraños. Pero
le lanzó a Seth una mirada sonriente por debajo de
las pestañas—. ¿No va a tomar notas?

—Lo estoy haciendo, en realidad. Brevemente.
¿Quién se quedó en la casa durante su ausencia?

—Nadie. No me gusta tener gente en casa cuando
estoy fuera. Ahora, si me disculpa... —se desasió de un
tirón, cruzó el vestíbulo y pasó bajo el arco—. Cielo
santo —sintió rabia primero, una rabia intensa y fulminante. Deseó darle una patada a algo, aunque estuviera ya roto y arruinado—. ¿Tenían que romper lo
que no se llevaron? —masculló. Alzó la mirada, vio la
barandilla rota y lanzó otra maldición—. ¿Y qué demonios hicieron ahí arriba? ¿De qué sirve el sistema
de alarma si cualquiera puede...? —de pronto se detuvo en seco y su voz se apagó al ver la silueta dibujada sobre el suelo de nogal. Mientras la miraba, incapaz de apartar los ojos de ella, la sangre abandonó su
rostro, dejándolo dolorosamente frío y rígido.

Apoyando una mano sobre el respaldo del sofá
manchado para mantener el equilibrio, siguió mi-

rando la silueta, los relucientes fragmentos de cristal de lo que había sido su mesa de café, y la sangre que se había secado formando un oscuro charco.

—¿Por qué no vamos al comedor? —dijo él suavemente.

Ella echó los hombros hacia atrás de un tirón, a pesar de que él no la había tocado. La boca de su estómago se había helado, y los destellos de calor que atravesaban su cuerpo no conseguían derretirla.

—¿A quién han matado? —preguntó—. ¿Quién ha muerto?

—Hasta hace cinco minutos, se suponía que a usted.

Ella cerró los ojos, vagamente consciente de que los márgenes de su visión empezaban a emborronarse.

—Discúlpeme —dijo con claridad, y cruzó la habitación con las piernas entumecidas. Recogió una botella de brandy que yacía de lado en el suelo y abrió atropelladamente una vitrina en busca de un vaso. Y se sirvió copiosamente.

Tomó el primer trago como si fuera una medicina. Seth lo notó en el modo en que lo tragaba y se estremecía repetidamente, con fuerza. La bebida no devolvió el color a su cara, pero Seth supuso que al menos puso en marcha de nuevo su cuerpo.

—Señorita Fontaine, creo que sería mejor que habláramos en otra habitación.

—Estoy bien —pero su voz era áspera. Bebió de nuevo antes de volverse hacia él—. ¿Por qué creían que era yo?

—La víctima estaba en su casa, vestida con una bata. Coincidía con su descripción, más o menos. Su cara estaba... dañada por la caída. Era aproximadamente de su altura y de su peso, de su misma edad, y tenía el mismo color de pelo.

Su mismo color de pelo, pensó Grace sintiendo una oleada de alivio que la hizo tambalearse. Entonces, no eran ni Bailey ni M.J.

—No he tenido ningún invitado en mi ausencia —respiró hondo, sabiendo que la calma estaba ahí; sólo necesitaba alcanzarla—. No tengo ni idea de quién era la mujer que ha muerto, a menos que fuera una ladrona. ¿Cómo...? —Grace alzó la mirada de nuevo hacia la barandilla rota—. Supongo que la empujaron.

—Eso está aún por determinar.

—Estoy segura de que así será. No puedo ayudarlo respecto a quién era esa mujer, teniente. Dado que no tengo una hermana gemela, sólo puedo... —se interrumpió, y palideció de nuevo. Su mano libre se crispó y se apretó contra su estómago—. Oh, no. Oh, Dios...

Él no vaciló.

—¿Quién era?

—Yo... Podría ser... Había estado aquí otras veces cuando yo estaba de viaje. Por eso ya no dejaba una llave fuera. Pero puede que hiciera una copia. No le habría importado lo más mínimo —apartando su mirada de la silueta, atravesó de nuevo aquel desorden y se sentó en el brazo del sofá—. Una prima —bebió otro sorbo de brandy, dejando que su calor se difundiera por su cuerpo—. Melissa Bennington... No, creo que recuperó el apellido Fontaine hace unos meses, después de su divorcio. No estoy segura —se pasó una mano por el pelo—. No me interesaba lo bastante como para averiguar esa clase de detalles.

—¿Se parece a usted?

Ella le ofreció una débil y triste sonrisa.

—Melissa está empeñada en parecerse a mí. Yo pasé de considerarlo levemente halagador a considerarlo levemente irritante. En los últimos años, me parecía patético. Supongo que hay un leve parecido. Aunque ella se encargó de aumentarlo. Se dejó crecer el pelo, se lo tiñó de mi color. Había ciertas diferencias de complexión, pero ella... también se aumentó eso. Compra en las mismas tiendas que yo, va a los mismos salones de belleza. Elige los mismos hombres. Crecimos juntas, más o menos. Ella siempre tuvo la sensación de que yo había salido mejor parada a todos los niveles —miró hacia atrás, hacia abajo, y sintió una oleada de pena y lástima—. Y, al parecer, esta vez ha sido así.

—Si alguien no la conociera a usted bien, ¿podría haberla confundido con ella?

—Mirando de pasada, sí, supongo. Quizás algún conocido casual. Nadie que... —se interrumpió de nuevo y se puso en pie—. ¿Cree que alguien la mató creyendo que era yo? ¿Que me confundieron con ella, como hizo usted? Eso es absurdo. Fue un allanamiento, un robo. Un terrible accidente.

—Es posible —al final, Seth había sacado su libreta para anotar el nombre de la prima de Grace. Alzó la mirada y se encontró con sus ojos—. Pero es más probable que alguien entrara aquí, la confundiera con usted y supusiera que tenía la tercera Estrella —era buena, pensó. Sus ojos apenas brillaron antes de que mintiera.

—No sé de qué me está hablando.

—Sí, claro que lo sabe. Y, si no ha estado en casa desde el miércoles, todavía la tendrá —miró el bolso que ella continuaba sujetando.

—No suelo llevar estrellas en el bolso —le lanzó una sonrisa de márgenes temblorosos—. Pero suena encantador, casi poético. Ahora, estoy muy cansada...

—Señorita Fontaine —su voz sonó crispada y fría—, esa mujer es el sexto cuerpo con el que me encuentro hoy cuya pista conduce a esos tres diamantes azules.

Ella alzó una mano y lo agarró del brazo.

—¿Y Bailey y M.J.?

—Sus amigas están bien —sintió que su mano se aflojaba—. Ha sido un fin de semana lleno de acontecimientos, todo lo cual podría haberse evitado si sus amigas se hubieran puesto en contacto con la policía y hubieran cooperado con nosotros. Y es cooperación lo que espero obtener de usted, de un modo u otro.

Ella echó el pelo hacia atrás.

—¿Dónde están? ¿Qué ha hecho, encerrarlas? Mi abogado las sacará y le hará la vida imposible en menos de lo que tarda usted en recitar los derechos a un detenido —se acercó al teléfono, pero vio que no estaba sobre la mesa de estilo reina Ana.

—No, no las hemos encerrado —lo sorprendió lo pronto que se había puesto en marcha—. Supongo que a estas horas están preparando su funeral.

—¿Preparando mi...? —sus bellísimos ojos se abrieron de par en par, angustiados—. Oh, Dios mío, ¿les ha dicho que estaba muerta? ¿Creen que estoy muerta? ¿Dónde están? ¿Dónde está el teléfono? Tengo que llamarlas —se agachó y empezó a rebuscar entre los fragmentos, empujando a Seth cuando éste la agarró del brazo otra vez.

—No están en casa.

—Ha dicho que no las habían encerrado.

—Y así es —se daba cuenta de que no obtendría nada de ella hasta que se hubiera quedado satisfecha—. La llevaré con ellas. Luego aclararemos esto, señorita Fontaine. Se lo prometo.

Grace no dijo nada mientras Seth la llevaba hacia los pulcros barrios residenciales que bordeaban Washington. Le había asegurado que Bailey y M.J. estaban bien, y su intuición le decía que el teniente Seth Buchanan nunca mentía. A fin de cuentas, lo suyo eran los datos fehacientes, pensó. Sin embargo, siguió retorciéndose las manos hasta que empezaron a dolerle los nudillos. Tenía que verlas, tocarlas.

La culpa empezaba a pesarle, culpa porque estuvieran llorando su muerte, cuando en realidad se había pasado los últimos días satisfaciendo su necesidad de estar sola, de alejarse de todo. De estar en otra parte.

¿Qué les había pasado a sus amigas durante el largo fin de semana? ¿Habían intentado ponerse en contacto con ella mientras estaba fuera? Resultaba penosamente obvio que los tres diamantes azules que Bailey había estado autentificando para el museo estaban en el fondo de todo aquello.

Mientras la impresión de la silueta marcada en el suelo de nogal destellaba en su cabeza, Grace se estremeció de nuevo. Melissa, pobre y patética Melissa. Pero ahora no podía pensar en eso. No podía pensar más que en sus amigas.

—¿No estarán heridas? —logró preguntar.

—No —Seth no dijo nada más mientras atravesaba el mar de faros y luces callejeras. El olor de Grace se extendía sutilmente por el coche, enervando sus sentidos. Seth abrió la ventana y dejó que la leve brisa húmeda lo disipara—. ¿Dónde ha estado estos últimos días, señorita Fontaine?

—Lejos —cansada, ella echó la cabeza hacia atrás y cerró los ojos—. Es uno de mis lugares favoritos.

Grace se incorporó de nuevo cuando Seth tomó una calle flanqueada de árboles y entró en la rampa de una casa de ladrillo. Vio un reluciente Jaguar y después un coche decrépito y enorme como un buque. Pero ningún veloz MG, ni ningún práctico cochecito.

—Sus coches no están aquí —comenzó, lanzándole una mirada de reproche.

—Pero ellas sí.

Grace salió y, haciendo caso omiso de Seth, corrió hacia la puerta. Llamó con fuerza, firmemente, a pesar de que su puño temblaba. La puerta se abrió y un hombre al que no conocía se quedó mirándola. Sus fríos ojos verdes brillaron de asombro, y luego se entibiaron lentamente. Su sonrisa era deslumbrante. Extendió el brazo y apoyó suavemente una mano sobre su mejilla.

—Tú eres Grace.

—Sí, yo...

—Es absolutamente maravilloso verte —aquel hombre la tomó en sus brazos, uno de los cuales estaba vendado, con tanto ímpetu que Grace no tuvo ocasión de sentirse sorprendida—. Yo soy Cade —murmuró, mirando a Seth por encima de la cabeza de Grace—. Cade Parris. Pasad.

—¿Y Bailey y M.J...?

—Están ahí dentro. Se pondrán bien en cuanto te vean —la tomó del brazo y sintió que temblaba levemente.

Ella se detuvo en la puerta del cuarto de estar y apoyó una mano sobre su brazo. Dentro estaban Bailey y M.J., mirando hacia otro lado, con las manos unidas. Hablaban en susurros, con la voz sacudida por las lágrimas. Un poco más lejos había un hombre de pie, con las manos metidas en los bolsillos y una expresión impotente en el rostro amoratado. Al verla, sus ojos, del color de nubes de tormenta, se achicaron y empezaron a centellear. Luego sonrió.

Grace respiró hondo, estremecida, y exhaló lentamente.

—Bueno —dijo con voz clara y firme—, es un alivio saber que alguien llorará mi muerte.

Las dos mujeres se giraron a la vez. Por un instante, se miraron las tres con los ojos como platos. A Seth le pareció que se movían las tres al unísono, como si fueran una, de tal modo que su carrera saltarina a través de la habitación para abrazarse contenía una gracia innegablemente femenina. Luego se fundieron, mezclando voces y lágrimas.

Un triángulo, pensó Seth, frunciendo el ceño. Con tres vértices que formaban un todo. Como el triángulo de oro que sostenía los tres poderosos diamantes de incalculable valor.

—Creo que será mejor que las dejemos solas —dijo Cade suavemente, y le hizo un gesto al otro hombre—. ¿Teniente? —les indicó el pasillo, alzando las cejas al ver que Seth vacilaba—. No creo que vayan a ir a ninguna parte.

Seth se encogió levemente de hombros y retrocedió. Podía concederles veinte minutos.

—Tengo que usar su teléfono.

—Hay uno en la cocina. ¿Quieres una cerveza, Jack? El otro hombre sonrió.

—Me has leído el pensamiento.

—Amnesia... —dijo Grace un rato después. Bailey y ella estaban acurrucadas en el sofá, mientras M.J. permanecía sentada en el suelo, a sus pies—. ¿Te quedaste completamente en blanco?

—Completamente —Bailey agarraba con fuerza la mano de Grace, temiendo romper el vínculo—. Me desperté en un hotel espantoso, sin memoria, con más de un millón de dólares en efectivo y el diamante. Saqué el nombre de Cade del listín telefónico. Él es quien me ha ayudado —el calor de su voz hizo que Grace intercambiara una rápida mirada con M.J.

Aquello había que hablarlo con detalle más adelante—. Empecé a recordar poco a poco. M.J. y tú sólo erais destellos. Veía vuestras caras, incluso oía vuestras voces, pero nada encajaba. Cade fue quien averiguó lo de Salvini, y cuando llegamos allí... entró.

—Poco antes de que llegáramos nosotros —dijo M.J.—. Jack se dio cuenta de que las cerraduras de la puerta de atrás habían sido forzadas.

—Entramos —continuó Bailey, y sus ojos arrasados por las lágrimas se pusieron vidriosos—, y entonces lo recordé todo. Que Thomas y Timothy estaban planeando robar las piedras, falsificarlas; y que os había mandado una a cada una de vosotras para impedirlo. Qué estúpida fui.

—No, nada de eso —Grace deslizó un brazo alrededor de los hombros de Bailey—. A mí me parece lógico. No tenías tiempo para otra cosa.

—Debería haber llamado a la policía, pero estaba segura de que podía hacerles desistir. Iba a entrar en el despacho de Thomas para enfrentarme a él, para decirle que se había acabado. Y vi... —tembló de nuevo—. La pelea. Fue horrible. Los relámpagos iluminaban las ventanas, sus caras... Entonces Timothy agarró el abrecartas, el cuchillo. Se fue la luz, pero los relámpagos seguían centelleando, y pude ver lo que hacía..., lo que le hacía a Thomas. Toda esa sangre...

—Déjalo —murmuró M.J., frotando la rodilla de Bailey para reconfortarla—. Intenta olvidarlo.

—No —Bailey sacudió la cabeza—. Tengo que seguir. Él me vio, Grace. Me habría matado. Fue detrás de mí. Yo había agarrado la bolsa con el dinero de la

fianza, y corrí en la oscuridad. Y me escondí debajo
de la escalera, en un hueco pequeño que hay debajo
de los peldaños. Pero lo veía buscándome, con las manos manchadas de sangre. Todavía no recuerdo cómo
salí de allí, cómo llegué a esa habitación.

Grace no soportaba imaginárselo: su callada y apacible amiga perseguida por un asesino.

—Lo importante es que saliste, y que estás a salvo
—Grace miró a M.J.—. Todas lo estamos —esbozó una
sonrisa irónica—. ¿Y tú cómo has pasado las vacaciones?

—Huyendo con un cazarrecompensas, esposada a la
cama de un motel de mala muerte, tiroteada por un
par de capullos..., con una breve parada en tu casa de
la montaña.

Un cazarrecompensas, pensó Grace, intentando
ponerse al día. Aquel tal Jack, suponía, el de la coleta
rubia y los ojos grises como una tormenta. Y la sonrisa matadora. Esposas, moteles baratos y tiros. Lle-
vándose los dedos a los ojos, intentó aferrarse al detalle menos perturbador.

—¿Estuviste en mi casa? ¿Cuándo?

—Es una larga historia.

M.J. resumió el relato del par de días transcurridos
desde su primer encuentro con Jack, cuando había
intentado llevársela creyendo que había violado la libertad condicional, y hasta cómo habían escapado
de aquella trampa para abrirse paso hasta el meollo de
aquel rompecabezas.

—Hay alguien que maneja los hilos —concluyó
M.J.—. Pero aún no sabemos quién es. El prestamista
que le dio a Jack la documentación falsa acerca de mí,

los dos tipos que nos persiguieron y los Salvini están todos muertos.

—Y Melissa —murmuró Grace.

—¿Era Melissa? —Bailey se giró hacia Grace—. ¿La de tu casa?

—Supongo que sí. Cuando llegué a casa, ese poli estaba allí. Todo estaba patas arriba, y la policía imaginaba que la muerta era yo —respiró hondo cuidadosamente y exhaló con firmeza antes de concluir—. Se había caído por la barandilla, o la habían empujado. Yo estaba a muchos kilómetros de distancia cuando ocurrió.

—¿Dónde has ido? —preguntó M.J.—. Cuando Jack y yo llegamos a tu casa de campo, estaba cerrada a cal y canto. Pensé... Estaba segura de que acababas de pasar por allí. Aún olía a tu perfume.

—Me fui ayer, a última hora de la mañana. Me apetecía estar cerca del mar, así que bajé por la carretera de la costa este y encontré un pequeño hotel. Compré algunas antigüedades, me codeé con los turistas, vi los fuegos artificiales... He vuelto hoy, a última hora. Estuve a punto de quedarme a pasar otra noche. Pero os llamé a las dos desde el hotel y me saltaron vuestros contestadores. Empecé a inquietarme y me vine para casa —cerró los ojos un momento—. Estaba aturdida, Bailey. Justo antes de que me fuera al campo, perdimos a uno de los niños.

—Oh, Grace, lo siento.

—Siempre pasa lo mismo. Nacen con sida, o adictos al crack, o con un agujero en el corazón. Algunos mueren. Pero no logro acostumbrarme a ello, y no

podía quitármelo de la cabeza. Así que estaba aturdida. Cuando venía para acá, empecé a pensar. Y a
preocuparme. Luego me encontré a ese policía en mi
casa. Me preguntó por la piedra. No sabía qué querías
que le dijera.

—Ya se lo hemos contado todo a la policía —suspiró
Bailey—. A Jack y a Cade no parece caerles muy bien
ese tal Buchanan, pero dicen que trabaja bien. Las dos
piedras ya están a salvo, igual que nosotras.

—Lamento que hayáis tenido que pasar por todo
esto. Ojalá hubiera estado aquí.

—Habría dado lo mismo —dijo M.J.—. Estábamos
dispersas, cada una por su lado, con los diamantes. Tal
vez haya sido el destino.

—Ya estamos juntas —Grace las tomó de las manos—.
¿Qué va a pasar ahora?

—Señoras —Seth entró en la habitación y posó su
fría mirada sobre ellas. Luego la fijó en Grace—, señorita Fontaine, ¿y el diamante?

Ella se levantó y recogió el bolso que había dejado tirado sobre el sofá. Abriéndolo, sacó un bolsito
de terciopelo y deslizó la piedra en la palma de su
mano.

—Precioso, ¿verdad? —murmuró, observando el destello de luz azul—. Se supone que los diamantes son
fríos al tacto, ¿no, Bailey? Sin embargo éste tiene... calor —alzó los ojos hacia Seth mientras se acercaba a
él—. Aun así, ¿cuántas vidas puede valer?

Extendió la mano abierta. Cuando los dedos de
Seth se cerraron sobre la piedra, Grace sintió un sobresalto: los dedos de Seth sobre su piel, el diamante

azul entre sus manos. Algo encajó de manera casi audible.

Se preguntó si él lo había sentido, lo había oído. ¿Por qué, si no, se entornaban aquellos enigmáticos ojos, se había detenido su mano? Grace se quedó sin aliento.

—Impresionante, ¿verdad? —logró decir, y sintió una extraña oleada de emoción cuando él le quitó el diamante de la mano.

A Seth no le gustó la sacudida que le recorrió el brazo, y dijo ásperamente:

—Supongo que esto está incluso por encima de sus posibilidades, señorita Fontaine.

Ella se limitó a sonreír. No, se dijo, él no había sentido nada... ni ella tampoco. Eran sólo imaginaciones suyas. El estrés.

—Yo prefiero adornar mi cuerpo con algo menos... obvio.

Bailey se levantó.

—Las Estrellas están bajo mi responsabilidad, a no ser que el Smithsonian indique lo contrario —miró a Cade, que esperaba en la puerta—. Las pondremos a buen recaudo en la caja fuerte. Las tres. Y hablaré con el doctor Lindstrum por la mañana.

Seth hizo girar la piedra sobre su mano. Imaginaba que podía confiscarla, al igual que las otras dos. A fin de cuentas, eran pruebas de varios casos de homicidio. Pero no le parecía sensato volver a la comisaría con una fortuna en el coche.

Parris resultaba irritante, pensó. Pero al menos era honesto. Y, técnicamente, las piedras estaban bajo custodia de Bailey James hasta que el Smithsonian la liberara de aquella carga. Seth se preguntaba qué dirían las autoridades del museo cuando conocieran las peripecias de las tres Estrellas. Pero ése no era problema suyo.

—Guárdenla —dijo, pasándole la piedra a Cade—. Yo también hablaré con el doctor Lindstrum por la mañana, señorita James.

Cade se apresuró a dar un paso adelante, amenazador.

—Mire, Buchanan...

—No —Bailey se interpuso entre ellos: una suave brisa entre dos tormentas en ciernes—. El teniente Buchanan tiene razón, Cade. Ahora es asunto suyo.

—Gracias por traer a Grace tan rápidamente, teniente.

Seth miró la mano que Bailey le tendía. «Aquí tiene su sombrero», pensó. «Tendrá usted prisa».

—Lamento haberla molestado, señorita James —su mirada se posó en M.J.—. Señorita O'Leary... Procuren estar disponibles.

—No vamos a ir a ninguna parte —M.J. ladeó la barbilla con un gesto desafiante mientras Jack se acercaba a ella—. Conduzca con cuidado, teniente.

Él recibió aquel nuevo rechazo con un ligero asentimiento.

—Señorita Fontaine, yo la llevaré a casa.

—No va a marcharse —M.J. saltó delante de Grace como una tigresa que defendiera a su cachorro—. No va a volver a esa casa esta noche. Se queda aquí, con nosotros.

—Puede que no quiera usted volver a casa, señorita Fontaine —dijo Seth fríamente—. Tal vez prefiera usted contestar unas preguntas en mi despacho.

—No hablará en serio...

Él atajó las protestas de Bailey con una mirada.

—Tengo un cadáver en el depósito. Hablo muy en serio.

—Es usted un fenómeno, Buchanan —dijo Jack, pero su voz sonaba baja y amenazadora—. ¿Por qué no vamos usted y yo a la otra habitación y... vemos qué puede hacerse?

—No pasa nada —Grace se adelantó, componiendo una sonrisa verosímil—. ¿Jack, verdad?

—Sí —él apartó su atención de Buchanan el tiempo justo para sonreírle—. Jack Dakota. Encantado de conocerte..., Miss Abril.

—Oh, mi descarriada juventud todavía colea —con una risita, Grace le besó la mejilla arañada—. Agradezco que te ofrezcas a moler a palos al teniente por mí, Jack, pero me parece que ya has tenido bastante por hoy.

Sonriendo, él se pasó el pulgar por la mandíbula amoratada.

—Todavía me quedan fuerzas.

—No lo dudo, pero, aunque sea triste decirlo, el poli tiene razón —se echó el pelo hacia atrás y volvió aquella sonrisa, varios grados más fría, hacia Seth—. Puede que sea poco delicado, pero tiene razón. Tiene que hacerme unas preguntas. Debo irme.

—No vas a volver sola a tu casa —insistió Bailey—. Esta noche, no, Grace.

—No me pasará nada. Pero, si no te importa, Cade, acabaré con esto, recogeré unas cuantas cosas y volveré —miró a Cade, que acababa de entrar en la habitación—. ¿Tienes una cama de sobra, querido?

—Claro que sí. ¿Por qué no te acompaño, te ayudo a recoger y te traigo de vuelta?

—Tú quédate aquí, con Bailey —le dio un beso, un roce espontáneo y ya afectuoso de los labios—. Estoy segura de que el teniente Buchanan y yo nos las apañaremos —recogió su bolso, dio media vuelta y abrazó a M.J. y a Bailey otra vez—. No os preocupéis por mí. A fin de cuentas, estoy en brazos de la ley —se apartó y le lanzó a Seth una de aquellas sonrisas luminosas—. ¿No es así, teniente?

—En cierto modo —él retrocedió y aguardó a que ella cruzara la puerta delante de él.

Grace esperó hasta que estuvieron en el coche y salieron de la rampa.

—Necesito ver el cuerpo —no lo miró, pero alzó una mano para despedirse de sus cuatro amigos, que se habían apiñado en la puerta para verlos partir—. Tendrán que... Habrá que identificarla, ¿no?

A él lo sorprendió que estuviera dispuesta a asumir esa responsabilidad.

—Sí.

—Pues acabemos cuanto antes. Después de... Después, contestaré a sus preguntas. Preferiría que fuera en su oficina —añadió, utilizando de nuevo aquella sonrisa—. Mi casa está un poco desordenada.

—Está bien.

Grace sabía que sería duro. Sabía que sería terrible. Se había preparado para ello... o eso había creído. Pero nada, comprendió mientras miraba lo que quedaba de la mujer en la morgue, podía haberla preparado para aquello.

No era de extrañar que la hubiesen confundido con Melissa, cuya cara, de la que en vida se sentía tan orgullosa, estaba completamente destrozada. La muerte había sido cruel con ella, y, debido a su relación con el hospital, Grace sabía por experiencia que a menudo lo era.

—Es Melissa —su voz resonó en la helada habitación blanca—. Mi prima, Melissa Fontaine.

—¿Está segura?

—Sí. Íbamos al mismo gimnasio, entre otras cosas. Conozco su cuerpo casi tan bien como el mío. Tiene una marca de nacimiento en forma de hoz en el arranque de la espalda, justo a la izquierda del centro. Y una cicatriz en la planta del pie izquierdo, pequeña y en forma de luna creciente, de una vez que pisó una concha rota en los Hamptons, cuando tenía doce años.

Seth se movió, buscó la cicatriz y le hizo una leve inclinación de cabeza al ayudante del forense.

—Lamento su pérdida.

—Sí, estoy segura de ello —sintiendo que los músculos se le habían convertido en cristal, se dio la vuelta y pasó la mirada enturbiada sobre él—. Discúlpeme.

Casi había llegado a la puerta cuando empezó a tambalearse. Mascullando una maldición, Seth la agarró, la sacó al pasillo y la sentó en una silla. Con una mano le colocó la cabeza entre las piernas.

—No voy a desmayarme —ella cerró los ojos con fuerza, intentando contener las náuseas y el mareo.

—Cualquiera lo diría.

—Soy demasiado sofisticada como para permitirme algo tan sentimental como un vahído —pero su voz se quebró, sus hombros temblaron, y por un instante mantuvo la cabeza agachada—. Oh, Dios, está muerta. Y todo porque me odiaba.

—¿Qué?

—No importa. Está muerta —cruzó los brazos, se incorporó de nuevo y apoyó la cabeza contra la fría pared blanca. Sus mejillas estaban muy pálidas—. Tengo que llamar a mi tía. Su madre. Tengo que contarle lo que ha pasado.

Él observó el rostro de aquella mujer, cuya asombrosa belleza no disminuía la palidez.

—Dígame su nombre. Yo me encargaré de eso.

—Se llama Helen Wilson Fontaine. Pero yo lo haré.

Seth no se dio cuenta de que la había tomado de la mano hasta que ella apartó la suya. Él se replegó a todos los niveles, y se levantó.

—No he podido contactar con Helen Wilson ni con su marido. Ella está en Europa.

—Lo sé —Grace se echó el pelo hacia atrás, pero no intentó levantarse. Aún no—. Yo sé dónde encontrarla —la idea de hacer aquella llamada, de decir lo que había que decir, le constreñía la garganta—. ¿Podría tomar un poco de agua, teniente?

Los tacones de Seth retumbaron sobre las baldosas mientras se alejaba. Luego se hizo el silencio: un silencio completo y repugnante que hablaba en susurros de los asuntos que se trataban en tales lugares. Allí había olores que se filtraban taimadamente bajo

el potente hedor del antiséptico y los jabones industriales. Grace se alegró al oír de nuevo los pasos de
Seth. Tomó con las dos manos el vaso de plástico que
él le ofrecía y bebió lentamente, concentrándose en
el simple hecho de tragar líquido.

—¿Por qué la odiaba?

—¿Qué?

—Su prima. Ha dicho que la odiaba. ¿Por qué?

—Cosas de familia —dijo ella escuetamente. Le dio
el vasito vacío al levantarse—. Quisiera irme ya.

Él la observó de nuevo. Aún no había recuperado
el color, tenía las pupilas dilatadas, y sus iris azul eléctrico estaban vidriosos. Seth dudó de que aguantara
una hora más.

—La llevaré a casa de Parris —decidió—. Puede recoger sus cosas por la mañana. Pásese por mi oficina
para hacer la declaración.

—He dicho que lo haría esta noche.

—Y yo le digo que lo hará por la mañana. Ahora no
me servirá de nada.

Ella intentó una débil risita.

—Vaya, teniente, creo que es usted el primer hombre que me dice eso. Estoy desolada.

—No pierda el tiempo con tonterías —la agarró del
brazo y la condujo hacia la puerta—. No tiene energías.

Tenía razón. Grace se desasió cuando salieron de
nuevo al aire denso de la noche.

—No me gusta usted.

—No hace falta —él abrió la puerta del coche y
aguardó—. Y tampoco hace falta que a mí me guste
usted.

Ella se acercó a la puerta y lo miró a los ojos.

—Pero la diferencia es que, si tuviera energías, o ganas, yo podría hacerle suplicar —entró en el coche, deslizando en su interior aquellas largas piernas y sedosas.

No era probable, se dijo Seth mientras cerraba la puerta de golpe. Pero no las tenía todas consigo.

III

Se sentía como una cobarde, pero no volvió a casa. Necesitaba a sus amigas, no aquella casa vacía, con la silueta de un cadáver dibujada en el suelo.

Jack fue a sacar sus cosas del coche y se las llevó. Le pareció que, por un día, era suficiente.

Dado que iba al volante para encontrarse con Seth, se había preparado cuidadosamente. Llevaba puesto un traje de verano que había comprado en la costa. La faldita corta y la chaqueta a la altura de la cintura, color amarillo jacinto, no tenían un aspecto muy formal. Pero no pretendía aparentar formalidad. Se había entretenido recogiéndose el pelo hacia atrás en una intrincada trenza francesa y se había maquillado con la minuciosidad y la determinación de un general aprestándose para una batalla decisiva.

Encontrarse con Seth, en efecto, le parecía una batalla.

La llamada a su tía le había producido dolor de estómago y un intenso mareo. Había dormido mal, pero había dormido, acurrucada en una de las habitaciones de invitados de Cade, segura de que las personas que más le importaban estaban a su lado.

Se enfrentaría más tarde a sus parientes, pensó mientras introducía el descapotable en el aparcamiento de la comisaría. Sería duro, pero se las arreglaría. De momento, tenía que poner las cosas en claro consigo misma. Y con Seth Buchanan.

Si alguien la hubiera visto salir del coche y cruzar el aparcamiento, habría asistido a una metamorfosis. Sutil y gradualmente, sus ojos pasaron de cansados a seductores. Su paso se hizo más desenvuelto, convirtiéndose en un indolente contoneo ideado para dejar estupefactos a los hombres. Su boca se alzó levemente por las comisuras en una sonrisa femenina y sagaz.

No era, en realidad, una máscara, sino otra cara de ella. Innata y habitual, era una imagen que podía conjurar a voluntad. Lo hizo al lanzarle una lenta y maliciosa sonrisa al agente con el que coincidió en la puerta. Él se sonrojó, retrocedió y estuvo a punto de arrancar la puerta en su afán por abrírsela.

—Vaya, gracias, agente.

El sofoco cubrió el cuello y la cara del policía, y la sonrisa de Grace se hizo más amplia. Estaba en plenas facultades. Esa mañana, Seth Buchanan no se encontraría con una pálida y temblorosa mujer. Se encontraría con la verdadera Grace Fontaine.

Se acercó al sargento de guardia del mostrador y pasó un dedo por el borde de éste.

—Disculpe...

—Sí, señora —su nuez subió y bajó tres veces mientras tragaba saliva.

—Me pregunto si podría usted ayudarme. Estoy buscando al teniente Seth Buchanan. ¿Está usted al mando? —pasó su mirada sobre él—. Debe usted estar al mando, teniente.

—Ah, sí. No. Soy sargento —buscó torpemente el libro de registro y los pases—. Yo... Está... Encontrará al teniente arriba, en el departamento de investigación. A la izquierda de las escaleras.

—Ah —ella tomó el bolígrafo que el agente le ofrecía y firmó con desenvoltura—. Gracias, teniente. Quiero decir sargento.

Grace oyó cómo exhalaba el aire mientras se daba la vuelta, y notó su mirada clavada en las piernas cuando subía las escaleras. Encontró el departamento de investigación fácilmente y recorrió con la mirada las mesas, colocadas unas frente a las otras, algunas ocupadas y otras no. Los policías estaban en mangas de camisa en medio de un calor opresivo que apenas disipaba un aparato de aire acondicionado en las últimas. Muchas pistolas, pensó Grace, muchos almuerzos a medio comer y muchas tazas de café vacías. Los teléfonos sonaban sin cesar.

Grace localizó a su presa: un hombre con la corbata floja, los pies sobre el escritorio, un informe en una mano y un bollo en la otra. Cuando echó a andar por la habitación llena de gente, varias conversaciones se detuvieron. Alguien silbó suavemente, como un suspiro. El hombre del escritorio bajó los pies al suelo y se tragó el bollo.

—Señorita...

Debía de tener unos treinta años, calculó Grace, a pesar de que su pelo parecía retroceder rápidamente. Él se limpió los dedos en la camisa y giró los ojos ligeramente hacia la izquierda, donde uno de sus compañeros sonreía mientras se daba golpes con el puño en el corazón.

—Espero que pueda ayudarme —mantuvo los ojos fijos en él, y sólo en él, hasta que un músculo comenzó a vibrar en su mandíbula—, ¿detective?

—Sí, eh, Carter, detective Carter. ¿Qué puedo hacer por usted?

—Espero estar en el sitio indicado —Grace giró la cabeza y recorrió con la mirada la sala y a sus ocupantes. Varios estómagos se encogieron—. Estoy buscando al teniente Buchanan. Creo que me está esperando —se apartó elegantemente un mechón de pelo suelto de la cara—. Me temo que no sé cuál es el procedimiento habitual.

—Está en su despacho. Allí, en su despacho —sin apartar los ojos de ella, señaló con el pulgar—. Belinski, dile al teniente que tiene visita. La señorita...

—Me llamo Grace —apoyó una cadera sobre el escritorio, dejando que la falda se le subiera—. Grace Fontaine. ¿Le importa que espere aquí, detective Carter? ¿Le estoy interrumpiendo?

—Sí... No, claro que no.

—Es tan emocionante... —esbozó una sonrisa deslumbrante—. El trabajo de detective. Tendrá tantas historias interesantes que contar...

Cuando, al concluir la llamada telefónica que estaba atendiendo, le informaron de que Grace Fontaine estaba allí, Seth se puso la americana y entró en la sala, el escritorio de Carter estaba completamente rodeado. Y media docena de sus mejores agentes jadeaban como cachorros por un hueso carnoso. Aquella mujer, pensó, iba a darle muchos dolores de cabeza.

—Ya veo que esta mañana se han cerrado todos los casos y el crimen se ha detenido milagrosamente.

Su voz surtió el efecto deseado. Los hombres dieron un respingo. Los que no se dejaban intimidar fácilmente sonrieron mientras regresaban lentamente a sus mesas. Abandonado, Carter se sonrojó del cuello a la línea del pelo.

—Eh, Grace... digo la señorita Fontaine quiere verlo, teniente. Señor.

—Ya lo veo. ¿Ha acabado ese informe, detective?

—Estoy en ello —Carter agarró los papeles que había dejado a un lado y pegó la nariz a ellos.

—Señorita Fontaine —Seth arqueó una ceja y señaló hacia su despacho.

—Ha sido un placer conocerte, Michael —Grace deslizó un dedo sobre el hombro de Carter al pasar.

Seth había sentido el calor de aquel contacto apenas unas horas antes.

—Ya puede dejar ese numerito —dijo Seth secamente mientras abría la puerta del despacho—. Aquí no le servirá de nada.

—Nunca se sabe, ¿no cree? —ella entró, pasando tan cerca de él que sus cuerpos se rozaron. Grace creyó sentir que él se envaraba un poco, pero su mirada siguió siendo fría y firme, y aparentemente desinteresada. Irritada, Grace observó su despacho.

El beige institucional de las paredes se mezclaba con el beige mugriento del linóleo viejo del suelo, produciendo una impresión deprimente. La mesa funcionarial y sobrecargada, los armarios archivadores grises, el ordenador, el teléfono y una pequeña ventana no añadían brillo precisamente a aquella habitación anodina.

—Así que aquí es donde se mueven los hilos —murmuró, desilusionada al no encontrar ningún toque personal. Ni fotos, ni trofeos deportivos. Nada a lo que pudiera aferrarse, ningún signo del hombre que se ocultaba tras la insignia policial.

Tal y como había hecho en la sala exterior, apoyó la cadera en una esquina de la mesa. Decir que parecía un rayo de sol habría sido un cliché. Y también incorrecto, pensó Seth. Los rayos de sol eran mansos, cálidos, acogedores. Ella era una llamarada repentina, explosiva. Ardiente. Y fatal.

Hasta un ciego se habría fijado en sus piernas satinadas bajo la falda amarilla y ceñida. Seth se limitó a rodearla, se sentó y la miró a la cara.

—Estará más cómoda en una silla.

—Estoy bien aquí —ella agarró indolente un lápiz y empezó a darle vueltas—. Supongo que no es aquí donde interroga a los sospechosos.

—No, para esos tenemos calabozos en el sótano.

En otras circunstancias, Grace habría apreciado su tono seco e irónico.

—¿Soy sospechosa?

—Ya se lo diré —él ladeó la cabeza—. Se recupera usted rápidamente, señorita Fontaine.

—Sí, así es. ¿Quería usted hacerme alguna pregunta, teniente?

—Sí, en efecto. Siéntese. En una silla.

Los labios de Grace formaron algo parecido a un mohín. Un mohín lascivo que parecía decir «ven y bésame». Seth sintió el tirón rápido e inevitable del deseo, y la maldijo por ello. Ella se movió, apartándose del escritorio con un suave deslizamiento, y, acomodándose en una silla, cruzó lentamente sus bellísimas piernas.

—¿Mejor?

—¿Dónde estuvo el sábado, entre la medianoche y las tres de la madrugada?

Así que era entonces cuando había ocurrido, pensó Grace, y procuró ignorar su dolor de estómago.

—¿No va a leerme mis derechos?

—No está usted acusada, no necesita un abogado. Es una simple pregunta.

—Estaba en el campo. Tengo una casa en la parte oeste de Maryland. Estaba sola. No tengo coartada. ¿Ahora necesito un abogado?

—¿Pretende usted complicar las cosas, señorita Fontaine?

—No hay modo de simplificarlas, ¿o sí? —pero agitó una mano con indiferencia. El fino brazalete de diamantes que rodeaba su muñeca emitió fuego—. Está bien, teniente, que sea lo menos complicado posible. No quiero llamar a mi abogado... de momento. ¿Qué le parece si le hago un breve resumen de mis movimientos? Me fui al campo el miércoles. No esperaba a mi prima, ni a nadie. Tuve contacto con algunas personas durante el fin de semana. Hice la compra en un pueblo cercano, estuve comprando en el vivero. Eso debió de ser el viernes por la tarde. El sábado fui a recoger el correo. Es un pueblo pequeño, la cartera se acordará. Pero fue antes de mediodía, así que tuve tiempo de regresar a la ciudad en coche. Y, naturalmente, el viernes un mensajero me entregó el paquete de Bailey.

—¿Y no le pareció extraño? Su amiga le manda un diamante azul ¿y usted se encoge de hombros y se va a hacer la compra?

—La llamé. Pero no estaba —arqueó una ceja—. Pero supongo que eso ya lo sabrá. Me extrañó, pero tenía otras cosas en la cabeza.

—¿Cuáles?

Los labios de Grace se curvaron, pero la sonrisa no se reflejó en su mirada.

—No creo que esté obligada a contarle mis pensamientos. Me extrañó y me preocupó un poco. Pensé que tal vez fuera una copia, pero en realidad no me lo parecía. Una falsificación no podría tener lo que tiene esa piedra. Las instrucciones que Bailey me mandó con el paquete eran que lo guardara hasta que se pusiera en contacto conmigo. Y eso fue lo que hice.

—¿Sin hacer preguntas?

—Raramente cuestiono a la gente en la que confío.

Él golpeó con un lápiz sobre el borde de la mesa.

—Estuvo sola en el campo hasta el lunes, cuando regresó a la ciudad.

—No, el domingo fui en coche a la costa este. Se me antojó —sonrió de nuevo—. Me pasa a menudo. Me quedé en un hostal.

—¿No le caía bien su prima?

—No, no me caía bien —Grace supuso que aquel brusco cambio de tema era una técnica de interrogatorio—. Tenía un carácter difícil, y yo raramente me esfuerzo con la gente difícil. Nos criamos juntas después de que mis padres murieran, pero no estábamos muy unidas. Yo me metí en su vida, en su espacio. Ella se resarció mostrándose desagradable. Yo, a menudo, lo era también con ella. A medida que fuimos creciendo, ella fue teniendo... menos éxito con los hombres que yo. Por lo visto pensaba que, subrayando nuestros parecidos, tendría más éxito.

—¿Y así fue?

—Supongo que depende de cómo se mire. A Melissa le gustaban los hombres —para combatir los remordimientos que se agolpaban en su corazón, Grace se recostó descuidadamente en la silla—. Sí, le gustaban mucho..., razón por la cual se había divorciado hacía poco. Le gustaban las cosas a granel.

—¿Y qué pensaba su marido al respecto?

—Bobbie es un... —se interrumpió, y luego alivió en parte su tensión soltando una risa rápida, cantarina y muy atrayente—. Si está usted sugiriendo que Bobbie, su ex, la siguió hasta mi casa, la mató, destrozó la casa y se fue silbando, no puede estar más equivocado. Bobbie es un trozo de pan. Y, además, creo que en este momento está en Inglaterra. Le gusta el tenis y nunca se pierde el torneo de Wimbledon. Podrá comprobarlo fácilmente.

Lo haría, pensó Seth, tomando notas.

—Algunas personas encuentran el asesinato sumamente desagradable a nivel personal, pero no en la distancia. Se limitan a pagar por el servicio.

Esa vez, ella suspiró.

—Los dos sabemos que Melissa no era el objetivo, teniente. Sencillamente, estaba en mi casa —incómoda, se levantó con un movimiento felino. Acercándose a la pequeña ventana, observó la vista desalentadora—. Ya se había metido dos veces en mi casa de Potomac estando yo de viaje. La primera vez, lo pasé por alto. La segunda, disfrutó de las comodidades de mi casa con una liberalidad que me pareció excesiva. Tuvimos una bronca por ello. Se fue enfadada, y yo no volví a dejar la llave de repuesto fuera. Debería haber cambiado las cerraduras, pero no se me ocurrió que pudiera tomarse la molestia de hacer una copia de la llave.

—¿Cuándo fue la última vez que la vio o habló con ella?

Grace suspiró. Las fechas, las personas, los acontecimientos, sus absurdas incursiones en eventos sociales, cruzaron su cabeza.

—Hace un mes y medio, más o menos, puede que dos. Fue en el gimnasio. Coincidimos en la sauna, no

hablamos mucho. Nunca tuvimos mucho que decirnos la una a la otra.

Seth comprendió que se estaba arrepintiendo de
ello. Que repasaba mentalmente las oportunidades
que había pasado por alto o desperdiciado. Y ello no
le hacía bien.

—¿Cree que pudo abrirle la puerta a un desconocido?

—Si era un hombre atractivo, sí —cansada de la conversación, ella se dio la vuelta—. Mire, no sé qué más
puedo decirle, en qué puedo ayudarlo. Era una mujer
imprudente y a menudo arrogante. Cuando tenía ganas, recogía a cualquier extraño en un bar. Esa noche
dejó entrar a alguien, y murió por ello. Fuera como
fuese, no se merecía morir por eso —se atusó el pelo
distraídamente, intentando aclararse mientras Seth
permanecía sentado, esperando—. Puede que el asesino le exigiera que le diera la piedra. Ella no entendería nada. Pagó muy caras su imprudencia, su frivo-
lidad y su ignorancia. Y la piedra está donde debe, con
Bailey. Si aún no ha hablado con el doctor Lindstrum
esta mañana, puedo decirle que Bailey estará reunida
con él en este momento. No sé qué más puedo decirle.

Él se recostó un momento, con los ojos fríos fijos
en su rostro. Si no fuera por la conexión con los diamantes, todo aquello podía tener otra lectura. Dos
mujeres enfrentadas durante toda su vida. Una de
ellas vuelve inesperadamente de viaje y encuentra a
la otra en su casa. Una discusión que pronto se convierte en una pelea. Y una de ellas acaba precipitán-

dose desde la barandilla del segundo piso y aterrizando sobre una mesa de cristal. La otra mujer no se deja llevar por el pánico. Destroza su propia casa para encubrirse y luego se marcha. Se aleja de la escena del crimen. ¿Era Grace tan consumada actriz como para fingir la impresión del primer momento, la descarnada emoción que Seth había visto en su semblante la noche anterior? Él creía que sí.

Pero, pese a todo, aquel cuadro no encajaba. Estaba la insoslayable conexión con los diamantes. Y Seth estaba seguro de que, en caso de que Grace Fontaine hubiera empujado a su prima, habría sido igualmente capaz de descolgar el teléfono e informar de un accidente con toda frialdad.

—Está bien, eso es todo por ahora.

—Bueno —ella dejó escapar un soplido de alivio—. No ha sido para tanto, después de todo.

Seth se levantó.

—Debo pedirle que se mantenga disponible.

Ella volvió a poner en funcionamiento su encanto, aquella luz cálida y rosada.

—Yo siempre estoy disponible, guapo. Pregúntale a cualquiera —recogió su bolso y se acercó a la puerta junto a él—. ¿Cuándo podré ordenar mi casa? Me gustaría acabar cuanto antes.

—Ya la avisaré —miró su reloj—. Cuando esté dispuesta a revisar sus cosas y hacer un inventario de lo que falta, le agradecería que me avisara.

—Voy a hacerlo ahora mismo.

Él frunció el ceño un momento. Podía encargarle

a uno de sus hombres que fuera con ella, pero prefería hacerlo él mismo.

—La seguiré en mi coche.

—¿Protección policial?

—Si es necesario...

—Estoy conmovida. ¿Por qué no te llevo, guapo?

—La seguiré en mi coche —repitió él.

—Como quieras —dijo ella, y pasó una mano sobre la mejilla de Seth. Sus ojos se agrandaron ligeramente cuando él la agarró de la muñeca—. ¿No te gusta que te acaricien? —ronroneó ella, sorprendida por el vuelco que le había dado el corazón—. A la mayoría de los animales les gusta.

La cara de Seth estaba muy cerca de la suya y sus cuerpos se tocaban con el calor de la habitación y de algo incluso más abrasador que fluía entre ellos. Algo antiguo y casi familiar. Seth bajó la mano de Grace lentamente, sin soltar su muñeca.

—Tenga cuidado con las teclas que pulsa.

Deseo, pensó ella con asombro. Era un deseo puro y primigenio lo que se había apoderado de ella.

—Demasiado tarde —dijo ella suavemente, retándolo—. Me gusta pulsar teclas nuevas. Y, según parece, tú tienes unas cuantas muy interesantes que suplican que alguien les preste atención —bajó la mirada deliberadamente hacia su boca—. Sí, lo suplican.

Seth se imaginó empujándola contra la puerta y sumergiéndose con rapidez en aquel ardor, sintiéndola derretirse. Pero, consciente de que ella lo sabía, retrocedió, soltó su mano y abrió la puerta que daba a la bulliciosa sala exterior.

—No olvide entregar la placa de visitante en el mostrador —dijo.

Era un tipo frío, pensó Grace mientras conducía. Un tipo atractivo, con éxito, contenido y soltero, dato éste último que le había sonsacado al desprevenido detective Carter.

Un desafío.

Y, decidió mientras atravesaba el apacible y hermoso barrio, camino de su casa, un desafío era exactamente lo que necesitaba para superar aquel cataclismo emocional.

Unas horas después tendría que enfrentarse a su tía y al resto de sus parientes. Habría preguntas, exigencias, y, estaba segura, también reproches. De todo lo cual ella sería la destinataria. Así era cómo funcionaba su familia, y eso era lo que había llegado a esperar de sus integrantes. Pregúntale a Grace, pídele cuentas a Grace, señala con el dedo a Grace. Se preguntaba hasta qué punto se merecía todo aquello y hasta qué punto era sencillamente algo que había heredado junto con el dinero que le habían dejado sus padres.

Poco importaba ya, se dijo, puesto que ambas cosas le pertenecían, tanto si le gustaba como si no.

Entró en la rampa de su casa alzando la mirada. La casa había sido un capricho. Su diseño inteligente y original de madera y cristal, las tejas, las cornisas, las terrazas de madera y los rústicos jardines. Quería disponer de espacio, de la elegancia de la vida social y de las comodidades de la gran ciudad. Y de la proximidad a Bailey y M.J.

La casita de las montañas, sin embargo, había sido una necesidad. Y era suya y sólo suya. Sus parientes no sabían que existía. Nadie podía encontrarla allí, a menos que ella quisiera.

Pero aquí, pensó pisando el freno, estaba la elegante y lujosa casa de Grace Fontaine. Rica heredera, niña bien aficionada a las fiestas. La del póster central, la licenciada en Radcliffe, la anfitriona de Washington. ¿Podía seguir viviendo allí, se preguntaba, con la muerte alojada en sus habitaciones? El tiempo lo diría.

De momento, se concentraría en resolver el rompecabezas de Seth Buchanan y en encontrar un modo de penetrar bajo su aparentemente impenetrable armadura.

Sólo por divertirse.

Lo oyó detenerse y, en un movimiento deliberadamente provocador, se dio la vuelta, se bajó las gafas de sol y lo observó por encima de ellas. Oh, sí, pensó. Era muy, muy atractivo. El modo en que controlaba su cuerpo recio y fibroso. Muy económico. No desperdiciaba movimientos. Tampoco los desperdiciaría en la cama. Y Grace se preguntaba cuánto tiempo tardaría en llevarlo hasta allí. Tenía el presentimiento, y rara vez dudaba de sus presentimientos en lo que a los hombres concernía, de que había un volcán bullendo bajo aquella apariencia serena y en cierto modo austera. Iba a pasárselo en grande pinchándolo hasta que entrara en erupción.

Le tendió las llaves cuando se acercó a ella.

—Ah, pero ya tendrás un juego, ¿no? —volvió a colocarse las gafas en su lugar—. Pero usa las mías... esta vez.

—¿Quién más tiene copia?

Ella se pasó la punta de la lengua por el labio superior, sintiéndose oscuramente complacida al ver que él bajaba la mirada. Sólo un instante, pero era un progreso.

—Bailey y M.J. no les dan mis llaves a ningún hombre. Prefiero abrirles yo misma la puerta. O cerrársela.

—Bien —Seth volvió a ponerle las llaves en la mano y pareció divertido cuando ella frunció las cejas—. Abra la puerta.

Un paso adelante, dos pasos atrás, pensó ella, y subió hasta el pórtico de baldosas y abrió la puerta. Había intentado prepararse para aquel momento, pero aun así le resultó difícil. El vestíbulo estaba casi intacto. Pero la barandilla reventada atrajo irremediablemente su atención.

—Es una caída desde muy alto —murmuró—. Me pregunto si dará tiempo a pensar, a comprender, mientras se cae.

—Ella no lo tuvo.

—No —y, en cierto modo, era mejor así—, supongo que no —entró en el cuarto de estar y se obligó a mirar la silueta de tiza—. Bueno, ¿por dónde empezamos?

—El asesino encontró su caja fuerte y la vació. Supongo que querrá hacer una lista de lo que haya desaparecido.

—La caja fuerte de la biblioteca —cruzó bajo el arco y entró en una espaciosa habitación llena de luz y libros. Muchos de aquellos libros cubrían el suelo, y una lámpara art déco que semejaba el cuerpo estilizado de una mujer estaba partida en dos—. No fue muy sutil, ¿no?

—Supongo que tenía prisa. Y estaba cabreado.

—Podía haberse ahorrado las molestias —se acercó a la caja fuerte, cuya puerta estaba abierta, y vio que estaba vacía—. Tenía algunas joyas..., bastantes, en realidad. Y un par de miles de dólares en efectivo.

—¿Bonos o acciones?

—No, están en mi caja depósito de seguridad del banco. No veo la necesidad de guardar las acciones en la caja fuerte y sacarlas de vez en cuando para ver cómo brillan. El mes pasado me compré unos pendientes de diamantes preciosos —suspiró y se encogió de hombros—. En fin, ya no están. Tengo una lista completa de mis joyas, y fotografías de cada pieza, junto con los papeles del seguro, en mi caja de seguridad. Reemplazarlas es sólo cuestión de... —se interrumpió, dejó escapar un leve sonido de angustia y salió apresuradamente de la habitación.

Aquella mujer se movía a su antojo, pensó Seth mientras subía las escaleras tras ella. Y la velocidad no le hacía perder aquella gracia felina. Entró en su dormitorio y a continuación en el vestidor, detrás de ella.

—No puede haberlas encontrado. Es imposible —ella repetía aquellas palabras como una plegaria mientras giraba un pomo del armario empotrado. Éste se abrió, dejando al descubierto una caja empotrada en la pared. Ella marcó rápidamente la combinación y abrió la puerta de un tirón. Dejó escapar el aliento en un soplido mientras, arrodillándose, sacaba algunas bolsas y cajas forradas de terciopelo.

Más joyas, pensó él sacudiendo la cabeza. ¿Cuántos pendientes podía ponerse una mujer? Pero ella iba abriendo cada caja cuidadosamente, examinando su contenido.

—Éstas eran de mi madre —murmuró con un tinte de emoción en la voz—. Éstas sí que me importan. El alfiler de zafiros que mi padre le regaló por su quinto aniversario, el collar que le regaló cuando yo nací, las perlas... Las llevaba el día que se casaron —se pasó la blanca y cremosa hilera de perlas por la mejilla como si fuera una mano amorosa—. Hice construir esta caja fuerte expresamente para ellas. No las guardaba con las otras. Por si acaso —se apoyó en los talones, con el regazo lleno de joyas que valían mucho más que el oro y las piedras preciosas—. Bueno —logró decir con la garganta cerrada—, aquí están. Siguen aquí.

—Señorita Fontaine...

—Oh, llámame Grace —replicó ella—. Eres más tieso que mi tío Niles —luego se llevó una mano a la frente, intentando disipar el principio de un dolor de cabeza—. Supongo que no sabrás hacer café.

—Sí, sé hacer café.

—Entonces, ¿por qué no bajas y lo vas haciendo mientras yo acabo aquí?

Él la sorprendió a ella, y también a sí mismo, agachándose a su lado y apoyando una mano sobre sus hombros.

—Podías haber perdido las perlas, todas esas joyas. Pero no habrías perdido tus recuerdos.

Inquieto por haberse sentido impelido a decir aquello, Seth se incorporó y la dejó sola. Fue directamente a la cocina y apartó las cosas revueltas para llenar la cafetera. La puso a calentar y encendió la máquina. Se metió las manos en los bolsillos y volvió a sacarlas.

¿Qué demonios le estaba pasando?, se preguntaba. Debía concentrarse en el caso, y sólo en el caso. Pero, en lugar de hacerlo, se sentía atraído, arrastrado hacia la mujer del piso de arriba. Por los diversos rostros de aquella mujer. Audaz, frágil, provocativa, sensible... ¿Cuál de todas aquéllas era ella? ¿Y por qué se había pasado él casi toda la noche con aquel rostro alojado en sus sueños?

Ni siquiera debería estar allí, se dijo. No tenía ninguna razón oficial para pasar su tiempo con ella. Era cierto que tenía la impresión de que aquel caso merecía sus desvelos. Era bastante serio. Pero ella era sólo una pequeña parte del todo. Y él se mentiría a sí mismo si dijera que siempre se tomaba tan a pecho una investigación.

Encontró dos tazas intactas. Había varias rotas tiradas alrededor. Porcelana de Meissen auténtica, advirtió Seth. Su madre tenía un juego que guardaba como oro en paño.

Seth estaba sirviendo el café cuando notó la presencia de Grace a su espalda.

—¿Solo?

—Sí, gracias —Grace entró e hizo una mueca al observar la cocina—. No dejó nada intacto, ¿eh? Supongo que creyó que podía haber guardado un diamante azul en el bote del café o en la caja de las galletas.

—La gente guarda sus posesiones valiosas en los sitios más extraños. Una vez, trabajé en un caso de robo en el que la afectada salvó el dinero que tenía en casa porque lo había guardado en una bolsa de plástico sellada en el fondo del contenedor de los pañales. ¿Qué ladrón que se precie se pone a rebuscar entre pañales?

Ella se echó a reír y bebió un sorbo de café. Aunque él no lo pretendiera, su historia la había hecho sentirse mejor.

—Visto así, guardar las cosas en una caja fuerte parece bastante estúpido. El que hizo esto no se llevó la plata, ni los aparatos electrónicos. Supongo, como tú dices, que tenía mucha prisa y se llevó sólo lo que le cupo en los bolsillos —se acercó a la ventana y miró fuera—. La ropa de Melissa está arriba. No he visto su bolso. Puede que también se lo llevara el asesino, o puede que esté enterrado bajo todo este desorden.

—Lo habríamos encontrado, si estuviera aquí.

Ella asintió con la cabeza.

—Lo había olvidado. Ya habéis registrado mis cosas —se dio la vuelta y, apoyándose en la encimera, miró a Seth por encima del borde de la taza—. ¿Las has revisado tú personalmente, teniente?

Él pensó en el camisón de seda roja.

—Algunas sí. Tienes tus propios grandes almacenes aquí.

—Siento debilidad por las cosas. Por toda clase de

cosas. Haces un café excelente, teniente. ¿No hay nadie que te lo haga por las mañanas?

—No. No en este momento —dejó el café a un
lado—. Eso no ha sido muy sutil.

—No pretendía serlo. No es que me importe tener
competencia. Pero me gusta saber si la tengo. Sigo
pensando que no me gustas, pero eso podría cambiar
—alzó una mano para acariciarse la punta de la
trenza—. ¿Por qué no estar preparada?

—A mí me interesa cerrar este caso, no jugar contigo..., Grace.

Sus palabras sonaron tan frías, tan absolutamente
desapasionadas, que aguijonearon el pundonor de
Grace.

—Supongo que no te gustan las mujeres agresivas.

—No especialmente.

—Bueno, entonces —sonrió mientras se acercaba a
él—, esto te va a parecer espantoso.

Con un movimiento ágil y sutil, Grace deslizó una
mano por su pelo y se apoderó de su boca.

IV

Un sobresalto, un relámpago envuelto en terciopelo negro, atravesó a Seth en una poderosa sacudida.
Empezó a darle vueltas la cabeza, su sangre comenzó
a bullir, y su vientre se estremeció. Ninguna parte de
su cuerpo permaneció ajena a la fulminante acome-
tida de aquella boca lasciva y sabia. Su sabor, inesperado y sin embargo familiar, se hundió en él como un
vino especiado y caliente que se le subió de inmediato a la cabeza, dejándolo aturdido, ebrio y desesperado.

Sus músculos se tensaron, como si estuvieran listos
para saltar, para apoderarse de lo que ya era, en cierto
modo, suyo. Le costó un terrible giro de la voluntad
mantener los brazos fijos a los lados, pese a que ansiaban extenderse y tomar lo que se les ofrecía. El olor
de Grace era tan oscuro y embriagador como su sabor. Incluso el leve y persuasivo zumbido que reso-
naba en la garganta de ella mientras frotaba su bellí-

simo cuerpo contra él, era un seductor atisbo de lo que podía ocurrir.

Él cerró los puños, contó despacio hasta cinco, volvió a abrirlos y dejó que su lucha interna se desatara mientras sus labios permanecían pasivos y su cuerpo rígido y envarado. No le daría la satisfacción de responder.

Grace sabía que aquello era un error. Lo había sabido incluso mientras se movía hacia él y le tendía los brazos. Había cometido errores otras veces, e intentaba no arrepentirse nunca de lo que no podía deshacerse. Pero de aquello se arrepentía.

Lamentaba profundamente que el sabor de Seth fuera único y perfecto para su paladar. Que el tacto de su pelo, la forma de sus hombros, la fortaleza de su pecho, todo aquello la excitara cuando, en realidad, era ella quien pretendía excitarlo a él, enseñarle lo que podía ofrecer. Si quería.

Sin embargo, arrastrada por el deseo, sumida en él por el encuentro de sus labios, estaba ofreciendo más de lo que pretendía. Y él no le dio nada a cambio.

Grace tomó el labio inferior de Seth entre sus dientes, lo mordió rápidamente, con fuerza, y ocultó una violenta oleada de decepción apartándose como si tal cosa y lanzándole una sonrisa divertida.

—Vaya, vaya, eres un tipo frío, ¿eh, teniente?

Él se limitó a inclinar la cabeza, a pesar de que le ardía la sangre con cada latido del corazón.

—No estás acostumbrada a que se te resistan, ¿verdad, Grace?

—No —ella se pasó suavemente la punta de un

dedo sobre el labio en un gesto al mismo tiempo distraído y provocativo. El sabor de Seth seguía tenazmente suspendido allí, insistiendo en que aquel era su sitio—. Claro que la mayoría de los hombres a los que he besado no tenía agua helada en las venas. Es una pena —apartó el dedo del labio y lo apoyó un instante en la boca de Seth—. Una boca tan bonita. Con tantas posibilidades... Tal vez no te gusten... las mujeres.

La sonrisa que él le lanzó dejó pasmada a Grace. Sus ojos brillaron con seductores tonos dorados. Su boca se suavizó con un encanto que poseía un atractivo perverso e impredecible. De pronto, le pareció accesible, casi infantil, y ello hizo que su corazón se llenara de anhelo.

—Tal vez —dijo él— no seas mi tipo.

Ella soltó una risa breve y seca.

—Querido, yo soy el tipo de todo hombre. En fin, lo consideraremos un experimento fallido y seguiremos adelante —diciéndose que era absurdo sentirse herida, Grace se acercó de nuevo y alzó las manos para enderezarle la corbata, que le había aflojado.

Seth no quería que lo tocara hallándose tan precariamente suspendido al borde de un abismo.

—Tienes un ego gigantesco.

—Supongo que sí —con las manos aún en la corbata, ella alzó la mirada y lo miró a los ojos. Al diablo, pensó. Si no podían ser amantes, tal vez pudieran ser amigos. El hombre que la había mirado con aquella sonrisa sería un buen amigo, un amigo sólido. De modo que le sonrió con una dulzura que sin trampa ni cartón, acabó atravesando el corazón de Seth con un golpe certero—. Claro que los hombres suelen ser muy previsibles. Tú sólo eres la excepción a la regla, Seth. El que la demuestra.

Bajó las manos, alisándole la chaqueta, y dijo algo más, pero el rugido que atronaba los oídos de Seth le impidió oírla.

Su aplomo se quebró. Lo sintió romperse como el sonido vibrante de una espada al romperse con violencia sobre una armadura. En un gesto del que apenas era consciente, hizo girarse a Grace, la apretó de espaldas contra la pared y empezó a devorar su boca.

El corazón de Grace pataleaba en su pecho, dejándola sin aliento. Se agarró a los hombros de Seth tanto para mantener el equilibrio como en respuesta al repentino y violento deseo que emanaba del cuerpo de él y que la traspasaba. Se rindió por completo y, rodeándole el cuello con los brazos, se vertió en él. «Por fin», pensó, aturdida. «Oh, sí, por fin».

Las manos de Seth recorrían su cuerpo, se amoldaban y de algún modo reconocían cada curva. Y aquel reconocimiento lo atravesaba como una ardiente oleada, tan abrasadora y real como el arrebato del deseo. Ansiaba aquel sabor, necesitaba sentirlo dentro de sí, tragárselo entero. Asaltaba su boca como un hombre que se alimentara tras un largo ayuno, llenándose de sus sabores, todos ellos ricos, oscuros, maduros y suculentos. Ella estaba allí, esperándolo, siempre lo había estado esperando. Y Seth sabía que, si no se apartaba, no podría seguir viviendo sin ella.

Apoyó las manos en la pared, a ambos lados de la cabeza de Grace, para no tocarla, para detenerse. Luchando por recuperar el aliento y la cordura, se apartó de ella y retrocedió. Ella siguió apoyada en la pared, con los ojos cerrados, sofocada de pasión. Cuando sus párpados revolotearon y se abrieron y aquellos ojos de un azul ardiente se enfocaron, él había conseguido dominarse.

—Impredecibles —logró decir ella, resistiendo apenas las ganas de llevarse las manos al corazón acelerado—. Sí, mucho.

—Te advertí que no pulsaras las teclas equivocadas —la voz de él era fresca, casi fría, y surtió el efecto de una bofetada.

Grace dio un respingo, sobresaltada. Se habría tambaleado de no estar apoyada en la pared. Los ojos de Seth se entornaron levemente al observar su reacción. ¿Estaba dolida?, se preguntó. No, eso era ridículo. Era una veterana en aquel juego, del que conocía todos los ángulos.

—Sí, en efecto —Grace se incorporó, estirando la columna altivamente, y procuró curvar los labios en una sonrisa desenfadada—. Pero me gustan tan poco las advertencias...

Él pensó que debería llevar una por ley: «¡Peligro! ¡Mujer!».

—Tengo cosas que hacer. Puedo darte cinco minutos más, si quieres que te espere mientras recoges tus cosas.

«Serás capullo», pensó ella. «¿Cómo puedes ser tan frío, estar tan tranquilo?».

—Puedes largarte, guapo. Estaré bien.

—Preferiría que no te quedaras sola en la casa de momento. Ve a recoger tus cosas.

—Es mi casa.

—En este momento, es la escena de un crimen. Te quedan menos de cuatro minutos y medio.

La rabia vibraba en el interior de Grace en pulsaciones ardientes y rápidas.

—No necesito nada de aquí —dio media vuelta y se dirigió a la puerta, pero se giró cuando él la agarró del brazo—. ¿Qué pasa?

—Necesitarás ropa —dijo él con paciencia—. Para un día o dos.

—¿De veras crees que me pondría algo que haya tocado ese cabrón?

—Ésa es una reacción estúpida y previsible —su tono no se suavizó lo más mínimo—. Y tú no eres una mujer estúpida, ni previsible. No te hagas la víctima, Grace. Ve a recoger tus cosas.

Tenía razón. Grace podía haberlo despreciado sólo por eso. Pero el deseo insatisfecho que seguía golpeándola era una razón de mayor peso. No dijo nada en absoluto. Simplemente, se dio la vuelta y se alejó.

Al no oír cerrarse la puerta de la calle, Seth pensó con satisfacción que había subido a hacer la maleta, tal y como le había dicho. Apagó la cafetera, aclaró las tazas y, tras dejarlas en la pila, salió a esperarla.

Era una mujer fascinante, pensó. Llena de temperamento, energía y vanidad. Y le estaba deshaciendo cuidadosamente, nudo a nudo. Cómo sabía qué hilos tenía que tocar, seguía siendo un misterio para él.

Había tomado a su cargo aquel caso, se recordó. Dirigir la oficina y delegar en otros era sólo parte del trabajo. Él necesitaba involucrarse, y se había involucrado en aquel asunto... y con ella. Grace sólo representaba una pequeña parte de un todo y tenía que tratarla con la misma objetividad con que trataba el resto del caso.

Alzó la mirada, sintiéndose de nuevo atraído por el retrato que le sonreía seductoramente. Tendría que ser una máquina, en vez de un hombre, para conservar la objetividad en lo que a Grace Fontaine concernía.

Era media tarde cuando al fin consiguió despejar su mesa un poco y dedicarse a una entrevista en mayor profundidad. Los diamantes eran la clave, y quería echarles otro vistazo. No lo había sorprendido que, durante su conversación telefónica con el doctor Lindstrum, del museo Smithsonian, éste hubiera ensalzado la integridad y el talento de Bailey James. Los diamantes que con tanto esfuerzo había protegido permanecían en Salvini, y a su cargo.

Al entrar en el aparcamiento del elegante edificio que, formando chaflán, albergaba la sede de la casa Salvini a las afueras de Washington, saludó inclinando la cabeza al agente uniformado que custodiaba la entrada. Y sintió un leve pinchazo de simpatía. El calor era infernal.

—Teniente —a pesar de que tenía el uniforme empapado de sudor, el agente se puso firme.

—¿La señorita James está dentro?

—Sí, señor. La tienda estará cerrada al público hasta la semana que viene —indicó con un gesto de la cabeza la sala de exposición en sombra a través de las gruesas puertas de cristal—. Hay un guardia en cada entrada, y la señorita James está en el nivel inferior. El acceso es más fácil por la parte de atrás, teniente.

—Está bien. ¿Cuándo llega su relevo, agente?

—Todavía me queda una hora —el agente no se enjugó la frente, a pesar de que deseaba hacerlo. Seth Buchanan tenía fama de estricto—. Rotamos cada cuatro horas, como ordenó.

—La próxima vez, tráigase una botella de agua —consciente de que el agente se desfondaría en cuanto le diera la espalda, Seth rodeó el edificio. Tras una breve conversación con el guardia de la parte de atrás, pulsó el timbre situado junto a la puerta de acero blindado.

—Soy el teniente Buchanan —dijo cuando Bailey respondió a través del intercomunicador—. Quisiera que me dedicara unos minutos.

Bailey tardó un rato en llegar a la puerta. Seth la vio salir del taller del piso inferior, al fondo del sinuoso corredor, y pasar las escaleras en las que se había escondido de un asesino sólo días antes. Él había inspeccionado dos veces el edificio de cabo a rabo. Sabía que no todo el mundo habría sobrevivido a lo que a ella le había sucedido allí.

Los cerrojos chasquearon y la puerta se abrió.

—Teniente —ella sonrió al guardia, disculpándose en silencio por su penoso deber—. Pase, por favor.

Parecía pulcra e impecable, pensó Seth, con su bonita blusa, sus pantalones de traje y su pelo rubio echado hacia atrás. Sólo las leves sombras que rodeaban sus ojos atestiguaban la angustia que había soportado.

—He hablado con el doctor Lindstrum —comenzó a decir Seth.

—Sí, me lo imaginaba. Le estoy muy agradecida por su comprensión.

—Las piedras han vuelto a su punto de partida.

Ella sonrió levemente.

—Bueno, al menos han vuelto donde estaban hace unos días. Quién sabe si volverán a Roma alguna vez. ¿Puedo ofrecerle algo fresco de beber? —señaló una máquina de refrescos de colores vivos que había junto a una pared oscura.

—Invito yo —Seth metió unas monedas en la máquina—. Me gustaría ver los diamantes y hablar un rato con usted.

—Está bien —ella apretó el botón del refresco que había elegido y recogió la lata que cayó rebotando con sonido metálico en la bandeja—. Están en el sótano —continuó hablando mientras le indicaba el camino—. He ordenado que reprogramen el sistema de alarma y las medidas de seguridad. Hace ya bastantes años que tenemos cámaras en la tienda, pero haré que las instalen también en las puertas y en los pisos de arriba y de abajo. En todas partes.

—Es buena idea —Seth concluyó que, bajo la apariencia frágil de Bailey, se ocultaba una sólida sensatez—. ¿Dirigirá usted el negocio ahora?

Ella abrió la puerta y vaciló un momento.

—Sí. Mi padrastro nos lo dejó a los tres. Mis hermanastros compartían entre ellos el ochenta por ciento. En caso de que alguno de los tres muriera sin herederos, su parte iría a parar a manos de los supervivientes —tomó aliento—. Y yo he sobrevivido.

—Eso debería alegrarle, Bailey, no causarle remordimientos.

—Sí, eso dice Cade. Pero, verá, antes tenía al menos la ilusión de que éramos una familia. Tome asiento. Voy a por las Estrellas.

Seth se adentró en el taller y observó el equipo y la larga mesa de trabajo. Intrigado, se acercó a examinar las piedras de colores que centelleaban y los tirabuzones de oro. Aquello iba a convertirse en un collar, se dijo mientras pasaba la punta de un dedo por la sedosa longitud de una cadena de eslabones muy prietos. Algo atrevido, casi pagano.

—Necesitaba volver al trabajo —dijo Bailey tras él—. Hacer algo... distinto, mío, supongo, antes de tener que enfrentarme a esto otra vez —dejó sobre la mesa una caja acolchada que contenía el trío de diamantes.

—¿Lo ha diseñado usted? —preguntó él, señalando la pieza que había sobre la mesa.

—Sí. Veo esa pieza en mi cabeza. No sé dibujar, pero visualizo las cosas. Quería hacer algo para M.J. y Grace para... —suspiró y se sentó en una banqueta—. Bueno, digamos que para celebrar que estamos vivas.

—Y éste es para Grace.

—Sí —ella sonrió, complacida porque lo hubiera adivinado—. Para M.J., veo algo más aerodinámico. Pero esto es para Grace —dejó cuidadosamente el trabajo sin acabar en una bandeja y deslizó entre ellos la caja acolchada que guardaba las tres Estrellas—. Nunca pierden su atractivo. Cada vez que las veo, me quedo asombrada.

—¿Cuánto tiempo tardará en acabar con ellas?

—Acababa de empezar cuando... cuando tuve que dejarlo —se aclaró la garganta—. Pero ya he verificado su autenticidad. Son diamantes azules. Sin embargo, tanto el museo como la compañía aseguradora desean una verificación más en profundidad. He de realizar una serie de pruebas, aparte de las que ya he hecho o empezado. Un experto en metales está comprobando el triángulo, pero me lo entregará para que pueda estudiarlo con detenimiento dentro de un día o dos. No creo que el museo tarde más de una semana en tener las piedras en su poder.

Seth tomó uno de los diamantes y, en cuanto lo tocó, comprendió que era el que había llevado Grace. Se dijo que era imposible. Su ojo de lego no podía distinguir una piedra de las otras. Sin embargo, sentía a Grace en el diamante. Dentro de él.

—¿Le resultará duro separarse de ellos?

—Debería decir que no, después de lo que ha pasado estos días. Pero sí, me resultará duro.

Seth se dio cuenta de pronto de que los ojos de Grace eran de aquel mismo color. No azul zafiro, sino del azul de aquel extraño y poderoso diamante.

—Vale la pena matar por esto —dijo suavemente, mirando la piedra que sostenía en la mano—. O morir por ello —luego, irritado consigo mismo, dejó de nuevo la piedra en su lugar—. Sus hermanastros tenían un cliente.

—Sí, hablaron de un cliente, discutieron sobre él. Thomas quería quedarse con el dinero, con la fianza inicial, y huir —el origen del dinero estaba siendo comprobado en ese momento, pero no había muchas esperanzas de rastrear su procedencia—. Timothy le dijo a Thomas que era un idiota, que no podría huir a ningún sitio. Que él, el cliente, lo encontraría. Que ni siquiera era humano. Eso, o algo parecido, fue lo que dijo Timothy. Los dos tenían miedo, estaban aterrorizados, y también sumamente desesperados.

—Por sus vidas.

—Sí, supongo que sí.

—Tiene que tratarse de un coleccionista. Nadie podría mover estas piedras para revenderlas —miró las gemas que centelleaban en sus bandejas como hermosas estrellas—. Usted compra y vende a coleccionistas de gemas.

—Sí..., naturalmente no a la escala de las tres Estrellas, pero sí —se pasó los dedos distraídamente por el pelo—. Los clientes acuden a nosotros con una piedra, o con un pedido para que se la consigamos. También compramos ciertas gemas por probar, pensando en algún cliente en particular.

—Entonces, ¿hay una lista de clientes? Nombre, preferencias...

—Sí, y también llevamos el registro de lo que compra o vende cada cliente —juntó las manos—. Thomas lo guardaba en su despacho. Timothy tenía copias. Voy a buscarlo.

Seth le tocó el hombro ligeramente antes de que ella pudiera bajarse de la banqueta.

—Iré yo.

Ella dejó escapar un suspiro de alivio. Aún no se había atrevido a subir al piso de arriba y entrar en la habitación donde había presenciado un asesinato.

—Gracias.

Él sacó su libreta.

—Si le pidiera que nombrara a los coleccionistas de gemas más importantes, a sus mejores clientes, ¿qué nombres le vendrían a la cabeza?

—Mmm —concentrándose, ella se mordisqueó el labio—. Peter Morrison en Londres, Sylvia Smithe-Simmons en Nueva York, Henry y Laura Muller aquí, en Washington, Matthew Wolinski en California... Y supongo que también Charles van Horn aquí, en Washington, aunque es un principiante. En los últimos dos años le hemos vendido tres piedras bellísimas. Una era un ópalo espectacular que a mí me encantaba. Todavía estoy esperando que me deje engarzarlo. Tengo pensados unos diseños que... —se sacudió, interrumpiéndose al darse cuenta de por qué le había preguntado él—. Teniente, yo conozco a esas personas. He tratado con ellas personalmente. Los Muller eran amigos de mi padrastro. La señorita Smythe-Simmons tiene más de ochenta años. Ninguno de ellos es un ladrón.

Él no se molestó en levantar la mirada, sino que siguió escribiendo.

—Entonces, podremos tacharlos de la lista. Juzgar por las apariencias es muy arriesgado en una investigación, señorita James. Y ya hemos cometido demasiados errores.

—Sobre todo, yo —aceptando aquel hecho, ella apartó su refresco sin abrir sobre la mesa—. Debí ir a la policía enseguida. Debí contarles a las autoridades lo que sabía, o al menos mis sospechas. Si lo hubiera hecho, varias personas seguirían vivas.

—Es posible, pero no tenemos la certeza de ello —Seth alzó la cabeza y advirtió la mirada angustiada de aquellos suaves ojos castaños. Sintió compasión por ella—. ¿Sabía usted que su hermanastro estaba siendo chantajeado por un prestamista de segunda fila?

—No —murmuró ella.

—¿Sabía que alguien estaba moviendo los hilos, apretándole las tuercas hasta el punto de convertir a su hermanastro en un asesino?

Ella sacudió la cabeza de un lado a otro, mordiéndose el labio.

—Las cosas que no sabía eran el problema, ¿no? Puse en peligro a las dos personas que más quiero y luego me olvidé de ellas.

—La amnesia no es una elección. Y sus amigas se las arreglaron bastante bien. Siguen haciéndolo. De hecho, he visto a la señorita Fontaine esta misma mañana. Me pareció que tenía muy buen aspecto.

Bailey advirtió su leve tono de desdén y se volvió hacia él.

—Usted no entiende a Grace. Yo habría jurado que un hombre con su profesión sería más perspicaz.

Seth percibió un atisbo de piedad en su voz, y se sintió dolido.

—Siempre me he considerado perspicaz.

—La gente rara vez lo es, tratándose de Grace. Sólo ven lo que ella deja que vean..., a menos que se molesten en mirar más allá de las apariencias. Grace es la persona más generosa que he conocido —Bailey advirtió un fugaz destello de sorna en la mirada de Seth y sintió que su enojo aumentaba. Furiosa, se bajó de la banqueta—. Usted no sabe nada de ella, pero ya la desprecia. ¿Se imagina usted por lo que está pasando en este momento? Su prima ha sido asesinada... y en su casa.

—Ella no tiene la culpa de eso.

—Eso es fácil decirlo. Pero ella se sentirá responsable, y su familia la culpará a ella. Es fácil echarle la culpa a Grace.

—Usted no lo hace.

—No, porque la conozco. Y sé que lleva toda la vida enfrentándose a prejuicios como los suyos. Su modo de enfrentarse a ellos es hacer lo que se le antoja, porque, haga lo que haga, los prejuicios rara vez cambian. Ahora mismo está con su tía, supongo, soportando el varapalo de siempre —su voz se iba encendiendo a medida que las emociones se agolpaban dentro de ella—. Esta noche hay un funeral por Melissa, y sus parientes la machacarán, como hacen siempre.

—¿Y eso por qué?

—Porque es lo único que saben hacer —quedándose

sin fuerzas, Bailey giró la cabeza y miró las tres Estrellas. Amor, conocimiento y generosidad, pensó. ¿Por qué parecía haber tan poco de aquellas tres cosas en el mundo?—. Tal vez deba usted mirar con más detenimiento, teniente Buchanan.

Ya había mirado de sobra a Grace, pensó él. Y estaba perdiendo el tiempo.

—Salta a la vista que inspira sentimientos de lealtad en sus amigas —comentó—. Voy a buscar esas listas.

—Ya conoce el camino —despidiéndolo sin cumplidos, Bailey tomó las piedras y volvió a llevarlas al sótano.

Grace vestía de negro, y nunca le había apetecido menos llorar. Eran las seis de la tarde y empezaba a caer un ligero chubasco que prometía convertir la ciudad en una enorme sala de calderas en vez de refrescar el ambiente. El dolor de cabeza que llevaba horas cuajándose insidiosamente ahuyentó con un bufido el efecto de la aspirina que ya se había tomado y cobró vida con violencia.

Quedaba una hora para el velatorio, que había organizado ella sola a toda prisa por expresa petición de su tía. Helen Fontaine se estaba enfrentando al dolor a su modo, como hacía todo lo demás. En ese caso, lo hizo recibiendo a Grace con los ojos secos y una mirada fría y condenatoria. Atajando cualquier ofrecimiento de apoyo o compasión. Y exigiendo que los funerales tuvieran lugar inmediatamente, y a cuenta de Grace.

Vendrían de todas partes, se dijo Grace mientras se paseaba por la enorme habitación vacía con sus bancadas de flores, sus gruesas cortinas rojas y su densa moqueta. Aquellos acontecimientos solían ser notificados a la prensa, era lo que se esperaba. Pero los Fontaine jamás le daban a la prensa un hueso que roer. Salvo, claro está, si se trataba de Grace.

No había sido difícil encontrar un tanatorio, encargarse de la música, de las flores, de los sabrosos canapés. Sólo habían hecho falta unas cuantas llamadas telefónicas y la mención del nombre de los Fontaine. La propia Helen había llevado la fotografía, una instantánea grande y a color, en un reluciente marco de plata, que decoraba ahora una mesa de caoba pulimentada, flanqueada por rosas rojas colocadas en los pesados jarrones de plata que tanto le gustaban a Melissa.

El cuerpo no estaría a la vista. Grace lo había organizado todo para que los restos mortales de Melissa fueran sacados del depósito, y ya había expedido el cheque para pagar la cremación y la urna que su tía había elegido. Nadie le había dado las gracias, ni había reconocido sus esfuerzos. Pero nadie lo esperaba tampoco.

Las cosas habían sido así desde el momento en que Helen se convirtió en su tutora legal. Grace había tenido cubiertas las necesidades básicas... al estilo de los Fontaine. Hermosas casas en varios países en las que vivir, comidas espléndidas, ropa elegante y una educación excelente. Y, entre tanto, le habían repetido incesantemente cómo debía comer, vestirse, comportarse y a qué personas podía favorecer con su amistad y a cuáles no. Le habían recordado sin descanso la buena suerte, inmerecida, naturalmente, que tenía porque semejante familia la respaldara. Había sido atormentada sin contemplaciones por la prima a la que esa noche debía llorar, por ser huérfana y dependiente. Por ser Grace.

Ella se había rebelado contra todo aquello, contra cada faz, cada expectativa, cada exigencia. Se había negado a ser maleable, dócil y previsible. El dolor de la muerte de sus padres se había disipado poco a poco, y, con él, su necesidad desesperada de amor y comprensión.

Le había dado carnaza de sobra a la prensa. Fiestas salvajes, amoríos insensatos, despilfarro a manos llenas. Pero, pese a que eso no había aliviado su dolor, Grace había encontrado otra cosa. Algo que la hacía sentirse decente y completa. Se había encontrado a sí misma.

Esa noche, actuaría tal y como su familia esperaba. Y superaría las siguientes e inacabables horas sin permitir que hicieran mella en ella.

Se sentó pesadamente en el sofá de mullidos asientos de terciopelo. La cabeza le martilleaba. Tenía el estómago encogido. Cerrando los ojos, procuró relajarse. Pasaría sola aquella última hora, preparándose para lo que seguiría a continuación.

Pero apenas había respirado hondo por segunda vez cuando oyó pasos amortiguados sobre la gruesa moqueta. Sus hombros se envararon, su columna se puso tiesa. Abrió los ojos. Y vio a Bailey y M.J. Cerró los ojos de nuevo, sintiendo una patética oleada de gratitud.

—Os dije que no vinierais.

—Sí, como si fuéramos a hacerte caso —M.J. se sentó a su lado y la tomó de la mano.

—Cade y Jack están aparcando el coche —Bailey tomó asiento al otro lado y le agarró la otra mano—. ¿Qué tal estás?

—Mejor —apretó las manos de sus amigas y sus ojos se llenaron de lágrimas—. Mucho mejor ahora.

En una extensa finca, no muy lejos de donde Grace permanecía sentada con aquéllos que la querían, un hombre contemplaba la lluvia sibilante.

Todo el mundo le había fallado, pensaba. Muchos habían pagado por su fracaso. Pero la venganza era un pobre sustituto para las tres Estrellas.

Sólo un retraso, se dijo, intentando consolarse. Las Estrellas eran suyas, le estaban destinadas a él. Había soñado con ellas, las había sostenido en sus manos en esos sueños. A veces las manos eran humanas y a veces no, pero siempre eran sus manos.

Bebió vino y, mientras observaba la lluvia, sopesó sus opciones. Aquellas tres mujeres habían retrasado sus planes. Era humillante, y tendrían que pagar por ello.

Los Salvini estaban muertos: Bailey James.

Los ineptos que había contratado para recuperar la segunda Estrella, también: M.J. O'Leary.

El hombre al que había enviado con órdenes de

recuperar la tercera Estrella a cualquier precio también estaba muerto: Grace Fontaine.

Sonrió. Aquello había sido un desliz, pues había liquidado a aquel necio mentiroso con sus propias manos. Decirle que había habido un accidente, que la mujer se había resistido, que había intentado huir y se había matado al caer desde lo alto de la escalera. Decirle a él que había registrado cada rincón de la casa sin encontrar la piedra.

Aquel revés había sido bastante irritante, pero descubrir que la muerta no era Grace Fontaine y que el muy imbécil había robado dinero y joyas sin informarle... Semejante deslealtad no podía tolerarse.

Sonriendo soñadoramente, se sacó un pendiente de diamantes del bolsillo. Grace Fontaine lo había llevado en el delicioso lóbulo de su oreja, pensó. Él lo guardaba como un amuleto de la buena suerte, mientras consideraba qué pasos debía dar a continuación.

Sólo restaban unos días para que las Estrellas estuvieran en el museo. Sacarlas de sus salas costaría meses, si no años, de planificación. Y él no tenía intención de esperar tanto.

Tal vez había fracasado porque era demasiado cauteloso, porque había procurado mantenerse al margen de los acontecimientos. Tal vez los dioses exigían que corriera mayores riesgos. Una implicación más personal.

Era hora, decidió, de salir de entre las sombras, de enfrentarse cara a cara con las mujeres que le habían arrebatado lo que era suyo. Sonrió otra vez, excitado

por la idea y complacido por las posibilidades que
ofrecía.

Cuando llamaron a la puerta, respondió con buen
humor:

—Entre.

El mayordomo, vestido de negro, no se aventuró
más allá del umbral. Su voz carecía de inflexiones.

—Le ruego me disculpe, embajador. Sus invitados
están aquí.

—Muy bien —apuró el vino y dejó la copa de cristal
vacía sobre la mesa—. Enseguida bajo.

Cuando la puerta se cerró, él se acercó al espejo,
examinó su impecable esmoquin, el brillo de los
gemelos de diamantes, el fulgor del fino reloj de
oro que llevaba en la muñeca. Luego observó su
rostro: los contornos suaves, la piel cuidada y levemente bronceada, la aristocrática nariz, la boca
firme, si bien algo fina. Se pasó una mano por la cabellera negra, hilvanada de gris y perfectamente
peinada.

Luego, despacio, sonriendo, se miró a los ojos.
Aquellas pupilas de un azul pálido, casi translúcido, le
devolvieron la sonrisa. Sus invitados verían lo que
veía él: un hombre apuesto de cincuenta y dos años,
culto y educado, cortés y refinado. No adivinarían los
designios que albergaba su corazón. No verían sangre
en sus manos, a pesar de que hacía sólo veinticuatro
horas que las había usado para matar.

Le causaba un gran placer recordarlo mientras
pensaba que en unos minutos estaría cenando con todas esas personas elegantes. Y que sería capaz de ma-

tar a cualquiera de ellos con un solo giro de las manos. Con absoluta impunidad.

Se rió para sus adentros: una risa baja y seductora,
levemente estremecedora. Volvió a guardarse el pendiente de diamantes en el bolsillo y salió de la habitación.

El embajador estaba loco.

8

Lo primero que pensó Seth al entrar en el salón del funeral era que aquello parecía más un tedioso cóctel que un velatorio. Los invitados permanecían de pie o sentados en pequeños grupos, muchos de ellos comiendo canapés o bebiendo vino. Bajo los compases amortiguados de un estudio de Chopin, resistía un murmullo de voces. De vez en cuando se oía un tintineo de risas.

Llantos no se oían.

Las luces, respetuosamente atenuadas, realzaban el fulgor del oro y las piedras preciosas. La fragancia de las flores se mezclaba y confundía con los perfumes de los invitados. Seth observó aquellos rostros, elegantes y aburridos, pero no vio atisbo alguno de dolor.

Sin embargo, vio a Grace. Permanecía de pie, con la mirada alzada hacia un hombre alto y delgado cuyo bronceado realzaba su pelo dorado y sus brillantes ojos azules. Aquel hombre sostenía la mano de Grace y sonreía con simpatía. Parecía hablarle rápida y persuasivamente. Ella sacudió la cabeza una vez, apoyó la mano sobre el pecho de aquel hombre y luego se dejó arrastrar a la antesala.

Los labios de Seth se curvaron automáticamente en una mueca de desdén. Un funeral era una ocasión estupenda para ligar.

—Buchanan —Jack Dakota se acercó a él. Observó el salón y se metió las manos en los bolsillos de la chaqueta de traje, que hubiera deseado tener guardada todavía en el armario—. Menuda fiesta.

Seth vio cómo dos mujeres se besaban en el aire.

—Eso parece.

—Una a la que ningún hombre en su sano juicio querría asistir.

—Yo estoy aquí en misión oficial —dijo él secamente. En realidad, el asunto que lo había llevado allí podía haber esperado hasta el día siguiente, se dijo. Debería haber esperado. Le irritaba haberse desviado de su camino, haber estado pensando en Grace, no poder quitársela de la cabeza. Se sacó del bolsillo una fotografía policial y se la entregó a Jack—. ¿Lo conoce?

Jack observó la fotografía, pensativo. Un tipo pijo, pensó. De aspecto vagamente europeo, con el pelo negro engominado, los ojos oscuros y los rasgos refinados.

—No. Parece un modelo de colonia.

—¿No lo vio durante las asombrosas aventuras de su fin de semana?

Jack le echó un último vistazo, más atento, a la fotografía, y se la devolvió a Seth.

—No. ¿Cuál es su relación con el caso?

—Sus huellas estaban por toda la casa de Potomac.

El interés de Jack aumentó.

—¿El que mató a la prima?

Seth miró fríamente a los ojos de Jack.

—Eso está aún por determinar.

—No me venga con ese rollo policial, Buchanan. ¿Qué ha dicho ese tío? ¿Que se pasó por allí vendiendo aspiradores?

—No ha dicho nada. Estaba flotando boca abajo en el río.

Mascullando una maldición, Jack paseó de nuevo la mirada por el salón y se relajó un poco al ver a M.J. con Cade.

—El depósito estará hasta arriba. ¿Sabe quién era?

Seth se dispuso a soslayar la pregunta. No le gustaban las profesiones que estaban un paso por detrás de la de policía. Pero indudablemente el cazarrecompensas y el detective privado estaban involucrados en aquel asunto. Y la relación, se dijo, era insoslayable.

—Carlo Monturri.

—No me suena.

Seth no esperaba otra cosa, pero a la policía de varios continentes aquel nombre sí le sonaba.

—Ése era demasiado para usted, Dakota. Era de los que tienen abogados caros en retaguardia y no usan a prestamistas de tres al cuarto para conseguir la fianza —mientras hablaba, los ojos de Seth se movían en torno a la sala, barriendo cada rincón, anotando los detalles, los gestos, el ambiente—. Antes de bañarse por última vez, era un matón caro. Trabajaba solo porque no le gustaba compartir la diversión.

—¿Algún contacto en esta zona?

—Estamos comprobándolo.

Seth vio que Grace salía de la antesala. El hombre que iba con ella le rodeó los hombros con el brazo, apretándola en un íntimo abrazo, y la besó. Un destello de rabia se encendió en las entrañas de Seth.

—Discúlpeme.

Grace lo vio en cuanto empezó a cruzar la sala. Le dijo algo en voz baja al hombre que estaba con ella, se desasió y se despidió de él. Estirando la espalda, compuso una sonrisa despreocupada.

—Teniente, no te esperábamos.

—Lamento entrometerme en su... —le lanzó una mirada al hombre rubio, que se estaba sirviendo una copa de vino—... dolor.

Grace advirtió su sarcasmo, pero no se inmutó.

—Supongo que habrás venido por alguna razón.

—Me gustaría hablar contigo un momento... en privado.

—Desde luego —ella se volvió para acompañarlo y se topó cara a cara con su tía—. Tía Helen...

—Si pudieras dejar de atender a tus pretendientes un momento —dijo Helen con frialdad—, quisiera hablar contigo.

—Discúlpame —le dijo Grace a Seth, y entró de nuevo en la antesala.

Seth pensó en alejarse, en dejar que hablaran solas. Pero se quedó donde estaba, a dos pasos de la puerta. Se dijo que en una investigación por asesinato no había cabida para sentimentalismos. A pesar de que ellas hablaban en voz baja, las oía con bastante claridad.

—Supongo que las cosas de Melissa estarán en tu casa —comenzó a decir Helen.

—No lo sé. Todavía no he podido revisar la casa detenidamente.

Helen guardó silencio un momento, observando a su sobrina a través de unos fríos ojos azules. Su terso cutis, cuidadosamente maquillado, no mostraba los estragos del dolor. Su pelo era muy liso y de un elegante rubio ceniza. Acababa de hacerse la manicura y en sus manos relucían la alianza de bodas, a pesar de que había compartido poco más que el nombre de su marido durante más de una década, y un zafiro cuadrado que le había regalado su último amante.

—No creo que Melissa fuera a tu casa sin llevar una bolsa. Quiero sus cosas, Grace. Todas sus cosas. No te quedarás con nada.

—Yo nunca quise nada suyo, tía Helen.

—¿Ah, no? —su voz crujió: el chasquido de un látigo—. ¿Acaso crees que no me contó que te acostabas con su marido?

Grace se limitó a suspirar. Aquello era nuevo y, sin embargo, resultaba asquerosamente familiar. El matrimonio de Melissa había sido un notorio fracaso. Pero había que culpar a un tercero. Es decir, a Grace.

—Yo nunca me he acostado con Bobbie. Ni antes, ni durante, ni después de su matrimonio.

—¿Y a quién crees que voy a creer? ¿A ti o a mi propia hija?

Grace ladeó la cabeza y esbozó una agria sonrisa.

—A tu hija, naturalmente. Como siempre.

—Siempre has sido una mentirosa y una chismosa. Eres una desagradecida, una carga que asumí por lealtad a mi familia y que nunca me dio nada a cambio. Eras una cría consentida y soberbia cuando te acogí en mi casa, y no has cambiado.

El estómago de Grace se retorció violentamente. Para defenderse, sonrió y se encogió de hombros. Se pasó una mano con aparente despreocupación por el pelo, recogido en un moño.

—No, supongo que no he cambiado. Tendré que seguir siendo una decepción para ti, tía Helen.

—Mi hija seguiría viva si no fuera por ti.

Grace deseó que su corazón se entumeciera. Pero le dolía y le ardía.

—Sí, tienes razón.

—Le advertí sobre ti, le dije una y otra vez cómo eras. Pero tú siempre la engatusabas, jugabas con su afecto.

—¿Afecto, tía Helen? —con una media risa, Grace se llevó los dedos a la sien izquierda, que seguía doliéndole—. Ni siquiera tú puedes creer que Melissa sintiera una sola pizca de afecto por mí. A fin de cuentas, salía a ti.

—¡Cómo te atreves a hablar de ella en ese tono, después de haberla matado! —los ojos de Helen ardían, llenos de desprecio—. Siempre la has envidiado, usabas tus mañas para influir en ella. Y tu asqueroso estilo de vida la ha matado. Has vuelto a hacer caer el escándalo y la vergüenza sobre el nombre de esta familia.

Grace se puso rígida. Aquello no era dolor, se dijo.

Quizá el dolor estuviera allí, enterrado muy al fondo, pero lo que había en superficie era ponzoña. Y estaba harta de que la dirigieran contra ella.

—Eso es lo único que te importa, ¿verdad, tía Helen? El nombre de los Fontaine, la reputación de los Fontaine. Y, naturalmente, el dinero de los Fontaine. Tu hija está muerta, pero es el escándalo lo que te pone furiosa —aceptó la bofetada de su tía sin parpadear, a pesar de que el golpe que imprimió calor en su mejilla, hacía afluir la sangre hacia la superficie. Respiró hondo, largamente—. Esto zanja definitivamente las cosas entre tú y yo —dijo con voz llana—. Haré que te manden las cosas de Melissa lo antes posible.

—Quiero que salgas de aquí —la voz de Helen tembló por primera vez, aunque Grace no habría podido decir si por dolor o por rabia—. No hay sitio para ti aquí.

—En eso también tienes razón. No lo hay. Nunca lo ha habido.

Grace salió de la sala. El color, que había abandonado su cara, se avivó ligeramente al encontrarse con los ojos de Seth. No podía interpretar su expresión en tan breve mirada, ni quería hacerlo. Sin aminorar el paso, pasó a su lado y siguió caminando.

La llovizna que enturbiaba el aire era un alivio. Grace se alegró de sentir el calor tras padecer el aire artificialmente frío del interior y el olor denso y sofocante de las flores del funeral. Sus tacones resonaron sobre el pavimento mojado cuando cruzó el aparcamiento en dirección a su coche. Estaba hur-

NORA ROBERTS

gando en su bolso, buscando las llaves, cuando Seth la agarró por el hombro.

Él no dijo nada al principio, se limitó a darle la vuelta y a observar su rostro. Estaba pálido otra vez, salvo por la marca enrojecida de la bofetada, y los ojos sombríos y llorosos contrastaban vivamente con su tez. Seth la sentía estremecerse bajo la palma de la mano.

—Tu tía no tiene razón.

La humillación asestó un nuevo golpe al abrumado cuerpo de Grace. Apartó el hombro de un tirón, pero él no quitó la mano.

—¿Eso forma parte de tus técnicas de investigación, teniente? ¿Fisgar detrás de las puertas las conversaciones privadas?

¿Se daba cuenta ella, se preguntaba Seth, de que su voz sonaba áspera, de que sus ojos tenían una expresión desolada? Él deseaba violentamente alzar una mano hasta la marca de su cara y refrescarla. Borrarla.

—Tu tía no tenía razón —dijo otra vez—. Y ha sido cruel. Tú no tienes la culpa.

—Claro que la tengo —ella se apartó e intentó meter la llave en la cerradura de la puerta del coche. Tras tres intentos fallidos, abandonó y las llaves cayeron tintineando al pavimento mojado mientras él la tomaba en sus brazos.

—Oh, Dios —estremeciéndose, ella apretó la cara contra su pecho—. Oh, Dios.

Seth no quería abrazarla, no quería ser él quien la consolara. Pero sus brazos la rodearon antes de que pudiera detenerse, y una mano acarició su pelo.

—No te merecías eso, Grace. No has hecho nada para merecerlo.

—No importa.

—Sí, sí que importa —Seth se sintió flaquear, la atrajo hacia sí, intentando disipar sus temblores—. Siempre importa.

—Sólo estoy cansada —Grace se apretó contra él mientras la lluvia densificaba el aire. Allí había fortaleza, se dijo. Era un refugio. Una respuesta—. Sólo estoy cansada.

Alzó la cabeza y sus bocas se encontraron antes de que se dieran cuenta de que lo deseaban. Grace emitió un leve gemido de gratitud y alivio. Abrió su corazón magullado al beso y, cerrando los brazos alrededor de Seth, lo urgió a tomarlo.

Llevaba mucho tiempo esperándolo, y, demasiado aturdida para preguntarse el porqué, se ofreció a él. Sin duda el consuelo, el placer y aquel deseo que todo lo consumía eran razones suficientes. La boca de Seth era firme, la que siempre había querido. Su cuerpo era duro y sólido, el complemento perfecto para ella. «Aquí está», pensó dejando escapar un profundo suspiro de felicidad.

Seguía temblando, y Seth sintió que sus propios músculos se estremecían. Deseaba tomarla en brazos, alejarla de la lluvia y llevarla a algún lugar tranquilo y oscuro donde pudieran estar solos. Donde pudieran pasar una eternidad juntos.

El latido del corazón le atronaba la cabeza, amortiguando el ruido de los coches que se deslizaban chapoteando sobre el pavimento mojado, más allá del aparcamiento. Sus rápidas palpitaciones ensordecían la vocecilla de advertencia que pugnaba por hacerse oír en un rincón de su cerebro, diciéndole que se retirara, que se alejara de allí. Nunca había deseado nada tanto como deseaba perderse en ella y olvidarse de las consecuencias.

Embargada por la emoción y el deseo, Grace lo abrazaba con fuerza.

—Llévame a casa —murmuró contra su boca—. Seth, llévame a casa, hazme el amor. Necesito que me toques. Quiero estar contigo —su boca buscó de nuevo la de Seth en una súplica desesperada de la que no se creía capaz.

Cada célula del cuerpo de Seth ardía de deseo por ella. Todos sus deseos parecían haberse fundido en uno solo, y era por ella. Su reconcentración casi violenta le hacía sentirse vulnerable y trémulo. Y furioso. Poniendo las manos sobre sus hombros, la apartó.

—Para algunos, el sexo no lo soluciona todo.

Su voz no había sonado tan fría como pretendía, pero sí lo bastante crispada para impedir que Grace le tendiera de nuevo los brazos. ¿Sexo?, pensó ella mientras intentaba aclarar sus confusas ideas. ¿De veras creía él que se refería a algo tan simple como el sexo? Entonces se fijó en su semblante, en la línea endurecida de su boca, en la leve expresión enojada de sus ojos, y se dio cuenta de que así era. Su orgullo quedó hecho jirones, pero logró aferrarse a unos cuantos hilos.

—Parece que para ti no lo es —alzando la mano, se atusó el pelo y se enjugó las gotas de lluvia de la cara—.

O, si lo es, eres de los que se empeñan en llevar la iniciativa —curvó los labios, a pesar de que los tenía fríos
y rígidos—. Te habría parecido genial si hubieras dado
tú el primer paso. Pero, si lo doy yo, eso me convierte
en una... ¿Cómo me llamarías tú? ¿Una perdida?

—No creo que usara ese término.

—No, eres demasiado comedido para recurrir a los
insultos —Grace se agachó, recogió sus llaves mojadas
y las agitó en la mano mientras observaba a Seth—.
Pero tú también me deseabas, Seth. Tu autodominio
no ha sido suficiente para enmascarar ese pequeño
detalle.

—No espero poseer todo lo que deseo.

—¿Y por qué no? —ella dejó escapar una risa breve
y seca—. Estamos vivos, ¿no? Y tú, más que nadie, deberías saber lo angustiosamente corta que puede ser
la vida.

—No tengo que explicarte cómo vivo mi vida.

—No, claro. Pero es evidente que estás muy dispuesto a cuestionar cómo vivo yo la mía —su mirada
se deslizó más allá de él, hacia las luces que iluminaban el tanatorio—. Estoy muy acostumbrada a eso.
Hago lo que me viene en gana, sin pensar en las consecuencias. Soy egoísta, egocéntrica y despreocupada
—alzó un hombro mientras se daba la vuelta y abría la
puerta del coche—. En cuanto a los sentimientos, ¿qué
derecho tengo a ellos? —se metió en el coche y le
lanzó una última mirada. Su boca se curvó con seductora facilidad, pero aquella sonrisa provocativa no
alcanzó sus ojos, ni ocultó el dolor de su expresión—.
En fin, quizás en otra ocasión, guapo.

Seth vio alejarse su coche entre la lluvia. Habría otra ocasión, se dijo, aunque no fuera más que porque no le había mostrado la fotografía. No había tenido valor, pensó, para aumentar su infelicidad esa noche.

Sentimientos, pensó mientras se dirigía hacia su coche. Grace los tenía a raudales. Seth sólo deseaba poder comprenderlos. Se metió en el coche y cerró la puerta. Ojalá entendiera los suyos propios.

Por primera vez en su vida, una mujer tenía su corazón en las manos. Y lo estaba estrujando.

Seth se decía que no estaba posponiendo encontrarse de nuevo con Grace. La mañana posterior al funeral tuvo muchísimo trabajo. Y cuando encontró un momento para salir de la oficina, se fue a hablar con M.J. Era cierto que podía haberle encargado aquella misión a uno de sus hombres. A pesar de que el comisario le había ordenado que dirigiera la investigación y le dedicara toda su atención, Mick Marshall, el detective que se había ocupado del caso al principio, podía haberse encargado de interrogar a M.J. O'Leary.

Seth se vio obligado a admitir que quería hablar personalmente con ella y que confiaba en sonsacarle algunos detalles sobre Grace Fontaine.

El M.J's era un bar de barrio acogedor y agradable, decorado con maderas oscuras, reluciente bronce y taburetes y bancos con mullidos cojines. A media tarde había pocos clientes y el ambiente era tranquilo.

Dos hombres con pinta de universitarios compartían una mesa, un par de jarras de cerveza y una intensa partida de ajedrez. Un hombre mayor estaba sentado a la barra, haciendo el crucigrama del diario de la mañana, y tres mujeres, a cuyos pies se amontonaban bolsas de unos grandes almacenes, se encorvaban sobre sus copas, riendo. El barman miró la placa de Seth y le dijo que encontraría a la jefa arriba, en la oficina. Seth la oyó antes de verla.

—Mira, tío, si quisiera caramelos de menta, habría pedido caramelos de menta. Pedí panchitos y los quiero aquí a las seis. Sí, ya. Yo conozco a mis clientes. Tráeme los jodidos panchitos ya mismo.

Estaba sentada detrás de una mesa desvencijada y atestada de cosas. Su casquete de pelo rojo y corto se levantaba en puntas. Seth la vio pasarse los dedos por el pelo mientras colgaba el teléfono y apartaba a un lado un montón de albaranes. Si aquello era su idea de archivar, pensó Seth, encajaba con el resto de la habitación. Era ésta apenas lo bastante grande para darse la vuelta y estaba llena de cajas, archivadores y papeles. Había también una silla mugrienta que sostenía un bolso enorme y rebosante.

—Señorita O'Leary...

Ella alzó la mirada, todavía con el ceño fruncido. Su expresión no se suavizó al reconocer al teniente.

—Justo lo que necesitaba para que el día fuera perfecto. Un poli. Mire, Buchanan, tengo muchas cosas que hacer. Como sabe, últimamente he perdido unos cuantos días de trabajo.

—Entonces, intentaré ir al grano —Seth entró en el

despacho, se sacó la fotografía del bolsillo y la tiró sobre la mesa, debajo de la nariz de M.J.—. ¿Le suena de algo?

Ella frunció los labios mientras observaba detenidamente aquella cara atractiva y relamida.

—¿Es el tipo del que me habló Jack? ¿El que mató a Melissa?

—El caso Melissa Fontaine sigue abierto. Ese hombre es un posible sospechoso. ¿Lo reconoce usted?

Ella hizo girar los ojos y apartó la foto hacia Seth.

—No. Pero tiene pinta de capullo. ¿Grace lo ha reconocido?

Él ladeó la cabeza ligeramente en una singular señal de interés.

—¿Conoce su amiga a muchos tipos con pinta de capullos?

—A demasiados —masculló M.J.—. Jack me dijo que anoche se pasó usted por el velatorio para enseñarle la foto a Grace.

—Estaba... ocupada.

—Sí, fue una noche muy dura para ella —M.J. se frotó los ojos.

—Eso parece, aunque al principio pareció llevarlo bastante bien —bajó de nuevo la mirada hacia la foto y pensó en el tipo que había besado a Grace en el funeral—. Éste parece su tipo.

M.J. bajó la mano y entornó los ojos.

—¿Qué insinúa?

—Sólo eso —Seth se guardó la foto—. A juzgar por el tipo de hombre, éste no parece, al menos a simple vista, muy distinto a ése con el que estaba tan acaramelada en el funeral.

—¿Acaramelada? —los ojos entornados de M.J. se volvieron brillantes como furiosas llamas verdes—. Grace no estaba acaramelada con nadie.

—Un tipo de un metro ochenta y cinco, más o menos. Unos ochenta kilos, pelo rubio, ojos azules, traje italiano de cinco mil dólares y un montón de dientes.

Ella sólo tardó un momento en reconocerlo. En cualquier otra ocasión, se habría echado a reír. Pero la fría expresión de desdén de Seth la hizo enfurecerse.

—Estúpido hijo de perra, ése era su primo Julian, que estaba intentando darle un sablazo, como hace siempre.

Él frunció el ceño, rebobinó y revisó de nuevo la escena mentalmente.

—¿Su primo? ¿Y de la víctima...?

—Su medio hermano. El medio hermano de Melissa. El hijo de su padre, de un matrimonio anterior.

—¿Y el medio hermano de la difunta estaba pidiéndole dinero a Grace en el funeral?

Esa vez, M.J. advirtió con alivio la repugnancia que impregnaba las palabras de Seth.

—Sí. Es un imbécil. ¿Por qué iba a dejar de exprimir a Grace por estar en un funeral? Casi todos la sablean de vez en cuando —se levantó—. Y usted tiene mucho valor viniendo aquí con esa actitud y esos aires de superioridad. Grace le dio a ese capullo un cheque por unos cuantos miles de pavos para quitárselo de encima, igual que solía pasarle dinero a Melissa, y a algunos de los otros.

—Yo creía que los Fontaine eran ricos.

—La riqueza siempre es relativa..., sobre todo si se

vive a todo tren y no te alcanza la asignación de tu renta, o si has jugado demasiado fuerte en Monte-carlo. Y Grace tiene más pasta que la mayoría de ellos porque sus padres no derrochaban el dinero. Eso les pone enfermos a sus parientes —masculló—. ¿Quién cree que pagó el velatorio? No fueron ni el papá ni la mamá de la pobre difunta. Esa bruja de la tía de Grace la hizo correr con los gastos, y luego le echó las cul-pas. Y ella tragó porque cree que es más fácil aguan-tarse y seguir con su vida. Usted no sabe nada de ella.

Seth creía que sí, pero los detalles que iba recolec-tando poco a poco parecían contradecir sus conclu-siones.

—Sé que ella no tiene la culpa de lo que le pasó a su prima.

—Sí, intente decírselo a ella. Yo lo que sé es que, cuando nos dimos cuenta de que se había ido y vol-vimos a casa de Cade, estaba llorando en su habita-ción, y no pudimos hacer nada por ayudarla. Y todo porque esos cabrones que por desgracia son sus fami-liares hacen todo lo posible por hacerla sentirse como una mierda.

No sólo sus parientes, pensó él sintiendo una sú-bita punzada de arrepentimiento. Él también tenía parte de culpa.

—Parece que tiene mejor suerte con sus amigos que con su familia.

—Eso es porque a nosotros no nos interesa su di-nero, ni su nombre. Porque no la juzgamos. Nos limi-tamos a quererla. Ahora, si eso es todo, tengo cosas que hacer.

—Tengo que hablar con la señorita Fontaine —la voz de Seth sonó tan rígida como apasionada había sonado la de M.J.—. ¿Sabe dónde puedo encontrarla?

Los labios de M.J. se curvaron. Vaciló un momento, sabiendo que a Grace no le gustaría que le diera aquella información. Pero sus ganas de ver cómo se derrumbaban los prejuicios del teniente resultaban demasiado tentadoras.

—Claro. Pruebe en el Hospital de Saint Agnes. En pediatría o en maternidad —sonó el teléfono y lo descolgó—. La encontrará allí —dijo—. Sí, O'Leary —ladró al teléfono, y le dio la espalda a Seth.

Seth pensaba que estaría visitando al niño de alguna amiga, pero cuando preguntó a las enfermeras de recepción por Grace Fontaine, sus caras se iluminaron.

—Creo que está en el nido de cuidados intensivos —la enfermera de guardia miró su reloj—. A esta hora suele estar allí. ¿Conoce el camino?

Seth movió la cabeza de un lado a otro con perplejidad.

—No.

Escuchó las indicaciones de la enfermera mientras barajaba unas cuantas razones por las que Grace Fontaine podía estar a una hora determinada en el nido de un hospital. Como ninguna de ellas le cuadraba, echó a andar por el pasillo.

Oía los llantos chillones de los bebés detrás de una barrera de cristal. Y quizá se detuvo un instante frente a la ventana del nido normal, y puede que su mirada se enterneciera sólo un poco al mirar a los recién nacidos en sus cunas transparentes. Caras diminutas, algunas relajadas por el sueño, otras crispadas en arrugadas bolitas furiosas. A su lado había una pareja. El hombre rodeaba con el brazo los hombros de la mujer, vestida con una bata.

—El nuestro es el tercero por la izquierda. Joshua Michael Delvecchio. Cuatro quilos trescientos gramos. Sólo tiene un día.

—Es precioso —dijo Seth.

—¿Cuál es el suyo? —preguntó la mujer.

Seth sacudió la cabeza y echó otro vistazo por el cristal.

—Sólo estoy de paso. Felicidades por su hijo.

Siguió adelante, refrenando el deseo de mirar de nuevo a los flamantes padres enfrascados en su íntimo arrobamiento. Dos vueltas del pasillo más allá había un nido más pequeño. Allí zumbaban las máquinas y las enfermeras iban y venían de un lado a otro apresuradamente. Y detrás del cristal había seis cunas vacías.

Grace estaba junto a una de ellas, acunando a un diminuto bebé que lloraba. Le enjugaba las lágrimas de la pálida carita y apoyaba su cabeza contra la terca cabecita del bebé mientras lo arrullaba.

Aquella estampa conmovió a Seth. Llevaba el pelo recogido en una trenza, apartado de la cara, y vestía una bata verde sobre el traje. Su expresión era dulce mientras intentaba tranquilizar al inquieto bebé. Su atención estaba fija en aquellos ojos llorosos que la miraban fijamente.

—Disculpe, señor —una enfermera pasó a su lado a toda prisa—. Ésta es una zona restringida.

Distraídamente, sin apartar los ojos de Grace, Seth sacó su placa.

—He venido a hablar con la señorita Fontaine.

—Entiendo. Le diré que está aquí, teniente.

—No, no la moleste —no quería que nada perturbara aquella estampa—. Puedo esperar. ¿Qué le pasa al bebé que tiene en brazos?

—Peter tiene sida. La señorita Fontaine se encarga de que reciba cuidados aquí.

—¿La señorita Fontaine? —sintió que un nudo se alojaba en su estómago—. ¿Es hijo suyo?

—¿Biológicamente? No —el semblante de la enfermera se suavizó levemente—. Creo que los considera suyos a todos. La verdad, no sé qué haríamos sin su ayuda. No sólo sin la fundación, sino sin ella.

—¿La fundación?

—La fundación Estrella Fugaz. La señorita Fontaine la creó hace unos años para asistir a niños en estado crítico o terminal y a sus familias. Pero lo que de verdad importa es la dedicación —señaló hacia el cristal con la cabeza—. La generosidad económica, por muy grande que sea, no puede comprar una muestra de cariño, ni cantar una nana.

Él vio cómo se iba calmando el niño, adormeciéndose en brazos de Grace.

—¿Viene por aquí muy a menudo?

—Siempre que puede. Es nuestro ángel. Ahora tendrá que perdonarme, teniente.

—Gracias —mientras la enfermera se alejaba, Seth se

acercó un poco más al cristal de protección. Grace se acercó a la cuna y sus ojos se encontraron.

Seth notó que al principio se sorprendía. Ni siquiera ella era lo bastante hábil como para disimular la oleada de emociones que atravesó su cara. Sorpresa, azoramiento, exasperación. Luego, dominó, suavizándola, su expresión. Dejó cuidadosamente al niño en la cuna y le acarició la mejilla. Cruzó una puerta lateral y desapareció.

Transcurrieron varios minutos antes de que saliera al pasillo. Se había quitado la bata. Volvía a ser la mujer segura de sí misma, vestida con un traje rojo fuego y con los labios cuidadosamente pintados del mismo color.

—Bueno, teniente, parece que nos encontramos en los sitios más extraños.

Antes de que ella pudiera completar el despreocupado saludo que había ensayado mientras se retocaba el maquillaje, Seth la agarró con fuerza de la barbilla y fijó sus ojos en los de ella con expresión desafiante.

—Eres una mentirosa —dijo con suavidad, acercándose a ella—. Un fraude. ¿Quién demonios eres?

—Quien quiero ser —la prolongada, intensa mirada de los ojos castaños de Seth la turbaba—. Y no creo que éste sea el lugar más apropiado para un interrogatorio. Te agradecería que me soltaras —dijo con firmeza—. No quiero escenas aquí.

—No voy a provocar una escena.

Ella alzó los ojos.

—Puede que yo sí —le apartó la mano con decisión y miró hacia el pasillo—. Si has venido a hablar del caso o quieres hacerme alguna pregunta al respecto, podemos salir. No quiero hablar de eso aquí.

—Te estaba partiendo el corazón —murmuró él—. Abrazar a ese niño te estaba partiendo el corazón.

—Es mi corazón —ella apretó el botón del ascensor casi con saña—. Y es muy duro, Seth. Pregúntale a cualquiera.

—Todavía tienes las pestañas húmedas.

—Esto no es asunto tuyo —su voz, muy baja, vibraba de rabia—. No es en absoluto asunto tuyo.

Grace entró en el ascensor lleno de gente y se quedó mirando al frente. No le hablaría de aquella parte de su vida, se prometió. La noche anterior se había abierto a él y había sido rechazada. No volvería a compartir sus sentimientos con él, y menos aún respecto a algo tan importante para ella como aquellos niños.

Seth era un poli, sólo eso. ¿Acaso no había pasado la noche anterior varias horas insoportables intentando convencerse de que eso era lo único que era o podía ser para ella? Tenía que refrenar los sentimientos, fueran cuales fuesen, que Seth despertaba en ella. O, si no podía refrenarlos, al menos sí disimularlos.

No confiaría en él, no le hablaría de sus sentimientos, no se entregaría a él.

Al llegar a las puertas del vestíbulo, se sentía más calmada. Confiando en deshacerse pronto de Seth, echó a andar hacia el aparcamiento. Él se limitó a agarrarla del brazo y la obligó a girarse.

—Por aquí —dijo él, y se dirigió hacia una zona de césped en la que había un par de bancos.

—No tengo tiempo.

—Pues sácalo. Además, estás demasiado alterada para conducir.

—No me digas cómo estoy.

—Al parecer, eso es lo único que hago. Y, por lo visto, no dejo de meter la pata. No me suele pasar, y no me gusta. Siéntate.

—No quiero...

—Siéntate, Grace —repitió—. Te pido disculpas.

Irritada, ella se sentó en el banco, sacó las gafas de sol del bolso y se las puso.

—¿Por qué?

Seth se sentó a su lado, le quitó las gafas y la miró a los ojos.

—Por no mirar más allá de las apariencias. Por no querer mirar. Y por culparte a ti por ser incapaz de dejar de desear hacer esto.

Tomó su cara entre las manos y se apoderó de su boca.

VI

Ella no lo abrazó. Esa vez, no. Sus emociones eran demasiado descarnadas como para correr ese riesgo. A pesar de que su boca se rindió a la de Seth, alzó una mano y la apoyó sobre su pecho como si quisiera mantenerlo a distancia.

Y, sin embargo, su corazón vacilaba.

Esa vez, era ella quien se refrenaba. Seth lo notaba, lo sentía en su forma de apoyar la mano contra él. No lo rechazaba, pero se resistía. Y, dejándose llevar por una intuición que procedía de un lugar remoto, su beso se hizo más tierno, buscando no sólo seducirla, sino también consolarla.

Y, aun así, su corazón se estremecía.

—No, por favor —ella notaba la garganta áspera; estaba aturdida y se sentía llena de anhelos. Todo aquello era excesivo. Se apartó de él y se quedó mirando más allá del pequeño parche de hierba hasta que sintió que podía respirar de nuevo.

—¿Qué nos pasa? ¿Por qué nunca parece el momento adecuado? —se preguntó Seth en voz alta.

—No lo sé —ella se volvió y lo miró. Era un hombre atractivo, pensó. El pelo oscuro y los rasgos duros, el extraño tinte dorado de sus ojos... Pero ella conocía a muchos hombres atractivos. ¿Qué tenía él que lo cambiaba todo, que hacía tambalearse su mundo?—. Me llenas de inquietud, teniente Buchanan.

Él le dedicó una de sus raras sonrisas: lenta, amplia, intensa.

—El sentimiento es mutuo, señorita Fontaine. No me dejas dormir por las noches. Como un puzzle cuyas piezas están ahí, pero cambian de forma delante de tus ojos. Y, cuando por fin consigues juntarlas, o eso crees, se transforman de nuevo.

—Yo no soy ningún misterio, Seth.

—Eres la mujer más fascinante que he conocido —sus labios se curvaron de nuevo cuando ella alzó las cejas—. Lo cual no es del todo un cumplido. La fascinación conlleva insatisfacción —se levantó, pero no se acercó a ella—. ¿Por qué te has enfadado tanto porque te viera aquí?

—Esto es algo privado —su tono era rígido de nuevo, desdeñoso—. Me tomo muchas molestias para que siga siéndolo.

—¿Por qué?

—Porque lo prefiero así.

—¿Tu familia no sabe lo que haces aquí?

La furia que enardecía la mirada de Grace empezaba a enfriarse.

—Mi familia no tiene nada que ver con esto. Nada.

Esto no es un proyecto de los Fontaine, uno de sus montajes benéficos para darse publicidad y deducir impuestos. Es sólo mío.

—Sí, ya lo veo —dijo él con calma. Su familia le había hecho más daño de lo que él imaginaba. Y más, pensó, de lo que ella estaba dispuesta a admitir—. ¿Por qué niños, Grace?

—Porque son inocentes —dijo ella sin pararse a pensar. Luego cerró los ojos y suspiró—. La inocencia es un bien precioso y perecedero.

—Sí, lo es. ¿Estrella Fugaz? Tu fundación. ¿Es así como los ves, como estrellas que se consumen y caen demasiado rápido?

La simple comprensión de Seth, su capacidad para ver dentro de ella, conmovía a Grace.

—Eso no tiene nada que ver con el caso. ¿Por qué insistes?

—Porque me interesas.

Ella le lanzó una sonrisa, medio seductora, medio sarcástica.

—¿De veras? No lo parecía cuando te pedí que te acostaras conmigo. Pero me ves abrazando a un bebé y cambias de idea —se acercó a él lentamente y le pasó la punta de un dedo sobre la camisa—. En fin, si es el tipo maternal lo que te pone, teniente...

—No te hagas eso a ti misma —su voz sonó de nuevo serena y controlada. La tomó de la mano y la detuvo—. Es una estupidez. Y resulta irritante. Ahí dentro no estabas jugando a nada. Esto te importa de verdad.

—Sí, me importa. Me importa muchísimo. Y eso no

me convierte en una heroína, ni me hace distinta de cómo era anoche —apartó la mano—. Te deseo. Quiero acostarme contigo. Eso es lo que te irrita, Seth. No el sentimiento, sino mi franqueza. ¿Acaso prefieres los disimulos? ¿Que me resista y deje que me conquistes?

Él deseó que fuera todo tan sencillo.

—Puede que quiera saber quién eres antes de que acabemos en la cama. Pasé mucho tiempo mirando tu cara..., ese retrato de tu casa. Y, mientras lo miraba, me preguntaba quién eras. Ahora te deseo. Pero sigo queriendo saber cómo encajan las piezas del puzzle.

—Puede que no te guste el resultado.

—Puede que no —dijo él—. O puede que sí.

Ella ladeó la cabeza, pensativa.

—Esta noche tengo un compromiso. Un cóctel en casa de un benefactor del hospital. No puedo saltármelo. ¿Por qué no vienes conmigo y vemos qué pasa después?

Él sopesó los pros y los contras, a sabiendas de que era un paso que tendría consecuencias que tal vez no lograra controlar. Grace no era una mujer cualquier, ni él tampoco un hombre cualquiera. Lo que había entre ellos, fuera lo que fuese, tenía largo alcance y garra firme.

—¿Siempre te piensas tanto las cosas? —preguntó ella, observándolo atentamente.

—Sí —pero, en el caso de Grace, comprendió Seth, eso parecía carecer de importancia—. No sé si tendré libres las noches hasta que el caso esté cerrado —barajó mentalmente horarios, reuniones y trámites burocráticos—. Pero, si puedo arreglármelas, pasaré a recogerte.

—A las ocho está bien. Si no estás allí a y cuarto, daré por sentado que estás muy liado.

Nada de quejas, pensó él, ni de exigencias. La mayoría de las mujeres que conocía se enfurruñaban cuando su trabajo ocupaba el primer plano.

—Te llamaré si no puedo ir.

—Como quieras —ella se sentó de nuevo, más relajada—. No puedo creer que hayas venido a espiar mi vida secreta, o a fijar una cita dudosa para asistir a un cóctel —se puso las gafas de sol y se recostó en el banco—. ¿A qué has venido? —él se metió la mano en la chaqueta, buscando la foto. Grace vislumbró su sobaquera y el arma enfundada en ella. Y se preguntó si alguna vez había tenido ocasión de usarla—. Supongo que te dedicas sobre todo a asuntos de papeleo —tomó la fotografía, pero siguió mirando a Seth—. ¿No tomas parte en muchas...? No sé, en muchas movidas.

A Grace le pareció distinguir un destello de humor en los ojos de Seth, cuya boca permaneció seria.

—Me gusta el trabajo de calle.

—Sí —murmuró ella, imaginándoselo con facilidad sacando el arma—. Me lo imagino —desvió la mirada y observó el rostro de la fotografía. Esa vez, fueron sus ojos los que se iluminaron con sorna—. Ah, Joe Cool. O, mejor dicho, Juan o Jean-Paul Cool.

—¿Lo conoces?

—No en persona, pero desde luego conozco a muchos como él. Le gusta decir lo que la gente quiere oír en tres idiomas distintos, juega al bacará con ahínco, le encanta el brandy y siempre lleva calzoncillos de seda negra. Su Rolex, junto con los gemelos de oro con sus iniciales grabadas y el anillo de diamantes de su dedo meñique, son regalos de sus admiradoras.

Intrigado, Seth volvió a sentarse a su lado.

—¿Y qué es lo que la gente quiere oír?

—Eres la mujer más hermosa del salón. Te adoro. Me estremezco sólo con mirarte. Tu marido es un imbécil, y, querida, debes dejar de comprarme regalos.

—¿Lo sabes por experiencia?

—Con ciertas variaciones. Sólo que yo nunca me he casado y no suelo comprarles chucherías a los gigolós. Tienen la mirada fría —añadió—, pero muchas mujeres, sobre todo si están solas, sólo se fijan en las apariencias. Es lo único que quieren ver —tomó una rápida bocanada de aire—. Éste es el hombre que mató a Melissa, ¿verdad?

Él se disponía a darle la respuesta consabida, pero ella alzó la mirada, y Seth pudo advertir su expresión a través del tinte ambarino de los cristales de las gafas.

—Creo que sí. Sus huellas estaban por toda la casa. Limpió algunas cosas, pero se dejó otras muchas, lo cual me induce a pensar que se asustó, aunque no sé si fue porque ella se cayó o porque no pudo encontrar lo que estaba buscando.

—Y te inclinas por la segunda opción porque no es el tipo de hombre al que le entraría el pánico por haber matado a una mujer.

—No, no lo es.

—Ella no podía darle lo que había ido a buscar. Ni siquiera sabía de qué estaba hablando.

—Sí. Pero eso no te hace responsable, Grace. Si prefieres regodearte pensando lo contrario, tendrás que culpar también a Bailey.

Grace abrió la boca, volvió a cerrarla y respiró hondo.

—Una lógica demoledora, teniente —dijo al cabo de un momento—. Así tengo que dejar de mesarme los cabellos y echarle la culpa a este individuo. ¿Lo has encontrado?

—Está muerto —Seth tomó la fotografía y se la guardó—. Y mi lógica demoledora me induce a pensar que, quien lo contrató, decidió despedirlo para siempre.

—Entiendo —ella no sentía nada, ni satisfacción, ni alivio—. Así que seguimos en las mismas.

—Las tres Estrellas están vigiladas las veinticuatro horas del día. Bailey, M.J. y tú estáis a salvo, y el museo recuperará los diamantes en cuestión de días.

—Y un montón de gente ha muerto. ¿Sacrificada a los dioses, tal vez?

—Por lo que he leído de Mitra, no es sangre lo que quiere.

—Amor, conocimiento y generosidad —dijo ella suavemente—. Poderosos elementos. El diamante que tenía yo parecía estar vivo. Puede que en eso consista su poder, en su vitalidad. ¿Los quiere esa persona porque son bellos, valiosísimos y antiguos, o porque cree realmente en su leyenda? ¿Creerá de verdad que, si consigue formar el triángulo, poseerá el poder del dios y la inmortalidad?

—La gente cree lo que quiere creer. Sea lo que sea lo que ese hombre pretende, está dispuesto a matar por ello —mirando más allá de la hierba, Seth decidió saltarse sus propias normas y compartió con ella sus pensamientos—. El dinero no es lo que le impulsa. Ya se ha gastado más de un millón de dólares. Quiere poseer los diamantes, tenerlos en sus manos cueste lo que cueste. Es más que una ambición —dijo suavemente al tiempo que una turbia escena se dibujaba en su imaginación.

Un altar de mármol, un triángulo de oro con los vértices azules y rutilantes. Un hombre de tétrico aspecto y ojos pálidos, armado con una espada ensangrentada.

—Y no crees que se haya dado por vencido. Crees que volverá a intentarlo.

Lleno de perplejidad, Seth se sacudió aquella inquietante visión y volvió a aferrarse a la lógica y la intuición.

—Oh, sí —sus ojos se entornaron, adquirieron una expresión plana—. Volverá a intentarlo.

Seth llegó a casa de Cade a las ocho y catorce minutos. Su última reunión del día con el comisario se había prolongado hasta pasadas las siete, y apenas había tenido tiempo de pasarse por casa, cambiarse y volver a ponerse al volante de nuevo. Se había dicho más de una docena de veces que haría mejor quedándose en casa, dejando los informes y los archivos a un lado y pasando una velada tranquila para relajarse y aclarar sus ideas. La conferencia de prensa a las nueve en punto del día siguiente sería un calvario, y debía estar despejado. Sin embargo allí estaba, sentado en su coche, sintiéndose ridículamente nervioso e inquieto.

Había perseguido a un asesino en serie por un edificio de apartamentos abandonado sin sudar una gota, había interrogado a homicidas feroces y fríos sin que le temblara el pulso, pero ahora, mientras la bola blanca del sol se hundía en el cielo, temblaba como un colegial.

Odiaba los cócteles. Las conversaciones banales, la ridícula comida, las caras remilgadas, todas ellas fingiendo entusiasmo o hastío, dependiendo del estilo. Pero no era la perspectiva de pasar unas horas codeándose con extraños lo que le inquietaba. Era el hecho de estar con Grace sin el amortiguador del trabajo interponiéndose entre ellos.

Ninguna mujer le había hecho sentirse como Grace. Y no podía negar, al menos ante sí mismo, que se sentía profundamente turbado por ella desde el instante en que había visto su retrato. De poco le servía decirse que era una mujer superficial y caprichosa, acostumbrada a que los hombres cayeran rendidos a sus pies. No le había servido de nada antes de descubrir que era mucho más que eso, y ciertamente no le servía de nada ahora.

No podía decir que comprendiera a Grace, pero estaba empezando a desvelar todas las capas y contrastes que hacían de ella lo que era. Y estaba seguro de que serían amantes antes de que acabara la noche.

La vio salir de la casa, una descarga de azul eléctrico con el vestido corto sin tirantes que se le ceñía al cuerpo, la larga cabellera negra y las piernas interminables y perfectas. ¿Trastornaba a todos los hombres que la veían?, se preguntó Seth. ¿O es que él era especialmente vulnerable? Llegó a la conclusión de que cualquiera de las dos respuestas sería demasiado dura de asumir, y salió del coche. Ella giró la cabeza al oír el ruido de la puerta y su cara en forma de corazón se iluminó con una sonrisa.

—Pensaba que no vendrías —se acercó a él sin prisas, y le dio un rápido beso en los labios—. Me alegro de que estés aquí.

—Te dije que te llamaría si no podía venir.

—Sí, es cierto —pero Grace no contaba con ello. Había dejado la dirección de la fiesta en la casa, por si acaso, pero se había resignado a pasar la noche sin él. Sonrió de nuevo y alisó con la mano la solapa del traje de Seth—. Yo nunca espero una llamada. Tenemos que ir a Georgetown. ¿Llevamos mi coche o el tuyo?

—El mío —sabiendo que ella esperaba que dijera algo sobre su aspecto, Seth guardó silencio deliberadamente y rodeó el coche para abrirle la puerta.

Ella se montó, deslizando suavemente las piernas dentro del coche. Él deseó posar las manos allí, justo donde el bajo del vestido rozaba sus muslos, donde la piel sería tierna como un melocotón maduro y suave como satén blanco.

Cerró la puerta, rodeó de nuevo el coche y se sentó tras el volante.

—¿A qué parte de Georgetown? —se limitó a decir.

Era una hermosa casa antigua, con altos techos, pesados muebles antiguos y cálidos y oscuros colores. Las lámparas derramaban su luz sobre personajes importantes, personas ricas e influyentes que llevaban el aroma del poder bajo sus perfumes y afeites.

Aquel era el lugar de Grace, se dijo Seth. Ella se había mezclado con los invitados nada más atravesar la puerta, intercambiando sofisticados roces en la mejilla con la anfitriona. Sin embargo, se mantenía aparte. En medio de aquella nube de reluciente negro y suaves tonos pastel, ella refulgía como una llama azulada, desafiando a todos a tocarla y quemarse. Como los diamantes, pensó él. Única, poderosa, irresistible.

—El teniente Buchanan, ¿verdad?

Seth apartó los ojos de Grace y miró al hombre bajo y calvo con complexión de boxeador y ropa de Savile Row.

—Sí. Y usted es el señor Rossi, abogado defensor. Siempre y cuando el acusado tenga bien repletos los bolsillos, claro.

Rossi se echó a reír sin darse por ofendido.

—Me había parecido usted. Nos hemos cruzado en los juzgados un par de veces. Es usted duro de pelar. Siempre he creído que habría sacado a Tremaine en libertad, o al menos que habría dividido al jurado, si hubiera podido desmontar su testimonio.

—Tremaine era culpable.

—Como el pecado —convino Rossi al instante—, pero yo habría conseguido dividir al jurado.

Dado que Rossi parecía deseoso de rememorar aquel proceso, Seth se resignó a seguirle la corriente.

Al otro lado de la habitación, Grace tomó una copa de la bandeja de un camarero que pasaba por su lado mientras escuchaba a medias los chismorreos de la anfitriona. Sabía cuándo reírse, cuando alzar una ceja, cuándo fruncir los labios o hacer algún comentario interesante. Era simple rutina.

Deseaba marcharse inmediatamente. Quería sacar a Seth de aquel traje negro. Quería tocarlo, acariciar su cuerpo. El deseo se arrastraba por su piel como una ardiente erupción. El champán que bebía a sorbos, lejos de refrescarle la garganta, servía sólo para hacer bullir su sangre.

—Mi querida Sarah...

—Gregor, qué alegría verte.

Grace se apartó, bebió un trago y sonrió al hombre elegante, moreno y de voz cremosa que se inclinaba galantemente sobre la mano de su anfitriona. Mediterráneo, pensó, a juzgar por el encanto de su acento. Parecía tener unos cincuenta años, pero se conservaba bien.

—Estás particularmente encantadora esta noche —dijo él, demorándose sobre la mano de la anfitriona—. Y la hospitalidad de tu casa es, como siempre, incomparable. Al igual que tus invitadas —volvió hacia Grace sus ojos pálidos, de un azul argénteo, con expresión sonriente—. Perfectas.

—Gregor —halagada, Sarah sonrió con coquetería y se giró hacia Grace—. Creo que no conoces a Gregor, Grace. Es terriblemente encantador, así que ten mucho cuidado. Embajador DeVane, quisiera presentarle a Grace Fontaine, una buena amiga.

—Es un honor —él alzó la mano de Grace. Sus labios eran suaves y cálidos—. Y un placer.

—¿Embajador? —Grace se deslizó suavemente en su papel—. Pensaba que los embajadores eran viejos y gordos. Todos los que he conocido lo eran. Hasta ahora, claro.

—Te dejo con Grace, Gregor. Veo que han llegado algunos invitados rezagados.

—Seguro que estoy en buenas manos —soltó los dedos de Grace con evidente renuencia—. ¿Es usted familia de Niles Fontaine?

—Es mi tío, sí.

—Ah. Tuve el placer de conocer a su tío y a su encantadora esposa en Capri, hace unos años. Tenemos una afición común: las monedas.

—Sí, mi tío tiene una colección interesante. Le vuelven loco las monedas —Grace se echó el pelo hacia atrás, apartándoselo de los hombros desnudos—. ¿Y de dónde es usted, embajador DeVane?

—En este entorno tan acogedor, llámeme Gregor, por favor. Puede que así me permitas llamarte Grace.

—Desde luego —su sonrisa se suavizó para amoldarse a aquella nueva intimidad.

—Dudo que hayas oído hablar de mi diminuto país. Es sólo una mota en medio del mar, conocida principalmente por su aceite de oliva y su vino.

—¿Terresa?

—Me siento de nuevo halagado porque una mujer tan bella conozca mi humilde patria.

—Es una isla preciosa. Estuve allí una vez, de paso, hace un par de años, y me gustó mucho. Terresa es una pequeña joya en el mar, con sus espectaculares acantilados al oeste, sus exuberantes viñedos al este y sus playas de arena tan fina como el azúcar.

Él le sonrió y tomó de nuevo su mano. Aquella revelación resultaba tan sorprendente como la mujer misma. De pronto, se sentía impelido a tocarla. Y a retenerla.

—Tienes que prometerme volver, permitirme que te enseñe mi país como es debido. Tengo una pequeña villa en la parte oeste, y la vista es casi digna de ti.

—Me encantaría verla. Qué difícil debe de ser pasar el verano en el bochornoso Washington, pudiendo disfrutar de la brisa del mar de Terresa.

—En absoluto. Ya no —él rozó sus nudillos con el pulgar—. Los tesoros de tu país me parecen cada vez más fascinantes. Tal vez te apetezca acompañarme esta noche. ¿Te gusta la ópera?

—Muchísimo.

—Entonces, debes permitirme que te lleve. Tal vez... —se interrumpió y un destello de irritación crispó sus suaves rasgos al ver que Seth se acercaba a ellos.

—Embajador DeVane, permítame presentarle al teniente Seth Buchanan.

—Es usted militar —dijo DeVane, tendiéndole la mano.

—Policía —dijo Seth secamente. No le gustaba el aspecto del embajador. Al ver a DeVane con Grace, había sentido un repentino y turbulento impulso de echar mano al arma. Pero, por extraño que pareciera, aquel movimiento instintivo no se había dirigido hacia su pistola, sino más abajo, hacia el costado. Donde se llevaba una espada.

—Ah, policía —DeVane parpadeó, sorprendido, a pesar de que ya tenía un informe completo sobre Seth Buchanan—. Qué interesante. Espero que me perdone si digo que espero sinceramente no tener que requerir nunca sus servicios —DeVane tomó delicadamente una copa de una bandeja, se la dio a Seth y a continuación tomó una para sí—. Pero tal vez debamos brindar por el crimen. Sin él, estaría usted obsoleto.

Seth lo miró fijamente. Cuando sus ojos se encontraron, sintió un inmediato reconocimiento, inexplicable y perfectamente hostil.

—Prefiero brindar por la justicia.

—Desde luego. ¿Por las balanzas, digamos, y su incesante afán de equilibrio? —Gregor bebió y luego inclinó la cabeza—. Discúlpeme, teniente Buchanan, pero todavía tengo que saludar al anfitrión. He sido... —se volvió hacia Grace y le besó la mano de nuevo—... deliciosamente apartado de mi deber.

—Ha sido un placer conocerte, Gregor.

—Espero volver a verte —miró intensamente a los ojos a Grace—. Muy pronto.

En cuanto se dio la vuelta, Grace se estremeció. Había sentido algo casi posesivo en su última y prolongada mirada.

—Qué hombre tan extraño y encantador —murmuró.

Seth se sentía atravesado por una oleada de energía, por el deseo de entrar en batalla. Aquel deseo hacía vibrar su cuerpo.

—¿Sueles dejar que los hombres extraños y encantadores te babeen en público?

Era una ruindad por su parte, supuso Grace, pero le encantó la punzada de satisfacción que sintió al notar el enfado de Seth.

—Por supuesto, porque me desagrada mucho que babeen encima de mí en privado —se volvió hacia él de tal modo que sus cuerpos se rozaron suavemente. Luego le lanzó una mirada de soslayo por encima de su denso velo de pestañas—. Tú no babearás, ¿no?

A él le dieron ganas de mandarla al infierno por hacerle entrar en combustión.

—Acaba tu copa —dijo ásperamente— y despídete. Nos vamos.

Grace dejó escapar un profundo suspiro.

—Oh, me encantan los hombres dominantes...

—Eso ya lo veremos —él tomó su copa medio vacía y la dejó a un lado—. Vámonos.

DeVane los vio marcharse, fijándose en el modo en que Seth posaba la mano sobre la espalda de Grace para conducirla por entre la multitud. Tendría que castigar al policía por tocarla.

Grace era suya, pensó apretando los dientes dolorosamente para sofocar la rabia. Le estaba destinada a él. Lo había sabido nada más tomar su mano y mirarla a los ojos. Era perfecta, impecable. No sólo le estaban destinadas las tres Estrellas, sino también la mujer que había sostenido en sus manos una de ellas, que quizá la había acariciado. Ella comprendería el poder de los diamantes. Lo haría más fuerte.

Grace Fontaine, pensó DeVane, sería, junto con las tres Estrellas de Mitra, el mayor tesoro de su colección. Ella le llevaría las Estrellas. Y luego sería suya para siempre.

Grace sintió al salir que otro estremecimiento le recorría la espalda. Movió los hombros, sacudiéndoselo, y echó un vistazo hacia atrás. A través de los grandes ventanales iluminados vio cómo se mezclaban los invitados. Y distinguió a DeVane con toda claridad. Por un instante, habría jurado que sus ojos se encontraban. Pero, esta vez, sin ningún encanto. Una irracional sensación de miedo se alojó en su estómago y la hizo volverse con brusquedad.

Cuando Seth abrió la puerta del coche, ella montó sin rechistar. Quería irse, alejarse de aquellas ventanas profusamente iluminadas y del hombre que parecía observarla desde el otro lado.

Se frotó con firmeza los brazos, intentando disipar los escalofríos.

—No tendrías frío si te hubieras puesto algo de ropa —Seth metió la llave en el contacto.

Aquel sencillo comentario, pronunciado con fría y férrea contención, hizo que Grace se echara a reír y disipó sus escalofríos.

—Vaya, teniente, y yo que me preguntaba cuánto tiempo me dejarías puesto el vestido.

—No mucho más —prometió él, y enfiló la calle.

—Qué bien —decidida a que mantuviera su promesa, Grace se inclinó y empezó a mordisquearle el lóbulo de la oreja—. Vamos a infringir unas cuantas leyes —musitó.

—Yo ya podría acusarme de alevosía.

Ella dejó escapar una risa rápida y jadeante, y Seth tuvo una erección.

Se las arregló sin saber cómo para manejar el coche a través del denso tráfico hasta salir de Washington y entrar de nuevo en Maryland. Ella le desató la corbata y le desabrochó la mitad de los botones de la camisa. Sus manos estaban por todas partes y su boca le acariciaba el oído, el cuello, la mandíbula, mientras murmuraba oscuras promesas. Las fantasías que ella iba tejiendo con infatigable destreza hacían que a Seth la sangre le golpeara dolorosamente en los ijares.

Seth se detuvo de un frenazo en la rampa de entrada a su casa y la atrajo hacia sí de un tirón. Grace perdió un zapato en el coche y otro por el camino. Él la llevaba casi a rastras. La risa de ella, oscura, salvaje y perversa, retumbaba en su cabeza. Estuvo a punto de romper la puerta para meterla dentro. En cuanto estuvieron allí, empujó a Grace contra la puerta y se apoderó ávidamente de su boca.

No podía pensar. Todo había quedado reducido a un deseo primario y violento. En el pasillo en penumbra, le subió la falda con impaciencia, palpó la fina barrera de encaje que se ocultaba bajo ella y la

apartó de un tirón. Luego liberó su miembro y, agarrándola de las caderas, se hundió en ella allí donde
estaban, de pie.

Ella dejó escapar un grito, no de protesta, ni de
asombro ante aquel tratamiento casi brutal, sino de
puro placer. Le rodeó con las piernas y se dejó llevar
por él desabridamente, cresta torrencial tras cresta torrencial, respondiendo con el mismo ímpetu a las desesperadas acometidas de Seth.

Aquello era irracional, excitante, lujurioso. Y era lo
único que importaba. Puro deseo animal. Violento
placer animal.

El cuerpo de Grace se rompió en pedazos y se
aflojó mientras sentía cómo se derramaba Seth dentro de ella. Él apoyó una mano contra la pared para
mantener el equilibrio, intentando calmar su respiración, aclarar su cerebro enfebrecido. De pronto se dio
cuenta de que estaban junto a la puerta y de que había montado a Grace como un toro en celo.

No tenía sentido disculparse, pensó. Ambos lo habían querido así. No, no es que lo hubieran querido,
decidió. Lo habían ansiado desesperadamente, como
los animales hambrientos ansiaban la carne. Pero
nunca había tratado a una mujer con tan poco cuidado, olvidándose por completo de las consecuencias.

—Pretendía quitarte el vestido —logró decir, y le
alegró que ella se echase a reír.

—Eso ya llegará.

—Hay otra cosa a la que no me ha dado tiempo —él
se retiró y observó su cara a la tenue luz del pasillo—.
¿Crees que habrá algún problema?

Ella comprendió.

—No —y a pesar de que sabía que era precipitado y estúpido, sintió una punzada de pena porque no fuera a multiplicarse la vida dentro de ella como resultado de su descuido—. Tomo precauciones.

—Yo no quería que esto ocurriera —Seth tomó la barbilla de Grace en su mano—. Debería haber sido capaz de no tocarte.

Los ojos de Grace refulgieron en la oscuridad, irónicos y confiados.

—Supongo que no esperarás que lamente que no lo hayas hecho. Quiero que me toques. Y quiero tocarte.

—Mientras sea así —él alzó su barbilla un poco más—, no habrá nadie más. A mí no me gusta compartir.

Los labios de Grace se curvaron lentamente mientras le mantenía la mirada.

—A mí tampoco.

Él asintió con la cabeza.

—Vamos arriba —dijo, y la tomó en brazos.

VII

Seth encendió la luz al entrar en la habitación con Grace en brazos. Esta vez necesitaba verla, saber cuándo se enturbiaban o ensombrecían sus ojos, contemplar aquellos destellos de placer o de perplejidad. Esta vez, se acordaría de la ventaja del hombre sobre el animal, y de que el corazón y la mente podían desempeñar un papel en aquel juego.

Grace tuvo la impresión de que la habitación era de tamaño mediano, con cortinas beige en las ventanas, muebles sencillos y claros y una amplia cama cubierta con una colcha azul marino remetida con precisa y marcial pulcritud. Había cuadros en las paredes cuyo estudio prefirió dejar para más adelante, cuando su corazón se hubiera apaciguado. Escenas urbanas y rurales pintadas con neblinosas acuarelas que resaltaban como un rasgo de intimidad en aquella práctica habitación.

Grace se olvidó de los cuadros y de la decoración

cuando Seth la dejó en pie junto a la cama. Extendió los brazos y le desabrochó los últimos botones de la camisa mientras él se quitaba la chaqueta. Sus cejas se arquearon al ver que llevaba la sobaquera.

—¿La llevas también a las fiestas?

—Es una costumbre —dijo él con sencillez, y, quitándosela, la colgó en una silla. Advirtió la mirada de Grace—. ¿Te molesta?

—No. Sólo estaba pensando que te sienta bien. Y preguntándome si estarás tan sexy poniéndotela como quitándotela —entonces se dio la vuelta, pasándose el pelo por encima del hombro—. Me vendría bien un poco de ayuda.

Él paseó la mirada sobre su espalda. En lugar de tocar la cremallera, la apretó contra sí e inclinó la cabeza sobre su hombro desnudo para besarla. Ella suspiró, echando la cabeza hacia atrás.

—Eso es aún mejor.

—El primer asalto ha servido para romper el hielo —murmuró él y deslizó las manos alrededor de su cintura y hacia arriba hasta que tocó sus pechos—. Te quiero suplicante, excitada, débil.

Sus pulgares rozaron las curvas de los pechos de Grace por encima de la seda azul. Concentrada en aquella sensación, ella echó los brazos hacia atrás y los unió alrededor del cuello de Seth. Su cuerpo empezó a moverse al ritmo de las caricias de Seth, pero cuando intentó volverse, él se lo impidió. Gimió y se removió, inquieta, cuando los dedos de él se introdujeron bajo el corpiño del vestido y comenzaron a acariciar sus pezones, poniéndolos calientes y duros.

—Quiero tocarte.

—Suplicante —repitió él, y pasó las manos por su vestido, metiéndolas por debajo del dobladillo—. Excitada —y tocó su sexo—. Débil —la penetró con los dedos.

El orgasmo la arrolló como una larga y lenta oleada que inundó sus sentidos. La súplica que él esperaba escapó, trémula, de sus labios.

Seth se quitó los zapatos y le bajó la cremallera poco a poco. Sus dedos apenas tocaban la piel de Grace cuando, apartando la tela, le bajó el vestido hasta que quedó amontonado a sus pies. Entonces la hizo girarse y retrocedió.

Ella llevaba sólo un liguero del mismo color azul que el vestido, con medias tan finas que parecían poco más que una neblina sobre sus piernas. Su cuerpo era un capricho de curvas generosas y piel satinada. El pelo le caía como una negra lluvia salvaje sobre los hombros.

—Muchos hombres te han dicho que eres preciosa, así que poco importa que te lo diga yo.

—Dime sólo que me deseas. Eso sí importa.

—Te deseo, Grace —se acercó a ella de nuevo y la tomó en sus brazos, pero en lugar del beso ávido que ella esperaba, la besó lentamente. Ella lo rodeó con los brazos y quedó inerte ante aquel nuevo asalto a sus sentidos.

—Bésame otra vez —murmuró cuando los labios de Seth se deslizaron por su cuello—. Igual. Otra vez.

Él la besó de nuevo, dejó que ella se hundiera por segunda vez. Con un indolente gemido de placer, ella le quitó la camisa y comenzó a explorar su cuerpo con las manos. Era delicioso dejarse saborear, disfrutar del regalo de un fuego que iba prendiendo poco a poco, sentir cómo perdía el control paso a paso, dejándolo en sus manos. Y confiar en él.

Seth le permitió explorar su cuerpo centímetro a centímetro. Complació a ambos apoderándose de sus pechos llenos y firmes, primero con las manos y luego con la boca. Bajó las manos, quitó uno a uno los corchetes del liguero, oyendo cómo contenía ella el aliento cada vez que desabrochaba uno. Luego deslizó las manos bajo la fina tela hasta tocar su piel. Cálida, suave. La tumbó sobre la cama y sintió que su cuerpo se rendía bajo él. Suave, generoso. Los labios de ella le respondían ávidos y complacientes.

Se miraron el uno al otro con la luz encendida. Se movieron juntos. Primero un suspiro, luego un gemido. Ella tocó sus músculos, la piel áspera de una vieja cicatriz, y sintió su sabor a hombre. Cambiando de postura, le bajó los pantalones, regodeándose en su pecho mientras lo desvestía. Cuando él volvió a tocar sus pechos, atrayéndola hacia sí para chupárselos, los brazos de Grace temblaron y su pelo cayó hacia delante, entre los dos, como una cortina.

Ella sentía cómo iba creciendo el ardor, difundiéndose por su sangre como una fiebre, hasta que su respiración se hizo somera y rápida. Se oía decir el nombre de Seth una y otra vez, mientras él la llevaba pacientemente hasta el límite del placer. Sus ojos, que se habían vuelto de color cobalto, fascinaban a Seth. Sus labios suaves temblaban, su cuerpo se estremecía.

A pesar de que el deseo de liberar su placer lo atenazaba, él siguió saboreando el cuerpo de Grace. Hasta
que finalmente la hizo tumbarse de espaldas y, con los
ojos fijos en los de ella, se hundió en su interior.

Ella se arqueó hacia arriba, cerrando los puños sobre las sábanas, asombrada por el placer.

—Seth... —exhaló precipitadamente el aire que le
quemaba los pulmones—. Nunca ha... Nunca ha sido
así. Seth...

Antes de que pudiera hablar otra vez, él se apoderó
de su boca y la poseyó por entero.

Cuando al fin la rindió el cansancio, Grace soñó
que estaba en su jardín de las montañas, rodeada de
densos y verdes bosques. Las malvarrosas se alzaban
por encima de su cabeza y florecían en intensos tonos de rojo y blanco brillante. Un colibrí centelleante, azul zafiro y verde esmeralda, libaba de un jaz-
mín trompeta. Margaritas y jacintos, dalias y cinias
formaban una alegre ola multicolor. Los pensamientos volvían sus exóticas caritas hacia el sol y
sonreían.

Allí era feliz, estaba en paz consigo misma. Sola,
pero no solitaria. Allí no había más sonido que el
canto de la brisa entre las hojas, el zumbido de las
abejas, la leve música del arroyo que burbujeaba sobre
las rocas. Veía a los ciervos salir tranquilamente del
bosque para beber en el arroyo de lento cauce, sus pe-
zuñas perdidas en la bruma baja que abrazaba la tierra. La luz del amanecer, que relucía como plata, sal-

picada por el suave rocío, atrapaba el arco iris en la niebla.

Complacida, Grace caminaba entre las flores, rozando con los dedos los capullos, cuyo perfume se alzaba para acariciar sus sentidos. De pronto vio un fulgor entre las flores, un destello de azul brillante y atrayente, y, deteniéndose, recogió la piedra del suelo.

Su energía relumbraba en la palma de su mano. Era una sensación límpida, ondulante, pura como el agua, embriagadora como el vino. Se quedó muy quieta un instante, con la mano abierta. La piedra que sostenía en la mano danzaba a la luz de la mañana. Era suya para que la guardara, pensó. Para que la protegiera. Para que la entregara.

Al oír un fragor en el bosque, se volvió, sonriendo. Era él, estaba segura. Llevaba toda la vida esperándolo, deseaba desesperadamente darle la bienvenida y precipitarse en sus brazos, sabiendo que la estrecharían.

Dio un paso adelante. La piedra le calentaba la mano, sus leves vibraciones le recorrían el brazo como una música, hasta el corazón. Se la daría a él, pensó. Le daría todo cuanto tenía, todo lo que era. Porque el amor no tenía límites.

De repente, la luz cambió, se enturbió. El aire se volvió frío y comenzó a azotar el viento. Los ciervos del arroyo alzaron la cabeza, alarmados, y, volviéndose todos a una, huyeron a refugiarse entre los árboles. El zumbido de las abejas murió ahogado por el retumbar de un trueno, y un relámpago quebró el cielo oscurecido.

Allí, en el bosque sombrío, cerca, demasiado cerca

de donde se abrían las flores, algo se movía furtiva-
mente. Los dedos de Grace se crisparon automáticamente, cerrándose sobre la piedra. Y de pronto vio
entre las hojas unos ojos brillantes y ávidos. Vigilantes.

Las sombras se abrieron, dejándole paso.

—No —frenética, Grace apartó a manotazos las manos que la sujetaban—. No te lo daré. No es para ti.

—Tranquila —Seth la tomó en brazos y le acarició el
pelo—. Era sólo una pesadilla. Ya ha pasado.

—Me está mirando... —gimió ella, apretando la cara
contra el hombro desnudo y fuerte de Seth, inha-
lando su perfume tranquilizador—. Me está mirando.
En el bosque, observándome.

—No, estás aquí, conmigo —el corazón de Grace
palpitaba tan fuerte que Seth empezó a preocuparse.
La agarró con más fuerza, como si quisiera calmar los
temblores que la sacudían—. Era un sueño. Aquí no
hay nadie más que yo. Estoy contigo.

—No dejes que me toque. Moriré si me toca.

—No le dejaré —él le echó la cabeza hacia atrás—.
Estoy aquí —dijo, y besó cálidamente sus labios tré-
mulos.

—Seth... —Grace se aferró a él, sintiendo un estremecimiento de alegría—. Te estaba esperando. En el
jardín, esperándote.

—Está bien. Ya estoy aquí —para protegerla, pensó. Y
para cuidarla. Sacudido por la intensidad de aquella
emoción, la tumbó de espaldas y le apartó suavemente el pelo de la cara—. Ha debido de ser un sueño
espantoso. ¿Tienes pesadillas a menudo?

—¿Qué? —desorientada, atrapada entre el sueño y la realidad, Grace se limitó a mirarlo con fijeza.

—¿Quieres que encienda la luz? —no esperó respuesta. La rodeó con el brazo para encender la lámpara de la mesilla de noche. Grace apartó la cara de la luz y se llevó un puño al corazón—. Relájate. Vamos —él la tomó de la mano y comenzó a abrirle los dedos.

—No —apartó la mano—. Él la quiere.

—¿Qué es lo que quiere?

—La Estrella. Va a venir a por ella, y a por mí. Va a venir.

—¿Quién?

—No... No lo sé —llena de perplejidad, Grace se miró la mano y la abrió lentamente—. Estaba sujetando la piedra —todavía podía sentir su calor, su peso—. La tenía. La había encontrado.

—Era un sueño. Los diamantes están en una caja fuerte. Están a salvo —Seth puso un dedo bajo su barbilla hasta que sus ojos se encontraron—. Y tú también.

—Era un sueño —decirlo en voz alta le produjo alivio y vergüenza—. Lo siento.

—No pasa nada —él la observó, notando que su cara estaba blanca y que sus ojos tenían una expresión frágil. Algo se agitó, se removió dentro de él, lo impulsó a extender la mano y acariciar su mejilla pálida—. Lo has pasado muy mal estos días, ¿verdad?

La serena comprensión de su voz hizo que los ojos de Grace se llenaran de lágrimas. Los cerró para contener el llanto y respiró hondo varias veces. La presión que sentía en el pecho resultaba casi insoportable.

—Voy a por un poco de agua.

Seth extendió un brazo y la sujetó. De pronto se dio cuenta de que Grace había ocultado muy bien su miedo, su dolor y su cansancio. Hasta ese momento.

—¿Por qué no te desahogas?

La respiración de Grace se detuvo, quebrándose.

—Sólo necesito...

—Desahógate —repitió él, y apoyó la cabeza de Grace sobre su hombro.

Ella se estremeció una sola vez. Luego se aferró a él. Y lloró.

Seth no le ofreció palabras de consuelo. Simplemente, la abrazó.

A las ocho de la mañana siguiente, Seth dejó a Grace en casa de Cade. Ella se había quejado porque la despertara tan pronto y había intentado volver a acurrucarse en el colchón. Él se había limitado a levantarla en brazos, llevarla a la ducha y abrir el grifo. Del agua fría. Le había dado exactamente treinta minutos para arreglarse y luego la había metido en el coche.

—Podrías haberle dado lecciones a la Gestapo —comentó Grace mientras Seth aparcaba detrás del coche de M.J.—. Todavía tengo el pelo mojado.

—No tenía una hora que perder hasta que te secaras la melena.

—Ni siquiera he tenido tiempo de maquillarme un poco.

—No te hace falta.

—Supongo que eso es lo que tú llamas un cumplido.

—No, sólo es un hecho.

Grace se volvió hacia él. Estaba muy guapa, desaliñada y sexy con aquel vestido sin tirantes.

—Tú, en cambio, estás impecable.

—Yo no me he pasado veinte minutos en la ducha —Seth recordó que ella había cantado mientras se duchaba. Increíblemente mal. Pensar en ello le hizo sonreír—. Anda, vete. Tengo que irme a trabajar.

Ella hizo un mohín y agarró su bolso.

—Bueno, gracias por traerme, teniente —se echó a reír cuando él la empujó contra el asiento y le dio el largo y apasionado beso que estaba esperando—. Eso casi compensa la mísera taza de café que me has dado esta mañana —tomó el labio inferior de Seth entre los dientes y sus ojos brillaron—. Quiero verte esta noche.

—Me pasaré por aquí. Si puedo.

—Aquí estaré —Grace abrió la puerta y le lanzó una mirada por encima del hombro—. Si puedo.

Seth observó cómo se contoneaba mientras caminaba hacia la casa y, en cuanto la puerta se cerró tras ella, él cerró los ojos. Cielo santo, pensó, estaba enamorado de Grace. Y lo suyo era totalmente imposible.

Dentro de la casa, Grace recorrió casi bailando el pasillo. Estaba enamorada. Y era maravilloso. Era nuevo, fresco, inusitado. Era lo que había estado esperando toda su vida. Su rostro brillaba cuando entró en la cocina y encontró a Bailey y a Cade sentados a la mesa, tomando un café.

—Buenos días, tropa —canturreó mientras se acercaba a la cafetera.

—Buenos días —Cade se mordió la lengua para no echarse a reír—. Me gusta tu pijama.

Riendo, ella llevó su taza a la mesa, se inclinó y le plantó un beso en la boca.

—Te adoro. Bailey, adoro a este hombre. Será mejor que lo ates en corto pronto, no vaya a ser que se me ocurran malos pensamientos.

Bailey sonrió soñadoramente mirando su café y luego alzó los ojos húmedos y brillantes.

—Nos casamos dentro de dos semanas.

—¿Qué? —Grace agitó su taza y el café estuvo a punto de derramarse—. ¿Qué? —repitió, y se dejó caer en una silla.

—Cade no quiere esperar.

—¿Para qué iba a esperar? —Cade tomó la mano de Bailey sobre la mesa—. Te quiero.

—¡Casaros! —Grace miró sus manos unidas. Una pareja perfecta, pensó, y dejó escapar un suspiro tembloroso—. Es maravilloso. Es increíblemente maravilloso —posando una mano sobre las de ellos, miró a los ojos a Cade. Y vio exactamente lo que quería ver—. Serás bueno con ella —no era una pregunta, era una constatación. Tras apretar rápidamente su mano, se recostó de nuevo en la silla—. Bueno, una boda que preparar y sólo dos semanas para hacerlo. Vamos a volvernos todos locos.

—Sólo va a ser una pequeña ceremonia —comenzó a decir Bailey—. Aquí, en casa.

—Voy a decir una sola palabra —dijo Cade con voz suplicante—. Fuguémonos.

—No —Bailey sacudió la cabeza, se echó hacia atrás y tomó su taza—. No voy a empezar nuestra vida en común ofendiendo a tu familia.

—Mi familia no es humana. No puedes insultar a unos seres inhumanos. Muffy traerá a las bestias con ella.

—No llames bestias a tus sobrinos.

—Espera un momento —Grace levantó una mano y frunció el ceño—. ¿Muffy? ¿Muffy Parris Westlake? ¿Es tu hermana?

—Me temo que sí.

Grace consiguió reprimir a duras penas una carcajada.

—Entonces, Doro Parris Lawrence es tu otra hermana —alzó los ojos, imaginándose a aquellas dos irritantes y vanidosas señoronas de Washington—. Bailey, huye, por tu vida. Vete a Las Vegas. Cade y tú podéis casaros delante de un juez disfrazado de Elvis y pasar una vida tranquila y deliciosa en el desierto. Cambiad de nombre. No volváis nunca.

—¿Lo ves? —complacido, Cade dio una palmada sobre la mesa—. Ya te lo decía yo.

—Dejadlo ya los dos —Bailey logró contener la risa, pero le tembló la voz—. Celebraremos una ceremonia sencilla y austera... con la familia de Cade —sonrió a Grace—. Y la mía.

—Sigue intentándolo tú —Cade se levantó—. Yo tengo un par de cosas que hacer antes de irme a la oficina.

Grace volvió a levantar su taza.

—No conozco mucho a su familia —le dijo a Bailey–. He logrado ahorrarme ese pequeño placer, pero puedo decirte que, por lo que he oído, te llevas lo mejor de esa casa.

—Quiero tanto a Cade, Grace... Sé que es un poco pronto, pero...

—¿Y qué tiene el tiempo que ver con esto? —comprendiendo que las dos estaban a punto de echarse a llorar, Grace se inclinó hacia delante—. Hay que debatir los aspectos vitales, esenciales, de esta situación, Bailey —respiró hondo—. ¿Cuándo salimos de compras?

M.J. entró con paso vacilante y las miró con el ceño fruncido al oír sus risas.

—Odio a la gente está de buen humor por las mañanas —se sirvió café, intentó inhalar su olor y luego se volvió y observó a Grace—. Vaya, vaya —dijo secamente—. Al parecer, el poli y tú os entendisteis bastante bien anoche.

—Tan bien que ahora sé que es algo más que una placa y una actitud desafiante —irritada, Grace apartó su taza—. ¿Qué tienes contra él?

—Aparte del hecho de que es frío y arrogante, condescendiente y antipático, nada en absoluto. Jack dice que lo llaman *La Máquina*. Qué maravilla.

—Siempre me ha parecido curioso —dijo Grace fríamente— que la gente se atreva a juzgar a los demás sólo por su apariencia. Todos los rasgos que acabas de enumerar describen a un hombre al que no conoces.

—M.J., bébete el café —Bailey se levantó para sacar la leche—. Ya sabes que no hay quien te aguante hasta que te tomas un litro.

M.J. movió la cabeza de un lado a otro y apoyó un puño sobre la cadera, cubierta con una vieja camiseta y unos pantalones cortos igual de viejos.

—El hecho de que te hayas acostado con él no significa que lo conozcas. Tú sueles ser mucho más precavida, Grace. Puede que dejes que la gente crea que te acuestas con un tío cada noche, pero nosotras sabemos que no es así. ¿En qué demonios estás pensando?

—Estoy pensando en mí —replicó ella—. Lo deseaba. Lo necesitaba. Es el primer hombre que me ha conmovido de verdad. Y no voy a permitir que conviertas algo hermoso en algo barato y vulgar.

Nadie habló durante un instante. Bailey permanecía de pie junto a la mesa, con la jarra de la leche en la mano. M.J. se apartó lentamente de la encimera y dejó escapar un silbido.

—Te estás enamorando de él —asombrada, se pasó una mano por el pelo—. Te estás enamorando de verdad.

—Ya me he enamorado. ¿Y qué?

—Lo siento —M.J. intentó hacerse a la idea. No era necesario que a ella le cayera bien Seth, se dijo. Sólo tenía que querer a Grace—. Supongo que alguna virtud tendrá, si te has colado por él. ¿Estás segura de que lo llevas bien?

—No, no estoy segura —la furia se agotó, y la duda ocupó su lugar—. No sé por qué ha pasado esto, ni qué hacer al respecto. Sólo sé que así es. No fue sólo sexo —recordó cómo la había abrazado Seth mientras lloraba. Cómo había dejado la luz encendida sin que ella tuviera que pedírselo—. Llevo esperándolo toda la vida.

—Sé lo que significa eso —Bailey dejó la jarra sobre la mesa y tomó la mano de Grace—. Lo sé perfectamente.

—Yo también —M.J. dio un paso adelante, exhalando un suspiro—. ¿Qué nos está pasando? Somos tres mujeres sensatas, y de pronto nos encontramos custodiando piedras sagradas, huyendo de asesinos y enamorándonos como tontas de hombres a los que acabamos de conocer. Es una locura.

—Es perfecto —dijo Bailey suavemente—. Tú sabes que es perfecto.

—Sí —M.J. puso su mano sobre las de ellas—. Supongo que sí.

A Grace no le resultó fácil volver a entrar en su casa. Pero esa vez no iba sola. M.J. y Jack la flanqueaban como sujetalibros.

—Madre mía —M.J. dejó escapar un silbido mientras observaba los desperfectos del cuarto de estar—. Y yo que creía que en mi casa se lo habían pasado en grande. Aunque, claro, tú tienes más cacharritos con los que jugar —su mirada se fijó entonces en la barandilla rota. Y en la silueta del suelo—. ¿Seguro que quieres hacer esto ahora?

—La policía ya ha acabado aquí. En algún momento tendré que ponerme manos a la obra.

M.J. sacudió la cabeza.

—¿Por dónde quieres empezar?

—Por el dormitorio —Grace logró sonreír—. Los de mi tintorería se van a hacer de oro.

—Veré qué puedo hacer con la barandilla —dijo Jack—. La sujetaré como pueda hasta que te pongan otra nueva.

—Te lo agradecería.

—Ve arriba —sugirió M.J.—. Yo traeré un cepillo. Y un bulldozer —esperó a que Grace estuviera arriba para volverse hacia Jack—. Yo me encargo de la parte de abajo. A ver si puedo quitar... esto —su mirada se posó en la silueta—. Prefiero que no lo haga ella.

Jack se inclinó para besarle la frente.

—Eres una tía con agallas, M.J.

—Sí, ésa soy yo —ella respiró hondo—. Vamos a ver si podemos encontrar el equipo de música o la tele debajo de este montón de cosas. Me vendría bien distraerme un poco.

Tardaron casi toda la tarde en despejar la casa lo suficiente como para que Grace se diera por satisfecha y llamara al servicio de limpieza. Quería que limpiaran a fondo todas las habitaciones antes de volver a vivir otra vez allí.

Y eso pensaba hacer. Vivir, estar en casa, afrontar los fantasmas que quedaran allí. Para probarse a sí misma que podía hacerlo, se despidió de M.J. y Jack y se fue a comprar cosas nuevas para la casa. Luego, sintiéndose cansada e inquieta, se pasó por Salvini. Necesitaba ver a Bailey. Y también las Estrellas.

Encontró a Bailey en el piso arriba, en su despacho, hablando por teléfono. Su amiga sonrió y le indicó que pasara.

—Sí, doctor Lindstrum, ahora mismo le envío por fax el informe. Le llevaré personalmente el original antes de las cinco. Mañana acabaré las últimas pruebas que pidió —Bailey escuchó un momento, pasando un dedo por el elefante de esteatita que había sobre su mesa—. No, estoy bien. Le agradezco su interés y su comprensión. Las Estrellas son lo principal. Tendré listas copias completas de todos los informes para la compañía de seguros el viernes a última hora de la mañana. Sí, gracias. Adiós.

—Parece que estás avanzando muy deprisa —comentó Grace.

—A pesar de todo lo que ha ocurrido, casi no se ha perdido tiempo. Y todos nos sentiremos más tranquilos cuando las piedras estén en el museo.

—Quiero verlas otra vez, Bailey —dejó escapar una risita—. Es una tontería, pero de veras necesito verlas. Anoche tuve un sueño... Una pesadilla, en realidad.

—¿Qué clase de sueño?

Grace se sentó en el borde de la mesa y se lo contó. A pesar de que su voz era firme, sus dedos tamborileaban con nerviosismo.

—Yo también tuve sueños —murmuró Bailey—. Todavía los tengo. Y M.J. también.

Grace se removió, inquieta.

—¿Parecidos al mío?

—Lo bastante como para que no sea una simple coincidencia —Bailey se levantó y le tendió la mano a Grace—. Vamos a echarles un vistazo.

—No estarás violando ninguna ley, ¿no?

Bailey le lanzó una mirada divertida mientras bajaban por la escalera.

—Creo que, después de todo lo que he hecho, esto es una infracción menor —un escalofrío le recorrió el cuerpo cuando descendieron el último tramo de escaleras, bajo el cual se había escondido de un asesino.

—¿Estás bien? —Grace le rodeó instintivamente los hombros con el brazo—. Odio pensar en lo que pasó y saber que estás aquí trabajando, recordándolo...

—Lo estoy superando. Grace, hice incinerar a mis hermanastros. Bueno, en realidad, fue Cade quien se encargó de todo. No me ha dejado hacer nada.

—Ha hecho bien. Tú no les debías nada, Bailey. Nunca se lo debiste. Nosotros somos tu familia. Siempre lo seremos.

—Lo sé.

Bailey entró en la habitación abovedada y se acercó a las puertas de acero blindado. El sistema de seguridad era complejo, y, a pesar de que tenía práctica, Bailey tardó tres minutos en desactivarlo.

—Quizá deba instalar una de éstas en mi casa —dijo Grace con despreocupación—. Ese cerdo reventó la caja fuerte de la biblioteca como si fuera de juguete. Debió de vender las joyas enseguida. Odio haber perdido las que tú me hiciste.

—Te haré más. De hecho... —Bailey recogió una cajita de terciopelo cuadrada—..., ¿qué te parece si empezamos ahora mismo?

Intrigada, Grace abrió la caja y vio que contenía unos pendientes de oro macizo. El oro, en forma de media luna, estaba adornado con piedras preciosas en profundos tonos de esmeralda, rubí y zafiro.

—Bailey, son preciosos...

—Los acabé justo antes de... Bueno, antes. En cuanto los hice, supe que eran para ti.

—Pero no es mi cumpleaños.

—Pensé que estabas muerta —la voz de Bailey se quebró un instante, pero se hizo más firme cuando Grace alzó la mirada—. Pensé que no volvería a verte. Así que vamos a considerar esto una celebración del resto de nuestras vidas.

Grace se quitó los sencillos pendientes de diamantes que llevaba puestos y empezó a ponerse los que le había regalado Bailey.

—Cuando no los lleve puestos, los guardaré con las joyas de mi madre. Las cosas que más me importan.

—Te quedan perfectos. Estaba segura —Bailey se dio la vuelta y tomó una pesada caja acolchada de un estante. Sosteniéndola delante de Grace, la abrió.

Grace dejó escapar un largo y tembloroso suspiro.

—Estaba convencida de que una había desaparecido. Pensaba que la encontraría en mi jardín, en la tierra, entre las flores. Parecía tan real, Bailey... —tomó una de las piedras. La suya—. La notaba en mi mano, como ahora. Latía como un corazón —se echó a reír un poco, pero su risa sonó hueca—. Mi corazón. Eso parecía. No me había dado cuenta hasta ahora. Era como si sujetara mi propio corazón en la mano.

—Hay una conexión —un poco pálida, Bailey sacó otra piedra de la caja—. No lo entiendo, pero lo sé.

Ésta es la Estrella que tenía yo. Si M.J. estuviera aquí, habría elegido la suya.

—Nunca pensé que acabaría creyendo en esta clase de cosas —Grace giró la piedra en su mano—. Estaba equivocada. Es muy fácil creer en esto. Estar segura de ello. ¿Las estamos protegiendo, Bailey, o son ellas las que nos protegen a nosotras?

—A mí me gusta pensar que las dos cosas. Ellas me trajeron a Cade —dejó suavemente el diamante en la caja y acarició con la punta del dedo la segunda Estrella—. A M.J. le trajeron a Jack —su rostro se suavizó—. Hace un rato les abrí la tienda —le dijo a Grace—. Jack la trajo a rastras para comprarle un anillo.

—¿Un anillo? —Grace se llevó una mano al corazón—. ¿Un anillo de compromiso?

—Un anillo de compromiso. Ella no paró de protestar, diciéndole que era un capullo y que no le hacía falta un anillo. Pero él no le hizo caso y eligió una preciosa turmalina verde, de talla cuadrada, con haces de diamantes. Lo diseñé hace unos meses, pensando que sería un anillo de compromiso maravilloso y muy poco convencional para la mujer adecuada. Y Jack sabía que M.J. era la mujer adecuada.

—Jack es perfecto para ella —Grace se enjugó una lágrima y sonrió—. Lo supe en cuanto los vi juntos.

—Ojalá los hubieras visto hoy. Allí estaba ella, gruñendo y girando los ojos, insistiendo en que todo este lío era una pérdida de tiempo y de esfuerzo. Luego él le puso el anillo en el dedo. Y ella puso esa sonrisa de oreja a oreja. Ya sabes cuál.

—Sí —Grace se la imaginaba perfectamente—. Estoy

tan contenta por ella y por ti... Es como si todo ese
amor hubiera estado ahí, esperando, y las piedras...
—volvió a mirarlas—. Ellas le abrieron la puerta.

—¿Y tú, Grace? ¿También han abierto la puerta
para ti?

—Yo no sé si estoy preparada para eso —de pronto
notó un cosquilleo en la punta de los dedos. Dejó la
piedra en su sitio—. Seth no lo está, desde luego. No
creo que él crea en la magia, sea cual sea. Y en cuanto
al amor... Aunque esa puerta esté abierta de par en
par y la ocasión esté ahí, no es un hombre que se ena-
more fácilmente.

—Fácilmente o no... —Bailey cerró la tapa y devolvió la caja a su sitio—, cuando te llega el momento de
enamorarte, te enamoras. Seth es tuyo, Grace. Lo vi
en sus ojos esta mañana.

—Bueno —Grace intentó refrenar su nerviosismo—,
creo que puedo esperar un tiempo, hasta que él se dé
cuenta y lo asuma.

VIII

Había flores esperando a Grace cuando regresó a casa de Cade. Un hermoso jarrón de cristal lleno de rosas blancas de tallo largo. Su corazón se hinchó absurdamente cuando, arrancando la tarjeta, rasgó el sobre. Y luego se desinfló.

Las flores no eran de Seth. Naturalmente, había sido una estupidez pensar que él podía caer en un gesto tan romántico y estrafalario. La nota decía simplemente:

Hasta que volvamos a vernos,
Gregor

El embajador de los ojos extrañamente inquietantes, pensó Grace, y se inclinó para oler los tiernos capullos apenas abiertos. Había sido muy amable, se dijo. Un tanto excesivo, pues en el jarrón podía haber fácilmente tres docenas de rosas, pero encantador.

De pronto le molestó darse cuenta de que, si hubieran sido de Seth, habría babeado sobre ellas como una colegiala atolondrada. Seguramente habría metido una entre las páginas de un libro y hasta habría derramado unas lagrimitas. Se reprendió por ser tan tonta. Si aquellos desconcertantes altibajos eran los efectos colaterales del amor, pensó, podría haber esperado un poquito más para experimentar semejante sensación.

Iba a tirar la tarjeta sobre la mesa cuando sonó el teléfono. Vaciló, pues tanto el coche de Jack como el de Cade estaban en la rampa, pero cuando el teléfono sonó por tercera vez, lo descolgó.

—Residencia Parris.

—¿Podría hablar con Grace Fontaine? —el tono crispado de una secretaria eficiente resonó en su oído—. De parte del embajador DeVane.

—Sí, soy yo.

—Un momento, por favor, señorita Fontaine.

Con los labios fruncidos, Grace golpeó, pensativa, el borde de la tarjeta contra la palma de su mano. DeVane no había tardado en localizarla. ¿Y qué demonios iba a decirle?

—Grace —la voz del embajador fluyó a través del teléfono—. Qué maravilla hablar de nuevo contigo.

—Gregor —ella se echó el pelo tras los hombros y apoyó la cadera en la mesa—. Qué extravagancia. Acabo de entrar y me he encontrado con tus rosas —tocó una y la olfateó de nuevo—. Son preciosas.

—Un simple detalle. Lamenté mucho que no tuvié-

ramos oportunidad de pasar más tiempo juntos anoche. Te fuiste tan temprano...

Ella pensó en la alocada carrera hasta la casa de
Seth y en su encuentro sexual, aún más alocado y salvaje.

—Tenía... un compromiso anterior.

—Tal vez podamos compensarlo mañana por la noche. Tengo un palco en el teatro. *Tosca*. Es una tragedia tan hermosa... Nada me gustaría más que com-
partirla contigo, y luego, tal vez, ir a cenar.

—Suena fantástico —ella giró los ojos hacia las flores. Oh, cielos, pensó. Aquello no saldría bien—. Lo
siento muchísimo, Gregor, pero no estoy libre —dejó
a un lado la tarjeta sin sentir remordimientos—. La
verdad es que tengo una relación con otra persona, y
además bastante seria —«al menos para mí», pensó.
Luego miró a través de los paneles de cristal de la
puerta de la calle y su rostro se iluminó de sorpresa y
placer cuando vio a Seth aparcando el coche.

—Entiendo —ella estaba demasiado distraída intentando calmar su pulso acelerado como para advertir
que la voz de DeVane había adquirido un tono gélido—. Tu acompañante de anoche.

—Sí. Me siento terriblemente halagada, Gregor, y si
estuviera menos comprometida, no dudaría en aceptar tu invitación. Espero que me perdones y que lo
entiendas —intentando no ponerse a dar saltos de alegría, Grace le indicó a Seth con el dedo que pasara
cuando él se acercó a la puerta.

—Desde luego. Si las circunstancias cambiaran, espero que reconsideres tu decisión.

—Lo haré, tenlo por seguro —con una sonrisa seductora, Grace recorrió con los dedos el pecho de
Seth—. Y gracias otra vez por las flores, Gregor. Son
divinas.

—Ha sido un placer —dijo, y, tras colgar el teléfono,
sus manos se cerraron con fuerza.

Humillado, pensó, apretando los dientes y hacién-
dolos rechinar. Rechazado por culpa de un amasijo
de músculos y una placa.

Ella se las pagaría, se dijo, tomando la fotografía de
Grace de su archivo y golpeándola con el dedo de
impecable uña. Se las pagaría con creces. Y pronto.

En cuanto la comunicación se cortó, Grace se olvidó por completo del embajador y alzó la cara hacia
la de Seth.

—Hola, guapo.

Él no la besó. En lugar de hacerlo, miró las flores y
la tarjeta que ella había tirado descuidadamente sobre
la mesa.

—¿Otra conquista?

—Eso parece —Grace advirtió su tono frío y distante
y no supo si sentirse halagada o molesta. Optó por un
enfoque completamente distinto y empezó a ronro-
near—. El embajador quería que pasáramos una velada
en la ópera y después... lo que surgiera.

El brote de celos que sentía enfureció a Seth. Era
una experiencia nueva y detestable. Le hacía sentirse
impotente, le daba ganas de arrastrar a Grace hasta su
coche por el pelo, llevársela y encerrarla donde sólo
él pudiera mirarla, tocarla y saborearla. Pero, sobre

todo, sentía miedo por ella. Un miedo que le traspasaba hasta la médula.

—Parece que el embajador no pierde el tiempo. Ni tú tampoco.

No, se dijo ella. La ira iba a hacer acto de presencia. No había modo de detenerla. Se apartó de la mesa sonriendo con gélido desafío.

—Yo hago lo que se me antoja. Ya deberías saberlo.

—Sí —él metió las manos en los bolsillos para mantenerlas apartadas de ella—. Ya debería saberlo. Y lo sé.

Ella ladeó la cabeza y dirigió hacia él aquellos ojos azules como rayos láser.

—¿Qué soy ahora, teniente? ¿La puta o la diosa? ¿La princesa de marfil encima de su pedestal o la farsante? He sido todas esas cosas..., sólo depende del hombre y de cómo prefiera mirarme.

—Yo te estoy mirando —dijo él con calma—. Y no sé lo que veo.

—Pues avísame cuando te decidas —empezó a rodear a Seth, pero se detuvo en seco cuando él la agarró del brazo—. No te pases —echó la cabeza hacia atrás de modo que su pelo voló un instante y luego se aposentó sobre sus hombros.

—Yo podría decir lo mismo, Grace.

Ella respiró hondo y le apartó la mano.

—Por si te interesa, le he pedido disculpas al embajador y le he dicho que tenía una relación con otra persona —le lanzó una sonrisa fría y se volvió hacia las escaleras—. Pero eso, al parecer, ha sido un error.

Seth se quedó mirándola con el ceño fruncido, sopesando la idea de subir las escaleras de una casa que no era la suya y zanjar aquella discusión... de un modo u otro. Desconcertado, se pinzó el puente de la nariz entre el índice y el pulgar y procuró sacudirse el molesto dolor de cabeza que no dejaba de incordiarlo.

Había pasado un día agotador. Diez horas después de empezar su jornada laboral, había acabado mirando fijamente el grupo de fotografías de su tablón. Fotos de los muertos que seguían esperando que solucionara el caso. Estaba, además, molesto consigo mismo por haber empezado a recopilar datos sobre Gregor DeVane. Ignoraba si lo hacía dejándose llevar por su instinto policial, o por simples celos. O quizá fuera por los sueños. Nunca antes había tenido que enfrentarse a un conflicto como aquél.

Sin embargo, una cosa estaba clara: había metido la pata con Grace. Seguía parado junto a la mesa del recibidor, mirando ceñudo la escalera y sopesando sus posibilidades, cuando Cade entró por la puerta de atrás de la casa.

—Buchanan —desconcertado al ver al teniente de homicidios parado en el recibidor de su casa, Cade se detuvo y se rascó la barbilla—. Eh, no sabía que estaba aquí.

—Lo siento. Grace me dejó pasar.

—Ah —al cabo de un instante, Cade localizó la fuente de calor que todavía vibraba en el aire—. Oh —exclamó de nuevo, y procuró contener una sonrisa—. Bien. ¿Puede hacer algo por usted?

—No. Ya me marchaba.

—¿Han discutido?

Seth giró la cabeza y miró con perplejidad los ojos divertidos de Cade.

—¿Cómo dice?

—Sólo era una suposición. ¿Qué ha hecho para cabrearla? —aunque Seth no contestó, Cade notó que su mirada se deslizaba un instante hacia las rosas—. Ah, ya. Supongo que no las ha mandado usted, ¿eh? Si un tipo le mandara a Bailey tres docenas de rosas, seguramente yo se las haría tragar una a una.

El destello de agradecimiento que brilló fugazmente en los ojos de Seth hizo que Cade decidiera revisar su opinión acerca del teniente. Quizá Seth Buchanan pudiera caerle bien, después de todo.

—¿Quiere una cerveza?

La invitación, por espontánea y amistosa, desconcertó a Seth.

—Yo... No, ya me iba.

—Venga fuera. Jack y yo ya nos hemos tomado un par. Vamos a encender la barbacoa para enseñarles a las chicas cómo cocinan los hombres de verdad —la sonrisa de Cade se hizo más amplia—. Además, si engrasa los ejes con un par de cervezas, le será más fácil arrastrarse. Porque acabará arrastrándose de todos modos, así que le conviene ir preparándose.

Seth dejó escapar un suspiro.

—Qué demonios, ¿por qué no?

Grace se quedó tercamente en su habitación una hora entera. Oía las risas, la música y el inocente golpeteo de las bolas mientras los otros jugaban alegremente una partida de croquet. Sabía que el coche de Seth seguía en la rampa, y se había prometido no bajar hasta que él se hubiera ido. Pero empezaba a sentirse sola, y hambrienta.

Como ya se había puesto unos pantalones cortos y una fina camiseta de algodón, se detuvo sólo un instante ante el espejo para retocarse el carmín y ponerse una pizca de perfume. Sólo para hacerle sufrir, se dijo, y bajó tranquilamente las escaleras y salió al patio.

En la barbacoa humeaban los filetes. Cade empuñaba un enorme tenedor de trinchar. Bailey y Jack estaban discutiendo sobre la partida de croquet, y M.J. refunfuñaba sentada a la mesa de picnic, comiendo patatas fritas.

—Jack me ha echado de la partida —se quejó, y le hizo señas a Grace con la cerveza—. Sigo diciendo que ha hecho trampas.

—Cada vez que pierdes —dijo Grace mientras tomaba una patata—, es que alguien ha hecho trampas —deslizó la mirada hacia Seth.

Notó que se había quitado la corbata y la chaqueta. Todavía llevaba puesta la sobaquera. Grace supuso que era porque no le parecía adecuado colgar la pistola de la rama de un árbol. Él también tenía una cerveza en la mano y observaba la partida con aparente interés.

—¿Todavía estás aquí?

—Sí —Seth se había tomado ya dos cervezas, pero

no le parecía que arrastrarse fuera a resultarle más fácil, a pesar del lubricante—. Me han invitado a cenar.

—Qué amables —Grace localizó una jarra que parecía contener el cóctel margarita especial de M.J. y se sirvió una copa. Su sabor era agrio, frío y delicioso. Haciendo caso omiso de Seth, se acercó lentamente a la barbacoa para cotillear un poco.

—Sé lo que hago —dijo Cade, y se movió para defender su territorio mientras Seth se unía a ellos—. He marinado yo mismo estos kebabs de verduras. Apartad y dejad que un hombre se encargue de esto.

—Sólo iba a preguntarte si preferías que se te carbonizaran los champiñones.

Cade le lanzó una mirada mordaz.

—Quítamela de encima, Seth. Un artista no puede trabajar con los críticos pegados como lapas, espiando sus champiñones.

—Ven, vamos allí —Seth la tomó del codo, pero ella se apartó de un tirón. Él la agarró con fuerza y la condujo hacia la rosaleda.

—No quiero hablar contigo —dijo Grace, enojada.

—No hace falta que hables. Ya hablaré yo —pero le costó un minuto decidirse. A un hombre que tenía por costumbre no cometer errores, no le resultaba fácil disculparse—. Lo siento. Me he pasado —ella no dijo nada. Se limitó a cruzar los brazos y a esperar—. ¿Quieres más? —Seth asintió con la cabeza, pero no se molestó en suspirar—. Estaba celoso, una reacción rara en mí, y reaccioné mal. Te pido disculpas.

Grace movió la cabeza de un lado a otro.

—Es la peor disculpa que he oído en toda mi vida.

No por las palabras, Seth, sino por cómo las dices. Pero está bien, acepto tus disculpas con el mismo espíritu con que tú me las ofreces.

—¿Qué quieres de mí? —preguntó él, irritado, alzando la voz y agarrándola de los brazos—. ¿Qué demonios quieres?

—Eso —ella echó la cabeza hacia atrás—. Justamente eso. Un poco de emoción, un poco de pasión. Puedes agarrar tu disculpa de cartón piedra y tragártela, igual que esa fría y desapasionada charla que me has echado por las flores. Ese gélido control no me gusta. Si sientes algo, sea lo que sea, házmelo saber.

Grace contuvo el aliento, asombrada, cuando Seth la apretó contra sí y se apoderó de su boca con ansia. Intentó desasirse, pero él la sujetó con fuerza. Luego quedó inerte en sus brazos. Cuando él se apartó, estaba estremecida.

—¿Has tenido suficiente? —la hizo ponerse de puntillas, clavándole los dedos en los brazos. Su mirada no era ya desapasionada, ni fría, sino turbulenta. Humana—. ¿Suficiente emoción, suficiente pasión? A mí no me gusta perder el control. En el trabajo, no te puedes permitir perder el control.

Ella respiraba con dificultad. Y su corazón parecía volar.

—Esto no es el trabajo.

—No, pero se supone que tenía que serlo —hizo un esfuerzo y la soltó—. Eso era lo que debías ser, supuestamente. Pero no logro dejar de pensar en ti. Maldita sea, Grace. No puedo.

Ella apoyó una mano en su mejilla y sintió que un músculo vibraba en su mandíbula.

—A mí me pasa lo mismo. Puede que, ahora, la única diferencia sea que yo quiero que sea así.

¿Por cuánto tiempo?, se preguntó él, pero no lo dijo en voz alta.

—Ven a casa conmigo.

—Me encantaría —ella sonrió y le acarició el pelo—. Pero creo que será mejor que nos quedemos a cenar. Si no, le partiremos el corazón a Cade.

—Después de cenar, entonces —Seth descubrió que no le resultaba en absoluto difícil llevarse sus manos a los labios, besarlas largamente, y mirarla a los ojos—. Lo siento. Pero Grace...

—¿Sí?

—Si DeVane vuelve a llamarte o te manda flores...

Los labios de ella se curvaron.

—¿Sí?

—Tendré que matarlo.

Ella dejó escapar una alegre risa y le echó los brazos al cuello.

—Ahora empezamos a entendernos.

—Ha sido bonito —Grade exhaló un suspiro satisfecho, se hundió en el asiento del coche de Seth y miró la luna, que brillaba en el cielo—. Me gusta verlos a los cuatro juntos. Pero también me resulta raro. Es como si cerrara los ojos y de pronto todo el mundo hubiera dado un paso de gigante hacia delante.

—Luz roja, luz verde.

Grace giró la cabeza y lo miró con desconcierto.
—¿Qué?
—El juego. Ya sabes, ese juego de niños en el que el
que se la liga tiene que decir «luz verde» y volverse
de espaldas. Todo el mundo avanza y entonces el que
se la liga dice «luz roja» y se da la vuelta. Si ve a alguien moverse, los demás tienen que volver a empezar desde el principio —ella dejó escapar una risa sofocada, y Seth la miró—. ¿Nunca jugabas a eso de
pequeña?
—No. Tenía un profesor particular, recibía lecciones de protocolo y me obligaban a dar largos y pau-
sado paseos para hacer ejercicio. A veces echaba a
correr —dijo suavemente, recordando—. Corría con
todas mis fuerzas hasta que parecía que iba a salír-
seme el corazón del pecho. Pero supongo que siempre tenía que volver al principio —irritada consigo
misma, sacudió los hombros—. Madre mía, suena patético, ¿verdad? Pues no lo era, en realidad. Era simplemente todo muy organizado —se echó el pelo hacia atrás y le sonrió—. ¿A qué más jugabas tú de
pequeño?
—A lo normal —¿acaso no sabía ella lo doloroso
que era sentir aquella melancolía en su voz y ver después cómo se encogía de hombros con desenfado,
como si quisiera restarle importancia?—. ¿No tenías
amigas?
—Claro —ella apartó la mirada—. Bueno, no. En fin,
da igual. Ahora las tengo. Las mejores.
—¿Te has fijado en que cualquiera de vosotras tres
puede empezar una frase y que otra puede acabarla?

—Nosotras no hacemos eso.

—Sí que lo hacéis. Esta noche lo habéis hecho una docena de veces por lo menos. Ni siquiera os dais cuenta. Y tenéis una especie de código en clave —continuó él—. Pequeñas muecas y gestos. La media sonrisa o la forma en que gira los ojos M.J., el modo en que Bailey baja los párpados o se enreda el pelo en el dedo. Y tú alzas la ceja izquierda sólo un poco, o te muerdes la lengua. Cuando haces eso, les estás diciendo a las otras que se trata de una broma entre vosotras.

Ella dejó escapar un zumbido gutural, no sabiendo si le gustaba que la descifraran tan fácilmente.

—Vaya, qué observador.

—Es mi trabajo —Seth aparcó en la rampa de su casa y se volvió hacia ella—. No debería molestarte.

—Aún no sé si me molesta o no. ¿Te hiciste policía porque eres observador, o eres observador porque eres policía?

—Es difícil saberlo. En realidad, nunca he sido otra cosa.

—¿Ni siquiera cuando eras muy joven?

—La policía ha sido siempre mi vida. Mi abuelo era policía. Y mi padre también. Y el hermano de mi padre. Mi casa estaba llena de policías.

—Entonces, ¿era lo que se esperaba de ti?

—No, pero todos lo comprendían —puntualizó él—. Si hubiera querido ser fontanero o mecánico, les habría parecido bien. Pero eso no era lo que yo quería.

—¿Por qué?

—Porque existe el bien y el mal.

—¿Así de simple?

—Debería serlo —Seth miró el anillo de su dedo—. Mi padre era un buen poli. Honrado. Justo. Firme. No se puede pedir nada más.

Ella puso una mano sobre la suya.

—¿Murió?

—Sí, en acto de servicio. Hace mucho tiempo —el dolor se había disipado también hacía mucho tiempo, dejando sitio al orgullo—. Era un buen policía, un buen padre, un buen hombre. Siempre decía que había que elegir entre hacer el bien y hacer el mal. Que todo tenía un precio. Pero que por el bien puedes pagar ese precio y seguir mirándote al espejo cada mañana.

Grace se inclinó y lo besó suavemente.

—Era bueno contigo.

—Sí, siempre. Mi madre era la típica mujer de un policía, firme como una roca. Ahora es la madre de un policía y sigue siendo igual de fuerte. Siempre está cuando la necesito. Cuando conseguí la insignia dorada, para ella significó tanto como para mí.

Grace notó que aquel vínculo era muy fuerte. Profundo, sincero e incuestionable.

—Pero se preocupa por ti.

—Un poco. Pero lo acepta. No le queda más remedio —añadió él con el fantasma de una sonrisa—. Tengo un hermano y una hermana más pequeños. Los tres somos policías.

—Lo lleváis en la sangre —murmuró ella—. ¿Estáis muy unidos?

—Somos familia —dijo él con sencillez, y entonces pensó en la familia de Grace y recordó que aquellas cosas no eran tan simples—. Sí, estamos muy unidos.

Él era el mayor, pensó Grace. Seguramente se había tomado muy a pecho el relevo generacional y, al morir su padre, sus responsabilidades como hombre de la casa. No era de extrañar, pues, que la autoridad, la responsabilidad y el deber parecieran su segunda piel. Pensó en el arma que llevaba y tocó con la punta de un dedo la cinta de cuero de la sobaquera.

—¿Alguna vez has...? —alzó la mirada hacia sus ojos—. ¿Has tenido que hacerlo alguna vez?

—Sí. Pero aun así sigo pudiendo mirarme al espejo cada mañana.

Ella aceptó su respuesta sin vacilar. El siguiente tema de conversación, sin embargo, le resultó más espinoso.

—Tienes una cicatriz, justo aquí —tocó con el dedo el lugar de la cicatriz, justo debajo del hombro derecho de Seth—. ¿Te dispararon?

—Hace cinco años. Cosas que pasan —no tenía sentido contarle los detalles. Las cosas salieron mal, hubo gritos y una sacudida eléctrica de terror. El impacto de la bala y un dolor radiante, arrollador—. La mayor parte del trabajo policial es pura rutina: papeleo, aburrimiento, repetición.

—Pero no todo.

—No, no todo —quería verla sonreír otra vez, quería prolongar lo que había resultado ser un dulce e íntimo interludio en la penumbra del coche. Sólo con-

versar, sin el chisporroteo del sexo—. Tú tienes un tatuaje en ese trasero tan bonito.

Ella se echó a reír, echándose el pelo hacia atrás.

—Creía que no lo habías notado.

—Sí, lo he notado. ¿Por qué llevas un caballo alado
tatuado en el trasero, Grace?

—Fue un capricho, una de esas chiquilladas a las
que arrastré a M.J. y a Bailey.

—¿Ellas también llevan caballos alados en...?

—No, y lo que cada una lleva es un secreto. Yo quería un caballo alado porque representaba la libertad. A
un caballo alado no se le puede atrapar, a menos que
él se deje —tocó la cara de Seth y de pronto cambió
de humor—. Yo nunca he querido que me atraparan.
Hasta ahora.

Él casi la creía. Bajando la cabeza, la besó suavemente en los labios. Un beso apacible, sin urgencia.
El lento encuentro de las lenguas, el indolente cambio de ángulos y honduras. Sorbos suaves. Leves mor-
discos. El cuerpo de Grace se movía con fluidez, sus
manos se deslizaron por el pecho de Seth y se junta-
ron tras su nuca. Un ronroneo escapó de su garganta.

—Hacía mucho tiempo que no me besaban en el
asiento delantero de un coche.

Él le apartó el pelo para besarle la delicada curva
entre el cuello y el hombro.

—¿Quieres que probemos el asiento de atrás?

La risa de Grace sonó baja y alegre.

—Desde luego que sí.

El deseo se había infiltrado en la corriente sanguí-
nea de Seth y hacía temblar su corazón.

—Vamos dentro.

Grace se echó hacia atrás, jadeante, y le sonrió bajo el fulgor de la luna.

—Gallina.

Los ojos de Seth se entornaron levemente, y la sonrisa de Grace se hizo más amplia.

—En casa hay una cama estupenda.

Ella dejó escapar una risa suave y luego, sonriendo, le rozó los labios con la boca.

—Vamos a fingir —musitó, apretándose contra él— que estamos en una carretera oscura y desierta y que me has dicho que se te ha averiado el coche —él dijo su nombre, un sonido amplificado contra sus labios tentadores. Era sólo otro modo de desafiarla—. Yo finjo creerte porque quiero quedarme, quiero que... que me persuadas. Tu dirás que sólo quieres tocarme, y yo fingiré que también me lo creo —tomó su mano, se la puso sobre el pecho y sintió un súbito estremecimiento cuando los dedos de Seth se crisparon—. Aunque sé que no es eso lo único que quieres. ¿Es lo único que quieres, Seth?

Lo que él quería era deslizarse resbalando, ciegamente, dentro de ella. Sus manos se movieron bajo la camisa de Grace y tocaron su piel.

—No vamos a hacerlo en el asiento de atrás —le advirtió.

Ella se limitó a echarse a reír.

Seth ignoraba si se sentía orgulloso o perplejo por su propia conducta cuando finalmente abrió la puerta delantera del coche. ¿Había sido tan fogoso en su adolescencia?, se preguntaba. ¿Tan ridículamente osado? ¿O era Grace quien conseguía que cosas como hacer el amor como un loco frente a su propia casa fueran una aventura más?

Ella entró en la casa, se alzó el pelo sobre la nuca y se lo dejó caer en un gesto que, sencillamente, hizo que a Seth se le parara el corazón.

—Creo que mi casa estará lista mañana, o pasado como muy tarde. Tenemos que ir juntos. Podemos bañarnos desnudos en la piscina. Fuera hace mucho calor.

—Eres tan hermosa...

Ella se giró, asombrada por la mezcla de reticencia y deseo que percibía en su voz. Seth estaba parado junto a la puerta, como si pudiera marcharse en cualquier momento.

—Tu belleza es un arma peligrosa. Letal.

Ella intentó sonreír.

—Pues arréstame.

—No te gusta que te lo digan —Seth dejó escapar una risa poco convincente—. No te gusta que te digan que eres preciosa.

—No he hecho nada para ganarme mi físico.

Seth se dio cuenta de que lo decía como si la belleza fuera más bien una maldición que un don divino. Y en ese momento sintió que su comprensión de Grace había alcanzado un nivel distinto. Dio un paso adelante, tomó su cara entre las manos con suavidad y la miró fijamente a los ojos.

—Bueno, puede que tengas los ojos un poco demasiado juntos.

Sorprendida, ella se echó a reír.

—Qué va.

—Y tu boca, creo que tal vez está un pelín torcida. Déjame ver —la midió con la suya propia, prolongando el beso mientras los labios de Grace se curvaban en una sonrisa—. Sí, sólo un pelín, pero, ahora que lo pienso, lo estropea todo. Y vamos a ver... —giró su cabeza hacia un lado y se detuvo a pensar—. Sí. Tu perfil izquierdo es bastante flojo. ¿No te está saliendo papada?

Ella le apartó la mano, no sabiendo si insultarlo o echarse a reír.

—Desde luego que no.

—Creo que también debería comprobarlo. No sé si quiero seguir contigo si tienes papada.

Agarró a Grace, echándole la cabeza hacia atrás con suavidad para poder lamerle suavemente bajo la mandíbula. Ella dejó escapar una risita, un sonido juvenil e inocente, y se estremeció.

—Ya vale, idiota —profirió un chillido cuando él la alzó en brazos.

—No eres ningún peso pluma, por cierto.

Ella achicó los ojos.

—Está bien, aguafiestas, ya basta. Me voy ahora mismo.

Era una delicia ver sonreír a Seth: aquel súbito destello de humor infantil.

—Olvidaba decirte —dijo él mientras se dirigía hacia la escalera—, que se me ha averiado el coche. La profe me tiene manía. Y sólo voy a tocarte —sólo había subido dos peldaños cuando sonó el teléfono—. Maldita sea —besó distraídamente a Grace en la frente—. Tengo que contestar.

—No importa. Me acuerdo de por dónde íbamos.

A pesar de que Seth la soltó, Grace tuvo la sensación de que no tocaban el suelo. El amor era un mullido amortiguador. Pero su sonrisa se desvaneció al ver cómo cambiaba la expresión de Seth. De pronto, sus ojos se volvieron de nuevo desapasionados e ilegibles. Mientras cruzaba la habitación hacia él, Grace comprendió que había pasado inadvertidamente de hombre a policía.

—¿Dónde? —su voz sonaba de nuevo fría y controlada—. ¿Está sellada la escena del crimen? —masculló una maldición, apenas un susurro—. Selladla. Voy para allá —al colgar, sus ojos se pasearon sobre Grace y por fin se enfocaron—. Lo siento, Grace, tengo que irme.

Ella se humedeció los labios.

—¿Es grave?

—He de irme —se limitó a decir él—. Llamaré a un coche patrulla para que te lleve a casa de Cade.

—¿No puedo esperarte aquí?

—No sé cuánto tardaré.

—No importa —ella le ofreció la mano, a pesar de que no sabía si podía alcanzarlo—. Me gustaría esperar. Quiero esperarte.

Ninguna mujer había estado dispuesta a esperarlo. Aquella idea cruzó fugazmente la cabeza de Seth, distrayendo su atención.

—Si te cansas de esperar, llama a comisaría. Dejaré dicho que un agente venga a buscarte si llamas.

—Está bien —pero no llamaría. Esperaría—. Seth... —se acercó a él y le besó suavemente en los labios—, nos veremos cuando vuelvas.

IX

Cuando se quedó a solas, Grace encendió el tele-
visor y se acomodó en el sofá. Cinco minutos después, se levantó y empezó a recorrer la casa.

A Seth no le gustaban las figuritas, pensó. Seguramente pensaba que sólo servían para acumular polvo.
Nada de plantas, ni de mascotas. Los muebles del
cuarto de estar eran sencillos, masculinos y de buena
calidad. El sofá era cómodo, de buen tamaño y de un
verde cazador muy oscuro. Ella lo habría llenado de
cojines. Burdeos, azules, anaranjados... La mesa baja
era un cuadrado de pesado roble, bien pulimentado y
libre de polvo.

Grace llegó a la conclusión de que seguramente
una asistente le limpiaba la casa una vez en semana.
No podía imaginarse a Seth con un trapo de limpiar
el polvo en la mano.

Había una estantería con libros bajo la ventana lateral. Agachándose, Grace leyó los títulos. Le alegró

observar que había leído muchos de ellos. Incluso había un libro de jardinería que ella también había estudiado con detenimiento.

Eso sí podía imaginárselo, se dijo. Sí, podía imaginarse a Seth trabajando en el jardín, removiendo la tierra, plantando algo duradero.

También había cuadros en aquella habitación. Grace se acercó, pensando que los retratos a la acuarela agrupados en la pared eran sin duda obra del mismo artista que había pintado las escenas urbanas y los paisajes campestres del dormitorio. Buscó la firma y vio que en la esquina inferior podía leerse «Marilyn Buchanan».

¿Hermana, madre, prima?, se preguntó. Alguien a quien Seth quería, y que lo quería a él. Desvió la mirada y observó el primer cuadro.

De pronto se dio cuenta, sobresaltada, de que era el padre de Seth. Tenía que ser él. El parecido se notaba en los ojos: claros, intensos, dorados. La mandíbula cuadrada, casi labrada a cincel. La pintora había percibido fortaleza, un toque de melancolía, y sentido del honor. Un susurro de ironía alrededor de la boca y un orgullo innato en el conjunto de la cabeza. Todo ello resultaba evidente en el retrato de perfil de medio cuerpo, cuyo protagonista miraba hacia algo que sólo él podía ver.

El siguiente retrato era de una mujer de cuarenta y tantos años. El rostro era bello, pero la artista no había ocultado las leves y reveladoras arrugas de la edad, los toques plateados del cabello negro y rizado. Sus ojos almendrados miraban de frente, con ironía y paciencia. Y allí estaba la boca de Seth, pensó Grace, sonriendo.

Su madre, concluyó. ¿Cuánta fortaleza contenían aquellos ojos grises de mirada serena?, se preguntó Grace. ¿Cuánta hacía falta para aguantar y aceptar que todos tus seres queridos se enfrenten al peligro diariamente? Fuera cual fuese la cantidad requerida, aquella mujer la poseía con creces.

Había otro hombre, un joven de veintitantos años, con una sonrisa altiva y unos ojos audaces, más oscuros que los de Seth. Atractivo, sexy, con una mata de pelo negro cayéndole descuidadamente sobre la frente. Su hermano, sin duda.

El último retrato era de una joven con el pelo oscuro y largo hasta los hombros, los ojos dorados y vigilantes, y una boca esculpida y curvada en un esbozo de sonrisa. Encantadora, y con rasgos más sobrios y parecidos a los de Seth que el otro joven. Su hermana.

Grace se preguntó si alguna vez llegaría a conocerlos, o si sólo los vería a través de sus retratos. Seth les presentaría a la mujer que amara, pensó, y dejó que una leve punzada de dolor la atravesara. Él querría hacerlo, sentiría la necesidad de llevar a esa mujer a casa de su madre, de ver cómo se confundía y mezclaba con su familia. Aquélla era una puerta que él tendría que abrir en ambos sentidos. No sólo porque fuera la costumbre, se dijo, sino porque para él sin duda sería importante.

Pero ¿a una amante? No, decidió. No era necesario presentarle a una amante a su familia. Seth nunca llevaría a casa de su madre a una mujer a la que sólo le unía el sexo.

Grace cerró los ojos un momento. «Deja de sentir lástima de ti misma», se dijo con aspereza. «No puedes conseguir todo lo que deseas, así que aprovecha lo que tienes». Abrió los ojos de nuevo y observó los retratos una vez más. Rostros agradables, pensó. Una buena familia.

Pero ¿dónde, se preguntaba, estaba el retrato de Seth? Tenía que haber uno. ¿Qué había visto la artista? ¿Habría pintado a Seth con aquella fría mirada de policía, con aquella risa sorprendentemente bella, o con el rarísimo destello de una sonrisa?

Decidida a averiguarlo, dejó la televisión encendida y se fue en busca del retrato. Durante los siguientes veinte minutos, descubrió que Seth era ordenado, que tenía un teléfono y una libreta en cada habitación, que usaba el segundo dormitorio como una mezcla entre habitación de invitados y despacho, que había convertido la tercera habitación en un minigimnasio y que le gustaban los colores oscuros y los sillones cómodos. Encontró más acuarelas, pero ningún retrato de Seth.

Recorrió la habitación de invitados, intrigada porque sólo allí Seth se hubiera permitido ciertos caprichos. En las estanterías empotradas había una colección de figuritas, algunas labradas en madera, otras en piedra. Dragones, grifos, hechiceras, unicornios, centauros...Y un único caballo alado de alabastro con las alas desplegadas. En aquella habitación, las pinturas estaban impregnadas de magia: un paisaje

brumoso en el que las torres de un castillo se alzaban, plateadas, hacia un cielo rosa pálido; un lago
umbrío en el que bebía un único ciervo... Había libros sobre Arturo, sobre leyendas gaélicas, sobre los
dioses del Olimpo y sobre los que habían gobernado
Roma. Y allí, en una mesita de cerezo, había un
globo de cristal azul y un libro sobre Mitra, el dios
de la luz.

Aquella la hizo temblar, cruzar los brazos. ¿Había
comprado Seth aquel libro por el caso? ¿O llevaba
más tiempo allí? Tocó suavemente el delgado volumen y se dio cuenta de que era esto último.

Un vínculo más entre ellos, se dijo, forjado antes
de que se conocieran. Le resultaba tan fácil aceptarlo,
incluso sentirse agradecida por ello... Pero se preguntaba si Seth sentía lo mismo.

Bajó la escalera, sintiéndose extrañamente a gusto
después de aquel paseo sin guía por la casa. Sonrió al
ver que las tazas de café de esa mañana, aquel leve
vestigio de intimidad, seguían en la pila. Encontró
una botella de vino en la nevera, se sirvió una copa y
se la llevó al cuarto de estar.

Regresó junto a la estantería de los libros pensando en acurrucarse en el sofá con la tele por compañía y un buen libro para pasar el rato. Pero de
pronto un escalofrío se apoderó de ella, tan súbito e
intenso que le tembló la mano con la que sujetaba la
copa de vino. Se halló mirando por la ventana, respirando trabajosamente mientras con la otra mano se
agarraba a la estantería.

«Alguien te está mirando», susurraba machaconamente en su cabeza una vocecilla asustada que debía de ser la suya propia. «Alguien te está mirando».

Sin embargo, no veía más que oscuridad, el fulgor de la luna y una casa en la que nada se movía al otro lado de la calle.

«Para», se dijo. «Ahí fuera no hay nadie. No hay nada». Pero se irguió y cerró de golpe las cortinas. Las manos le temblaban.

Bebió un sorbo de vino y procuró reírse de sí misma. El boletín de noticias de la noche la hizo girarse lentamente. Una familia de cuatro miembros, cerca de Bethesda. Asesinada.

Ahora ya sabía dónde había ido Seth. Y sólo podía imaginarse por lo que estaba pasando.

Ella estaba sola. Sentado en su cámara del tesoro, DeVane acariciaba una estatuilla de marfil de la diosa Venus. Había llegado a creer que era la efigie de Grace. Mientras su obsesión crecía y se desbocaba, se imaginaba a sí mismo y a Grace juntos, inmortales a través del tiempo. Ella sería su posesión más preciada. Su diosa. Y las tres Estrellas culminarían su colección de tesoros.

Primero, naturalmente, tendría que castigarla. Sabía lo que tenía que hacer, lo que más le importaba a ella. Y las otras dos chicas no eran inocentes: habían complicado sus planes, le habían hecho fracasar. Tendrían que morir, por supuesto. Cuando tuviese las Estrellas en su poder, cuando tuviese a Grace, ellas morirían. Y sus muertes serían el castigo de Grace.

Ahora, ella estaba sola. Sería muy fácil llevársela. Conducirla hasta allí. Ella tendría miedo al principio. Él quería que tuviera miedo. Ello formaba parte del castigo. Pero, al final, la conquistaría, se ganaría su confianza. La haría suya. A fin de cuentas, tenían toda la eternidad por delante.

En algún momento se la llevaría a Terresa. La haría reina. Un dios no podía conformarse con menos que una reina.

«Llévatela esta noche». Aquella voz, que retumbaba cada vez con más fuerza en su cabeza, le perseguía día y noche. No podía fiarse de ella. Intentó calmar su respiración y cerró los ojos. No debía precipitarse. Cada detalle tenía que encajar en su sitio.

Grace acudiría a él cuando estuviera preparado. Y llevaría consigo las Estrellas.

Seth tomó una última taza de café y se frotó la nuca agarrotada. Todavía se le encogía el estómago al pensar en lo que había visto en aquella bonita casa de las afueras. Sabía que los civiles y los policías novatos creían que los veteranos se volvían inmunes a los estragos de la muerte violenta: su visión, sus olores, su destrucción sin sentido. Era mentira. Nadie podía acostumbrarse a ver lo que él había visto. De lo contrario, no debía llevar una placa. La ley debía conservar su sentido de la repugnancia, del horror, del asesinato.

¿Qué movía a un hombre a quitar la vida a sus propios hijos, a la mujer con la que los había tenido, y luego a sí mismo? En aquella linda casa de las afueras no quedaba nadie que pudiera contestar a esa pregunta, cuya respuesta obsesionaba a Seth.

Se frotó la cara con las manos, notando los nudos de la tensión y el cansancio. Movió los hombros una vez, dos veces, y luego los cuadró antes de cruzar la oficina hacia el vestuario.

Mick Marshall estaba allí, frotándose los pies doloridos. Su pelo puntiagudo y rojizo se levantaba como un arbusto necesitado de una buena poda desde su cara crispada por el cansancio. Sus ojos estaban ensombrecidos y su boca tenía una expresión amarga.

—Teniente —Mick volvió a ponerse los calcetines.

—No hacía falta que viniera por esto, detective.

—Demonios, oí los disparos desde el cuarto de estar de mi casa —agarró uno de sus zapatos, pero se limitó a apoyar los codos en las rodillas—. Dos manzanas más allá. Dios mío, mis hijos jugaban con esos niños. ¿Cómo demonios voy a explicárselo?

—¿Conocía bien al padre?

—En realidad, no. Es lo que se dice siempre, teniente. Era un tipo tranquilo, amable, reservado —dejó escapar una breve risa seca—. Siempre lo son.

—Mulroney va a hacerse cargo del caso. Puede ayudarlo, si quiere. Ahora, váyase a casa e intente dormir. Vaya a darle un beso a sus hijos.

—Sí —Mick se pasó los dedos por el pelo—. Oiga, teniente, he encontrado algunos datos sobre ese tal DeVane.

La espalda de Seth se tensó.

—¿Algo interesante?

—Eso depende de qué ande buscando. Tiene cincuenta y dos años, no se ha casado nunca y heredó de su viejo una pasta gansa, incluyendo un enorme viñedo en esa isla, Terresa. También cultiva aceitunas y tiene ganado.

—¿Un caballero rural?

—Oh, tiene muchas más cosas. Montones de intereses distribuidos por todo el mundo. Astilleros, telecomunicaciones, negocios de importación-exportación... Montones de ramificaciones que generan muchísima pasta. Lo nombraron embajador en Estados Unidos hace tres años. Parece que le gusta esto. Se compró una casa elegante en Foxhall Road, una gran mansión. Le gusta recibir gente. Pero a la gente no le gusta hablar de él. Se ponen muy nerviosos.

—El dinero y el poder suelen poner nerviosa a la gente.

—Sí. No he averiguado gran cosa todavía. Pero hubo una mujer, hace unos cinco años. Una cantante de ópera. Una auténtica diva. Era italiana. Parece que estaban muy unidos. Luego, ella desapareció.

—¿Que desapareció? —el interés de Seth, que empezaba menguar, creció de nuevo repentinamente—. ¿Cómo?

—Ésa es la cosa. Sencillamente, se esfumó. La policía italiana no sabe qué pasó. Ella tenía una casa en Milán, dejó allí todas sus cosas: ropa, joyas, sus obras de arte... Estaba actuando en el teatro de la ópera de allí, en plena gira, ¿sabe? Una noche, no se presentó en el teatro. Esa tarde salió de compras, encargó que le mandaran un montón de cosas a casa. Pero nunca volvió.

—¿Creen que la secuestraron?

—Sí. Pero nadie llamó pidiendo un rescate. No hay ni rastro de ella desde hace cinco años. Tenía... —Mick arrugó la cara, pensativo—. Treinta años. Parece ser que estaba en plenas facultades, y que era una preciosidad. Dejó un montón de dinero en el banco. Todavía está allí.

—¿DeVane fue interrogado?

—Sí. Por lo visto estaba en su yate, en el mar Jónico, tostándose al sol cuando todo pasó. Había media docena de invitados a bordo con él. El policía italiano con el que hablé, gran aficionado a la ópera, por cierto, me dijo que a DeVane no pareció impresionarle mucho la noticia de su desaparición. Se olió algo, pero no pudo averiguar nada más. Sin embargo, el tío ofreció una recompensa, cinco millones de liras, si ella volvía sana y salva. Nadie la reclamó.

—Eso parece muy interesante. Siga investigando —él, por su parte, pensó Seth, haría sus propias pesquisas.

—Una cosa más —Mick giró el cuello de un lado a otro, haciéndolo crujir—. Creo que esto también le interesará. Ese tipo es un coleccionista. Tiene un poco de todo: monedas, sellos, joyas, cuadros, antigüedades, estatuas... De todo. Pero también tiene fama de poseer una colección de gemas enorme y única..., una colección que rivaliza con la del museo Smithsonian.

—De modo que a DeVane le gustan los minerales.

—Oh, sí. Y agárrese. Hace dos años, más o menos,

pagó tres millones por una esmeralda. La piedra era enorme, claro, pero su precio se disparó sobre todo porque, supuestamente, tenía poderes mágicos —los labios de Mick se curvaron con sorna—. Por lo visto, Merlín la creó mediante un hechizo para regalársela al mismísimo rey Arturo. Yo creo que un tipo capaz de comprar una cosa así, debe de estar muy interesado en esas tres enormes piedras azules y en todo ese rollo del dios Mitra y la inmortalidad.

—Apuesto a que sí.

¿No era extraño, pensó Seth, que el nombre de DeVane no estuviera en la lista de Bailey? ¿Un coleccionista cuya residencia en Estados Unidos estaba sólo a unos pocos kilómetros de la casa Salvini, y que, sin embargo, nunca había hecho negocios con ellos? No, su ausencia en aquella lista resultaba demasiado inquietante.

—Tráigame lo que tenga cuando empiece su turno, Mick. Me gustaría hablar personalmente con ese policía italiano. Agradezco el tiempo extra que le está dedicando a este caso.

Mick parpadeó. Seth nunca dejaba de agradecerles a sus hombres el trabajo bien hecho, pero normalmente lo hacía de manera mecánica. Esa vez, se notaba en su voz una calidez sincera, una implicación personal.

—Claro, descuide. Pero, ¿sabe, teniente?, aunque pueda usted relacionarlo con el caso, es probable que DeVane se salga con la suya. Inmunidad diplomática, ya sabe. No podemos tocarlo.

—Vamos a relacionarlo con el caso primero y luego

ya veremos —Seth echó una mirada atrás, distraído, cuando oyó abrirse la puerta de la taquilla de un agente que entraba en turno de noche—. Váyase a dormir —empezó a decir, y luego se interrumpió. Allí, pegada al interior de la puerta de la taquilla, estaba Grace, muy joven, sonriente y desnuda.

Tenía la cabeza echada hacia atrás, y aquella sonrisa provocativa, aquella seguridad en sí misma, aquella sedosa energía, brillaban en sus ojos. Su piel era como mármol pulido y sus curvas generosas aparecían cubiertas únicamente por aquella cascada de pelo, cuidadosamente colocada para volver locos a los hombres.

Mick giró la cabeza, vio el póster e hizo una mueca. Cade le había contado que el teniente estaba saliendo con Grace, y en ese momento sólo se le ocurrió pensar que alguien estaba a punto de morir. Casi con toda probabilidad, el desprevenido agente que, de pie ante su taquilla, silbaba tranquilamente.

—Eh, teniente... —comenzó a decir Mick con intención de salvarle la vida a su compañero.

Seth se limitó a alzar una mano para hacer callar a Mick y se acercó a la taquilla. El agente, que estaba cambiándose de camisa, miró hacia atrás.

—Teniente...

—Bradley —dijo Seth, y siguió observando la reluciente fotografía.

—Está buena, ¿eh? Uno de los chicos del turno de día dice que ha estado aquí y que en persona está igual de buena.

—¿De veras?

—Ya le digo. Yo he desenterrado ese póster de un montón de revistas que tenía en el garaje. No está mal, ¿eh?

—Bradley... —musitó Mick, y escondió la cara entre las manos. Aquel tipo era hombre muerto.

Seth respiró hondo, intentando resistir el deseo de arrancar el póster.

—Este vestuario lo usan también mujeres, Bradley. Esto es inapropiado —¿dónde estaba el tatuaje?, pensó Seth, aturdido. ¿Cuántos años tenía cuando había posado para aquella fotografía? ¿Diecinueve? ¿Veinte?—. Busque otro sitio donde colgar sus fotografías.

—Sí, señor.

Seth dio media vuelta y lanzó una última mirada por encima del hombro.

—Y está mejor en persona. Mucho mejor.

—Bradley —dijo Mick cuando Seth hubo salido—, acabas de librarte de una buena.

Empezaba a amanecer cuando Seth entró en su casa. En la investigación del homicidio de Bethesda había actuado conforme mandaban las normas. El caso quedaría cerrado en cuanto el informe forense y el de la autopsia confirmaran lo que ya sabía. Un hombre de treinta y seis años que vivía confortablemente gracias a su trabajo de programador informático, se había levantado del sofá, donde estaba viendo la tele, había cargado su revólver y había segado cuatro vidas en el espacio aproximado de diez minutos.

Para aquel crimen, Seth no tenía justicia que ofrecer.

Podía haber vuelto a casa dos horas antes, pero había aprovechado la diferencia horaria con Europa para hacer algunas llamadas, formular preguntas y recoger datos. Empezaba a hacerse una idea cabal de quién era Gregor DeVane: un hombre muy rico que no había derramado ni una sola gota de sudor para conseguir su fortuna, que disfrutaba de prestigio y poder, que se movía en círculos exclusivos y carecía de familia.

Nada de lo cual era un crimen, se dijo Seth mientras cerraba la puerta tras él. No había delito alguno en mandarle rosas blancas a una mujer hermosa. Ni en estar liado con una cantante de ópera que desaparecía de la noche a la mañana. Pero ¿acaso no era interesante que DeVane hubiera estado liado también con otra mujer, con una bailarina francesa, una *prima ballerina* de gran belleza a la que se consideraba la mejor intérprete de la década y que había aparecido muerta de una sobredosis en su casa de París?

El forense dictaminó suicidio, a pesar de que los allegados de la chica insistían en que nunca había tomado drogas. Al parecer, era ferozmente disciplinada con su cuerpo. DeVane había sido interrogado, pero sólo por mero trámite. A la hora en que la joven bailarina entró en coma para morir poco después, él estaba cenando en la Casa Blanca. Aun así, Seth y el detective italiano estaban de acuerdo en que se trataba de una fascinante coincidencia.

Un coleccionista, pensó Seth mientras iba apagando las luces, que atesoraba cosas hermosas y bellas mujeres. Un hombre capaz de pagar el doble de su valor por una esmeralda rodeada de leyenda.

Seth decidió comprobar si podía atar algún cabo más y mantener después una charla oficial con el embajador.

Entró en el cuarto de estar. Estaba a punto de pulsar el interruptor cuando vio a Grace acurrucada en el sofá. Creía que se había ido a casa. Pero allí estaba, hecha una pelota sobre el sofá, durmiendo. ¿Qué demonios estaba haciendo allí?, se preguntó Seth. «Esperándote. Como dijo que haría». Como ninguna otra mujer lo había esperado antes. Ni él había querido que lo esperara.

La emoción le golpeó en el pecho, infiltrándose en su corazón. Aquel amor irracional, pensó, le hacía perder el norte. Su corazón no estaba a salvo, ya ni siquiera era suyo. Quería recuperarlo, deseaba desesperadamente ser capaz de alejarse de ella, de dejarla y retornar a su vida anterior. Y le aterrorizaba no ser capaz de hacerlo.

Grace se aburriría pronto de él, era inevitable. Perdería interés por una relación que él imaginaba alimentada únicamente por el capricho y el deseo. ¿Se largaría sin más, se preguntaba Seth, o le pondría fin limpiamente a su aventura? Lo haría a cara descubierta, se dijo. Era su estilo. Ella no era, como había creído alguna vez, fría, calculadora o insensible. Tenía un espíritu sumamente generoso, pero también, en su opinión, excesivamente voluble.

Acercándose, se agachó frente a ella y observó su

cara. Tenía una arruga casi imperceptible entre las cejas. De pronto se dio cuenta de que su sueño no era
sosegado. ¿Qué pesadillas la atormentaban?, se preguntó. ¿Qué preocupaciones la perseguían?

«Pobre niña rica», pensó. «Sigues corriendo todavía hasta quedarte sin aliento. Pero no hay nada que
hacer y vuelves al principio». Le acarició con el pulgar la frente para borrar su ceño, y luego deslizó los
brazos bajo ella.

—Vamos, nena —murmuró—, es hora de irse a la cama.

—No —ella lo apartó, forcejeando—. No.

¿Más pesadillas? Preocupado, Seth la apretó con
fuerza.

—Soy Seth. No pasa nada. Estoy contigo.

—Me mira... —ella giró la cara hacia su hombro—.
Fuera. En todas partes. Está mirándome.

—Chist... Aquí no hay nadie —la llevó hacia la escalera y de pronto comprendió por qué se había encontrado todas las luces de la casa encendidas. A ella le
daba miedo quedarse sola en la oscuridad. Y, sin embargo, se había quedado—. Nadie va a hacerte daño,
Grace. Te lo prometo.

—Seth... —ella emergió del sueño al sonido de su
voz, y sus ojos pesados se abrieron y se fijaron en la
cara de él—. Seth —repitió, y le tocó la mejilla y luego
los labios—. Pareces cansado.

—Si quieres te cambio el sitio. Tú puedes llevarme
a mí.

Grace lo rodeó con los brazos y apretó la mejilla
contra la de él.

—Lo oí en las noticias. Lo de la familia de Bethesda.

—No tenías por qué esperarme.

—Seth... —ella se apartó y lo miró a los ojos.

—No quiero hablar de ello —dijo él secamente—. No preguntes.

—¿No quieres hablar de ello porque te angustia o porque no quieres compartir tus problemas conmigo?

Él la dejó junto a la cama, dio media vuelta y comenzó a quitarse la camisa.

—Estoy cansado, Grace. Tengo que volver a la oficina dentro de un par de horas. Necesito dormir.

—Está bien —ella se frotó con la muñeca el corazón, allí donde más le dolía—. Yo ya he dormido bastante. Voy a bajar a llamar a un taxi.

Él colgó la camisa sobre el respaldo de una silla y se sentó para quitarse los zapatos.

—Si eso es lo que quieres...

—No es lo que quiero, pero parece que es lo que quieres tú —ella apenas alzó una ceja cuando él lanzó el zapato al otro lado de la habitación.

Seth se quedó mirando el zapato como si hubiera saltado por propia voluntad.

—Yo nunca hago cosas así —dijo entre dientes—. Nunca hago cosas así.

—¿Por qué no? Yo me siento mejor cuando las hago —acercándose a él, Grace empezó a masajearle los hombros agarrotados—. ¿Sabes lo que necesitas, teniente? —bajó la cabeza para besarle la coronilla—. Aparte de a mí, claro. Necesitas meterte en un baño de burbujas para que se te deshagan todos estos nudos. Pero, de momento, veremos qué puedo hacer con ellos.

El delicioso contacto de sus manos iba relajando poco a poco los músculos anudados de los hombros de Seth.

—¿Por qué?

—Ésa es una de tus preguntas favoritas, ¿no? Vamos, anda, túmbate. Deja que te dé un buen masaje en esa roca que tú llamas espalda.

—Sólo necesito dormir.

—Mmhmm —ella le hizo tumbarse y se sentó en la cama, arrodillándose a su lado—. Date la vuelta, guapo.

—Me gusta más esta vista —él logró esbozar una media sonrisa y empezó a juguetear con las puntas del pelo de Grace—. ¿Por qué no vienes aquí? Estoy demasiado cansado para luchar contigo.

—Lo tendré en cuenta —ella le dio un empujón—. Date la vuelta, grandullón.

Dejando escapar un gruñido, Seth se tumbó boca abajo y profirió otro gruñido cuando Grace se montó a horcajadas sobre él y empezó a apretar, acariciar y amasar su espalda.

—Siendo como eres, supongo que los masajes te parecerán un lujo. Pero ahí es donde te equivocas —ella apretó hacia abajo con el talón de las manos y presionó hacia delante para luego empezar a masajear con los dedos—. Si se alivia la tensión, el cuerpo trabaja mejor. Yo me doy un masaje cada semana en el gimnasio. Stefan haría maravillas contigo.

—¿Stefan? —él cerró los ojos e intentó no imaginarse a otro hombre tocando a Grace—. Ya me lo imagino.

—Es un auténtico profesional —dijo ella seca-

mente—.Y su mujer es psicóloga infantil. Es maravillosa con los niños del hospital.

Él pensó en los niños. Pensó que eso era lo que le
hacía sentirse tan débil. Eso, y las manos tranquiliza-
doras de Grace, su voz apacible. La luz del sol, de un
cálido color rojo, se filtraba por sus párpados cerrados. Sin embargo, Seth seguía viéndolo.

—Los niños estaban en la cama.

Las manos de Grace se pararon un momento.
Luego, con un largo y silencioso suspiro, ella siguió
moviéndolas arriba y abajo por la espalda de Seth, sobre sus hombros, hasta su cuello agarrotado.Y aguardó.

—La niña más pequeña tenía una muñeca. Una muñeca vieja. Todavía la estaba abrazando. Había pósters
de Disney en las paredes, por todas partes. Todos esos
cuentos de hadas con final feliz... Así se supone que
tienen que ser las cosas cuando eres pequeño. La niña
mayor tenía junto a la cama una de esas revistas para
adolescentes, de las que leen los críos de diez años
porque están deseando tener dieciséis. No llegaron a
despertarse. No sabían que ninguna de las dos cum-
pliría los dieciséis —Grace no dijo nada. No había
nada que decir. Inclinándose, besó suavemente el
hombro de Seth y sintió que él dejaba escapar un
largo suspiro—. Te hace polvo, cuando son niños. No
conozco a un solo policía que pueda enfrentarse a eso
sin que se le retuerzan las tripas. La madre estaba en
la escalera. Parece que oyó los disparos y echó a correr hacia las habitaciones de las crías. Después, él volvió al cuarto de estar, se sentó en el sofá y remató la
faena.

Ella se apoyó sobre él, se abrazó a su espalda y lo apretó con fuerza.

—Intenta dormir —murmuró.

—Quédate, por favor.

—Sí —ella cerró los ojos y notó que la respiración de Seth se iba haciendo cada vez más pesada—. Me quedaré.

Seth se despertó solo. Mientras se disipaba su sopor, se preguntó si había soñado su encuentro con Grace al amanecer. Podía olerla, sin embargo, en el aire y en su propia piel, junto a la cual ella se había acurrucado.

Atravesado en la cama, alzó la mano para mirar el reloj, que había olvidado quitarse. Pese a todo lo que bullía en su interior, su reloj biológico seguía funcionando puntualmente. Se concedió dos minutos más bajo la ducha para combatir la fatiga y mientras se afeitaba se prometió a sí mismo que durante su siguiente día libre no haría otra cosa que vegetar.

·Al anudarse la corbata, fingió que aquélla no iba a ser otra jornada bochornosa, húmeda y agotadora. Luego masculló una maldición, pasándose los dedos por el pelo recién peinado, cuando recordó que había olvidado programar la cafetera eléctrica. Los minutos que tardara en hacerse el café no sólo le sacarían de quicio, sino que además restarían tiempo de su horario previsto. Pero lo que se negaba categóricamente a hacer era empezar el día con el veneno que servían en el bar de la comisaría.

Estaba tan concentrado pensando en el café que cuando, al bajar la escalera, su olor se deslizó hasta él como un canto de sirenas, pensó que era una ilusión. Pero no sólo estaba la cafetera llena de un líquido deliciosamente negro y aromático, sino que Grace estaba sentada a la mesa de la cocina, leyendo el diario de la mañana y mordisqueando un bollito. Se había apartado el pelo de la cara y parecía no llevar otra cosa puesta que una de las camisas de Seth.

—Buenos días —ella le sonrió y luego sacudió la cabeza de un lado a otro—. ¿Tú eres humano? ¿Cómo puedes tener esa pinta tan seria y funcionarial habiendo dormido menos de tres horas?

—Cuestión de práctica. Pensaba que te habías ido.

—Te dije que iba a quedarme. El café está caliente. Espero que no te importe que me haya servido yo sola.

—No —él se quedó donde estaba—. No me importa.

—Si te parece bien, me quedaré aquí un rato, tomándome el café, antes de vestirme. Voy a ir a casa de Cade a cambiarme. Quiero pasarme por el hospital a última hora de la mañana y luego ir a mi casa. Ya va siendo hora. Los de la limpieza acaban esta tarde, así que creo que... —se interrumpió al ver que él seguía mirándola fijamente—. ¿Qué pasa? —esbozó una sonrisa indecisa y se frotó la nariz.

Sin apartar los ojos de ella, Seth tomó el teléfono de la pared y marcó un número de memoria.

—Soy Buchanan —dijo—. Llegaré dentro de un par de horas. Tengo cosas personales que hacer —colgó y le tendió la mano—. Vamos a la cama. Por favor.

Ella se levantó y le dio la mano.

Cuando las ropas estuvieron tiradas con descuido por el suelo, las sábanas revueltas y las persianas bajadas para filtrar la luz del sol, Seth se tumbó sobre Grace. Necesitaba abrazarla, tocarla, disfrutar de la oleada de emociones que Grace avivaba en él. Sólo una hora, pero sin prisas. Se demoraría en lentos y embriagadores besos y prolongaría eternamente sus delicadas caricias. Ella estaba allí para él. Sencillamente, allí. Abierta, generosa, ofreciéndole una fuente aparentemente inagotable de amor.

Grace suspiraba, estremecida, mientras Seth la acariciaba, moviéndose tiernamente sobre ella con infinita paciencia. Cada vez que sus bocas se encontraban, con aquel lento deslizamiento de las lenguas, su corazón temblaba.

Los leves y evasivos sonidos de su intimidad, los suaves susurros de los amantes, se fueron convirtiendo en suspiros y gemidos. Los dos estaban perdidos, envueltos en densas capas de placer. El aire a su alrededor era como sirope y en medio de él sus movimientos se dilataban y su placer se prolongaba sin fin.

Grace suspiraba mientras Seth deslizaba las manos y la boca lentamente sobre su cuerpo, y sus propias manos acariciaban la espalda de él y sus hombros. Se abrió para él, arqueándose para darle la bienvenida, y se estremeció cuando la lengua de Seth la condujo a un orgasmo largo y arrollador.

Grace dejó caer las manos flojamente y dejó que Seth la tomara como quisiera. Su sangre palpitaba, caliente, y su ardor hacía aflorar a su piel un rocío apasionado. Las manos de Seth resbalaban, sedosas, sobre su piel.

—Dime que me deseas —Seth besó con la boca abierta sus pechos.

—Sí —ella agarró sus caderas, urgiéndolo—. Te deseo.

—Dime que me necesitas —la lengua de Seth se deslizó sobre el pezón de Grace.

—Sí —gimió ella de nuevo mientras él la chupaba lentamente—. Te necesito.

«Dime que me quieres». Pero Seth sólo formuló aquella pregunta en su fuero interno al tiempo que la besaba de nuevo en la boca, hundiéndose en aquella húmeda promesa.

—Ya —mantuvo los ojos abiertos, mirándola fijamente.

—Sí —ella se incorporó para recibirlo—. Ya.

Seth se deslizó dentro de ella, penetrándola tan despacio, tan deliciosamente, que los dos se estremecieron de placer. Él vio que sus ojos se llenaban de lágrimas y sintió una ternura mucho más poderosa que cualquier otra emoción. La besó de nuevo, suavemente, y empezó a moverse dentro de ella poco a poco.

La dulzura de aquella sensación hizo que una lágrima rodara por la mejilla de Grace. Sus labios temblaban, y Seth sintió que los músculos de ella se contraían, ciñéndolo.

—No cierres los ojos —musitó él, bebiendo la lágrima de su mejilla—. Quiero verte los ojos cuando te corras.

Ella no podía evitarlo. Aquella ternura la dejaba

desvalida. Las lágrimas emborronaron su visión, y el azul de sus ojos se volvió oscuro como la media noche. Pronunció el nombre de Seth y luego lo murmuró contra sus labios. Y su cuerpo se estremeció en una larga y ondulante riada que la embargó por completo.

—No puedo...

—Déjame tenerte —él se sintió caer, y enterró la cara entre el pelo de Grace—. Deja que te tenga entera.

Grace estaba acunando a un bebé en el nido del hospital. La niña era tan pequeña que apenas llenaba el hueco de su brazo desde el codo a la muñeca, pero sus ojos de recién nacida, profundamente azules, la miraban con insistencia. Su cavidad cardiaca había sido reparada, y su pronóstico era bueno.

—Vas a ponerte bien, Carrie. Tus papás están muy preocupados por ti, pero vas a ponerte bien —acarició la mejilla del bebé y pensó que ojalá Carrie sonriera un poco.

Sentía la tentación de cantarle para que se durmiera, pero sabía que las enfermeras alzaban los ojos al cielo y salían huyendo cada vez que se ponía a cantar una nana. Los niños, sin embargo, rara vez se mostraban críticos con sus escasas capacidades vocales, de modo que se puso a cantar en voz baja, casi susurrando, hasta que los ojitos de búho de Carrie se entornaron.

Grace siguió acunándola cuando se durmió. Sabía que lo hacía sobre todo por ella. Cualquiera que hubiera acunado a un bebé sabía que eso tranquilizaba tanto al adulto como al niño. Y allí, con un recién nacido dormitando entre sus brazos, podía admitir su más profundo secreto.

Estaba deseando tener hijos propios. Ansiaba llevarlos en su vientre, sentir su peso, sus movimientos, darlos a luz con aquella última y aguda punzada de dolor del parto, abrazarlos contra su pecho y sentir cómo mamaban. Quería pasearse de un lado a otro con ellos en brazos cuando estuvieran inquietos, verlos dormir. Criarlos y verlos crecer, pensó cerrando los ojos mientras seguía acunando a la niña. Ocuparse de ellos, tranquilizarlos por las noches. Incluso verlos dar ese primer paso desgarrador que los separaría de ella.

Ser madre era su mayor deseo y su más íntimo secreto.

Al empezar a acudir al ala de pediatría del hospital, le había preocupado estar haciéndolo para calmar aquel anhelo que la consumía por dentro. Pero sabía que no era cierto. La primera vez que tomó en brazos a un niño enfermo, comprendió que su compromiso iba mucho más allá de eso. Ella tenía tanto que dar, tal abundancia de amor que ofrecer... Y allí, en el hospital, aceptaban su ofrecimiento sin preguntar, sin juzgarla por ello. Allí, al menos, podía hacer algo que valía la pena, algo que importaba.

—Carrie importa —murmuró, besando la cabecita de la niña dormida antes de levantarse para ponerla en la cuna—. Uno de estos días, muy pronto, estarás fuerte y sana y te irás a casa. No te acordarás de que una vez te acuné para dormirte cuando tu mamá no podía estar aquí. Pero yo sí me acordaré —sonrió a la enfermera que acababa de entrar y se apartó—. Parece que está mucho mejor.

—Es una pequeña luchadora. Tiene usted muy buena mano con los bebés, señorita Fontaine —la enfermera tomó un portafolios y empezó a hacer anotaciones.

—Intentaré venir un rato dentro de un par de días. Y ya pueden localizarme en casa otra vez, si hiciera falta.

—¿Ah, sí? —la enfermera alzó los ojos y miró por encima de las gafas metálicas. El asesinato en casa de Grace y la consiguiente investigación eran la comidilla del hospital—. ¿Seguro que estará... a gusto en casa?

—Voy a intentarlo.

Grace echó una última mirada a Carrie y salió al pasillo.

Tenía el tiempo justo, pensó, para pasarse por la planta de pediatría y visitar a los niños más mayores. Luego llamaría a Seth a la comisaría para ver si le apetecía una pequeña cena para dos en su casa. Al darse la vuelta, estuvo a punto de chocar con DeVane.

—¿Gregor? —compuso una sonrisa para disimular el repentino y extraño vuelco que le había dado el corazón—. Qué sorpresa. ¿Hay alguien enfermo?

Él la miró fijamente, sin parpadear.

—¿Enfermo?

¿Qué le pasaba en los ojos?, se preguntó Grace. Parecían muy pálidos y desenfocados.

—Estamos en el hospital —dijo ella, manteniendo la sonrisa, y, vagamente preocupada, puso una mano sobre su brazo—. ¿Te encuentras bien?

Él pareció rehacerse de pronto, lleno de perplejidad. Su mente parecía haberse desconectado un instante. Sólo era capaz de verla a ella, de sentir su olor.

—Muy bien —le aseguró—. Estaba un poco distraído. Yo tampoco esperaba encontrarte aquí —naturalmente, era mentira. Había planeado meticulosamente aquel encuentro. Tomó la mano de Grace, se inclinó sobre ella y le besó los dedos—. Es un placer, desde luego, verte en cualquier parte. Me he pasado por aquí porque nuestros amigos comunes despertaron mi interés por los cuidados que se dispensan a los niños en este hospital. Los niños y su bienestar me interesan particularmente.

—¿En serio? —la sonrisa de Grace se hizo más cálida—. A mí también. ¿Quieres que te enseñe esto en un momento?

—¿Cómo no iba a querer, si tú me sirves de guía? —él se dio la vuelta y les hizo una seña a los dos individuos que permanecían parados, muy tiesos, a unos pasos de distancia—. Guardaespaldas —le dijo a Grace, tomándola del brazo—. Por más que nos disguste, son necesarios en los tiempos que corren. Dime, ¿cómo es que he tenido la fortuna de encontrarte aquí?

Como solía hacer, Grace encubrió la verdad a fin de preservar su intimidad.

—Los Fontaine han hecho donaciones muy importantes a este ala del hospital. Me gusta pasarme por aquí de vez en cuando para ver qué está haciendo el

hospital con ese dinero —le lanzó una mirada brillante—. Y nunca se sabe cuándo te vas a encontrar con
un médico guapo... o con un embajador —siguió caminando a su lado, dándole explicaciones sobre las
distintas secciones mientras se preguntaba cuánto dinero para los niños conseguiría sacarle a DeVane con
un poco de tiempo y encanto—. El ala de pediatría general está una planta más arriba. Como maternidad
está en esta misma sección, no quieren que los niños
más mayores anden correteando por los pasillos
mientras las madres están de parto o descansando.

—Sí, los niños son muy traviesos —él los detestaba—.
Una de las cosas de las que más me arrepiento es de
no haber tenido hijos. Claro que nunca encontré a la
mujer adecuada... —hizo un gesto con la mano libre—.
Y, al hacerme mayor, me resigné a que nadie perpe-
tuara mi nombre.

—Pero Gregor, si estás en la flor de la vida... Eres un
hombre fuerte y lleno de vitalidad. Te quedan todavía
muchos años para tener tantos hijos como quieras.

—Sí —la miró a los ojos de nuevo—, pero aún tengo
que encontrar a la mujer adecuada.

Ella sintió un escalofrío de desagrado al advertir su
intensa mirada y la insinuación que se adivinaba en
sus palabras.

—Estoy segura de que la encontrarás. Aquí hay algunos prematuros —se acercó más al cristal—. Son tan
pequeños... —dijo suavemente—. Tan indefensos...

—Es una pena que nazcan defectuosos.

Sus palabras hicieron fruncir el ceño a Grace.

—Algunos necesitan pasar un tiempo en la incubadora y ciertos cuidados médicos para desarrollarse por completo, pero yo no los llamaría «defectuosos».

Otro error, pensó él, sintiendo una repentina irritación. No parecía poder mantenerse alerta cuando el olor de Grace invadía sus sentidos.

—Ah, mi inglés es a veces un tanto torpe. Debes perdonarme.

Ella sonrió de nuevo, intentando aliviar la evidente turbación del embajador.

—Tu inglés es fantástico.

—¿Lo suficiente como para convencerte de que compartas un almuerzo tranquilo conmigo? Como amigos —dijo, esbozando una tímida sonrisa—. Con intereses comunes.

Ella estaba mirando a los bebés, igual que él. Era tentador, admitió. DeVane era un hombre encantador, rico e influyente. Tal vez pudiera convencerlo, empleando sutiles artimañas, para que la ayudara a fundar una rama internacional de Estrella Fugaz, una ambición que sopesaba desde hacía algún tiempo.

—Me encantaría, Gregor, pero hoy no puedo. Iba a irme casa cuando me encontré contigo. Tengo que revisar unas... reparaciones —aquél le pareció el mejor modo de explicarlo—. Pero me encantaría comer contigo en otra ocasión. Y espero que sea muy pronto. Hay algunas cosas relativas a nuestros intereses comunes que me gustaría consultarte.

—Me encantaría servirte de ayuda en lo que pueda —él le besó la mano de nuevo. Esa noche, pensó. La tendría esa noche, y no habría necesidad de seguir fingiendo.

—Eres muy amable —sintiéndose culpable por el de-
sinterés y la frialdad que sentía hacia él, le besó en la
mejilla—. Tengo que irme. Llámame para que comamos juntos. La semana que viene, si quieres —con una
última sonrisa, Grace se marchó corriendo.

Mientras la miraba alejarse, los dedos de DeVane
se clavaron lentamente en las palmas de sus manos,
dejando marcas en forma de media luna. Intentando
dominarse, le hizo un gesto con la cabeza a uno de
los hombres que aguardaban en silencio.

—Seguidla —ordenó—. Y esperad mis órdenes.

Cade no se consideraba un quejica, y, habida
cuenta de lo bien que toleraba a su familia, creía ser
uno de los hombres más pacientes y benévolos del
mundo. Sin embargo, estaba seguro de que, si Grace
le hacía mover un solo mueble más de un extremo al
otro del enorme salón, se derrumbaría y se echaría a
llorar.

—Queda genial.

—Mmm... —ella estaba parada con una mano en la
cadera y los dedos de la otra tamborileando sobre sus
labios.

El brillo de sus ojos bastó para que Cade se asus-
tara.

—De veras, está fantástico. Al cien por cien. Trae la
cámara de fotos. Esto es como una portada de *House
and Garden*.

—No seas pelota, Cade —dijo ella distraídamente—.
Tal vez el diván quede mejor mirando hacia el otro

lado —él dejó escapar un gemido lastimero, pero Grace se limitó a curvar los labios—. Naturalmente, eso significaría que habría que mover la mesita baja y esos otros dos muebles. Y la palmera, ¿no es una preciosidad?, tendría que ir ahí.

La preciosidad debía de pesar por lo menos cien quilos. Cade renunció a su orgullo y empezó a gimotear.

—Todavía tengo puntos —le recordó a Grace.

—Bah, ¿qué son unos cuantos puntos para un hombre tan fuerte como tú? —Grace se acercó a él, le dio una palmadita en la mejilla y observó cómo luchaba su ego con su espalda dolorida. Luego dejó escapar una larga carcajada—. Te lo has tragado. Está bien, querido. Está perfecto. No tienes que mover ni un cojín más.

—¿En serio? —los ojos de Cade se llenaron de esperanza—. ¿Se acabó?

—No sólo se acabó, sino que ahora vas a sentarse y a poner los pies sobre la mesa mientras yo te traigo una de las cervezas bien frías que guardo en la nevera para detectives privados tan altos y guapos como tú.

—Eres una diosa.

—Eso dicen. Ponte cómodo. Enseguida vuelvo.

Cuando Grace regresó llevando una bandeja, vio que Cade se había tomado muy a pecho su invitación. Estaba recostado sobre los gruesos cojines azul cobalto de su nuevo sofá, con los pies encima de la mesa baja de ébano y los ojos cerrados.

—Vaya, parece que te he dejado agotado de verdad, ¿eh?

Él lanzó un gruñido y abrió un ojo. Luego abrió los dos, lleno de contento al ver que ella dejaba la bandeja cargada sobre la mesa.

—Comida —dijo, incorporándose de un salto.

Ella no tuvo más remedio que echarse a reír cuando él aceptó de buena gana las uvas verdes y lustrosas, el queso de Brie y las galletitas saladas que le ofrecía, junto con el montoncillo de caviar frío con tostadas.

—Es lo menos que puedo hacer por un mozo de mudanzas tan atractivo —acomodándose a su lado, tomó la copa de vino que se había servido—. Te debo una, Cade.

Con la boca medio llena, él observó el cuarto de estar y asintió.

—Ya lo creo que sí.

—No me refiero sólo al trabajo manual. Me diste un refugio cuando lo necesitaba. Y, sobre todo, te debo una por Bailey.

—No me debes nada por Bailey. La quiero.

—Lo sé. Y yo también. Nunca la he visto tan feliz. Sólo estaba esperándote —inclinándose, le dio un beso en la mejilla—. Siempre quise tener un hermano. Ahora, con Jack y contigo, tengo dos. Una familia instantánea. Ellos también encajan, ¿no crees? —comentó—. M.J. y Jack. Como si siempre hubieran formado equipo.

—Se pican el uno al otro. Es divertido observarlos.

—Sí. Y, hablando de Jack, pensaba que iba a venir a echarte una mano con nuestro pequeño proyecto de redecoración.

Cade puso una cucharadita de caviar sobre una tostada.

—Tenía que seguirle la pista a un fugitivo.

—¿Qué?

—Un tipo que había violado la condicional. Jack tenía que ir en su busca. Me dijo que no tardaría mucho —Cade tragó y suspiró—. No sabe lo que se está perdiendo.

—Le daré la oportunidad de averiguarlo —ella sonrió—. Todavía tengo planes para un par de habitaciones de arriba.

Aquello le dio pie a Cade para sacar a relucir el asunto que lo preocupaba.

—¿Sabes, Grace?, no sé si no te estarás precipitando un poco. Va a costar algún tiempo volver a poner en orden una casa tan grande. A Bailey y a mí nos gustaría que te quedaras en nuestra casa una temporada.

Su casa, pensó Grace. Ya era la casa de los dos.

—Aquí se puede vivir perfectamente, Cade. M.J. y yo estuvimos hablando de eso —continuó—. Jack y ella se van a ir a su apartamento. Ya va siendo hora de que todos volvamos a nuestras vidas de siempre.

Pero M.J. no iba a estar sola, pensó Cade, y bebió pensativamente su cerveza.

—Ahí fuera sigue habiendo alguien que maneja los hilos. Alguien que quiere las tres Estrellas.

—Yo no las tengo —le recordó Grace—. No puedo apoderarme de ellas. No hay razón para que ahora se moleste conmigo.

—No sé si la razón tiene algo que ver con esto, Grace. No me gusta que estés aquí sola.

—Igual que un hermano —ella le dio un apretón en el brazo—. Mira, Cade, tengo un sistema de alarma nuevo, y estoy pensando en comprarme un perrazo enorme y feroz —iba a mencionar la pistola que guardaba en la mesita de noche, pero pensó que eso sólo aumentaría su preocupación—. No me pasará nada.

—¿Qué piensa Buchanan al respecto?

—No se lo he preguntado. Se pasará por aquí luego. Así que no estaré sola.

Satisfecho con eso, Cade le dio una uva.

—Le tienes preocupado.

Los labios de Grace se curvaron mientras se metía la uva en la boca.

—¿De veras?

—No lo conozco muy bien, ni creo que nadie lo conozca. Es... Supongo que la palabra para describirlo sería «reservado». No demuestra lo que siente. Pero ayer, cuando me lo encontré en casa, después de que tú te fueras arriba, estaba allí parado, mirando hacia el lugar por el que te habías ido —Cade sonrió—. Había bajado la guardia y fue muy revelador. Seth Buchanan, un ser humano —hizo una mueca y apuró su cerveza—. Lo siento, no quería...

—No importa. Sé exactamente lo que quieres decir. Tiene un dominio de sí mismo casi aterrador, y una especie de impenetrable aura de autoridad.

—Tengo la impresión de que tú has conseguido abrir una brecha en su armadura. En mi opinión, eso era justamente lo que necesitaba. Tú eres lo que le hacía falta.

—Espero que Seth crea lo mismo. Resulta que él

también es lo que me hacía falta a mí. Estoy enamorada de él —con una media risa, sacudió la cabeza y bebió un sorbo de vino—. No puedo creer que te esté contando todo esto. Rara vez les cuento mis secretos a los hombres.

—Con los hermanos es distinto.

Ella le sonrió.

—Sí, es cierto.

—Espero que Seth se dé cuenta de la suerte que tiene.

—No creo que Seth crea en la suerte.

Grace sospechaba también que Seth no creía en las tres Estrellas de Mitra. Ella, en cambio, había descubierto que sí creía. En muy poco tiempo, su mente se había abierto y su imaginación se había expandido, aceptando que aquellos diamantes poseían un poder mágico. Ella había caído bajo el influjo de ese poder, al igual que M.J. y Bailey y los hombres a los que ahora estaban unidas.

Grace no dudaba que, quienquiera que ambicionase esa magia, ese poder, no se detendría ante nada. Daba igual que las piedras estuvieran en el museo. Aquel hombre seguiría ansiando poseerlas y haciendo planes para apoderarse de ellas. Pero ya no podía obtener los diamantes a través de ella. Esa parte del vínculo, pensó con alivio, se había roto. Ella estaba a salvo en su casa, y se acostumbraría a vivir de nuevo allí.

Se vistió cuidadosamente con un largo vestido blanco de seda fina, haciendo aguas, que le dejaba los

hombros desnudos y ondulaba alrededor de sus tobillos. Bajo la seda fluctuante llevaba sólo la piel perfumada.

Se dejó el pelo suelto, sujeto a los lados de la cabeza por peinetas de plata, y se puso los pendientes
de zafiros de su madre, que relucían como estrellas
idénticas. Dejándose llevar por un impulso, se puso
un grueso brazalete de plata en el antebrazo: un toque pagano.

Al mirarse al espejo después de vestirse, sintió un
extraño sobresalto, como si pudiera ver en el cristal el
leve espectro de otra persona mezclado con su imagen. Se sacudió aquella sensación echándose a reír, lo
atribuyó a los nervios y se atareó ultimando los pre-
parativos de la cena.

Llenó de velas y flores las habitaciones que había
rehecho y, sobre la mesa de debajo de la ventana que
daba al jardín lateral, colocó la vajilla y la cristalería
para una cena meticulosamente preparada para dos
comensales.

El champán estaba enfriándose, la música sonaba
suavemente y la luz era tenue. Lo único que le hacía
falta era su amante.

Seth vio las velas en las ventanas cuando aparcó en
la rampa. El cansancio que se había sumado a su sentimiento de insatisfacción le hizo frotarse los ojos secos en la penumbra del coche.

Había velas en las ventanas.

Se vio obligado a admitir que, por primera vez en

su vida adulta, había perdido el dominio de sí mismo y del mundo que lo rodeaba. Ciertamente, no tenía dominio alguno sobre la mujer que había encendido aquellas velas y que lo esperaba entre su luz suave y parpadeante.

Se había interesado por DeVane por puro instinto... y, en parte, ese instinto era territorial. Nada era más impropio de él. Quizá por eso se sentía ligeramente... ajeno a sí mismo. Descontrolado. Grace se había convertido en el centro, en el punto focal de su vida. ¿O en una obsesión?

¿Acaso no estaba allí porque no podía mantenerse apartado de ella?

Se había puesto a indagar en el pasado de DeVane porque aquel hombre despertaba en él cierto mecanismo de defensa instintivo. Quizá fuera así como había empezado todo, se dijo, pero su intuición policial seguía siendo muy fina. DeVane no era trigo limpio. Y, con un poco más de tiempo, unas cuantas pesquisas más, conseguiría relacionar al embajador con las muertes que rodeaban los diamantes.

De no ser por su condición de diplomático, pensó Seth, ya tenía suficientes indicios para interrogarlo. DeVane era aficionado al coleccionismo y atesoraba las cosas más raras y preciosas. Con frecuencia, objetos rodeados de cierto halo de magia.

Además, el año anterior Gregor DeVane había financiado una expedición para buscar las legendarias Estrellas. Un arqueólogo rival las encontró primero, y el museo de Washington se apresuró a comprarlas. DeVane había invertido más de dos millones de dóla-

res en la búsqueda, y las Estrellas se le habían escapado entre los dedos. Tres meses después del hallazgo,
el arqueólogo rival había sufrido un trágico y fatal accidente en las selvas de Costa Rica.

Seth no creía en las coincidencias. El hombre que
había impedido a DeVane hacerse con los diamantes
estaba muerto. Y también, según había descubierto
Seth, el jefe de la expedición organizada por DeVane.

No, Seth no creía en las coincidencias.

DeVane llevaba casi dos años viviendo de manera
intermitente en Washington D.C., y nunca se había
encontrado con Grace. De pronto, sin embargo, justo
después de que ella se viera implicada en el asunto de
los diamantes, aquel hombre no sólo se presentaba en
las mismas reuniones sociales que ella, sino que además parecía interesado en conquistarla.

La vida, sencillamente, no era así de transparente.

Un poco más de tiempo, se prometió Seth, frotándose las sienes para disipar el dolor de cabeza. Encontraría un vínculo sólido que relacionara a DeVane y a
los hermanos Salvini, al prestamista, a los matones de la
furgoneta y a Carlo Monturri. Sólo necesitaba un eslabón, y el resto de la cadena caería por su propio peso.

Pero, de momento, tenía que salir del agobiante
coche, entrar y afrontar lo que estaba pasando en su
vida privada. Dejando escapar una breve risa, se bajó
del coche. Su vida privada. ¿No era acaso ése en parte
el problema? Él nunca había tenido vida privada, no
había podido permitírselo. Y de repente, unos días
después de conocer a Grace, su vida privada amenazaba con engullirlo por entero.

También necesitaba tiempo para eso, se dijo. Tiempo para apartarse, para ganar distancia y echar una mirada más objetiva a lo que le estaba pasando. Había permitido que las cosas se precipitaran. Eso habría que arreglarlo. Un hombre que se enamoraba de la noche a la mañana no podía fiarse de sí mismo. Era hora de reafirmarse de nuevo en la lógica.

Grace y él eran diametralmente distintos: en cuestión de orígenes sociales, estilos de vida y metas. La atracción física acababa diluyéndose o se estabilizaba. Ya se la imaginaba alejándose de él en cuanto la excitación inicial pasara. Se pondría inquieta, se impacientaría por las exigencias de su trabajo. Y él no estaba dispuesto ni era capaz de seguirla a través de aquel torbellino social que formaba hasta tal punto parte de su intrincada vida. Sin duda, Grace buscaría a otro hombre que pudiera hacerlo. Una mujer bella, llena de vitalidad, deseada y halagada a cada paso, no se contentaría con encender una vela en la ventana muchas noches seguidas.

Él les haría un favor a ambos si echaba el freno, si daba marcha atrás. Mientras alzaba la mano hacia la brillante aldaba de bronce, procuró no prestar oídos a la vocecilla burlona que, dentro de su cabeza, lo llamaba mentiroso y cobarde.

Ella se apresuró a contestar a su llamada como si estuviera esperándolo. Se quedó parada en el umbral, con la suave luz filtrándose a través de su largo vestido de seda blanca. La energía que irradiaba de ella, pura y pagana, dejó sin aliento a Seth.

A pesar de que él mantenía los brazos pegados a

los costados, Grace se acercó a él y le arrancó el corazón con un beso de bienvenida.

—Me alegro de verte —Grace pasó los dedos por sus pómulos, bajo los ojos ensombrecidos—. Ha sido un día muy largo, teniente. Entra y relájate.

—No dispongo de mucho tiempo. Tengo trabajo —él esperó, observando el destello de desilusión de su mirada. Lo cual lo ayudaba a justificar lo que se disponía a hacer. Pero luego ella sonrió y lo tomó de la mano.

—Bueno, no perdamos el poco tiempo que tienes quedándonos aquí parados. No has cenado, ¿verdad?

¿Por qué no le preguntaba ella por qué no podía quedarse?, se preguntó Seth, irritado sin razón aparente. ¿Por qué no se quejaba?

—No.

—Bien. Siéntate y toma una copa. ¿Puedes tomar una copa o estás de servicio? —ella entró en el cuarto de estar y sacó el champán de la cubitera plateada—. Supongo que, en todo caso, no importa que tomes una copita. Yo no se lo voy a decir a nadie —descorchó la botella hábilmente, produciendo un ruido amortiguado y festivo—. Acabo de sacar los canapés, así que sírvete —señaló la bandeja de plata que había sobre la mesita baja antes de alejarse con un suave frufrú de seda para servir dos copas—. Dime qué te parece. He dejado agotado al pobre Cade moviendo las cosas de un lado a otro, pero quería tener listo el cuarto de estar cuanto antes.

La habitación parecía salida de las páginas de una revista de papel cuché. Nada estaba fuera de su sitio, todo era bonito y reluciente. Los colores vivos se mezclaban con el blanco y el negro, con refinados adornos y cuadros que parecían haber sido elegidos con extremo cuidado y prolongada dedicación. Sin embargo, Grace lo había arreglado todo en cuestión de días... o, mejor dicho, de horas. En eso, supuso Seth, se notaba el poder de la riqueza y el buen gusto.

Aun así, la habitación no parecía rígida o fría. Parecía acogedora y cálida. Superficies suaves, bordes suaves, con detalles propios de Grace por todas partes: botellas antiguas de colores, un gato de porcelana acurrucado sobre una alfombra, un exuberante helecho en un macetero de cobre...Y flores y velas.

Seth alzó la mirada y vio la barandilla de madera pulida que flanqueaba el descansillo de arriba.

—Veo que la has hecho reparar.

«Algo va mal», pensó ella mientras se acercaba para darle su copa.

—Sí, quería que lo hicieran cuanto antes. Eso, e instalar el nuevo sistema de alarma. Creo que te gustará.

—Puedo echarle un vistazo, si quieres.

—Preferiría que te relajaras mientras puedes. ¿Qué te parece si traigo la cena?

—¿Has cocinado tú?

Ella se echó a reír.

—Yo no te haría eso. Pero soy una experta encargando cenas... y presentándolas. Intenta relajarte un poco. Enseguida vuelvo.

Mientras ella salía, Seth miró la bandeja. Un cuenco de plata lleno de reluciente caviar negro, pequeños y elegantes bocaditos para comer con los dedos. Seth les volvió la espalda y, llevando su copa, se acercó al retrato de Grace.

Cuando ella volvió, empujando un carrito antiguo, él seguía mirando su rostro pintado.

—Estaba enamorado de ti, ¿verdad? El pintor.

Grace dejó escapar un suspiro cauteloso al advertir la frialdad de su tono.

—Sí, en efecto. Sabía que yo no le correspondía. A menudo deseé que fuera de otro modo. Charles es uno de los hombres más buenos y amables que conozco.

—¿Te acostabas con él?

Un escalofrío recorrió la espalda de Grace. Sin embargo, sus manos se mantuvieron firmes cuando puso los platos sobre la mesa adornada con velas y flores.

—No, no habría sido justo. Él me importaba demasiado.

—Y prefieres acostarse con hombres que no te importan.

Grace comprendió de pronto que había sido una ingenua. Qué estúpida, no haberse dado cuenta de lo que iba a pasar.

—No, pero no me acuesto con hombres a los que pueda hacer daño. A Charles le habría hecho sufrir si hubiera sido su amante, así que preferí ser su amiga.

—¿Y las esposas? —él se volvió lentamente y observó con los ojos entornados a la mujer de carne y hueso—. Como la de ese conde con el que te liaste. ¿A ella no te importaba hacerle daño?

Grace tomó de nuevo su vino y ladeó cautelosamente la cabeza. Nunca se había acostado con el conde al que se refería Seth, ni con ningún otro hombre casado. Pero nunca se había molestado en rebatir las habladurías. Y no pensaba hacerlo ahora.

—¿Por qué iba a hacerlo? Yo no estaba casada con ella.

—¿Y el tipo que intentó matarse cuando rompiste vuestro compromiso?

Ella se llevó la copa a los labios y tragó un sorbo de vino que le arañó la garganta como fragmentos de cristal.

—Eso fue muy dramático por su parte, ¿no te parece? Me parece que no estás de humor para ensalada César y entrecot Diane, ¿verdad, teniente? La buena comida no sienta bien durante un interrogatorio.

—Nadie te está interrogando, Grace.

—Oh, desde luego que sí. Pero has olvidado leerme mis derechos.

El gélido enojo de Grace ayudó a Seth a justificar su ira. No se trataba de los hombres. Seth sabía que no era la cuestión de los hombres, que tan calculadoramente le había echado en cara a Grace, lo que lo sacaba de quicio. Era el hecho de que no le importaban, de que, por alguna razón, nada parecía importarle, salvo ella.

—Es extraño que te moleste tanto contestar a preguntas acerca de ciertos hombres, Grace. Nunca te has molestado en ocultar tus... antecedentes.

—Esperaba algo más de ti —dijo ella en voz tan baja que él apenas la oyó. Luego movió la cabeza de un lado a otro y sonrió con frialdad—. He sido una tonta.

No, nunca me he molestado en ocultar nada..., a menos que me importara. Esos hombres no me importaban, en su mayor parte. ¿Quieres que te diga que tú eres distinto? ¿Me creerías si te lo dijera?

Seth temía que sí. Le aterrorizaba pensarlo.

—No es necesario. Hemos ido demasiado deprisa, Grace. No me siento a gusto así.

—Entiendo. Quieres echar el freno —dejó a un lado la copa, sabiendo que pronto empezaría a temblarle la mano—. Parece que has dado un par de pasos de gigante mientras yo no miraba. Es cierto, debería haber jugado a ese juego de niña. Así estaría más preparada para lo inesperado.

—Esto no es un juego.

—No, supongo que no —ella tenía su orgullo, pero también tenía corazón. Y quería saber qué estaba pasando—. ¿Cómo has podido hacer el amor conmigo así esta mañana, Seth, y comportarte así esta noche? ¿Cómo puedes haberme tocado como lo has hecho, como no lo había hecho nadie antes, y hacerme ahora tanto daño?

Seth comprendió que ello se debía al sentimiento que se había apoderado de él esa mañana. A la indefensión de su deseo.

—No pretendo hacerte daño.

—No, y eso sólo empeora las cosas. Nos estás haciendo a los dos un favor, ¿no es eso? ¿No es ésa la conclusión a la que has llegado? Romper antes de que las cosas se compliquen. Demasiado tarde —se le quebró la voz, pero logró rehacerse de nuevo—. Ya se han complicado.

—Maldita sea —Seth dio un paso hacia ella, pero se detuvo en seco cuando Grace echó la cabeza hacia atrás y fijó en él sus ardientes ojos azules.

—Ni se te ocurra tocarme teniendo todavía esas ideas en la cabeza. Tú sigue tu pulcro camino, teniente, que yo seguiré el mío. Yo no soy partidaria de echar el freno. O sigue adelante uno o se para por completo —furiosa consigo misma, alzó una mano para limpiarse una lágrima de la mejilla—. Y, según parece, nosotros nos hemos parado.

XI

Seth permanecía inmóvil, preguntándose qué demonios estaba haciendo. Allí estaba la mujer que amaba y que, por un inesperado giro del destino, tal vez le correspondía. Tenía la oportunidad de vivir esa vida que nunca se había permitido: una familia, un hogar, una mujer... Estaba rechazando todas aquellas cosas con las dos manos, pero no parecía poder detenerse.

—Grace..., quiero que nos demos un poco de tiempo para pensar lo que estamos haciendo, adónde nos lleva esto.

—No, no es cierto —ella se apartó el pelo echando la cabeza hacia atrás con determinación—. ¿Crees que porque sólo hace unos días que te conozco no sé cómo funciona tu cabeza? He compartido más cosas contigo que con ningún otro hombre en toda mi vida. Te conozco —respiró hondo, temblorosa—. Lo que quieres es tomar de nuevo el timón, volver a sentir el botón de control bajo tu dedo. Todo esto se te ha escapado de las manos, y no puedes permitir que eso suceda.

—Puede que sea verdad —lo era, en realidad, se dijo Seth—. Pero eso no cambia nada. Estoy en medio de una investigación, y no estoy siendo todo lo objetivo que debería ser porque me he liado contigo. Cuando acabe...

—¿Cuando acabe, qué? —preguntó ella—. ¿Lo retomaremos donde lo habíamos dejado? No creo, teniente. ¿Qué pasará cuando estés en medio de otra investigación? ¿Y luego de la siguiente? ¿Te parezco alguien capaz de esperar hasta que tengas tiempo y ganas de continuar una relación intermitente conmigo?

—No —Seth irguió la espalda—. Soy policía. Mi trabajo es lo primero.

—No creo que te haya pedido nunca que eso cambie. En realidad, tu dedicación a tu trabajo me parece admirable, atractiva, incluso heroica —Grace esbozó una sonrisa breve y fina—. Pero eso es irrelevante, lo mismo que esta conversación —dio media vuelta y tomó de nuevo su vino—. Ya conoces la salida.

No, ella nunca le había pedido que cambiara nada. Nunca había cuestionado su trabajo. ¿Qué demonios había hecho?, se preguntaba Seth.

—Esto hay que hablarlo...

—Ése es tu estilo, no el mío. ¿De veras crees que puedes quedarte aquí, en mi casa...? —su voz comenzó a hacerse más chillona—. ¿En mi casa, dejarme plantada y esperar que mantengamos una conversación civilizada? Quiero que te vayas —dejó la copa sobre la mesa, derramando el vino—. Ahora mismo.

¿De dónde había salido aquel miedo?, se dijo Seth. Su busca empezó a sonar, pero no le hizo caso.

—No vamos a dejarlo así.

—Vamos a dejarlo exactamente así —puntualizó ella—. ¿Crees que soy estúpida? ¿Crees que no veo que has entrado aquí esta noche buscando pelea para que las cosas acabaran así? ¿Crees que no sé que, por más que te dé, tú intentas mantenerte alejado de mí y lo cuestionas, lo analizas y lo diseccionas todo? Pues analiza esto también. Estaba dispuesta a darte más, todo lo que me pidieras. Ahora ya puedes pasarte el resto de tu vida preguntándote qué has perdido esta noche —mientras el busca sonaba de nuevo, Grace pasó al lado de Seth y abrió la puerta de entrada—. Tendrás que contestar a la llamada del deber en otra parte, teniente.

Seth se acercó a ella, pero, a pesar de que deseaba tenderle los brazos, resistió la necesidad de hacerlo.

—Cuando acabe con esto, volveré.

—No serás bienvenido.

Seth sintió que se acercaba a una línea que nunca antes había cruzado.

—Eso no importa. Volveré.

Ella no dijo nada. Se limitó a cerrarle la puerta en las narices y a echar el cerrojo con un golpe seco y audible. Se apoyó contra la puerta, respirando con dificultad mientras la invadía el dolor. Era peor ahora que la puerta se había cerrado, ahora que le había dejado fuera de su vida. Las velas seguían ardiendo y las flores permanecían abiertas.

Comprendió que, todos los pasos que había dado ese día y el anterior, hasta el momento en que, al entrar en su casa viera bajar a Seth por las escaleras, hacia ella, la habían conducido a aquel instante de ciego sufrimiento.

Había sido incapaz de detenerse, pensó, de cambiar lo que era, lo que había sucedido antes o lo que vendría después. Sólo los tontos creían que controlaban su destino, como ella había creído una vez que controlaba el suyo.

Había sido una necia por permitirse aquellas patéticas fantasías, aquellos sueños en los que Seth y ella se pertenecían el uno al otro, en los que compartían sus vidas, un hogar y unos hijos. Había creído que sólo estaba esperando a que Seth hiciera realidad anhelos que siempre escapaban de sus manos.

El poder místico de las piedras, pensó con una media risa. Amor, conocimiento, generosidad. Su hechizo había sido cruel con ella al mostrarle un atisbo turbador de todos sus deseos para arrancárselos luego y dejarla sola.

Cerró los ojos al oír que llamaban a la puerta. Cómo se atrevía a volver, pensó. Cómo se atrevía, después de aplastar todos sus sueños, sus esperanzas, sus necesidades. Y cómo osaba ella seguir enamorada de él a pesar de todo.

Pues no la vería llorar, se prometió a sí misma, y se irguió, pasándose las manos por las mejillas mojadas.

No la veía arrastrarse. No la veía en absoluto, porque no le dejaría entrar.

Se dirigió resueltamente hacia el teléfono. A Seth no le haría ninguna gracia que llamara a la policía e informara de la presencia de un intruso en su casa, pensó. Le estaría bien empleado. Levantó el teléfono en el momento en que un ruido de cristales rotos la hizo volverse hacia las puertas de la terraza.

Le dio tiempo a ver que un individuo entraba por ellas y a oír cómo empezaba a pitar la alarma. Incluso tuvo tiempo de forcejear cuando unos gruesos brazos la rodearon. Luego sintió un paño sobre su cara y un intenso olor a cloroformo.

Y sólo tuvo tiempo de pensar en Seth antes de que el mundo girara y se volviera negro.

Seth estaba apenas a seis kilómetros de la casa cuando recibió otra llamada. Descolgó su teléfono y gruñó:

—Buchanan.

—Teniente, soy el detective Marshall otra vez. Acabo de enterarme de que ha llegado aviso de una alarma. Un supuesto robo en el 2918 de East Lark Lane, Potomac.

—¿Qué? —por un instante, su mente quedó en blanco—. ¿Grace?

—Reconocí la dirección por el caso de homicidio. Su sistema de alarma se ha disparado y no contesta a las llamadas de comprobación.

—Estoy a cinco minutos de allí —ya estaba dando

media vuelta, haciendo chirriar los neumáticos—. Avise a los dos coches patrulla más cercanos. Inmediatamente.

—Ya estoy en ello. Teniente...

Pero Seth ya había tirado a un lado el teléfono.

El sistema de alarma era nuevo, se dijo, procurando calmarse y pensar con claridad. Los sistemas nuevos a menudo fallaban.

Grace estaba enfadada, no contestaba al teléfono, hacía caso omiso de aquel alboroto. Sería muy propio de ella. Seguramente estaría sirviéndose otra copa de champán, en actitud desafiante, maldiciéndolo a él. Tal vez incluso hubiera hecho saltar ella misma el sistema de alarma, sólo para que él volviera a toda prisa con el corazón en un puño. Sería muy propio de ella.

Pero eso tampoco era cierto, se dijo Seth mientras derrapaba al doblar una esquina. No era propio de ella en absoluto.

Las velas ardían aún en las ventanas. Seth intentó tranquilizarse pensando en eso mientras frenaba en la rampa de la casa y salía a todo correr del coche. La cena todavía estaría caliente, la música seguiría sonando, y Grace estaría allí, de pie bajo su retrato, furiosa con él.

Golpeó salvajemente la puerta antes de lograr refrenarse. Ella no contestaría. Estaba demasiado enfadada para contestar. Cuando el primer coche patrulla aparció, Seth se volvió y mostró su placa.

—Revisen el lado este —ordenó—. Yo iré por el oeste.

Dio media vuelta y se dirigió al lateral de la casa. Advirtió el fulgor del agua azul de la piscina a la luz

de la luna, y de pronto se filtró en su cabeza la idea
de que nunca la habían usado juntos, nunca se habían
deslizado en el agua fresca desnudos. Entonces vio los
cristales rotos. Y el corazón, sencillamente, se le paró.
Sacó el arma y cruzó la cristalera rota sin pensar en el
procedimiento. Alguien estaba gritando el nombre de
Grace corriendo de habitación en habitación, pose-
ído por un pánico ciego. No podía ser él. Y, sin embargo, se halló de pronto en las escaleras, jadeante, frío
como el hielo, aturdido por el miedo, observando a
un policía que se agachaba para recoger un trapo.

—Huele a cloroformo, teniente —el agente vaciló,
dio un paso hacia el hombre que se aferraba a la barandilla—. ¿Teniente?

Seth no podía hablar. Había perdido la voz. Su mirada borrosa se movió, posándose en el rostro del retrato. Lentamente, con gran esfuerzo, logró ampliar
su visión y ponerse de nuevo la máscara de la serenidad.

—Registren la casa. Palmo a palmo —sus ojos se fijaron en el otro agente—. Pidan refuerzos. Enseguida.
Luego revisen el jardín. Muévanse.

Grace volvió en sí lentamente, sintiendo una oleada de náuseas y un espantoso dolor de cabeza. Una
pesadilla de oscuros márgenes volaba en círculos,
como un buitre que esperara pacientemente lanzarse
sobre ella. Cerró los ojos con fuerza, giró la cabeza
sobre la almohada y abrió con cautela los párpados.

¿Dónde estaba? La pregunta era absurda, estúpida.

«No es mi habitación», pensó, y luchó por disipar la neblina que todavía enturbiaba su cerebro.

Sentía el roce del raso bajo la mejilla. Conocía su tacto fresco y resbaladizo. Raso blanco, como el vestido de una novia. Llena de perplejidad, pasó la mano por la gruesa y lujosa colcha de la enorme cama endoselada.

Olía a jazmines, a rosas, a vainilla. Todos ellos olores blancos, olores frescos y blancos. Las paredes de la habitación eran de color marfil y tenían una pátina sedosa. Por un instante, pensó que estaba en un ataúd, en un enorme y extraño ataúd, y su corazón empezó a latir más fuerte.

Se incorporó, casi temiendo que su cabeza chocara con la tapa y se hallara de pronto gritando y arañando, intentando liberarse. Pero no había nada, sólo el aire fragante, y Grace respiró hondo, temblorosa.

Ahora se acordaba: el cristal roto, aquel individuo fornido vestido de negro, sus gruesos brazos... Sintiéndose al borde del pánico, se obligó a respirar hondo varias veces. Con cuidado, boicoteada por el aturdimiento, pasó las piernas por encima del borde de la cama hasta que sus pies se hundieron en una gruesa y virginal alfombra blanca. Se tambaleó, le dieron arcadas, pero logró apoyar los pies con firmeza sobre aquel mar blanco, hasta llegar a la puerta.

Al ver que el picaporte se resistía, sintió que el miedo le aflojaba los miembros. Su respiración se hizo trabajosa mientras tiraba del pomo de cristal tallado. Luego se dio la vuelta, se apoyó contra la puerta y se obligó a inspeccionar lo que ahora comprendía era su prisión.

Blanco sobre blanco cegador. Una hermosa butaca reina Ana, tapizada en brocado blanco, finísimas cortinas de encaje que colgaban como fantasmas, montones de almohadones blancos sobre un diván curvo y blanco. Los rebordes dorados realzaban aquella avalancha de blanco, y los elegantes muebles de madera clara se asfixiaban bajo aquella nevada.

Se acercó primero a las ventanas y se estremeció al ver las rejas, los fragmentos de noche más allá de ellas, plateados por la luna. No veía nada familiar: una amplia y ondulada pradera de césped, flores y arbustos meticulosamente plantados, altos árboles que servían de escudo.

Al girarse vio otra puerta, se precipitó hacia ella y estuvo a punto de echarse a llorar al ver que el pomo giraba sin dificultad. Pero más allá había una lustrosa bañera de azulejos blancos, y las ventanas de cristal esmerilado también tenían rejas. Una claraboya inclinada se alzaba a unos cinco metros del suelo. Y en la larga y reluciente encimera había frascos, botellas, cremas, polvos... Las cosas que le gustaban, los perfumes, las lociones... El estómago se le hizo un nudo.

Secuestro, se dijo. Era un secuestro, alguien que creía que su familia pagaría por recuperarla a salvo.

Pero sabía que no era cierto.

Las Estrellas. Se apoyó, abatida, contra la jamba de la puerta, y apretó los labios para sofocar un gemido. Se la habían llevado por culpa de las Estrellas. Ellas eran el rescate.

Le temblaron las piernas al darse la vuelta y pro- curó calmarse, pensar con claridad. Tenía que haber una salida. Siempre la había.

Su alarma había saltado, recordó. Seth no podía ha- ber estado muy lejos. ¿Habría recibido el aviso? ¿Habría vuelto? Poco importaba. Sin duda lo habría recibido enseguida. Fuera lo que fuese lo que había pasado entre ellos, Seth haría cuanto estuviera en su mano para en- contrarla. Aunque sólo fuera porque era su deber.

Entretanto, estaba sola. Pero eso no significaba que estuviera indefensa. Dio dos pasos hacia atrás, tamba- leándose, cuando la cerradura de la puerta chasqueó. Se obligó a detenerse y se irguió. La puerta se abrió y entraron dos hombres. A uno lo reconoció enseguida como su secuestrador. El otro era más bajo y enjuto y vestía un traje negro muy formal. Su expresión era tan dura como una roca.

—Señorita Fontaine —dijo con cultivado acento británico—. Haga el favor de acompañarme.

Un mayordomo, pensó Grace, y tuvo que tragarse una burbuja de histeria. Conocía muy bien aquel tipo de cosas, y asumió una expresión al mismo tiempo divertida y enojada.

—¿Por qué?

—El señor quiere verla.

Al ver que no se movía, el más grande de los dos se adelantó y, cerniéndose sobre ella, señaló la puerta con el pulgar.

—Qué encantador —dijo ella secamente. Dio un paso adelante, calculando lo rápido que tendría que moverse. El mayordomo inclinó la cabeza suavemente.

—Está usted en el tercer piso —le dijo—. Aunque pudiera llegar a la primera planta usted sola, hay guardias. Han recibido órdenes de no hacerle daño, a menos que sea inevitable. Si me permite, le aconsejo que no corra ese riesgo.

Se arriesgaría a eso, pensó ella, y a mucho más. Pero no hasta que hubiera tenido al menos una oportunidad de salirse con la suya. Sin apenas mirar al hombre que permanecía a su lado, siguió al mayordomo fuera de la habitación y a lo largo de un corredor suavemente iluminado.

La casa era vieja, pensó, pero había sido bellamente restaurada. Tenía al menos tres plantas, de modo que era grande. Un vistazo a su reloj la convenció de que había pasado menos de dos horas bajo los efectos del cloroformo. Tiempo de sobra para recorrer una larga distancia en coche.

Sin embargo, el paisaje que se divisaba a través de los barrotes no parecía campestre. Había visto luces, luces de ciudad, casas a través de los árboles. Un barrio, decidió. Rico y exclusivo, pero un barrio.

Donde había casas, había gente. Y donde había gente, había ayuda.

Fue conducida hacia los pisos inferiores por una amplia y curva escalera de roble pulimentado. Y vio al guardia en el descansillo, con la pistola enfundada, pero visible.

Más abajo había otro pasillo. Antigüedades, cuadros, obras de arte. Reconoció un Monet en la pared, un jarrón de porcelana de la dinastía Han en una peana, una cabeza de terracota Nok de Nigeria.

Su anfitrión, pensó, tenía un gusto excelente y
ecléctico. Los tesoros que veía, pequeños y grandes,
abarcaban siglos y continentes. Un coleccionista, se
dijo sintiendo un escalofrío. Ahora la tenía a ella y esperaba canjearla por las tres Estrellas de Mitra.

Con lo que a Grace le pareció una formalidad
fuera de lugar, dadas las circunstancias, el mayordomo
se acercó a unas puertas dobles muy altas, las abrió y
se dobló levemente por la cintura.

—La señorita Grace Fontaine.

No viendo otra alternativa inmediata, ella cruzó
las puertas abiertas y entró en un enorme comedor
cuyo techo estaba decorado con frescos e iluminado
por tres resplandecientes lámparas de araña. Observó
la larga mesa de caoba, los candelabros georgianos
alegremente encendidos y espaciados a intervalos
precisos a lo largo de la mesa, y fijó su mirada en el
individuo que, puesto en pie, le dirigía una sonrisa
encantadora.

El asombro y el miedo se superpusieron, solapán-
dose.

—Gregor...

—Grace —muy elegante con su esmoquin adornado
con diamantes, él se acercó a ella y tomó su mano en-
tumecida—. Es un placer verte otra vez —la tomó del
brazo y le dio una afectuosa palmada—. Creo que no
has cenado.

Seth sabía dónde estaba ella. No tenía ninguna
duda, pero tuvo que reprimir el deseo impulsivo de

correr a la elegante mansión de Washington y destro-
zarla con sus propias manos, él solo.

Podía conseguir que la mataran.

Estaba seguro de que el embajador Gregor DeVane
había matado antes.

La llamada que había interrumpido su escena con
Grace le había confirmado que otra mujer que an-
taño había estado relacionada con el embajador, una
bella científica alemana, había sido encontrada
muerta en su casa de Berlín, al parecer víctima de un
robo.

La difunta era una antropóloga muy interesada en
el culto a Mitra. El año anterior, había mantenido una
relación amorosa con Gregor DeVane durante seis
meses. Tras su muerte, no habían podido encontrarse
sus notas de estudio acerca de las tres Estrellas de Mitra.

Seth sabía que DeVane era el responsable, lo
mismo que sabía que era él quien había secuestrado a
Grace. Pero no podía demostrarlo, y no tenía muchas
posibilidades de convencer a un juez para que expi-
diera una orden de registro contra la casa de un embajador extranjero.

Una vez más, se hallaba parado en el cuarto de estar de Grace. Una vez más, miraba fijamente su retrato, imaginándosela muerta. Pero, esta vez, no pensaba como policía.

Se volvió al sentir acercarse a Mick Marshall.

—Aquí no encontraremos nada que lo relacione
con el caso. Dentro de doce horas, los diamantes le
serán entregados al museo. Ese hombre va a usarla

para asegurarse de que eso no ocurra. Tengo que impedírselo.

Mick alzó la mirada hacia el retrato.

—¿Qué necesita?

—Nada. Nada de policías.

—Teniente... Seth, si tienes razón y la tiene ese hombre, no podrás sacarla solo. Tienes que organizar un equipo. Necesitas un negociador.

—No hay tiempo. Los dos lo sabemos —sus ojos ya no eran planos y fríos, no eran los ojos de un poli. Estaban llenos de tormentosa pasión—. La matará —su corazón estaba recubierto por una pátina de hielo, pero latía con fiero calor—. Ella es muy lista. Hará lo que sea necesario para mantenerse con vida, pero, si comete algún error, él la matará. No necesito un perfil psiquiátrico para entender cómo funciona la mente de ese tipo. Es un sociópata obsesionado con complejo de dios. Quiere esos diamantes y lo que cree que representan. Ahora quiere a Grace, pero, si ella no sirve a sus propósitos, acabará como las otras. Eso no va a ocurrir, Mick.

Se metió la mano en el bolsillo, sacó la placa y se la tendió. Esta vez no actuaría conforme a las normas, no podía permitirse respetar las reglas.

—Guárdamela, no la pierdas. Puede que quiera recuperarla.

—Vas a necesitar ayuda —insistió Mick—. Te harán falta hombres.

—Nada de polis —repitió Seth, y puso la placa sobre la mano reticente de Mick—. Esta vez, no.

—No puedes ir solo. Es un suicidio, profesional y literalmente.

Seth lanzó una mirada al retrato.
—No estaré solo.

No temblaría, se dijo Grace. No dejaría que él viera lo asustada que estaba. Por el contrario, se apartó el pelo del hombro con gesto despreocupado.

—¿Siempre haces que secuestren y droguen a tus invitados, Gregor?

—Has de perdonar esa torpeza —apartó cortésmente una silla para ella—. Era necesario actuar deprisa. Confío en que no estés sufriendo efectos secundarios.

—No, aparte de un tremendo enojo —ella se sentó y paseó la mirada por el plato de champiñones marinados que un sigiloso sirviente le puso delante. Recordó dolorosamente la bulliciosa comida en casa de Cade—. Y de la pérdida de apetito.

—Oh, debes al menos probar la comida —él se sentó a la cabecera de la mesa y tomó su tenedor. Era pesado, de oro, y en otro tiempo se había deslizado entre los labios de un emperador—. Me he tomado muchas molestias para que prepararan tus platos favoritos —su sonrisa seguía siendo encantadora, pero sus ojos se tornaron fríos—. Come, Grace. Detesto que se desperdicien las cosas.

—Dado que te has tomado tantas molestias... —ella se obligó a probar un bocado, intentando que no le temblara la mano y que su estómago no se revolviera.

—Espero que tu habitación sea cómoda. He tenido que ordenar que la preparasen con mucho apresuramiento. Encontrarás ropas adecuadas en el armario y en la cómoda. Sólo tienes que pedirlo, si deseas algo más.

—Preferiría que no hubiera rejas en las ventanas, ni cerrojos en las puertas.

—Precauciones temporales, te doy mi palabra. Una vez te sientas a gusto aquí... —su mano cubrió la de Grace y la apretó con ferocidad cuando ella intentó apartar la suya—... y deseo enormemente que así sea, esas medidas no serán necesarias.

Ella no hizo ningún gesto mientras él le estrujaba la mano. Cuando dejó de resistirse, los dedos de De-Vane se aflojaron, la acariciaron una vez y se retiraron.

—¿Y cuánto tiempo piensas retenerme aquí?

Él sonrió, tomó la copa de vino de Grace y la tendió hacia ella.

—Toda la eternidad. Tú y yo, Grace, estamos destinados a compartir la eternidad.

Por debajo de la mesa, la mano dolorida de Grace tembló y empezó a ponerse pegajosa por el sudor.

—Eso es mucho tiempo —empezó a dejar su copa sobre la mesa sin haber bebido, pero, advirtiendo el destello de ira de la mirada de DeVane, bebió un sorbo—. Me siento halagada, pero confusa.

—Es absurdo que finjas no entender lo que pasa, Grace. Tú tuviste la Estrella en tu mano. Sobreviviste a la muerte y viniste a mí. He visto tu rostro en mis sueños.

—Sí —ella sentía cómo se le iba retirando poco a poco la sangre, como si escapara de sus venas. Mirándolo a los ojos, recordó sus pesadillas: una sombra en el bosque. Observándola—. Yo también te he visto a ti en los míos.

—Tú me traerás las Estrellas, Grace, y su poder. Ahora comprendo por qué he fracasado. Cada paso que he dado ha sido sólo uno más en el camino que nos ha traído hasta aquí. Juntos poseeremos las Estrellas. Y tú serás mía. No te preocupes —dijo al ver que ella daba un respingo—. Vendrás a mí por tu propia voluntad, como una novia. Pero mi paciencia tiene un límite. La belleza es mi debilidad —continuó, y pasó la punta de un dedo por el brazo desnudo de Grace, jugueteando distraídamente con el grueso brazalete de plata—. Y la perfección es mi mayor deleite. Tú, querida, posees ambas cosas. Naturalmente, no tendrás alternativa, en caso de que se me agote la paciencia. Mi servicio está... muy bien adiestrado.

El miedo era un destello brillante y gélido, pero la voz de Grace sonó firme e impregnada de asco.

—¿Y se mostrará ciego y sordo ante una violación?

—No me gusta esa palabra durante la cena —él se encogió levemente de hombros e hizo una seña para que les sirvieran el siguiente plato—. Una mujer con tus apetitos pronto tendrá hambre. Y, con tu inteligencia, sin duda comprenderás la conveniencia de un compromiso amigable.

—No es sexo lo que quieres, Gregor —ella no soportaba mirar el tierno salmón rosa que había en su plato—. Es obediencia. Y a mí se me da fatal ser obediente.

—No me has entendido —él pinchó un trozo de salmón y comió con delectación—. Pretendo convertirte en una diosa que no tenga que rendir cuentas ante nadie. Y lo tendré todo. Ningún mortal se interpondrá entre nosotros —sonrió de nuevo—. Y menos aún el teniente Buchanan. Ese hombre se está volviendo una molestia. Husmea en mis asuntos, donde no tiene derecho a husmear. Lo he visto... —la voz de DeVane se convirtió en un susurro en el que se percibía un atisbo de temor—. De noche. En mis sueños. Vuelve. Siempre vuelve. No importa cuántas veces lo mate —sus ojos se aclararon y bebió un sorbo de vino de color oro fundido—. Ahora está removiendo viejos asuntos y buscando otros nuevos.

Grace podía sentir el latido del miedo en el pulso de su garganta, en sus muñecas, en sus sienes.

—Empezará a buscarme muy pronto.

—Seguramente. Me ocuparé de él cuando llegue el momento, si llega. Podría haber sido esta misma noche, si no te hubiera dejado tan repentinamente. Oh, ya he pensado qué se hará con el teniente. Pero prefiero esperar a tener las Estrellas en mi poder. Es posible... —DeVane tomó pensativamente su servilleta y se limpió los labios—. Puede que le perdone la vida una vez tenga lo que me pertenece. Si tú lo deseas. Yo puedo ser magnánimo... en determinadas circunstancias.

Ella tenía el corazón en la garganta, constriñéndola, ahogándola.

—Si hago lo que quieres, ¿le dejarás en paz?

—Es posible. Ya lo discutiremos. Pero me temo que he desarrollado una aversión palpable por ese hombre. Y todavía estoy enojado contigo, querida Grace,

por rechazar mi invitación a causa de un hombre tan
sumamente vulgar.

Ella no vaciló, no podía permitírselo. Su mente giraba en un torbellino, atemorizada por Seth. Hizo
que sus labios se curvaran suavemente.

—Gregor, perdóname por eso. Me quedé tan... desilusionada porque no insistieras más... A una, a fin de
cuentas, le gusta que la cortejen con mayor determinación.

—Yo no cortejo. Yo tomo lo que deseo.

—Eso salta a la vista —ella hizo un mohín—. Ha sido
terrible por tu parte tratarme de esa manera y darme
un susto de muerte. Puede que no te perdone por
ello.

—Ten cuidado con tus juegos —su voz sonaba baja y
amenazadora, pero también, pensó Grace, interesada—. Yo no soy ningún crío.

—No —ella le pasó la mano por la mejilla antes de
levantarse—. Pero la madurez tiene tantas ventajas...
—sentía flojas las piernas, pero aun así recorrió despacio la habitación abovedada, lanzando rápidas miradas
a las ventanas y las puertas. Buscando una salida—. Tienes una casa preciosa. Tantos tesoros... —ladeó la cabeza, confiando en que el desafío que se disponía a
lanzarle mereciera la pena—. Me encantan las... cosas.
Pero te advierto, Gregor, que no seré el juguetito de
ningún hombre —se acercó lentamente a él, pasándose
la punta de un dedo por el cuello, entre sus pechos,
mientras la seda de su vestido susurraba a su alrededor—. Y, cuando me acorralan, araño —apoyó seductoramente una mano sobre la mesa y se inclinó hacia

él—. ¿Me deseas? —jadeó, ronroneando mientras miraba los ojos enturbiados de DeVane y deslizaba los dedos hacia el cuchillo de su plato—. ¿Quieres tocarme? ¿Poseerme? —sus dedos se cerraron sobre el mango con fuerza—. Ni en toda la eternidad —dijo al tiempo que le asestaba una puñalada rápida y desesperada.

Pero él se movió para atraerla hacia sí, y el cuchillo se hundió en el hombro en vez de en su corazón. Ella se giró mientras él dejaba escapar un grito de dolor y rabia. Agarrando una de las pesadas sillas, la estrelló contra un ventanal, provocando una lluvia de cristales. Pero, al saltar hacia delante, unos brazos la agarraron con fuerza desde atrás.

Grace se resistió con todas sus fuerzas, jadeando. La seda de su vestido se rasgó. Luego, se quedó paralizada cuando el cuchillo que había usado se apretó contra su garganta. No se molestó en luchar contra los brazos que la sujetaban mientras DeVane acercaba la cara a la suya. La ira enloquecía los ojos del embajador.

—Podría matarte por esto. Pero sería demasiado poco y demasiado rápido. Estaba dispuesto a convertirte en mi igual. Habría compartido eso contigo. Ahora, tomaré de ti lo que se me antoje. Hasta que me canse de ti.

—Nunca conseguirás las Estrellas —dijo ella con firmeza—. Ni a Seth.

—Tendré exactamente lo que se me antoje. Y tú me ayudarás a conseguirlo.

Ella se disponía a sacudir la cabeza, pero dio un

respingo al sentir que la punta del cuchillo se clavaba en su cuello.

—No haré nada para ayudarte.

—Oh, claro que sí. Si no haces exactamente lo que te diga, levantaré el teléfono. Con una sola palabra mía, Bailey James y M.J. O'Leary morirán esta noche. Con una sola palabra —DeVane advirtió el miedo febril que apareció en los ojos de Grace, el terror indefenso que llevaba acompañándola toda la vida—. Hay hombres que sólo esperan que pronuncie esa palabra. Si lo hago, habrá una terrible y trágica explosión en casa de Cade Parris, esta noche. Otra en un pequeño bar de barrio, justo antes del cierre. Y, como colofón, una tercera explosión destruirá el hogar del teniente Buchanan y a su único ocupante. Su destino está en tus manos, Grace. Tú decides.

Ella deseó decirle que mentía, que aquello no era más que un farol, pero, al mirarlo a los ojos, comprendió que no vacilaría en cumplir sus amenazas. No, en realidad, estaba deseando cumplirlas. Las vidas de aquellas personas no significaban nada para él. Pero para ella lo eran todo.

—¿Qué quieres que haga?

Bailey estaba intentando contener su pánico cuando sonó el teléfono. Lo miró fijamente, como si fuera una serpiente que de pronto hubiera cobrado vida. Pronunciando una oración en silencio, levantó el aparato.

—¿Diga?

—Bailey...

—¡Grace! —sus nudillos se volvieron blancos mientras se giraba. Seth sacudió la cabeza de un lado a otro y levantó la mano, pidiéndole precaución—. ¿Estás bien?

—De momento, sí. Escúchame atentamente, Bailey, mi vida depende de ello, ¿entiendes?

—No. Sí —tenía que ganar tiempo, se dijo. Eso le habían dicho—. Grace, tengo tanto miedo por ti... ¿Qué ha pasado? ¿Dónde estás?

—No puedo hablar de eso ahora. Tienes que conservar la calma, Bailey. Has de ser fuerte. Siempre has sido tranquila. Como cuando nos examinamos de historia del arte en la facultad y a mí me daba tanto miedo el profesor Greenbalm, y tú en cambio estabas tan campante... Ahora tienes que conservar la serenidad, Bailey, y seguir mis instrucciones.

—Lo haré. Lo intentaré —miró con impotencia a Seth mientras él le indicaba por señas que alargara la conversación—. Dime sólo si estás herida.

—Aún no. Pero no dudará en hacerme daño. Me matará, Bailey, si no haces lo que quiere. Dale lo que pide. Sé que te estoy pidiendo mucho. Quiere las piedras. Tienes que traerlas. No puedes traer a Cade. No puedes llamar a... a la policía.

«Tira del hilo», se dijo Bailey. «Que siga hablando».

—¿No quieres que llame a Seth?

—No. Él no importa. Sólo es un poli como otro cualquiera. Tú sabes que no importa. Tienes que esperar exactamente hasta la una y media. Sal de casa entonces y ve a Salvini. Deja a M.J. al margen de esto, como hacíamos antes. ¿Entendido?

Bailey asintió, con los ojos fijos en los de Seth.

—Sí, entendido.

—Una vez llegues a Salvini, pon las piedras en un maletín. Espera allí. Recibirás una llamada con nuevas instrucciones. No te pasará nada. ¿Recuerdas cuánto te gustaba escabullirte del colegio mayor por la noche y salir a pasear en coche sola después del toque de queda? Piensa que es lo mismo. Exactamente lo mismo, Bailey, y no te pasará nada. Si no, él me lo quitará todo. ¿Entiendes?

—Sí. Grace...

—Te quiero —logró decir Grace antes de que la línea quedara muerta.

—Nada —dijo Cade con voz crispada, mirando el equipo de rastreo—. Ha trucado la señal. Aparece por todo el tablero. No daremos con ella.

—Quiere que vaya a Salvini —dijo Bailey suavemente.

—Tú no vas a ir a ninguna parte —dijo Cade, interrumpiéndola, pero Bailey puso una mano sobre su brazo y miró a M.J.

—No, lo decía con intención. ¿Tú lo entendiste?

—Sí —M.J. se llevó los dedos a los ojos e intentó pensar, superando el miedo—. Intentaba decirnos todo lo que podía. Bailey y Grace nunca me dejaban al margen de nada, de modo que lo que quiere es que yo también vaya. Quiere que salgamos de aquí, pero intentaba engañar a ese tipo hablando de las piedras. Bailey jamás se saltaba el toque de queda.

—Os estaba mandando señales —dijo Jack—. Intentando deciros todo cuanto pudiera.

—Sabía que lo entenderíamos. DeVane debe de haberle dicho que nos pasaría algo si no cooperaba —Bailey le tendió la mano a M.J.—. Quería que contactáramos con Seth. Por eso dijo que no importabas..., porque nosotras sabemos que sí le importas.

Seth se pasó una mano por el pelo. No tenía más remedio que confiar en la intuición de aquellas dos mujeres. No le quedaba más alternativa que confiar en el instinto de supervivencia de Grace.

—Está bien. Quiere que sepa lo que está pasando, y quiere que salgáis de la casa.

—Sí. Quiere que salgamos de la casa, cree que estaremos más seguras en Salvini.

—Estaréis más seguras en comisaría —le dijo Seth—. Y allí es donde vais a ir.

—No —la voz de Bailey permaneció en calma—. Ella quiere que vayamos a Salvini. Lo dejó muy claro.

Seth la observó un momento mientras sopesaba sus opciones. Podría haber hecho que las pusieran bajo custodia policial. Ése era el paso más lógico. O podía dejar que las cosas siguieran su curso. Lo cual era un riesgo. Pero era un riesgo necesario.

—A Salvini, entonces. Pero el detective Marshall se ocupará de montar un dispositivo de vigilancia. No os moveréis hasta que se os diga lo contrario.

M.J. dio un respingo.

—¿Esperas que nos quedemos de brazos cruzados mientras Grace está en peligro?

—Eso es exactamente lo que vais a hacer —dijo Seth con frialdad—. Ella está arriesgando la vida para que vosotras estéis a salvo. No pienso defraudarla.

—Seth tiene razón, M.J. —Jack alzó una ceja cuando M.J. lo miró con mala cara—. Adelante, cabréate, pero te superamos en número. Bailey y tú seguiréis las instrucciones.

Seth notó con sorpresa que M.J. cerraba la boca y asentía bruscamente con la cabeza.

—¿Qué era ese rollo del examen de historia del arte, Bailey?

Bailey respiró hondo.

—El profesor Greenbalm se llamaba Gregory.

—Gregory... —Gregor—. Casi, casi —Seth miró a los dos hombres que necesitaba—. No tenemos mucho tiempo.

XII

Grace dudaba mucho que pudiera sobrevivir a aquella noche. Había tantas cosas que no había hecho... Nunca les había enseñado París a Bailey y M.J., como soñaban. Nunca vería hacerse grande el sauce que había plantado en la colina de su casa de campo, inclinándose delicadamente sobre su pequeño estanque. Nunca tendría un hijo.

Se sentía atenazada por el miedo y la injusticia de todo aquello. Sólo tenía veintiséis años, e iba a morir. Había visto su sentencia de muerte en los ojos de DeVane. Y sabía que él pretendía matar también a quienes amaba. No se contentaría con menos. Tenía que segar todas las vidas que habían tocado lo que su mente enferma consideraba suyo.

Lo único a lo que Grace podía aferrarse era a la esperanza de que Bailey la hubiera entendido.

—Voy a enseñarte lo que podías haber tenido —con el brazo vendado y un esmoquin nuevo, DeVane la condujo a través de una puerta disimulada en la pared y a lo largo de unas escaleras de piedra bien iluminadas, pulidas como ébano. Se había tomado un potente analgésico. Tenía la mirada vidriosa y enfebrecida.

Aquéllos eran los ojos que, en sus pesadillas, miraban a Grace desde el bosque. Y, mientras él bajaba por las relucientes escaleras negras, Grace sintió que un recuerdo profundamente escondido en su memoria afloraba a la superficie.

La luz de las antorchas, pensó, aturdida. Abajo, con las antorchas brillando y las Estrellas fulgurantes en su engarce de oro, sobre un altar blanco. Y la muerte esperando.

La áspera respiración del hombre que caminaba a su lado. ¿La de DeVane? ¿La de otra persona? Era un sonido ardiente, secreto, que le daba escalofríos. Una habitación, pensó luchando por retener aquella resbaladiza cadena de recuerdos. Una habitación escondida, en blanco y oro. En la que ella permanecería encerrada por toda la eternidad.

Se detuvo en el último recodo de la escalera, no tanto por miedo como por perplejidad. Allí no, pensó frenéticamente. En otra parte. No ella, sino parte de ella. No él, sino alguien parecido a él.

Los dedos de DeVane se clavaron en su brazo, pero ella apenas sintió el dolor. Seth..., un hombre con los ojos de Seth, vestido como un guerrero, cubierto de polvo y abolladuras de la batalla. Él iría a por ella, y a por las Estrellas.

Y moriría por ello.

—No —la escalera comenzó a girar a su alrededor, y se agarró a la fría pared para conservar el equilibrio—. Otra vez no. Esta vez, no.

—No tienes elección.

DeVane tiró de ella, haciéndola bajar los últimos peldaños. Se detuvo ante una gruesa puerta y le hizo una seña impaciente al guarda para que se apartara. Agarrando a Grace del brazo, sacó la pesada llave y la introdujo en una vieja cerradura que, por alguna razón que no alcanzaba a entender, a Grace le hizo pensar en la madriguera del conejo de Alicia.

—Quiero que veas lo que podía haber sido tuyo. Lo que estaba dispuesto a compartir contigo.

La empujó bruscamente, y Grace entró tambaleándose en la habitación y parpadeó, asombrada.

No, no era una madriguera, se dijo, deslumbrada y atónita. Era la cueva de Alí Babá. El oro relucía en montañas, las joyas brillaban formando ríos. Cuadros que reconoció como obras de los grandes maestros se apretujaban en las paredes, entre las cuales se amontonaban estatuas y esculturas, algunas tan pequeñas como huevos Fabergé colocados sobre soportes de oro, otras alzándose hasta el techo. Pieles y mantos de seda, sartas de perlas, tallas y coronas se amontonaban en cada rincón disponible. Los altavoces escondidos emitían una alegre melodía de Mozart.

Grace comprendió que aquélla no era en absoluto la cueva de un cuento de hadas. Era simplemente el cuarto de juegos de un niño mimado, retorcido y avaricioso. Allí DeVane podía esconder sus posesiones al mundo, guardarlas para él solo y regodearse en ellas, imaginaba Grace. ¿Cuántos de aquellos juguetes habría robado?, se preguntó. ¿Por cuántos había matado?

Ella no moriría allí, se dijo. Ni tampoco Seth. Si aquella era de verdad la historia que se repetía, no consentiría que volviera a ocurrir lo mismo. Lucharía con todas sus armas.

—Tienes una buena colección, Gregor, pero la presentación podría mejorarse —su primera arma era el suave desdén, impregnado de ironía—. Hasta las cosas más bellas pierden su impacto visual cuando se amontonan con tanto desorden.

—Es mío. Todo esto. Una vida entera de esfuerzo. Toma —como un niño consentido, él agarró un cáliz de oro y se lo tiró para que lo admirara—. La reina Ginebra bebió de ese cáliz antes de ponerle los cuernos a Arturo. Él debería haberle arrancado el corazón por eso —Grace giró la copa en su mano y no sintió nada. Estaba vacía no sólo de vino, pensó, sino también de magia—. Y esto —tomó unos pendientes de diamantes y se los tiró a Grace a la cara—. Otra reina, María Antonieta, los llevaba mientras su pueblo tramaba su muerte. Tú también podrías haberlos llevado.

—Mientras tú tramabas la mía —con deliberada sorna, ella desdeñó el ofrecimiento y se dio la vuelta—. No, gracias.

—Tengo una flecha con la que cazaba la diosa Diana. Y el cinturón que llevaba Juno.

Su corazón vibraba como un arpa, pero Grace se limitó a reír.

—¿De veras crees eso?

—Son míos —furioso por su reacción, él se abrió paso entre su colección y apoyó una mano sobre el frío altar de mármol que había hecho construir—. Pronto tendré las Estrellas. Serán el vértice de mi colección. Las pondré aquí con mis propias manos. Y lo tendré todo.

—Las Estrellas no te ayudarán. No te cambiarán —ella no sabía de dónde brotaban aquellas palabras, ni el conocimiento que las alentaba, pero vio que los ojos de DeVane brillaban, sorprendidos—. Tu sino está sellado. Nunca serán tuyas. Esta vez, no está destinado a ser así. Son para la luz y el bien. Nunca las verás aquí, en la oscuridad.

Él estómago de DeVane dio un vuelco. Había energía en las palabras de Grace, en sus ojos, cuando debería haber estado acobardada. Aquello le crispaba los nervios.

—Al amanecer las tendré aquí. Te las enseñaré —se acercó a ella, jadeando—. Y te tendré a ti. Te retendré tanto tiempo como desee. Haré contigo lo que quiera.

Grace sintió su mano fría en la mejilla y pensó, asustada, en una serpiente, pero no se apartó.

—Nunca tendrás las Estrellas, y nunca me tendrás a mí. Aunque nos abraces, nunca nos tendrás. Era cierto antes, y más cierto es ahora. Y eso te reconcomerá día tras días, hasta que de ti no quede nada más que tu locura.

Él la golpeó tan fuerte que la lanzó contra la pared.

—Tus amigas morirán esta noche —le sonrió como

si estuvieran hablando de cosas sin importancia—. Ya las has mandado al infierno. Voy a dejar que vivas mucho tiempo para que lo pienses despacio.

Agarrándola del brazo, abrió la puerta y la sacó a rastras de la habitación.

—Tendrá cámaras de vigilancia —dijo Seth mientras se preparaban para escalar el muro trasero de la mansión de DeVane en Washington—. Seguramente tendrá guardias patrullando por el jardín.

—Entonces, habrá que tener cuidado —Jack revisó la punta de su cuchillo, lo guardó en su funda y examinó luego la pistola que llevaba en el cinturón—. Y no hacer ruido.

—No nos separaremos hasta que lleguemos a la casa —Cade revisó mentalmente el plan—. Yo busco la alarma y la desactivo.

—Si eso falla, lo mandamos todo al diablo. Quizá tengamos suerte en medio del barullo que se armará. Atraerá a la policía. Si las cosas no salen bien, tal vez nos encontremos con algo más que una denuncia por allanamiento de morada.

Jack masculló una maldición.

—Vamos a sacarla de ahí —le lanzó a Seth una rápida sonrisa mientras empezaba a trepar por la tapia—. Espero que no haya perros. Odio que haya perros.

Aterrizaron sobre la hierba suave del otro lado. Era posible que su presencia fuera detectada desde ese instante. Era un riesgo que estaban dispuestos a correr. Como sombras, se movieron entre la noche estrellada, deslizándose entre la densa oscuridad, en medio de los árboles.

Seth veía la casa entre los árboles, el fulgor de las ventanas iluminadas. ¿En qué habitación estaba ella? ¿Estaría asustada? ¿Herida? ¿La habría tocado él?

Enseñando los dientes, ahuyentó aquellos pensamientos. Tenía que concentrarse únicamente en entrar, en encontrar a Grace. Por primera vez en años, sentía el peso del arma en su costado. Sabía que pretendía usarla. Ya no pensaba en las normas, en su carrera, en la vida que había construido paso a paso, cuidadosamente.

Vio pasar a un guardia delante de él, unos metros más allá del lindero de setos. Jack le tocó el hombro y le hizo una seña. Seth lo miró a los ojos y asintió con la cabeza. Unos segundos después, Jack se abalanzó sobre el hombre desde atrás, y, con un rápido giro, le golpeó la cabeza contra el tronco de un roble y arrastró su cuerpo entre las sombras.

—Uno menos —jadeó, guardándose el arma que acababa de recolectar.

—Harán rondas cada cierto tiempo —comentó Cade—. No sabemos cuánto tardarán en echarlo de menos.

—Entonces, vamos, adelante —Seth dirigió a Jack hacia el norte y a Cade hacia el sur. Manteniéndose agachados, corrieron hacia las luces.

El guardia que escoltó a Grace a su habitación guardaba silencio. Al menos ciento cincuenta quilos de puro músculo, calculó Grace. Pero ella había visto cómo se deslizaban los ojos del guardia sobre su escote. Sabía utilizar su físico como un arma. Alzó la cara hacia él y dejó que sus ojos se llenaran de lágrimas.

—Tengo tanto miedo... Estoy tan sola... —se arriesgó a ponerle una mano en el brazo—. Tú no me harás daño, ¿verdad? Por favor, no me hagas daño. Haré lo que quieras —él no dijo nada, pero sus ojos se clavaron en la cara de Grace cuando ella se humedeció los labios con la punta de la lengua, muy despacio—. Lo que quieras —repitió con voz sugerente—. Eres tan fuerte, tan... valiente —¿hablaría inglés?, se preguntó. Aunque ¿qué importaba? El mensaje estaba bastante claro. Al llegar a la puerta de su prisión, ella dio la vuelta y le lanzó una mirada abrasadora al tiempo que dejaba escapar un profundo suspiro—. Me da tanto miedo estar sola... Necesito a alguien —alzó la punta de un dedo y se tapó los labios—. Él no tiene por qué enterarse —susurró—. Nadie tiene por qué saberlo. Será nuestro secreto.

A pesar de que le daba asco, tomó la mano del guardia y se la llevó al pecho. El roce de aquellos dedos le produjo un escalofrío que le heló la piel, pero procuró sonreír seductoramente cuando él bajó la cabeza y se apoderó de su boca.

«No pienses, no pienses», se decía mientras él la manoseaba. «No eres tú. No es a ti a quien está tocando».

—Vamos dentro —confió en que él tomara su súbito estremecimiento como una muestra de deseo—. Entra conmigo. Estaremos solos.

Él abrió la puerta sin dejar de mirarla ávidamente. Podía ganarlo todo, pensó Grace, o perderlo todo. Dejó escapar una risa provocativa cuando él la abrazó en cuanto la puerta se cerró a su espalda.

—Oh, no hay prisa, guapo —se echó el pelo hacia atrás, escapándose de su abrazo—. No hay por qué precipitarse. Quiero refrescarme un poco para ti.

Él siguió sin decir nada, pero sus ojos se entornaron con expresión impaciente y recelosa. Sin dejar de sonreír, Grace tomó el pesado frasco de cristal con pulverizador del tocador. Un arma de mujer, pensó fríamente mientras se rociaba suavemente la piel.

—Me gusta utilizar todos mis sentidos —sus dedos se crisparon sobre el frasco mientras se acercaba a él, contoneándose.

De pronto alzó el frasco y le roció de perfume los ojos. Él dejó escapar un siseo asombrado y se frotó instintivamente el picor de los ojos. Grace le rompió el frasco en la cara con todas sus fuerzas al tiempo que le asestaba una patada en la entrepierna.

Él se tambaleó, pero no cayó al suelo. Tenía sangre en la cara y, bajo ella, su piel se había vuelto de un blanco macilento. Buscaba a tientas la pistola. Asustada, ella le dio otra patada. Esta vez, él cayó de rodillas, pero siguió buscando el arma que llevaba en el costado.

Sollozando, Grace agarró un taburete tapizado en blanco y lo estrelló contra su cara ensangrentada. Luego, alzándolo, se lo rompió en la cabeza. Intentó hacerse con su arma frenéticamente, pero tenía las

manos pegajosas y le resbalaban sobre el acero y el
cuero. Cuando al fin logró agarrarla con las dos manos, vio que el individuo estaba inconsciente y de
prónto el aliento escapó de sus pulmones en una salvaje risotada.

—Supongo que no soy una de ésas —demasiado
asustada para tener precauciones, le quitó las llaves y
probó una tras otra hasta que la cerradura se abrió.
Entonces echó a correr como un cervatillo que huyera de los lobos entre la luz dorada del corredor.

Una sombra se movió junto a la escalera y, dejando
escapar un débil gemido, ella alzó la pistola.

—Es la segunda vez que me apuntas con un arma.

La visión de Grace se emborronó al oír la voz de
Seth. Él salió de entre las sombras.

—Tú. Has venido...

No llevaba armadura, pensó, aturdida. Iba vestido
de negro de la cabeza a los pies. Tampoco era una espada lo que llevaba, sino una pistola. No era un recuerdo. Era real.

Su vestido estaba roto, lleno de sangre. Su cara, arañada, y sus ojos vidriosos por la impresión. Seth había
matado a dos hombres para llegar hasta allí. Y, al verla
así, le pareció que dos no eran suficientes.

—Ya ha pasado todo —resistió el deseo de correr hacia ella, de estrecharla entre sus brazos. Parecía que
ella se haría añicos si la tocaba—. Vamos a sacarte de
aquí. Nadie te hará daño.

—Va a matarlas —ella hizo un esfuerzo por respirar—.
Va a matarlas, haga lo que haga yo. Está loco. No están a salvo de él. Ninguno de nosotros está a salvo. Ya

te mató antes —acabó en un susurro—. Lo intentará otra vez.

Seth la agarró del brazo para sujetarla y le quito suavemente la pistola.

—¿Dónde está, Grace?

—Hay una habitación detrás de un panel de la biblioteca, bajando las escaleras. Igual que antes..., hace tantos años. ¿Te acuerdas? —ella se llevó una mano a la cabeza, desorientada—. Está allí, con sus juguetes, todos esos juguetes que brillan. Lo apuñalé con un cuchillo de la cena...

—Bien hecho —¿aquélla sangre era suya? Seth no veía ninguna herida, salvo los arañazos de su cara y de sus brazos—. Vamos, ven conmigo.

Seth la condujo escaleras abajo. Allí estaba el guardia que Grace había visto antes. Pero ya no estaba de pie. Apartando la mirada, rodeó el cuerpo e hizo una seña. Estaba ya más calmada. Sabía que el pasado no siempre se repetía. Algunas veces cambiaba. La gente lo hacía cambiar.

—Está allí atrás, la tercera puerta a la izquierda —se sobresaltó al ver que algo se movía. Pero era Jack, que se había apartado del marco de una puerta.

—Está despejado —le dijo Jack a Seth.

—Llévatela fuera —sus ojos lo decían todo cuando empujó suavemente a Grace en brazos de Jack. «Cuida de ella. Confío en ti».

Jack la apretó contra su costado para dejar libre la mano con la que sujetaba el arma.

—¿Estás bien, cielo?

—No —ella movió la cabeza de un lado a otro—. Va a

matarlas. Tiene explosivos, algo, no sé, en la casa, en el
bar... Tenéis que detenerlo. El panel. Os lo enseñaré
—se desasió de Jack y avanzó con paso vacilante hacia
la biblioteca—. Por aquí —giró una voluta de la barandilla labrada—. Vi cómo lo hacía —el panel se abrió
deslizándose suavemente.

—Jack, sácala de aquí. Llama a la policía. Yo me ocuparé de él.

Ella estaba flotando bajo la superficie de un agua
cálida y densa.

—Tendrá que matarlo —dijo débilmente mientras
Seth desaparecía por la abertura—. Esta vez, no puede
fallar.

—Seth sabe lo que hace.

—Sí, siempre lo sabe —la habitación comenzó a girar a su alrededor enloquecidamente—. Jack, lo siento
—logró decir antes de desmayarse.

Seth comprobó que DeVane no había cerrado la
puerta. Arrogante bastardo, tan seguro de que nadie
entraría en su recinto sagrado... Empuñando el arma,
Seth abrió la pesada puerta con sigilo y parpadeó una
sola vez ante el resplandor brillante del oro.

Entró y fijó la mirada en el hombre sentado en un
trono en medio de aquel esplendor.

—Se acabó, DeVane.

DeVane no pareció sorprendido. Sabía que Seth
acudiría.

—Arriesgas mucho —su sonrisa era fría como la de
una serpiente; sus ojos rezumaban un odio demente—.

Lo hiciste una vez. Te acuerdas, ¿verdad? Has tenido sueños, ¿no es cierto? Ya viniste a robarme una vez, a llevarte las Estrellas y la chica. Entonces llevabas una espada, pesada y sin adornos.

Una vaga sensación se agitó súbitamente en la cabeza de Seth. Un castillo de piedra, un cielo tormentoso, una estancia llena de riquezas. Una mujer a la que amaba. En un altar, un triángulo que sostenían las manos del dios, adornado con diamantes tan azules como estrellas.

—Te maté —DeVane se rió suavemente—. Les dejé tu cuerpo a los cuervos.

—Eso fue hace mucho tiempo —Seth dio un paso adelante—. Esto es ahora.

La sonrisa de DeVane se hizo más amplia.

—Estoy fuera de tu alcance —alzó una mano, empuñando una pistola.

Se oyeron dos disparos, tan seguidos que parecían uno solo. La habitación tembló, retumbó, se aposentó y volvió a brillar en todo su esplendor. Seth se acercó despacio y bajó la mirada hacia el hombre que yacía boca abajo sobre un montón de oro.

—Ahora sí —murmuró Seth—. Ahora sí estás fuera de mi alcance.

Grace oyó las detonaciones. Por un instante, todo dentro de ella se detuvo. El corazón, la mente, el aliento, la sangre. Luego volvió a ponerse en marcha, una oleada de emociones que la hizo saltar del banco en el que Jack la había tumbado. El aire salía y entraba trabajosamente en sus pulmones.

Sabía, porque lo sentía, porque su corazón seguía

latiendo, que no era Seth quien había muerto. De lo contrario, ella lo habría sentido. Un trozo de su corazón se habría desprendido del resto, rompiéndose en mil pedazos.

Aun así, aguardó con los ojos fijos en la casa, porque tenía que verlo. Las estrellas giraban en el cielo, la luna lanzaba su luz por entre los árboles. En algún lugar, en la distancia, un pájaro nocturno empezó a cantar con esperanza y alegría.

Él salió entonces de la casa. Entero. El llanto constriñó la garganta de Grace. Se tragó las lágrimas. Le escocían los ojos y se enjugó las lágrimas. Tenía que ver con claridad a Seth, al hombre al que había aceptado que amaba.

Él se acercó con mirada oscura y fría y paso firme. Grace advirtió que ya había recuperado su aplomo. Ya lo había guardado todo en algún compartimento donde no interfiriera con lo que tenía que hacer a continuación.

Grace se abrazó y se agarró con fuerza los antebrazos con las manos. Nunca sabría que aquel gesto, aquel volverse hacia sí misma y no hacia él, fue lo que impidió que Seth le tendiera los brazos. De modo que él se detuvo a unos pasos de distancia y miró a la mujer a la que había aceptado que amaba y a la que había rechazado.

Ella estaba pálida. Seth percibió los rápidos estremecimientos que recorrían su cuerpo. Sin embargo, no le parecía frágil. Ni siquiera en ese momento, con la muerte suspendida entre ellos, era frágil. Su voz sonó firme y serena.

—¿Se acabó?

—Sí, se acabó.

—Iba a matarlas.

—Eso también se acabó —su deseo de tocarla, de abrazarla, era sobrecogedor. Sentía que sus rodillas estaban a punto de ceder. Pero ella se dio la vuelta, se apartó de él y miró hacia la oscuridad.

—Necesito verlas. A Bailey y a M.J.

—Lo sé.

—Tendrás que tomarme declaración.

Dios. Su aplomo vaciló lo suficiente como para que Seth se llevara los dedos a los ojos irritados.

—Eso puede esperar.

—¿Por qué? Quiero acabar con esto cuanto antes. Quiero dejarlo atrás —Grace se irguió de nuevo y se giró lentamente. Y, al mirarlo, vio que tenía las manos junto a los costados y los ojos límpidos—. Necesito dejarlo todo atrás.

Estaba claro lo que quería decir, pensó Seth. Él formaba parte de ese todo.

—Grace, estás herida y en estado de shock. Una ambulancia viene de camino.

—No necesito una ambulancia.

—No me digas qué demonios necesitas —la furia se agitaba dentro de él, zumbaba en su cabeza como un nido de avispas—. He dicho que la maldita declaración puede esperar. Estás temblando. Por el amor de Dios, siéntate.

Extendió un brazo para agarrarla, pero ella se apartó, alzando la barbilla.

—No me toques. No... me toques —si la tocaba, se

derrumbaría. Si se derrumbaba, se echaría a llorar. Y, llorando, suplicaría.

Sus palabras eran como un cuchillo en las entrañas; el azul desesperado de sus ojos, un puñetazo en plena cara. Seth sintió que le temblaban los dedos y, metiéndose las manos en los bolsillos, dio un paso atrás.

—Está bien. Siéntate, por favor.

¿Había pensado de veras que no era frágil? Parecía como si fuera a hacerse añicos en cualquier momento. Estaba pálida como una sábana y tenía los ojos enormes. Su cara estaba manchada de sangre y llena de arañazos.

Y no había nada que él pudiera hacer. Nada que ella le permitiera hacer. Oyó el gemido distante de las sirenas y pasos tras él. Cade, con expresión preocupada, se acercó a Grace y le echó sobre los hombros una manta que había sacado de la casa.

Seth vio que ella se volvía hacia Cade y que su cuerpo parecía volverse fluido y flotar en los brazos que su amigo le tendía. Oyó un sollozo antes de que ella lo sofocara contra el hombro de Cade.

—Sácala de aquí —ardía en deseos de abrazarla, de acariciarla el pelo, de llevársela con él—. Sácala de aquí, joder.

Volvió a entrar en la casa para hacer lo que había que hacer.

Los pájaros cantaban su melodía matinal cuando Grace salió a su jardín. El bosque estaba verde y tranquilo. Y a salvo. Había sentido la necesidad de irse allí, a su refugio en el campo. De estar sola.

Bailey y M.J. lo entendían. Pasados unos días, pensó, iría al pueblo, las llamaría, les preguntaría si les apetecía subir, llevar a Cade y a Jack. Pronto necesitaría verlas. Pero aún no soportaba la idea de volver. Aún no.

Todavía sentía los disparos, el sobresalto que la había atravesado mientras Jack la sacaba de la casa. Había sabido que era DeVane y no Seth quien había muerto. Sencillamente, lo había sentido.

Esa noche no había vuelto a ver a Seth. Había sido fácil evitarlo en la confusión que siguió. Contestó a todas las preguntas que le hizo la policía local, hizo declaraciones ante los funcionarios del gobierno. Había aguantado bastante bien, pero luego les había pedido suavemente a Cade o a Jack que la llevaran a Salvini, con Bailey y M.J. Y las tres Estrellas.

Mientras paseaba por los bancales llenos de flores, lo trajo todo a la memoria, y al corazón. Las tres paradas en la semioscuridad de una habitación casi vacía, ella con el vestido roto y lleno de sangre. Cada una de ellas había tomado un vértice del triángulo, había sentido el flujo de su poder, había visto el fulgor de una luz imposible. Y había comprendido que todo había acabado.

—Es como si ya hubiéramos hecho esto antes —había murmurado Bailey—. Pero entonces no fue suficiente. Se perdió, y aquí estamos de nuevo.

—Ahora sí que es suficiente —M.J. había alzado la mirada, mirando a las otras a los ojos—. Como un ci-

clo completo. Una cadena con los eslabones forjados.
Es raro, pero perfecto.

—Un museo en vez de un templo, esta vez —Grace
había sentido una mezcla de arrepentimiento y alivio
cuando dejaron las Estrellas en su sitio—. Una promesa
cumplida y, supongo, algunos destinos colmados —se
había vuelto hacia ellas para abrazarlas. Otro triángulo—. Siempre os he querido, os he necesitado. ¿Podemos ir a alguna parte? Las tres solas —sus ojos se habían llenado de lágrimas—. Necesito hablar.

Se lo había contado todo, había derramado su corazón y su alma hasta quedar vacía de miedo y de dolor. Y, suponía que, porque eran ellas, se había curado
un poco.

Ahora curaría sola.

Podía hacerlo allí, lo sabía, y, cerrando los ojos, respiró profundamente. Luego dejó la cesta jardinera en
el suelo y empezó a ocuparse de las flores.

Oyó llegar un coche, el chasquido de las ruedas sobre la grava, y su frente se frunció. Sus vecinos eran
pocos y dispersos, y raramente la molestaban. No
quería más compañía que la de sus plantas, y se levantó, con las flores flotando a sus pies, decidida a li-
brarse de quien fuera.

Su corazón dio un brinco cuando vio que era el
coche de Seth. Se quedó mirando en silencio mientras él se detenía en medio del camino, salía y echaba
a andar hacia ella.

Parecía salida de una brumosa leyenda, pensó Seth,
con el pelo agitándose en la brisa, la larga falda de
vuelo de su vestido ondulando suavemente y un mar

de flores a su alrededor. Él tenía los nervios de punta.
Y su estómago se retorció al ver un arañazo en la mejilla de Grace.

—Estás muy lejos de casa, Seth —dijo ella sin inflexión cuando él se detuvo a dos pasos de distancia.

—Es difícil encontrarte, Grace.

—Yo lo prefiero así. Aquí no quiero compañía.

—Eso está claro —Seth observó el paisaje, la casa encaramada a la colina, los profundos secretos del bosque—. Esto es precioso.

—Sí.

—Y está muy apartado —su mirada se fijó en los ojos de Grace tan repentinamente, con tanta intensidad, que Grace estuvo a punto de sobresaltarse—. Y muy tranquilo. Te mereces un poco de paz.

—Por eso estoy aquí —ella alzó una ceja—. Y tú ¿a qué has venido?

—Necesitaba hablar contigo. Grace...

—Pensaba verte cuando volviera —se apresuró a decir ella—. No hablamos mucho esa noche. Supongo que estaba más alterada de lo que creía. Ni siquiera te di las gracias.

Seth comprendió que aquella voz fría y cortés era más dolorosa que si lo hubiera maldecido a gritos.

—No tienes que darme las gracias por nada.

—Me salvaste la vida y, creo, también a las personas que quiero. Sé que rompiste las normas para encontrarme, para apartarme de él. Te estoy muy agradecida.

Las palmas de las manos de Seth se volvieron pegajosas. Grace estaba haciéndole ver todo aquello otra

vez, sentirlo de nuevo. Toda aquella rabia y aquel terror.

—Habría hecho cualquier cosa para apartarte de él.

—Sí, creo que lo sé —ella tuvo que apartar la mirada.
Le dolía demasiado mirarlo a los ojos. Se había prometido a sí misma, había jurado no volver a sufrir—.
Me pregunto si alguno de nosotros tuvo elección en
lo que pasó en tan corto e intenso espacio de tiempo.
O —añadió con el fantasma de una sonrisa— si prefieres creer, lo que pasó hace siglos. Espero que no hayas..., que tu carrera no se resienta por lo que hiciste
por mí.

Los ojos de Seth se volvieron oscuros y planos.

—Mi trabajo no corre peligro, Grace.

—Me alegro —él tenía que irse, se dijo. Tenía que
irse enseguida, antes de que ella se derrumbara—.
Tengo intención de escribir una carta a tus superio-
res. Y tal vez te interese saber que tengo un tío en el
Senado. No me extrañaría que, cuando se despeje el
humo, consigas un ascenso por esto.

Él notaba la garganta áspera. No podía aclarársela.

—Mírame, maldita sea —cuando la mirada de Grace
volvió a clavarse en su cara, Seth cerró los puños para
no tocarla—. ¿Crees que eso me importa?

—Sí, lo creo. Importa, Seth. Por lo menos, a mí.
Pero, de momento, voy a tomarme unos días de descanso, así que, si me disculpas, quiero acabar con el
jardín antes de que se me eche encima el calor.

—¿Crees que esto va a acabar así?

Ella se inclinó, recogió sus tijeras y cortó unas flores marchitas. Se amustiaban tan pronto, pensó. Y

aquello le produjo una dolorosa punzada en el corazón.

—Creo que ya le pusiste fin.

—No te alejes de mí —la agarró del brazo, la hizo girarse hacia él, sintiendo un arrebato de miedo y de furia—. No puedes alejarte de mí. No puedo... —se interrumpió y alzó la mano para posarla sobre el arañazo de su mejilla—. Oh, Dios, Grace. Te hizo daño.

—No es nada —ella se retiró rápidamente, casi sobresaltándose, y Seth dejó caer la mano—. Los arañazos se quitan. Y él está muerto. Tú te encargaste de eso. Está muerto. Todo ha acabado. Las Estrellas están donde les corresponde, y todo ha vuelto a la normalidad. Todo es como estaba destinado a ser.

—¿De veras? —Seth no se acercó a ella. No podía soportar que se apartara de él otra vez—. Te hice daño y no me vas a perdonar por ello.

—No del todo —dijo ella, intentando quitarle hierro al asunto—. Pero salvarme la vida es suficiente para que...

—Basta —dijo él con voz al mismo tiempo crispada y serena—. Déjalo —abatido, dio media vuelta y echó a andar por entre las flores con paso vacilante. No sabía que pudiera sufrir así, aquel hielo en el vientre, aquel pálpito en el cerebro... Habló mirando hacia los bosques, hacia las sombras y el fresco verdor de los árboles—. ¿Tienes idea de lo que sentí cuando supe que te tenía? Oír tu voz por teléfono, el miedo que sentí...

—No quiero pensar en eso. No quiero recordarlo.

—Yo no dejo de recordarlo. Ni de verte. Cada vez que cierro los ojos, te veo allí de pie, en el pasillo, con el vestido manchado de sangre y marcas en la piel. Sin saber... sin saber qué te había hecho. Y recordando... recordando a medias otro tiempo en que no pude detenerlo.

—Se acabó —repitió ella otra vez porque empezaban a flaquearle las piernas—. Olvídalo.

—Podrías haberte escapado sin mí —continuó él—. Te libraste de un guardia dos veces más grande que tú. Habrías podido salir sin mi ayuda. Es posible que no me hubieras necesitado en absoluto. Y me he dado cuenta de que ése fue mi problema desde el principio. Creía, estaba seguro de que yo te necesitaba mucho más de lo que tú me necesitabas a mí. Y eso me daba miedo. Es absurdo, pero así es —prosiguió, girándose de nuevo hacia ella—. Una vez conoces el miedo real, el miedo de saber que puedes perder lo que más te importa en la vida en un abrir y cerrar de ojos, nada puede tocarte —la apretó contra su pecho, demasiado desesperado para temer su reacción. Y, tomando aire, tembloroso, enterró la cara en su pelo—. No me rechaces, no me pidas que me vaya.

—Esto no está bien —era doloroso que la abrazara. Sin embargo, deseaba seguir entre sus brazos, sintiendo el sol cálido sobre su piel, con la cara de Seth apretada contra su pelo.

—Te necesito. Te necesito —repitió él, y la besó con desesperación.

Una oleada de emoción embargó a Grace, envolviéndolos en su torbellino como una tormenta desatada, dejando su corazón tembloroso y débil. Cerró los ojos, deslizó los brazos alrededor de Seth. La necesidad sería suficiente, se dijo. Ella haría que les bastara a los dos. Había tanto dentro de ella que deseaba darle que no podía pedirle que se marchara.

—No te pediré que te vayas —le acarició la espalda, intentando disipar su tensión—. Me alegro de que estés aquí. Quiero que te quedes —se apartó y se llevó la mano de Seth a la mejilla—. Vamos dentro, Seth. Vamos a la cama.

Él le apretó los dedos. Luego le alzó suavemente la cabeza. De pronto le dolió darse cuenta de que ella creía que eso era lo único que quería de ella.

—Grace, no he venido hasta aquí para acostarme contigo. No he venido para retomarlo por donde lo dejamos.

¿Por qué se había resistido tanto a ver lo que había en la mirada de Grace?, se preguntaba. ¿Por qué se había negado a creer lo que de manera tan manifiesta y generosa se le ofrecía?

—He venido a suplicarte. La tercera Estrella es la generosidad —dijo casi para sí mismo—. Tú no me hiciste suplicar. No he venido aquí buscando sexo, Grace. Ni gratitud.

Confundida, ella movió la cabeza de un lado a otro.

—¿Qué es lo que quieres, Seth? ¿A qué has venido?

Él no sabía si lo había comprendido del todo hasta ese instante.

—A oírte decir lo que quieres. Lo que necesitas.

—Paz —ella hizo un gesto—. Aquí la tengo. Y amistad. Eso también lo tengo.

—¿Eso es todo? ¿Es suficiente?

—Lo ha sido toda mi vida.

Él tomó su cara entre las manos antes de que ella pudiera retroceder.

—¿Y si pudieras tener más? ¿Qué querrías, Grace?

—Desear lo que no se puede tener conduce a la infelicidad.

—Dímelo —él mantenía los ojos fijos en los de ella—. Dímelo claramente por una vez. Di lo que quieres.

—Quiero tener una familia. Hijos... Quiero tener hijos y un hombre que me quiera..., que quiera tener una familia conmigo —sus labios se curvaron lentamente, pero la sonrisa no alcanzó sus ojos—. ¿Te sorprende que esté dispuesta a estropear mi figura? ¿A pasar unos cuantos años de mi vida cambiando pañales?

—No —él deslizó las manos por sus hombros, agarrándola con más fuerza. Notaba que ella estaba preparada para apartarse. Para huir—. No, no me sorprende.

—¿En serio? Bueno —ella movió los hombros para sacudirse el peso de sus manos—. Si vas a quedarte, vamos dentro. Tengo sed.

—Te quiero, Grace —Seth vio que su sonrisa se desvanecía, sintió que su cuerpo se ponía rígido.

—¿Qué? ¿Qué has dicho?

—Te quiero —al pronunciarlas, Seth se dio cuenta del poder de aquellas palabras—. Me enamoré de ti antes de conocerte. Me enamoré de una imagen, de un recuerdo, de un deseo. No sé si fue el destino, una elección, o el azar. Pero fue todo tan rápido, tan intenso, tan profundo, que me negaba a creerlo y a confiar en mis sentimientos. Y te rechacé porque tú hiciste ambas cosas. He venido a decirte eso —sus manos se deslizaron por los brazos de Grace y tomaron las manos de ella—. Grace, te estoy pidiendo que creas en nosotros otra vez, que confíes en nosotros de nuevo. Y que te cases conmigo.

—Tú... —ella tuvo que dar un paso atrás, tuvo que llevarse una mano al corazón—. Quieres casarte conmigo.

—Te estoy pidiendo que vuelvas conmigo hoy. Sé que es anticuado, pero quiero que conozcas a mi familia.

La presión que Grace sentía en el pecho estaba a punto de hacerle estallar el corazón.

—Quieres que conozca a tu familia.

—Quiero que ellos conozcan a la mujer que quiero, a la mujer con la que deseo compartir mi vida. La vida que llevo esperando empezar desde hace tanto tiempo —se llevó su mano a la mejilla y la sostuvo allí mientras sus ojos se clavaban en los de ella—. La mujer con la que quiero tener hijos.

—Oh —el peso de su pecho se liberó en una oleada, brotó fuera de ella... hasta que su corazón anegó sus ojos de lágrimas.

—No llores. Grace, por favor, no llores. No me digas que he tardado demasiado —le limpió torpemente las lágrimas con los pulgares—. No me digas que lo he echado a perder.

—Te quiero tanto... —ella cerró los dedos alrededor de sus muñecas y vio que sus ojos se llenaban de emoción—. He sido tan infeliz esperándote... Estaba segura de que te había perdido. Otra vez. Sin saber por qué.

—Esta vez, no —él la besó suavemente, tocando su cara—. Nunca más.

—No, nunca más —murmuró contra sus labios.

—Dime que sí —le pidió él—. Quiero oírtelo decir.

—Sí, a todo.

Grace abrazó con fuerza a Seth en la mañana perfumada por las flores y sintió que el último eslabón de una cadena infinita encajaba al fin en su lugar.

—Seth...

Él tenía los ojos cerrados, apoyando la mejilla contra su pelo. Y su sonrisa afloró, lenta y serena.

—Grace...

—Estamos donde debemos estar. ¿No lo sientes? —ella respiró hondo—. Ahora todos estamos donde debemos —alzó la cara y encontró la boca de Seth esperándola.

—Y ahora —dijo él suavemente— empieza todo.

En el calor de la noche

—¿Qué diablos haces en un lugar como éste?

Maggie, sobre manos y rodillas, no alzó la vista.

—C.J., repites la misma canción.

C.J. tiró del bajo de su jersey de cachemira. Era un hombre que convertía en arte la preocupación, y Maggie lo preocupaba. Frustrado, bajó la vista al cabello castaño claro, recogido en la parte superior de la cabeza. Tenía el cuello esbelto, pálido, y los hombros levemente curvados hacia delante mientras apoyaba el peso en los antebrazos. Su complexión era delicada, con la clase de fragilidad que él siempre había asociado con las damas aristócratas de la Inglaterra del siglo XIX.

Lucía camiseta y vaqueros, ambos gastados y ligeramente húmedos por la transpiración. Al mirarle las manos, elegantes y de huesos finos, y ver lo sucias que estaban, tembló. Conocía la magia que eran capaces de obrar.

«Es una fase», pensó. Sólo estaba pasando por una fase. Después de dos matrimonios y algunas aventuras, C.J. entendía que las mujeres pasaran de vez en cuando por estados de ánimo peculiares. Con un dedo se mesó el bigote fino y rubio. Dependía de él guiarla con gentileza de regreso al mundo real.

Al mirar alrededor y ver sólo árboles, rocas y aislamiento, se preguntó si habría osos en el bosque. En el mundo real, esos bichos estaban en los zoos.

—Maggie, ¿cuánto tiempo piensas continuar de esta manera?

—¿De qué manera, C.J.? —preguntó en voz baja, ronca, como si acabara de despertar.

Era una voz que hacía que la mayoría de lo hombres deseara haberla despertado.

Esa mujer lo desesperaba. C.J. se pasó una mano por el pelo impecablemente cortado y cuidadosamente peinado. Se preguntó que hacía a cuatro mil kilómetros de Los Ángeles, desperdiciándose en ese trabajo polvoriento. Tenía una responsabilidad con ella y también consigo mismo. Suspiró. Después de todo, las negociaciones eran su especialidad. Dependía de él meterle algo de sentido común. Movió los pies, con cuidado de mantener los mocasines lustrosos fuera de la tierra.

En esa ocasión Maggie giró la cabeza y lo miró con el destello de una sonrisa que involucró cada centímetro de su cara: la boca que estaba a un pelo de ser demasiado ancha, la barbilla un poco puntiaguda, los pómulos que le daban a su rostro forma de diamante. Los ojos grandes, redondeados y una tonalidad más oscura que su pelo, añadían el último toque

de animación. No era un rostro deslumbrante. Era lo
que alguien se diría mientras intentaba descifrar el
motivo por el que había quedado deslumbrado. Incluso en ese momento, sin maquillaje, con una mancha vertical de tierra en una mejilla, la cara cautivaba.
Maggie Fitzgerald cautivaba porque era exactamente
lo que parecía. Interesante. Interesada.

Se hallaba en cuclillas y se apartó un mechón de
pelo de la cara con un soplido mientras miraba al
hombre que la observaba ceñudo. Sintió una oleada
de afecto y diversión.

—C.J., yo también te quiero. Y ahora deja de comportarte como una solterona.

—Éste no es tu sitio —comenzó, más exasperado que
ofendido—. No deberías ir sobre manos y rodillas por
la tierra...

—Me gusta —cortó con sencillez.

Fue la misma sencillez del tono lo que le reveló
que tenía un problema real. Si hubiera gritado o discutido, su oportunidad de enseñarle el camino de
vuelta habría estado garantizada. Pero cuando se mostraba de esa manera, con una obstinación serena, hacerla cambiar de idea sería como escalar el Everest.
Peligroso, traicionero y agotador. Como era un hombre inteligente, cambió de táctica.

—Maggie, desde luego puedo entender que desees
irte una temporada para descansar un poco. Nadie se
lo merece más que tú —pensó que era un toque agradable, porque encima era verdad—. ¿Por qué no te tomas un par de semanas en Cancún o te vas de compras a París?

—Mmmm —se movió sobre las rodillas y retocó los pétalos de los pensamientos que estaba plantando. Parecían un poco enfermos—. Pásame esa regadera, ¿quieres?

—No me estás escuchando.

—Sí, te escucho —se estiró y recogió ella misma la regadera—. Ya he estado en Cancún, y tengo tanta ropa que he tenido que dejar la mitad en Los Ángeles.

C.J. probó un enfoque nuevo.

—No soy sólo yo —comenzó otra vez, mirando cómo regaba los pensamientos—. Todo el que te conoce, el que sabe de esto, piensa que...

—¿He perdido un tornillo? —aportó Maggie. Decidió que había saturado los capullos. Tenía mucho que aprender acerca de lo básico de la vida en el campo—. C.J., en vez de regañarme y tratar de convencerme de hacer algo que no tengo intención de hacer, ¿por qué no bajas y me echas una mano?

—¿Una mano? —su voz reflejó la nota levemente consternada que podría haber mostrado si le hubiera sugerido que diluyera un whisky de primera con agua del grifo.

Maggie rió entre dientes.

—Pásame ese lecho de petunias —volvió a clavar la pequeña pala en la tierra rocosa—. La jardinería es buena. Te vuelve a poner en contacto con la naturaleza.

—Yo no tengo deseo alguno de tocar la naturaleza.

En esa ocasión rió abiertamente y alzó la cara al cielo. Lo más cerca que podía estar C.J. de la naturaleza era en una piscina. Hasta unos meses atrás, era lo más cerca que había estado ella. Pero había encontrado algo que ni siquiera había estado buscando. De no haber ido a la Costa Este a colaborar en la banda sonora de un nuevo musical, de no haber seguido el impulso de continuar hacia el sur después de que hubieran concluido las largas y duras sesiones, jamás habría descubierto el adormilado pueblo arropado entre las Montañas Azules.

«¿Sabemos alguna vez cuál es nuestro sitio si no tenemos la fortuna de tropezar con nuestro propio espacio personal?», se preguntó. Sólo sabía que había emprendido un viaje sin destino fijo y había llegado a casa.

Quizá había sido el destino lo que la había conducido hasta Morganville, un grupo de casas distribuidas por las laderas de las montañas, con una población de ciento cuarenta y dos personas. Desde el pueblo propiamente dicho, se extendía en aisladas granjas y casas de montaña. Si el destino la había llevado a Morganville, también la había hecho pasar ante un cartel que anunciaba una casa en venta junto con una propiedad de doce acres. No había experimentado ningún momento de indecisión, ninguna objeción ante el precio, ninguna duda de último minuto. Había satisfecho los requisitos y tenido la escritura en la mano en treinta días.

Al observar la casa de dos plantas, con persianas que aún colgaban torcidas, no le costó imaginar que sus amigos y compañeros de trabajo cuestionaran su estado mental. Había dejado su vestíbulo de mármol italiano y su piscina de azulejos por unas bisagras oxidadas y unas piedras. Lo había hecho sin mirar una sola vez atrás.

Palmeó la tierra en torno a las petunias, y luego se echó para atrás. Se las veía más vivas que los pensamientos. Tal vez empezaba a tomarle el truco.

—¿Qué te parece?

—Creo que deberías volver a Los Ángeles a terminar la banda sonora.

—Me refiero a las flores —se limpió los vaqueros al incorporarse—. En cualquier caso, voy a terminarla... aquí.

—Maggie, ¿cómo puedes trabajar aquí? —estalló C.J. Extendió ambos brazos en un gesto abiertamente teatral—. ¿Cómo puedes vivir aquí? Este lugar ni siquiera está civilizado.

—¿Por qué? ¿Porque no tiene un gimnasio y una boutique en cada esquina? —pasó una mano por el brazo de C.J.—. Adelante. Respira hondo. El aire limpio no te hará daño.

—La contaminación está subestimada —musitó mientras movía los pies otra vez. Profesionalmente, era su agente, pero personalmente se consideraba su amigo, quizá su mejor amigo desde la muerte de Jerry. Pensando en ello, volvió a cambiar de tono. En esa ocasión fue gentil—. Escucha, Maggie, sé que has pasado por momentos difíciles. Tal vez Los Ángeles guarda demasiados recuerdos para ti en este momento. Pero no puedes enterrarte.

—No lo hago —apoyó las manos en sus antebrazos y los apretó por énfasis y apoyo—. Y enterré a Jerry hace casi dos años. Ésa fue otra parte de mi vida, C.J., y no

tiene nada que ver con ésta. Éste es mi hogar. No sé
de qué otra manera explicarlo —le tomó las manos,
olvidando que tenía las suyas llenas de tierra—. Ahora
ésta es mi montaña, y aquí estoy más contenta y asen-
tada que nunca lo estuve en Los Ángeles.

Sabía que se golpeaba la cabeza contra la pared,
pero decidió intentarlo una vez más.

—Maggie —le pasó un brazo por los hombros, como
si fuera una niña que necesitara que la guiaran—. Mira
ese lugar —guardó silencio mientras ambos estudiaban
la casa en la elevación. Notó que al porche le faltaban
varias tablas de madera y que la pintura estaba descas-
carillada—. No puedes hablar en serio acerca de vivir
ahí.

—Un poco de pintura, unos clavos —se encogió de
hombros. Hacía tiempo que había aprendido que lo
mejor era prescindir de los problemas superficiales.
Eran los que remolineaban debajo de la superficie, no
del todo visibles, los que había que solucionar—. Tiene
tantas posibilidades, C.J.

—La mayor es que se derrumbará sobre tu cabeza.

—La semana pasada me arreglaron el techo. Un
hombre de la zona, que mediría un metro y medio,
fornido como un toro, llamado Bog.

—Maggie..

—Fue muy amable —continuó—. Su hijo y él van a
volver para encargarse del porche y de algunos otros
arreglos importantes.

—De acuerdo, tienes a un gnomo que se ocupa del
martillo y de la sierra. ¿Qué me dices de eso? —con
un gesto de la mano abarcó la tierra circundante. Era

rocosa, irregular y llena de maleza. Ni siquiera un optimista declarado habría sido capaz de considerarlo
como parte de un jardín. Un árbol grueso se ladeaba
peligrosamente en dirección de la casa, mientras unas
enredaderas espinosas y unas flores silvestres se pelea-
ban por espacio. Imperaba el olor a tierra y a verde.

—Como el castillo de la Bella Durmiente —murmuró Maggie—. Lamentaré talarlo, pero el señor Bog
tiene eso bajo control.

—¿Acaso también realiza excavaciones?

Maggie ladeó la cabeza y enarcó las cejas. Era una
expresión que hacía que cualquiera con más de cuarenta años recordara a su madre.

—Me recomendó a un paisajista. El señor Bog me
asegura que Cliff Delaney es el mejor del condado.
Vendrá esta tarde a echarle un vistazo al lugar.

—Si es un hombre inteligente, mirará esa hondonada que llamas camino que conduce hasta aquí y se-
guirá de largo.

—Pero tú hiciste todo el trayecto en tu Mercedes
alquilado —se volvió, le rodeó el cuello con los brazos
y le dio un beso—. No pienses que no aprecio eso, o
el hecho de que te subiste a un avión para venir hasta
aquí o que me quieres lo suficiente como para preocuparte por mí. Lo agradezco todo. Y te aprecio a ti
—le revolvió el pelo, algo que no le habría tolerado a
nadie más—. Confía en mi juicio en esto, C.J. De verdad sé lo que estoy haciendo. Profesionalmente, mi
trabajo sólo puede mejorar desde aquí.

—Eso está por ver —musitó, pero alzó una mano
para acariciarle la mejilla. Pensó que aún era lo bas-

tante joven como para tener sueños necios. Y lo bastante dulce como para creer en ellos—. Sabes que no
es tu trabajo lo que me preocupa.

—Lo sé —la voz se le suavizó. No era una mujer que
guiara sus emociones, sino una mujer que se veía
guiada por ellas—. Necesito la paz que hay aquí. ¿Sabes que es la primera vez que me bajo del tiovivo?
Disfruto del terreno sólido, C.J.

La conocía bien y sabía que, por el momento, sería
imposible moverla de la posición que había adoptado.

—He de tomar un avión —gruñó—. Mientras insistas
en quedarte aquí, quiero que me llames todos los
días.

Maggie volvió a besarlo.

—Una vez por semana —contraofertó—. Tendrás la
partitura completa para *Heat Dance* en diez días —con
el brazo en torno a la cintura de C.J., lo guió hacia el
sendero irregular y cubierto de maleza donde estaba
el Mercedes en esplendor incongruente—. Me encanta la película. Es incluso mejor de lo que pensé la
primera vez que leí el guión. La música prácticamente se escribe sola.

Él gruñó otra vez y miró atrás, hacia la casa.

—Si te sientes sola...

—No me sentiré sola —con una risa veloz, lo metió
en el coche—. Ha sido maravilloso descubrir lo auto-
suficiente que puedo ser. Y ahora, que tengas un buen
viaje y deja de preocuparte por mí.

No lo creyó posible mientras con gesto automá-
tico comprobaba que llevara la Biodramina en el maletín.

—Envíame la partitura, y si es sensacional, puede que deje de preocuparme... un poco.

—Es sensacional —se apartó del coche para darle espacio para doblar—. ¡*Yo* soy sensacional! Dile a todo el mundo en la Costa que he decidido comprar cabras y pollos.

El Mercedes se detuvo en seco.

—Maggie...

Riendo, se despidió con un gesto de la mano y retrocedió por el sendero.

—Todavía no... pero quizá en el otoño —decidió que lo mejor era tranquilizarlo o podría bajar del coche y empezar otra vez—. Oh, y mándame algunos chocolates Godiva.

«Eso está mejor», pensó C.J., y volvió a arrancar el coche. Regresaría a Los Ángeles en seis semanas. Miró por el retrovisor mientras se alejaba. Pudo verla, pequeña y esbelta, aún riendo, con la tierra, los árboles y la casa destartalada de fondo. Volvió a experimentar un escalofrío, pero no por la sensibilidad ofendida, sino por algo parecido al miedo. Tuvo la súbita certeza de que Maggie no se hallaba a salvo ahí.

Movió la cabeza y sacó unos antiácidos del bolsillo. Todo el mundo le decía que se preocupaba demasiado.

«Sola», pensó Maggie mientras veía cómo el Mercedes desaparecía por esa cosa pedregosa que llamaban camino. No, no estaba sola. Nunca había estado tan segura de algo como que allí jamás estaría sola. Experimentó un inesperado presentimiento que descartó como algo ridículo.

Cruzó los brazos y giró en dos lentos círculos. Los árboles se elevaban en las laderas rocosas. Las hojas apenas eran más que capullos en ese momento, pero en unas pocas semanas crecerían y se extenderían, convirtiendo la zona en un exuberante dosel verde. Le gustaba imaginársela de esa manera y trataba de verla en pleno invierno... blanca, toda blanca y negra con hielo colgando de las ramas y refulgiendo en las rocas. En el otoño habría un tapiz en el exterior de cada ventana. No estaba sola en absoluto.

Por primera vez en su vida, disponía de la oportunidad de poner su propio sello en un lugar. No sería una copia de nada que hubiera tenido antes o de algo que le hubieran dado. Era suyo, y lo mismo sucedería con los errores que cometiera, y también con cualquier triunfo. No habría prensa ninguna para comparar ese lugar aislado en el oeste de Maryland con la mansión de su madre en Beverly Hills o la villa que tenía su padre en el sur de Francia. Si tenía suerte, mucha, mucha suerte, jamás se encontraría con la prensa. Podría componer su música y llevar su vida en paz y soledad.

Si se quedaba muy quieta, si cerraba los ojos y no se movía, podía oír la música a su alrededor. No los pájaros, sino el paso del aire entre las ramas y las hojas diminutas. Si se concentraba, podía oír el leve goteo del arroyo estrecho que corría del otro lado del sendero. La calidad del silencio era rica y fluía sobre ella como una sinfonía.

Su madre había sido una de las más grandes cantantes de blues y baladas de Estados Unidos, su padre un actor infantil convertido en director de cine de éxito. El noviazgo que mantuvieron y el subsiguiente matrimonio había sido seguido por admiradores de todo el mundo. Su nacimiento había sido un acontecimiento tratado como el nacimiento de un personaje real. Y Maggie había llevado la vida de una princesa consentida. Tiovivos de oro y abrigos de piel blanca. Había sido afortunada porque sus padres la habían adorado y se habían amado. Eso había compensado el entorno ficticio y a menudo de aristas duras del mundo del espectáculo, con todas sus exigencias e inconstancias. Su mundo había estado amortiguado por la riqueza y el amor, agitado constantemente por la publicidad.

Los paparazzi la habían acosado en sus citas durante los años de la adolescencia... para su diversión pero a menudo para la frustración de su acompañante. Maggie había aceptado el hecho de que su vida era de dominio público. Nunca había sido de otra manera.

Y cuando el avión privado de sus padres se había estrellado en los Alpes Suizos, la prensa había congelado su dolor en papel couché y letra impresa. No había intentado detenerlo; había comprendido que el mundo había sufrido con ella. Tenía dieciocho años cuando su mundo se vio desgarrado.

Luego había estado Jerry. Primero amigo, luego amante y después marido. Con él, su vida había derivado hacia más fantasía y más tragedia.

En ese momento no iba a pensar en nada de eso. Recogió la pala y reanudó la lucha con la tierra dura.

Lo único que quedaba de verdad de esa parte de su
vida era la música. Jamás la dejaría. No habría podido
ni aunque lo hubiera intentado. Formaba parte de
ella, igual que sus ojos y orejas. Componía palabras y
música y las unía, no sin esfuerzo, como a veces podía
parecer por el fluido resultado final, pero sí de forma
obsesiva, maravillada y constante. A diferencia de su
madre, ella no cantaba, pero alimentaba a otros artistas con su don.

Con veintiocho años, tenía dos Oscar, cinco
Grammy y un Tony. Podía sentarse al piano y tocar
de memoria cualquier canción que hubiera escrito
alguna vez. Los premios aún estaban en los embalajes
con que habían sido fletados desde Los Ángeles.

Comenzó a cantar mientras trabajaba. Había olvidado por completo su anterior sensación de apren-
sión.

Por lo general, él no realizaba los cálculos y planos
iniciales. Ya no. Durante los últimos seis años, Cliff
Delaney había estado en la posición de poder enviar
a uno o dos de sus mejores hombres para ejecutar la
primera fase de un proyecto; luego él se encargaba de
la sintonía fina. Si el trabajo era lo bastante interesante, visitaría el lugar durante las tareas. En ese momento hacía una excepción.

Conocía la vieja propiedad de los Morgan. Había
sido construida por un Morgan, así como la diminuta
comunidad situada a unos kilómetros de distancia había recibido su nombre en honor de uno de ellos.

Durante diez años, desde que el coche de William Morgan había caído en el Potomac, la casa había estado vacía. Siempre había sido una construcción austera, con una tierra formidable. Pero sabía que con el toque adecuado, con la visión adecuada, podría llegar a ser magnífica. Tenía sus dudas de que esa mujer de Los Ángeles poseyera la visión adecuada.

Sabía quién era. Cualquiera que no hubiera pasado los últimos veintiocho años en una cueva, sabía quién era Maggie Fitzgerald. En ese momento, era la noticia más importante de Morganville... y prácticamente había eclipsado el cotilleo acerca de la huida de la mujer de Lloyd Messner con el director del banco.

Era un pueblo sencillo, de esos que se movían lentamente, donde todos se enorgullecían de la adquisición de un nuevo coche de bomberos y del desfile anual del Día de los Fundadores. Por eso había elegido vivir allí después de llegar a un punto en que hubiera podido vivir donde eligiera. Había crecido allí y entendía a su gente, su unidad y su sentido de posesión. Comprendía sus fracasos. Y más, mucho más que eso, comprendía la tierra. Tenía serias dudas de que la sofisticada compositora de California entendiera algo de eso.

Pero tal vez antes de que Maggie Fitzgerald se aburriera de su intento de llevar una vida rural, él pudiera dejar su propio sello en la tierra.

Salió del camino asfaltado para entrar en el sendero de quinientos metros que atravesaba la propiedad Morgan. Hacía años que no iba por allí y estaba peor de lo que recordaba. La lluvia y el abandono habían abierto surcos en la tierra. Desde ambos lados, las ramas se cruzaban para azotar su furgoneta. Pensó que lo primero sería el propio sendero. Había que rellenarlo, allanarlo, excavar zanjas de drenaje y extender gravilla.

Avanzó despacio, no por la furgoneta, sino porque la tierra a ambos lados del sendero le gustaba. Era salvaje y primitiva, intemporal. Querría trabajar con eso, incorporar su propio talento al genio de la naturaleza. Si Maggie Fitzgerald deseaba asfalto y plantas de invernadero, había ido al lugar equivocado. Sería el primero en hacérselo saber.

Maggie oyó el vehículo antes de que apareciera a la vista. Ésa era otra cosa que le gustaba sobre su nuevo hogar. Era tranquilo... tanto, que el sonido de una furgoneta, algo que en la ciudad habría pasado por alto, despertaba su atención. Limpiándose las manos en la parte de atrás de los vaqueros, se incorporó del lugar en el que plantaba y se protegió los ojos contra el sol.

Mientras observaba, el vehículo rodeó la curva y aparcó donde una hora atrás había estado el Mercedes. Un poco polvoriento por el camino, el cromado apagado, parecía mucho más cómodo que el coche de lujo. Aunque aún no podía ver al conductor debido al resplandor del sol en el parabrisas, sonrió y alzó una mano en señal de saludo.

Lo primero que pensó Cliff fue que era más pequeña de lo esperado, de complexión más delicada. Los Fitzgerald siempre habían sido más grandes que la vida. Con un gruñido, se preguntó si querría plantar orquídeas para que encajaran con su estilo. Bajó de la furgoneta convencido de que iba a irritarlo.

Quizá se debió al hecho de que había estado esperando a otro señor Bog que Maggie experimentó un aleteo de sorpresa cuando Cliff bajó de la furgoneta. O quizá sólo al hecho de que se trataba de un magnífico ejemplar de masculinidad. Decidió que medía uno ochenta y cinco, con una impresionante anchura de hombros. Un pelo negro revuelto por el viento a través de la ventanilla abierta le caía en ondas sueltas sobre la frente y las orejas. No sonreía, pero tenía una boca esculpida, sensual. Fugazmente, lamentó que llevara gafas de sol que le ocultaran los ojos. Juzgaba a las personas por los ojos.

Lo evaluó por el modo en que se movía... con soltura y seguridad. Atlético. Seguía a un metro de distancia cuando percibió la inconfundible impresión de que no era especialmente amigable.

—¿Señorita Fitzgerald?

—Sí —le ofreció una sonrisa neutral al tiempo que alargaba la mano—. ¿Lo envían de Delaney's?

—Exacto —sus manos contactaron, brevemente, una suave, la otra dura, ambas eficaces. Sin molestarse en presentarse, Cliff estudió el terreno—. Quería un presupuesto sobre ajardinar el terreno.

Maggie siguió la mirada de él y en esa ocasión esbozó una sonrisa divertida.

—Es evidente que necesito algo. ¿Obra milagros su empresa?

—Hacemos el trabajo —miró el estallido de color que había detrás de ella, pensamientos marchitos y petunias empapadas. Su esfuerzo tocó algo en él que decidió ignorar, diciéndose que se sentiría aburrida antes de que llegara el momento de arrancar la primera hierba mala—. ¿Por qué no me dice lo que tiene en mente?

—En este momento, un vaso de té frío. Eche un vistazo mientras voy a buscarlo; luego hablaremos —había dado órdenes, sin pensárselo, durante toda la vida; después de dar ésa, giró y subió los escalones desvencijados que llevaban al porche.

Detrás de los cristales tintados, Cliff entrecerró los ojos.

«Vaqueros de marca», pensó con una mueca mientras contemplaba el grácil contoneo de caderas antes de que la mosquitera se cerrara. Y el solitario que colgaba de la fina cadena alrededor de su cuello tenía como mínimo un quilate. ¿A qué clase de juego se dedicaba la señorita Hollywood? Se encogió de hombros, le dio la espalda a la casa y observó la tierra.

Se le podía dar forma y estructura sin domesticarla. Jamás debería perder su rebeldía básica, aunque reconoció que años de abandono le habían dado demasiada ventaja a su naturaleza más agreste. No obstante, no pensaba allanarla para ella. Había rechazado más de un trabajo porque el cliente había insistido en alterar la personalidad de la tierra. Pero incluso así, no se habría llamado un artista. Era un hombre de negocios. Y su negocio era la tierra.

Se alejó de la casa en dirección a una arboleda

llena de enredaderas y cardos. Sin esfuerzo, pudo verla limpia de maleza, bien abonada y quizá revitalizada con junquillos. Esa parte personificaría la paz, tal como él lo veía. Metió los dedos pulgares en los bolsillos de atrás y reflexionó que por las páginas que se habían escrito acerca de Maggie Fitzgerald a lo largo de los años, no buscaba demasiado la paz.

Velocidad, resplandor y oropel. ¿Para qué diablos se había trasladado allí?

Antes de oírla, captó la fragancia de su perfume. Al volverse, la vio a unos pasos detrás de él, con dos vasos en la mano. Lo observó con una curiosidad que no se molestó en ocultar. En ese momento, al tenerla con los ojos clavados en él y el sol a su espalda, aprendió algo de ella. Era la mujer más atractiva que jamás había conocido, aunque no tenía ni idea de por qué.

Maggie se le acercó y le ofreció un vaso de té helado.

—¿Quiere oír mis ideas?

Decidió que la voz influía en la valoración que acababa de hacer. Una pregunta inocente, planteada con esa voz ronca, invocaba una docena de placeres oscuros. Bebió un trago de té.

—Para eso he venido —la informó con una sequedad que jamás mostraba con ningún cliente en potencia.

Ella enarcó una ceja ante el tono, única señal de que había captado la rudeza. Pensó que con esa actitud el trabajo no le duraría mucho. Aunque tampoco le daba la impresión de que fuera un hombre que trabajara para otro.

—Desde luego, señor...

—Delaney.

—Ah, el dueño en persona —eso tenía más sentido, aunque no su actitud—. Bueno, señor Delaney, me han dicho que es usted el mejor. Creo en recurrir a los mejores, de modo... —pensativa, pasó un dedo por el vaso—. Le diré lo que quiero y usted me dirá si puede hacerlo.

—Me parece justo —no supo por qué esa simple manifestación lo irritó, como tampoco era capaz de entender por qué notaba lo suave que tenía la piel y lo hipnotizadores que eran esos grandes ojos aterciopelados. Como los de un cervatillo. Él no era un cazador, sino un observador—. De entrada le diré que la política de mi empresa se niega a la destrucción del terreno natural con el fin de convertir la tierra en algo que no es. Éste es un terreno agreste, señorita Fitzgerald. Se supone que es así como debe ser. Si lo que busca es uno o dos acres de césped bien cuidado, ha comprado la tierra equivocada y llamado al paisajista equivocado.

Hacía falta mucho para sacarle el malhumor a la superficie. Se había esforzado bastante en controlar una tendencia natural hacia la furia veloz con el fin de bloquear la etiqueta de ser la hija temperamental de unos artistas temperamentales.

—Me parece honesto que lo explique —logró responder tras respirar hondo varias veces.

—No sé por qué ha comprado este lugar —comenzó.

—No creo haberle ofrecido esa información.

—Y no es asunto mío —finalizó con un gesto de asentimiento—. Pero esto... —indicó la propiedad con un gesto de la mano— sí es asunto mío.

—Es un poco prematuro en condenarme, ¿no cree, señor Delaney? —para mantener la ecuanimidad, bebió un sorbo de té—. Todavía no le he pedido que trajera las excavadoras ni las sierras —debería decirle que se subiera a la furgoneta y se largara. Casi antes de poder cuestionarse por qué no lo hacía, obtuvo la respuesta. Instinto. El mismo instinto que la había llevado a Morganville y a la propiedad en la que se hallaba en ese momento. Su tierra necesitaba lo mejor, y el instinto le corroboraba que él lo era. Bebió otro sorbo—. Esa arboleda de allí —comenzó con energía—. La quiero limpia, sin ningún atisbo de maleza. No se puede disfrutar de ella si hay que abrirse paso entre espinas y brozas —lo miró—. ¿No quiere tomar notas?

La observó unos momentos.

—No. Continúe.

—De acuerdo. Esa extensión que hay delante del porche... imagino que en algún momento fue una especie de césped —se volvió para mirar la maleza que llegaba hasta la altura de las rodillas—. Debería volver a serlo, pero quiero disponer de espacio suficiente para plantar. No sé, unos pinos tal vez, para evitar que la línea entre jardín y bosque se vea demasiado delimitada. Luego está el modo en que todo desciende hasta llegar al sendero de ahí abajo.

Por un momento olvidó su irritación y cruzó la tierra relativamente llana hasta donde bajaba de forma abrupta. La maleza, alguna tan alta como ella, crecía en abundancia allí donde las rocas lo permitían.

—Desde luego, es demasiado empinado para que el césped sea práctico —dijo casi para sí misma—. Pero no puedo dejar que la maleza campee a sus anchas. Me gustaría un poco de color, pero no quiero uniformidad.

—Le irá bien algunos árboles de hojas perennes —dijo detrás de ella—. Algunos juníperos a lo largo del borde inferior de toda la pendiente, con algunos un poco más arriba por allí y algunas forsitias entremezcladas. Aquí, donde la cuesta no es tan pronunciada, querrá algo bajo —imaginó unas plantas entre las rocas—. Ese árbol habrá que talarlo —continuó, frunciendo el ceño al observar el que se inclinaba de forma precaria hacia el techo de la casa—. Y hay dos, quizá tres, en la elevación posterior, que hay que extirpar antes de que se derrumben.

Maggie fruncía el ceño, pero siempre había creído en dejar que un experto trazara el plan de acción.

—De acuerdo, pero no quiero que tale nada que no sea necesario despejar —cuando la miró, sólo pudo ver su reflejo en las gafas polarizadas.

—Jamás lo hago —giró y comenzó a rodear el lado de la casa—. Ése es otro problema —continuó sin comprobar si ella lo seguía—. El modo en que esa pared de tierra se erosiona desde esa cima. Cuando menos se lo espere, va a terminar con un árbol o una roca en su cocina.

—¿Y bien? —ladeó la cabeza para poder estudiar el

cerro que había detrás de la casa—. Usted es el experto.

—Habrá que recortarla y echarla un poco para atrás. Luego, levantaría una pared de contención de un metro, metro y medio de alto. Por encima, plantaría unas enredaderas para contener la tierra en toda la pendiente. Es robusta y de crecimiento veloz.

—De acuerdo —sonaba razonable. Él sonaba más razonable cuando hablaba de su negocio. Decidió que era un hombre de la tierra y de nuevo deseó poder ver más allá de los cristales oscuros—. Habrá que despejar esta parte detrás de la casa —mientras hablaba, comenzó a abrirse paso entre la maleza y los brezos—. Creo que si tuviera una especie de pasaje desde aquí hasta el sendero, podría crear un jardincillo de rocas... aquí —con un vago gesto de las manos indicó el punto que tenía en mente—. Hay rocas de sobra —musitó, a punto de tropezar con una—. Luego, ahí abajo...

Cliff la sujetó del brazo antes de que pudiera descender por la pendiente de la parte más alejada de la casa. El contacto los sacudió a los dos. Más sorprendida que alarmada, Maggie giró la cabeza.

—Yo no lo haría —dijo Cliff con suavidad.

Ella sintió un extraño hormigueo de excitación subirle por la espalda.

—¿Qué? —lo desafió con la vista.

—Bajar ahí —descubrió que tenía la piel suave. Con la mano cerrada en torno a su brazo, podía tocarse las yemas de los dedos. Disfrutó del contacto de su piel. Se dijo que ella era demasiado pequeña y suave para una tierra que opondría resistencia.

Maggie bajó la vista a la mano que la retenía. Notó el dorso bronceado, el tamaño y la fuerza. Al descubrir que sus latidos no eran tan constantes, volvió a alzar la vista.

—Señor Delaney...

—Hay serpientes —expuso él con sencillez y tuvo la satisfacción de verla retroceder dos pasos—. Es casi una certeza que en un lugar como ése habrá alguna. De hecho, con la maleza que domina este sitio, lo más factible es que se encuentren por todas partes.

—Bueno, entonces... —tragó saliva y realizó un esfuerzo hercúleo por no temblar— quizá podría empezar su trabajo de inmediato.

Por primera vez él sonrió, aunque fue un gesto leve y muy cauteloso. Los dos habían olvidado que seguía sujetándola, aunque en ese momento se encontraban mucho más cerca, apenas separados por una mano de distancia. Desde luego, ella no había reaccionado tal como él había esperado. No lo habría sorprendido que la mención de las serpientes la hubiera hecho huir despavorida al interior de la casa. Podía tener la piel suave, y de forma inconsciente movió el dedo pulgar por su brazo, pero ella no lo era.

—Quizá pueda enviar un equipo la semana próxima, pero lo primero de lo que hay que ocuparse es de su sendero.

Maggie lo descartó con un encogimiento de hombros.

—Haga lo que crea mejor con eso, excluyendo el asfalto. No es más que un medio de tener acceso a mí. Yo quiero concentrarme en la casa y el terreno.

—El camino va a costarle mil doscientos, quizá mil quinientos dólares —comenzó él, pero Maggie volvió a cortarlo.

—Haga lo que tenga que hacer —le dijo con la arrogancia inconsciente de alguien que jamás se preocupaba por el dinero—. Esta sección de aquí... —señaló la caída abrupta que tenían delante, aunque sin intentar bajarla en esa ocasión. En la base se extendía unos seis metros de ancho por unos nueve de largo, en un laberinto perverso de enredaderas espinosas y maleza tan gruesa como la base de su dedo pulgar—. Quiero un estanque.

Cliff volvió a centrar su atención en ella.

—¿Un estanque?

Lo miró fijamente, sin ceder terreno.

—Permítame una excentricidad, señor Delaney. Una pequeña —continuó antes de que él pudiera realizar algún comentario—. Desde luego, hay espacio suficiente y me da la impresión de que esta parte es la peor. Tan sólo es un agujero en la tierra en un lugar muy complicado. ¿Tiene alguna objeción por el agua?

En vez de responder, él estudio el terreno de abajo, explorando las posibilidades. La verdad era que ella no habría podido elegir un lugar mejor con respecto a la distribución de la tierra y el ángulo de la casa. Concluyó que se podía hacer. Y sería muy eficaz.

—Va a ser caro —expuso al final—. Va a tener que invertir mucho dinero en este sitio. Si piensa en su revalorización, no será una propiedad fácil de vender.

Eso pudo con su paciencia. Estaba cansada, muy

cansada, de tener que soportar que la gente le sugiriera que no sabía lo que hacía.

—Señor Delaney, lo contrato para realizar un trabajo, no para aconsejarme sobre propiedades o mis finanzas. Si no puede ejecutarlo, dígalo y recurriré a otra persona.

Él entrecerró los ojos. Los dedos que todavía le sujetaban el brazo se cerraron de forma casi imperceptible.

—Puedo ejecutarlo, señorita Fitzgerald. Realizaré un cálculo aproximado y un contrato. Los recibirá mañana por correo. Si aún quiere el trabajo después de haberlos estudiado, llame a mi oficina —despacio, le soltó el brazo y le devolvió el vaso de té. La dejó allí—. A propósito —dijo sin volver la cabeza mientras iba hacia la furgoneta—, ha ahogado sus pensamientos.

Maggie soltó un suspiro y vertió el té tibio sobre la tierra a sus pies.

Al quedarse a solas, Maggie regresó al interior por la puerta de atrás, cuyas bisagras crujieron de forma ominosa. No iba a pensar en Cliff Delaney. De hecho, dudaba de que volviera a verlo. Enviaría a un equipo para ocuparse del trabajo físico, y sea lo que fuere lo que tuvieran que discutir, lo harían por teléfono o por correo. Decidió que era mejor de esa manera. Se había mostrado hostil, brusco e irritante, aunque su boca había sido atractiva, incluso amable.

Cruzaba la cocina cuando recordó los vasos que llevaba en la mano. Giró, atravesó el linóleo agrietado y los dejó en el fregadero; luego se apoyó en el alféizar de la ventana para observar la elevación que había detrás de la casa. Mientras lo hacía, unas piedras y tierra sueltas se deslizaron por la cara de la loma. Bastaría con un par de lluvias fuertes para que medio cerro aterrizara contra la puerta de atrás. Un muro de

contención. Asintió. Era obvio que Cliff Delaney conocía su trabajo.

Con un suspiro, se apartó de la ventana. Era hora
de ponerse a trabajar si quería entregar la partitura
acabada tal como había prometido. Fue por el pasillo,
donde el papel de la pared se veía descascarillado, y
entró en lo que en alguna ocasión había sido el salón
de atrás y que en ese momento era su habitación de
música.

Cajas que ni siquiera había pensado en desembalar
se hallaban apiladas contra una pared. Algunos muebles que habían sido de la casa estaban cubiertos con
sábanas. Las ventanas no tenían cortinas y los suelos
carecían de alfombras. De manera intermitente, en las
paredes se veían cuadrados pálidos donde habían col-
gado cuadros. En el centro de la habitación, lustroso y
elegante, se erguía su pequeño piano de cola. A su
lado, había una caja abierta, de la cual sacó unas hojas
en blanco. Con un lápiz detrás de la oreja, se sentó.

Durante un momento, no hizo otra cosa, sólo permanecer en silencio mientras dejaba que la música
sonara en su cabeza. Sabía lo que quería para ese segmento... algo dramático, fuerte y lleno de poder. Detrás de los párpados cerrados, pudo ver pasar la escena
de la película. Dependía de ella acentuar la atmósfera,
capturarla y convertirla en música.

Alargó la mano, encendió la grabadora y comenzó.

Dejó que las notas aumentaran en fuerza mientras
seguía visualizando la escena que su música amplifi-
caría. Sólo trabajaba en películas que sentía. Aunque
los Oscar le indicaban que sobresalía en ese campo

de trabajo, su verdadera afición radicaba en la canción sencilla, con palabras y música.

Siempre había comparado la composición de una banda sonora con la construcción de un puente. Primero estaba el anteproyecto, el plano general. Luego había que llevar a cabo la construcción, lenta, meticulosamente, hasta que cada extremo encajara en terreno sólido, con un arco impecable en el centro. Se trataba de una labor de precisión.

La canción individual era un cuadro que se creaba según dictaba el estado de ánimo. Se podía escribir a partir de unas simples frases o notas. En cuestión de minutos podía abarcar el estado de ánimo, la emoción o una historia. Se trataba de una labor de amor.

Cuando trabajaba, olvidaba el tiempo, olvidaba todo menos la cuidadosa estructuración de las notas con la atmósfera. Los dedos se movían sobre las teclas del piano mientras repetía una y otra vez el mismo segmento, cambiando quizá sólo una nota hasta que su instinto le decía que estaba bien. Pasó una hora, luego dos. No se cansó, ni se aburrió ni impacientó con la constante repetición. La música era su negocio, pero también su amante.

Si no se hubiera detenido para reproducir la cinta, tal vez no hubiera oído la llamada a la puerta. Desorientada, no le hizo caso, esperando que la doncella contestara antes de que recordara dónde se hallaba.

«No hay doncellas, Maggie», se recordó. «No hay jardineros, ni cocinera. Ahora todo depende de ti». El pensamiento le satisfizo. Si no había nadie que tuviera que responder ante ella, ella no tenía que responder ante nadie.

Se levantó, regresó al pasillo y se dirigió hacia la entrada principal. Tomó el picaporte con ambas manos, lo giró y tiró. Se recordó mencionarle al señor Bog el problema de la puerta cuando consiguió abrirla.

En el porche había una mujer alta, de aspecto circunspecto, de poco más de cincuenta años. Tenía el cabello de un gris uniforme, que lucía con más cuidado que estilo. Unos ojos azules claros la estudiaron detrás de unas gafas de montura rosa. Demasiado acostumbrada a ser abordada por desconocidos como para mostrarse reservada, Maggie ladeó la cabeza y sonrió.

—Hola, ¿puedo ayudarla en algo?

—¿Es usted la señorita Fitzgerald? —la voz era baja y uniforme, dócil e inofensiva.

—Sí, lo soy.

—Me llamo Louella Morgan.

Maggie necesitó un momento; luego el nombre encajó. Louella Morgan, viuda de William Morgan, anterior propietario de la casa que en ese momento era suya. Durante un instante, se sintió como una intrusa, luego desterró la sensación y alargó la mano.

—Hola, señora Morgan. ¿Quiere pasar?

—No deseo molestarla.

—No, por favor —al hablar, abrió un poco más la puerta—. Conocí a su hija cuando llegamos a un acuerdo por la casa.

—Sí, Joyce me lo contó —miró alrededor al cruzar

el umbral—. Nunca esperó venderla tan deprisa. La propiedad sólo llevaba una semana en el mercado.

—Me gusta pensar que fue el destino —apoyó su peso contra la puerta y empujó hasta que logró cerrarla. Era evidente que se trataba de una tarea para el señor Bog.

—¿El destino? —Louella se volvió del estudio que realizaba del pasillo vacío.

—Daba la impresión de estar esperándome —aunque la mirada directa y seria de la mujer le pareció extraña, le indicó el salón—. Pase y siéntese —invitó—. ¿Quiere un café? ¿Algo frío?

—No, gracias. Sólo me quedaré un minuto —entró en el salón y aunque había un sofá con cojines de apariencia cómoda, no aceptó la invitación para sentarse—. Supongo que quería ver la casa otra vez con alguien viviendo en ella.

Maggie contempló la habitación casi vacía. Quizá la semana siguiente empezara a quitar el papel de las paredes.

—Creo que aún faltan unas semanas hasta que dé la impresión de que está habitada por alguien.

Louella no pareció oír.

—Llegué aquí recién casada —sonrió entonces, aunque no fue un gesto feliz. Los ojos parecían perdidos—. Pero mi marido quería algo más moderno, más apropiado para la ciudad y su negocio. De modo que nos trasladamos y la alquiló —volvió a centrarse en Maggie—. Era un lugar tan bonito y apacible —murmuró—. Es una pena que se descuidara durante tantos años.

—Es un lugar bonito —convino Maggie, luchando por no sonar tan incómoda como se sentía—. Voy a rehabilitar la casa y la propiedad... —calló al ver que Louella se acercaba hasta la ventana.

—La maleza se ha apoderado de todo —manifestó Louella de espaldas a la habitación.

Maggie se preguntó qué podía hacer a continuación.

—Sí, bueno, Cliff Delaney vino esta tarde a echar un vistazo.

—Cliff —al girar, pareció volver a centrar su atención—. Un joven interesante, algo agreste, pero muy inteligente. Le vendrá bien a la casa, a la propiedad. ¿Sabe?, es primo de los Morgan —calló y dio la impresión de emitir una risa muy suave—. La verdad es que encontrará a muchos Morgan y familia desperdigados por todo el condado.

«Un primo», pensó Maggie. Quizá se había mostrado poco amigable porque no consideraba que debieran haberle vendido la propiedad a un desconocido. Intentó desterrarlo de su mente. No necesitaba la aprobación de nadie. La tierra era suya.

—El jardín delantero llegó a ser hermoso —murmuró Louella.

Maggie sintió una punzada de compasión.

—Volverá a serlo. Despejaré y replantaré la parte frontal. También la trasera —queriendo reafirmarlo, se acercó. En ese momento las dos se hallaban ante la ventana—. Voy a montar un jardín de piedras, y en la hondonada que hay en el costado pondré un estanque.

—¿Un estanque? —Louella giró y la paralizó con una mirada prolongada—. ¿Va a despejar la hondonada?

—Sí —incómoda otra vez, Maggie movió los pies—. Es el lugar perfecto.

—Yo solía tener un jardín de piedras. Había glicinas debajo de la ventana de mi dormitorio, y rosas, rosas rojas entre un emparrado.

—Me habría gustado verlo —comentó con gentileza—. Debió de ser hermoso.

—Tengo fotos.

—¿Sí? —de repente olvidó la incomodidad—. Tal vez podría verlas. Me ayudarían a decidir qué plantar.

—Me ocuparé de que las reciba. Es muy amable al dejarme entrar —echó un último vistazo a la habitación—. La casa guarda recuerdos —al salir al pasillo, Maggie la acompañó para tirar de la puerta hasta conseguir abrirla—. Adiós, señorita Fitzgerald.

—Adiós, señora Morgan —la compasión volvió a agitarse y alargó la mano para tocar el hombro de la mujer—. Por favor, vuelva otra vez.

Louella miró atrás, exhibía una sonrisa muy leve y unos ojos muy cansados.

—Gracias.

Mientras Maggie miraba, la mujer se dirigió a un Lincoln antiguo y bien conservado y se marchó despacio colina abajo. Vagamente inquieta, regresó a la sala de música. Aún no había conocido a muchos residentes de Morganville, pero no cabía duda de que se trataba de un grupo interesante.

★ ★ ★

El ruido sacó a Maggie de un sueño profundo. Durante un momento, mientras trataba de enterrar la cabeza bajo la almohada, pensó que se encontraba en Nueva York. El gemido y el rugido sonaban como un desagradable camión de la basura. Pero al emerger a la superficie y frotarse los ojos, supo que no estaba en Nueva York. Estaba en Morganville y no había ningún camión de la basura. Ahí metías las bolsas en la parte de atrás de tu furgoneta o coche y las llevabas hasta el vertedero del condado. Eso le había parecido el colmo de la autosuficiencia.

No obstante, aún había algo ahí afuera.

Permaneció boca arriba un minuto entero, con la vista clavada en el techo. El sol caía ladeado sobre la colcha nueva. Jamás había sido una persona que funcionara bien por las mañanas, y no pensaba dejar que la vida de campo cambiara esa parte íntima de su naturaleza. Con cautela, giró la cabeza para mirar el reloj; las siete y cinco. Santo cielo.

Después de una lucha interna, se sentó y miró con expresión perdida alrededor de la habitación. También ahí tenía cajas sin abrir. Junto a la cama, había una pila en equilibrio precario de libros y revistas sobre decoración y paisajismo. El ruido del exterior era un rugido constante e irritante.

Resignada, se levantó de la cama. Tropezó con un par de zapatos, maldijo en voz alta y fue hasta la ventana. Había elegido esa habitación como dormitorio, porque podía ver lo que sería el patio delantero, las cimas de los árboles de su propiedad y el valle más allá.

Había una granja en la distancia, con un tejado rojo y una chimenea humeante. A su lado, un campo largo y ancho que acababan de arar y sembrar. Y aún más allá, podía ver las cumbres de las montañas, levemente azules e imprecisas en la bruma de la mañana. La ventana en la otra pared le proporcionaría una vista del futuro estanque y de la línea de pinos que tenía planeado plantar.

Terminó de subir la ventana. El aire primaveral arrastraba un frescor agradable. Todavía podía oír el sonido bajo y constante de un motor en marcha. Curiosa, pegó la cara contra la mosquitera, para conseguir que se desprendiera del marco de la ventana y cayera al porche. Una cosa más de la que tendría que ocuparse el señor Bog. Suspiró y se asomó por la abertura. En ese instante, la masa amarilla de una excavadora apareció por una esquina.

Al parecer, Cliff Delaney era un hombre de palabra. Había recibido el presupuesto aproximado y el contrato dos días después de su visita. Cuando llamó a su oficina, había hablado con una mujer de voz eficiente que la había informado de que las obras comenzarían a principios de la semana.

«Y hoy es lunes», reflexionó con los codos apoyados en el alféizar. Entrecerró los ojos y miró con más atención al hombre que manejaba la excavadora. La complexión era demasiado pequeña, el pelo no lo bastante oscuro. No tenía que verle el rostro para saber que no se trataba de Cliff. Se encogió de hombros y se apartó de la ventana. ¿Por qué se le habría pasado por la cabeza que él manejaría sus propias máquinas? ¿Y por qué habría querido que fuera así? ¿Acaso no había decidido ya que no quería volver a verlo? Había contratado a su empresa para que le hiciera un trabajo, que le pagaría con un cheque. Eso era todo.

Mientras se ponía la bata e iba a darse una ducha, atribuyó su enfado al hecho de haberse despertado temprano.

Dos horas más tarde, fortalecida con café que había preparado para el operador de la excavadora y para sí misma, se hallaba de rodillas sobre el suelo de la cocina. Como se había levantado a una hora bárbara, consideró que lo mejor era dedicarse a realizar alguna tarea física. En la encimera había puesto un reproductor de cassettes. El sonido de su banda sonora, casi acabada, prácticamente ahogaba el gemido de la maquinaria. Se permitió fluir con ella, al tiempo que las palabras para la canción del título, que aún debía componer, flotaban en su cabeza.

Mientras sus pensamientos se dejaban llevar por la música que había creado, limpiaba las baldosas gastadas del suelo de la cocina. Cierto que su dormitorio estaba empapelado a medias y que sólo el techo del cuarto de baño de arriba estaba pintado, además de quedar dos escalones para pulir y barnizar antes de que la escalera principal estuviera terminada, pero trabajaba a su manera y a su propio ritmo. Iba de proyecto en proyecto, dejando uno parcialmente hecho para pasar de lleno al siguiente. De ese modo, podría ver cómo la casa se completaba toda a la vez, y no de cuarto en cuarto, como piezas aisladas y fuera de lugar.

Cuando Cliff se dirigió a la puerta de atrás, ya se sentía irritado. Era ridículo que perdiera el tiempo en esa propiedad, con los trabajos comenzados que tenía su empresa. Sin embargo, ahí estaba. Había llamado a la puerta delantera durante casi cinco minutos. Sabía que Maggie se hallaba dentro, ya que tenía el coche en el sendero y el operador de la excavadora la había informado de que antes le había llevado café.

La música que salía por las ventanas abiertas captó su atención y su imaginación. Nunca antes había oído la melodía. Era apremiante, sexy, atmosférica. Un piano solo, sin ningún acompañamiento, pero tenía el poder de hacer que quien escuchara quisiera parar para oír cada nota. Durante un momento, se detuvo, turbado y conmovido.

Se pasó la mosquitera que había encontrado a la otra mano y fue a llamar. Pero entonces la vio.

Se hallaba sobre manos y rodillas, arrancando trozos de linóleo con lo que parecía una espátula. El pelo suelto le caía sobre un hombro y le ocultaba el rostro. Unos pantalones de pana gris se ceñían alrededor de sus caderas, para llegar hasta unos tobillos y pies desnudos. Llevaba una camisa cara y exclusiva. Las muñecas y las manos parecían de una delicadeza extrema. La miraba ceñudo cuando ella se entusiasmó con la espátula y se arañó un nudillo contra el borde de una baldosa.

—¿Qué diablos está haciendo? —exigió, abriendo la puerta y entrando antes de que ella pudiera reaccionar.

Se había llevado el nudillo a la boca en un gesto instintivo, cuando él se puso en cuclillas a su lado y le sujetó la mano.

—No es nada —respondió—. Sólo un rasguño.

—Por el modo en que ataca ese linóleo, tiene suerte de no habérsela cortado.

Aunque la voz sonaba ruda e impaciente, la mano se mostró gentil. Dejó la suya en ella.

Y en esa ocasión pudo verle los ojos. Eran grises; humeantes, secretos. Pensó en la bruma nocturna, que a veces era peligrosa, aunque siempre cautivaba. Decidió que podría gustarle, de un modo cauteloso.

—¿Quién sería tan estúpido de poner linóleo encima? —con los dedos de la mano libre, rozó la madera que había expuesto—. Es preciosa, ¿verdad? O lo será después de pulirla y barnizarla.

—Dígale a Bog que se encargue de ello —ordenó Cliff—. Usted no sabe lo que hace.

Eso decía todo el mundo. Se tensó un poco, irritada por la frase.

—¿Por qué debería disfrutar él de toda la diversión? Además, tengo cuidado.

—Ya lo veo —le giró la mano para que pudiera observar el arañazo encima del dedo pulgar. Lo enfurecía ver la delicadeza estropeada—. ¿Acaso alguien de su profesión no debe cuidarse las manos?

—Están aseguradas —espetó—. Creo que podré tocar algunos acordes, incluso con una herida de esta gra-

vedad —se soltó la mano—. ¿Ha venido para criti-
carme, señor Delaney, o tenía algo más en mente?

—Vine para comprobar el trabajo —algo que tuvo
que reconocer que no era necesario. En cualquier
caso, ¿por qué habría de importarle que se mostrara
lo bastante descuidada como para herirse la mano?
Era una mujer que había aterrizado en su territorio y
que se marcharía antes de que las hojas se hubieran
desarrollado por completo con el verano. Recogió la
mosquitera, que había soltado al tomarle la mano—.
Encontré esto fuera.

Pocas veces su voz adoptaba un tono altivo. Era
algo que él parecía potenciar.

—Gracias —le quitó la mosquitera y la apoyó contra
la cocina.

—El sendero estará bloqueado casi todo el día. Espero que no planeara ir a alguna parte.

Le dedicó una mirada fija que contenía un destello
de desafío.

—No iré a ninguna parte, señor Delaney.

—Perfecto —inclinó la cabeza. La música que salía
de la cinta cambió de ritmo. Fue más primitiva. Parecía algo que poner en una noche calurosa, sin luna.
Lo atraía—. ¿Qué es eso? —quiso saber—. Nunca lo había oído.

Maggie miró hacia la grabadora.

—Es la banda sonora de una película que estoy
componiendo. Ésa es la melodía para el tema principal —frunció el ceño por todos los problemas que le
había dado—. ¿Le gusta?

—Sí.

Era la respuesta más sencilla y directa que le había dado hasta el momento. A Maggie le bastó.

—¿Por qué?

Él guardó silencio un momento, escuchando, apenas consciente de que los dos seguían en el suelo, lo bastante cerca como para tocarse.

—Va directa a la sangre, a la imaginación. ¿No es lo que se supone que debe hacer una canción?

No podría haber dicho nada más idóneo. Maggie esbozó una sonrisa deslumbrante que lo dejó como si le hubiera caído un rayo.

—Sí. Sí, eso es exactamente lo que se supone que tiene que hacer —en su entusiasmo, se movió, y sus rodillas se tocaron—. Intento plasmar algo muy básico. Tiene que establecer la atmósfera para la película, acerca de una relación apasionada e intensa entre dos personas que parecen no tener nada en común, salvo un deseo incontrolado el uno por el otro. Uno de ellos matará por él.

Calló, perdida en la música y en la atmósfera. Podía verlo con colores vívidos... escarlatas, púrpuras. Podía sentirlo, como el aire caliente y sofocante de una noche de verano. Luego frunció el ceño, y como si ésa fuera la señal, la música se detuvo. De la cinta salió una maldición, luego silencio.

—Perdí algo en esos dos últimos acordes —musitó—. Fue como... —gesticuló con ambas manos antes de volver a dejarlas caer— algo se hubiera separado. Tiene que crecer hasta la desesperación, pero ha de ser más sutil que eso. La pasión al borde mismo del control.

—¿Siempre compone de esa manera? —la estudiaba cuando ella se centró otra vez en él.

Maggie se puso en cuclillas, cómoda con la conversación que derivaba hacia su terreno. Él no podía frustrarla en una discusión sobre música.

—¿Cómo? —quiso saber.

—Con el énfasis sobre la atmósfera y las emociones en vez de en las notas y el compás.

Enarcó las cejas y con una mano se apartó el pelo que le había caído sobre la mejilla. Al pensar en ello, se le ocurrió que nadie, ni uno solo de sus colaboradores más próximos, había definido jamás su estilo con más precisión. Le gustó que lo hubiera hecho, aunque no supo por qué.

—Sí —respondió con sencillez.

A Cliff no le gustaba lo que esos ojos grandes y suaves podían hacerle. Se puso de pie.

—Por eso su música es buena.

Maggie emitió una risa veloz, no por el cumplido, sino por el tono renuente con que lo transmitió.

—Vaya, veo que después de todo es capaz de decir algo agradable.

—Cuando es apropiado —la observó ponerse de pie con suma fluidez—. Admiro su música.

Una vez más, fue el tono y no las palabras lo que llegó hasta ella. En esa ocasión, despertó su irritación más que su humor.

—Y poco más que tenga que ver conmigo.

—No la conozco —respondió Cliff.

—No le caía bien cuando subió por la colina el otro día —plantó las manos en las caderas y lo encaró—. Me

da la impresión de que no le caía bien desde años antes de conocernos.

Por lo visto, Maggie Fitzgerald, joven sofisticada
de la Costa, no creía en las evasivas. Él tampoco.

—Tengo problemas con las personas que llevan sus
vidas en bandejas de plata. Siento mucho respeto por
la realidad.

—Bandejas de plata —repitió ella con voz demasiado
serena—. En otras palabras, como nací rica, no soy capaz de entender el mundo real.

Cliff no supo por qué quiso sonreír. Quizá fuera
por el modo en que el color invadió la cara de ella.
Quizá porque le sacaba unos treinta centímetros de
altura pero daba la impresión de poder con él. Sin
embargo, no sonrió. Tenía la impresión de que si ce-
día un centímetro con esa mujer, no tardaría en suplicar ceder un kilómetro.

—Eso lo resume bien. La gravilla para el sendero
será entregada y extendida a la cinco.

—¿Resumirlo? —acostumbrada a ponerle fin a una
conversación cuando ella lo decidía, lo agarró del
brazo en el momento en que iba a girar para irse—. Es
un esnob de mente estrecha y no sabe nada sobre mi
vida.

Cliff bajó la vista a la mano delicada sobre su brazo
musculoso y bronceado.

—Señorita Fitzgerald, todo el mundo en el país conoce su vida.

—Es uno de los comentarios menos inteligentes
que he oído en mi vida —olvidó el intento de controlar su temperamento—. Deje que le diga una cosa, se-

ñor Delaney... —el teléfono la interrumpió. Terminó por maldecir—. Quédese ahí —ordenó antes de volverse hacia el teléfono de pared.

Cliff enarcó las cejas ante la orden. Lentamente, se apoyó en la encimera. Decidió quedarse porque quería oír lo que tuviera que decirle.

Maggie arrancó el auricular de la pared y ladró:

—Hola.

—Bueno, es agradable oír que la vida en el campo te sienta tan bien.

—C.J. —luchó por contener el malhumor que la dominaba—. Lo siento, me has pillado en medio de una discusión filosófica —aunque oyó la risotada de Cliff, no le prestó atención—. ¿Sucede algo?

—Bueno, no había tenido noticias tuyas en un par de días...

—Te dije que te llamaría una vez a la semana. ¿Quieres dejar de preocuparte?

—Sabes que no puedo.

—Lo sé —tuvo que reír—. Si sirve para aliviarte, mientras hablamos están allanando el sendero. La próxima vez que me visites, no tendrás que preocuparte por los amortiguadores.

—Eso no me consuela. Tengo pesadillas con el techo ese. Toda la casa es una ruina.

—Eso no es verdad —necesitaba distraerlo—. Ya casi he terminado la banda sonora.

—¿Cuándo? —fue la respuesta inmediata y predecible.

—En su mayor parte, ha recibido los últimos retoques. Estoy un poco colgada con el tema principal. Si

dejas que vuelva al trabajo, tendrás la cinta en tu oficina la semana próxima.

—¿Por qué no me la entregas en persona? Comere-
mos juntos.

—Olvídalo.

Él suspiró.

—Quería intentarlo. Para demostrarte que tengo el
corazón en el lugar que le corresponde, te he enviado
un regalo.

—¿Un regalo? ¿Los Godiva?

—Tendrás que esperar para verlo —repuso con evasivas—. Te llegará mañana a primera hora. Espero que
te sientas tan conmovida, que subas al primer avión
con destino a Los Ángeles para agradecérmelo en
persona.

—C.J...

—Vuelve al trabajo.Y llámame —añadió, sabiendo
cuándo debía dar marcha atrás—. No paro de tener vi-
siones de ti cayendo desde esa montaña.

Colgó, dejándola, como a menudo sucedía, en un
estado entre divertido y molesto.

—Mi agente —explicó al colgar—. Le gusta preocuparse.

—Comprendo.

Cliff permaneció donde estaba; ella también. De
pronto se sintió inquieta por su masculinidad básica,
por el recuerdo de la mano firme y áspera. Carraspeó.

—Señor Delaney...

—Cliff —corrigió.

Maggie sonrió y se dijo que debía relajarse.

—Cliff. Por algún motivo, parece que hemos empezado con mal pie. Tal vez si nos concentramos en algo que nos interese a los dos... mi tierra... no nos crisparemos.

—De acuerdo —aceptó al apartarse del mostrador. Fue hasta ella al tiempo que se preguntaba a quién quería poner a prueba. Al detenerse, la tuvo atrapada entre la cocina y él. No la tocó, pero los dos pudieron percibir cómo sería. Manos duras, piel suave. Calidez transformándose en fuego—. Considero tu propiedad un desafío —expuso con voz queda, sin quitarle la vista de encima—. Razón por la que he decidido brindarle a este proyecto bastante de mi atención personal.

De repente ella sintió que se le tensaban los nervios. Pero no retrocedió, porque casi tuvo la certeza de que era lo que él quería. A cambio, lo miró a los ojos. Si se le oscurecieron con los primeros rastros de deseo, no pudo evitarlo.

—Eso no puedo discutirlo.

—No —sonrió un poco. Supo que si se quedaba unos momentos más, descubriría el sabor de esos labios. Podría ser el mayor error jamás cometido. Dio media vuelta y fue hacia la puerta de atrás—. Llama a Bog —dijo por encima del hombro—. Tus dedos tienen que estar sobre las teclas, no sobre una espátula.

Cuando la mosquitera se cerró, Maggie soltó un suspiro tenso. Se llevó una mano al agitado corazón y se preguntó si lo haría a propósito o si era un talento natural derretir a las mujeres. Movió la cabeza y se dijo que era mejor olvidarlo. Si había algo en lo que

tuviera experiencia, era en evitar al conquistador profesional. No tenía ningún interés en conocer las ha-
bilidades del principal candidato de Morganville.

Ceñuda, volvió a ponerse sobre manos y rodillas y
recogió la espátula. Comenzó a levantar el linóleo
como si fuera su peor enemigo. Maggie Fitzgerald
podía cuidar de sí misma.

III

Por tercera mañana consecutiva, Maggie despertó
por el sonido de maquinaria y hombres del otro lado
de las ventanas. Le parecía que no tenía tiempo de
acostumbrarse a la quietud cuando el caos comenzaba otra vez.

La excavadora había sido reemplazada por sierras y
camiones industriales. Ya se había resignado a madru-
gar. A las siete y cuarto había salido de la ducha y se
miraba la cara en el espejo del cuarto de baño.

Decidió que tenía los ojos cansados. Aunque era
lógico, ya que había estado despierta hasta las dos trabajando en la banda sonora.

Después de envolverse el pelo aún mojado en una
toalla, abrió la puerta de espejo del armario. El local
de Elizabeth Arden más cercano estaba a cien kilómetros. Mientras se aplicaba una máscara limpiadora,
se dijo que había ocasiones en las que una debía ocuparse de sí misma.

Se lavaba las manos cuando hasta ella llegó el sonido agudo y veloz de unos ladridos. Con ironía
pensó que el regalo de C.J. quería desayunar. Con el
albornoz corto, el pelo metido en una toalla a cuadros y la máscara que se endurecía en su cara, bajó
para ocuparse del exigente regalo que le había enviado su agente. Justo al llegar al rellano, una llamada
a la puerta enloqueció al cachorro.

—Tranquilo —ordenó, acomodándolo bajo un
brazo—. Dame un respiro, que aún no he tomado café
—el cachorro bajó la cabeza y gruñó cuando intentó
abrir. Trató de serenarlo al tiempo que veía que la
puerta se resistía. Maldiciendo, dejó al animal en el
suelo y tiró con ambas manos.

Trastabilló unos pasos atrás cuando consiguió
abrirla. El cachorro asomó la cabeza por la abertura y
gruñó como si fuera en serio. Cliff observó a Maggie, jadeante en el pasillo.

—Suponía que la vida en el campo era apacible —bufó.

Él sonrió y enganchó los dedos pulgares en los
bolsillos delanteros de los vaqueros.

—No necesariamente. ¿Te he despertado?

—Llevo levantada un buen rato —corrigió con sufi-
ciencia.

—Mmmm —con la mirada le recorrió las bonitas
piernas que exponía el albornoz antes de bajarla al
cachorro agazapado en el umbral. Pensó que las piernas eran más largas de lo que uno imaginaría por su
tamaño general—. ¿Amigo tuyo?

Maggie miró al bulldog, que emitía sonidos fieros
al tiempo que mantenía una cautelosa distancia.

—Regalo de mi agente.

—¿Como se llama?

—Killer —repuso antes de mirar al cachorro con ironía.

Cliff lo observó desaparecer detrás de la pared.

—Muy apropiado. ¿Piensas entrenarlo como perro guardián?

—Voy a enseñarle a atacar a los críticos de música —alzó una mano para mesarse el pelo, una vieja costumbre, y descubrió la toalla; y de repente también recordó el resto de su aspecto. Llevó una mano a la cara y tanteó la fina capa endurecida de arcilla—. Oh, Dios mío —murmuró mientras la sonrisa de Cliff se ampliaba—. Maldición —se volvió y corrió en dirección a las escaleras—. Aguarda un momento.

Él disfrutó de una visión de muslos desnudos antes de que desapareciera más allá de los escalones.

Diez minutos más tarde, regresó perfectamente arreglada. Tenía el pelo echado al costado y sujeto por unas pinzas de nácar; el rostro exhibía un ligero toque de maquillaje. Había sacado lo primero que había podido del baúl aún sin desembalar. Los ceñidos vaqueros negros resultaban un contraste interesante para la holgada sudadera. Cliff estaba sentado en el último escalón, haciendo que el cobarde cachorro estuviera en éxtasis mientras le acariciaba la barriga.

—¿Querías hablar de algo? —preguntó ella con los brazos cruzados.

Él no estaba seguro de por qué ese tono altivo le gustaba. Tal vez le agradaba saber que poseía la capacidad para hacérselo emplear.

—¿Sigues queriendo el estanque?

—Sí —espetó—. No tengo por costumbre cambiar de parecer.

—Perfecto. Vamos a limpiar la hondonada esta tarde —se incorporó y la miró, mientras el cachorro se sentaba a sus pies—. No has llamado a Bog por el suelo de la cocina.

Los ojos de ella reflejaron confusión.

—¿Cómo sa...?

—Es fácil averiguar las cosas en Morganville.

—Bueno, pues no es asunto...

—Cuesta mantener privados los asuntos en una ciudad pequeña —volvió a interrumpirla. Lo divirtió oírla bufar por la frustración—. De hecho, eres la noticia principal en el pueblo. Todo el mundo se pregunta qué hace en esta montaña la dama de California. Cuanto más aislada te mantienes —añadió—, más despierta su curiosidad.

—¿Es así? —ladeó la cabeza y se acercó más—. ¿Y a ti? ¿También te la despierta?

Cliff reconocía un desafío cuando lo oía, y sabía que lo respondería llegado su momento. En un impulso, le tomó la barbilla con la mano y pasó el dedo pulgar por la línea de la mandíbula. Ella no se movió.

—Bonita piel —musitó—. Muy bonita. La cuidas bien, Maggie. Yo cuidaré de tu tierra.

Entonces, la dejó tal como estaba... con los brazos cruzados, la cabeza echada hacia atrás y los ojos asombrados.

★ ★ ★

El progreso con el suelo de la cocina la entusiasmaba tanto que decidió ceñirse a esa tarea hasta haberla finalizado. Sería un suelo hermoso y, al recordar los comentarios de Cliff, se dijo que lo habría conseguido ella sola.

Cuando iba a continuar con el proceso de levantar el linóleo, oyó una llamada a su espalda. Giró la cabeza, dispuesta a estallar si era Cliff Delaney que volvía a burlarse de ella. Pero vio a una mujer alta y esbelta de su propia edad, con el pelo castaño claro y los ojos azul claros. Mientras estudiaba a Joyce Morgan Agee, se preguntó por qué no había visto el parecido con Louella.

—Señora Agee —se levantó, limpiándose las rodillas de los vaqueros—. Por favor, pase. Lo siento —las zapatillas crujieron—. El suelo está un poco pegajoso.

—No pretendía estorbarle —permaneció insegura en el umbral, mirando el suelo—. La habría llamado antes, pero iba de camino a casa después de visitar a mi madre.

Las sandalias de Joyce eran finas y elegantes. Maggie sintió la atracción del pegamento contra la suela de sus viejas zapatillas.

—Si no le importa, podemos hablar fuera —tomó la iniciativa y salió al sol—. En este momento, las cosas están bastante caóticas por aquí.

—Sí —Joyce miró en la dirección de los obreros antes de volverse hacia Maggie—. Veo que no pierde el tiempo.

—No —rió y observó la insegura pared de tierra que

tenían al lado—. Nunca he sido muy paciente. Por algún motivo, estoy más ansiosa por lograr disponer del exterior tal como lo quiero que del interior.

—No podría haber elegido mejor empresa —murmuró, mirando hacia uno de los camiones, donde ponía *Delaney's* en el costado.

—Eso me han dicho —comentó con tono neutral, siguiendo su mirada.

—Quiero que sepa que me alegra mucho todo lo que hace por el lugar —comenzó a jugar con la correa del bolso—. Apenas recuerdo vivir aquí. Era una niña cuando nos trasladamos, pero odio el desaprovechamiento —con una leve sonrisa, miró otra vez alrededor—. No creo que pudiera vivir aquí, me gusta estar en la ciudad, con vecinos cerca y otros niños con los que puedan jugar mis hijos. Desde luego, a Stan, mi marido, le gusta estar disponible en todo momento.

Maggie necesitó un momento, y luego lo recordó.

—Oh, su marido es el sheriff, ¿no?

—Así es. Morganville es una ciudad tranquila, en absoluto parecida a Los Ángeles, pero lo mantiene ocupado. Simplemente, no somos gente urbana.

Sonrió, pero Maggie percibió tensión.

—No —le devolvió la sonrisa—. Supongo que yo también he descubierto que tampoco lo soy.

—No entiendo cómo ha podido abandonar... —pareció contenerse—. Supongo que lo que quiero decir es que, después de haber vivido en Beverly Hills, esto debe de ser un gran cambio para usted.

—Un cambio —convino—. Uno que yo quería.

—Sí, bueno, ya sabe que me alegro de que comprara el lugar, y con tanta rapidez. A Stan no le gustó mucho que lo sacara al mercado durante su ausencia de la ciudad, pero no podía ver cómo se iba deteriorando. ¿Quién sabe?, si usted no hubiera aparecido enseguida, hasta es posible que me hubiera convencido de no venderlo.

—Entonces, las dos podemos dar las gracias de haber visto el cartel cuando lo vi —mentalmente, trataba de deducir la situación. Daba la impresión de que la casa había pertenecido en exclusiva a Joyce, sin que su marido o su madre tuvieran algún derecho sobre la propiedad. Fugazmente, se preguntó por qué no la había alquilado o vendido antes.

—El verdadero motivo de mi visita, señorita Fitzgerald, es mi madre. Me contó que hace unos días pasó por aquí.

—Sí, es una mujer encantadora.

—Sí —Joyce miró de nuevo hacia los trabajadores, y luego respiró hondo—. Es más que posible que vuelva a pasar por aquí. Me gustaría pedirle un favor, es decir, si empieza a molestarla, que me lo diga a mí y no a ella.

—¿Por qué habría de molestarme?

Joyce soltó un sonido mezcla de fatiga y frustración.

—Mi madre a menudo vive en el pasado. Nunca se recuperó del todo de la muerte de mi padre. Eso incomoda a cierta gente.

Maggie recordó la incomodidad que había experimentado de forma ocasional durante la breve visita de Louella. No obstante, movió la cabeza.

—Su madre es bienvenida a visitarme de vez en cuando, señora Agee.

—Gracias, pero, prometa contármelo si... bueno, si quiere que se mantenga alejada de aquí. Verá, a menudo venía aquí, incluso cuando la propiedad estaba abandonada. No quiero que la moleste de ninguna manera. No sabe quién es usted. Es decir... —evidentemente turbada, calló—. Mi madre no entiende que alguien como usted pueda estar ocupada.

Maggie recordó los ojos perdidos, la boca infeliz. La compasión se agitó otra vez en su interior.

—De acuerdo, si me molesta, se lo diré.

El alivio en el rostro de Joyce fue veloz y obvio.

—Se lo agradezco, señorita Fitzgerald.

—Maggie.

—Sí, bueno... —como si se sintiera aún más insegura, logró sonreír.

—Vuelva cuando haya terminado ese suelo y tomaremos un café.

—Me gustaría, de verdad. Oh, casi lo olvidaba —metió la mano en el bolso de lona que llevaba al hombro y sacó un sobre de papel de manila—. Mi madre me dijo que quería verlas. Son algunas fotos de la propiedad.

—Sí —complacida, aceptó el sobre. No había creído que Louella fuera a recordar o a molestarse en buscarlas para ella—. Esperaba que me dieran alguna idea.

—Mi madre me dijo que podía guardarlas el tiempo que deseara —titubeó y volvió a jugar con la tira del bolso—. He de irme. Mi hijo menor vuelve de la guardería al mediodía y Stan a veces viene a comer. No he hecho nada en la casa. Espero verla alguna vez por la ciudad.

—Estoy segura de que así será —sujetó el sobre bajo el brazo—. Salude a su madre de mi parte.

Al regresar a la casa y cerrar la mano sobre el picaporte, notó que Cliff se acercaba a Joyce. La curiosidad la impulsó a detenerse cuando tomó las manos de la morena entre las suyas. Aunque no pudo captar la conversación por encima del ruido de los motores, era evidente que se conocían bien. En el rostro de Cliff había una gentileza que Maggie no había visto antes, y algo que interpretó como preocupación. Se inclinó mucho hacia ella, como si Joyce hablara muy bajo, y luego le tocó el pelo. Se preguntó si sería el contacto de un hermano. ¿O el de un amante?

Al mirar, vio que ella movía la cabeza antes de abrir y sentarse al volante de su coche. Cliff se asomó a la ventanilla unos momentos. ¿Discutían? ¿Sería real o imaginaria la tensión que percibía? Fascinada con la escena silenciosa interpretada en el sendero de su casa, vio a Cliff separarse de la ventanilla y a Joyce marcharse. Y justo en el instante en que iba a retirarse al interior, él se volvió y sus miradas se cruzaron.

En ese momento experimentó un veloz e inesperado escalofrío por la espalda. Quizá fuera hostilidad lo que sintió. Intentó convencerse de ello, y no de que pudiera tratarse del primer y peligroso aleteo de la pasión.

Sintió la tentación de cruzar los treinta metros que

los separaban y ponerlos a prueba a ambos. El simple
pensamiento le agitó la sangre. Él no se movió. No
apartó los ojos de ella. Con dedos súbitamente em-
botados, abrió la puerta y entró en la casa.

Dos horas más tarde, volvió a salir. Jamás había
sido una mujer propensa a rehuir un desafío, sus
emociones o los problemas. Cliff Delaney parecía relacionado con las tres cosas. Aparte de ser diferente
de todos los hombres que había conocido en su profesión.

No la adulaba... todo lo contrario. No se aprove-
chaba de su encanto. No quería impresionar con su
propio físico, aspecto o sofisticación. Debía de ser esa
diferencia lo que le producía incertidumbre.

Al rodear la parte de atrás, se decidió por un enfoque directo y muy serio. Se detuvo para mirar la loma
que daba hacia la casa.

Las enredaderas, los brezos y los zumaques habían
desaparecido. Una tierra rica y oscura se estaba ex-
tendiendo sobre lo que había sido una maraña selvá-
tica de dejadez. El árbol que había estado inclinado
hacia su casa había desaparecido. Dos hombres, con
las espaldas brillando por el sudor, depositaban piedras en lo que iba a ser una pared baja donde el borde
de la pendiente se unía al borde del jardín.

Avanzó por el suelo nuevo hacia el patio lateral.
Ahí también ya habían despejado lo peor. Un hombre enorme y con barba estaba sentado en lo alto de
una excavadora grande como otro podría estar sentado en una mecedora.

Se protegió los ojos y observó el procedimiento

mientras el cachorro daba vueltas alrededor de sus piernas y le gruñía a todo lo que había a la vista. Cada vez que la excavadora abría sus garras para soltar su carga, el perro soltaba una andanada de ladridos. Riendo, se agachó para acariciarle las orejas y calmarlo.

—No seas cobarde, Killer. Yo no dejaré que te haga daño.

—Yo no me acercaría más —dijo Cliff detrás de ella.

Maggie giró la cabeza y entrecerró los ojos al tener el sol de frente. Se incorporó, ya que no le gustaba la desventaja en la que se hallaba.

—Parece que vais progresando.

—Necesitamos plantar y afirmar bien esa pared… —señaló la hondonada— antes de que caiga la lluvia. De lo contrario, esto sería un verdadero caos.

—Comprendo —como volvía a llevar las gafas polarizadas, se dedicó a observar el trabajo de la excavadora—. Es evidente que tienes un personal amplio.

Cliff enganchó los dedos pulgares en los bolsillos.

—Lo suficiente —horas atrás, se había dicho que había imaginado esa poderosa atracción sexual. En ese momento, ya no pudo negarla.

Ella no era lo que deseaba, pero la deseaba. No era lo que habría elegido, pero la estaba eligiendo. Podía renegar de la lógica hasta que averiguara lo que era tocarla.

Maggie era muy consciente de lo cerca que estaban. La agitación que experimentó horas atrás comenzó otra vez, lenta, seductora, hasta que sintió que le tensaba todo el cuerpo. Entendía que se podía de-

sear a alguien a quien no se conocía, a alguien junto a
quien se pasaba en la calle. Todo se reducía a la química, pero su química nunca había reaccionado de
esa manera. Experimentó el impulso salvaje de lanzarse a los brazos de él, de exigir u ofrecer la realiza-
ción, o lo que fuera, que bullía entre ellos. Era algo
que aportaba una excitación y un placer que antes
sólo había vislumbrado. De modo que se dio la
vuelta, insegura de lo que diría.

—No creo que me guste lo que está pasando aquí.

Cliff no fingió malinterpretarla. Ninguno de los
dos pensaba en el estanque o en la máquina.

—¿Tienes elección?

Maggie frunció el ceño, deseando estar más segura.
No era como los hombres que había conocido; por
lo tanto, las reglas corrientes no se aplicaban.

—Creo que sí. Me trasladé aquí porque era donde
quería vivir, donde quería trabajar. Pero también lo
hice porque quería estar sola. Pretendo lograr todas
esas cosas.

Cliff la estudió un momento, y luego despidió con
gesto distraído al conductor de la excavadora cuando
éste paró la máquina para ir a comer.

—Acepté este encargo porque quería trabajar esta
tierra. Pretendo hacerlo.

Aunque no sintió ninguna disminución de la tensión, Maggie asintió.

—Entonces, nos entendemos —al ir a darse la vuelta,
él la detuvo con una mano en el hombro.

—Creo que los dos entendemos bastante.

Los músculos de su estómago se contrajeron y

aflojaron como un puño nervioso. El aire pareció tornarse denso, caliente, y el sonido de los trabajadores alejarse.

—No sé a qué te refieres.

—Sí lo sabes.

Claro que lo sabía.

—No sé nada de ti —logró exponer.

Cliff le tomó un mechón de pelo en una mano.

—Yo no puedo decir lo mismo.

A pesar de que sabía que la provocaba, mordió el anzuelo.

—Veo que crees todo lo que lees en los tabloides y revistas del corazón —movió la cabeza para soltarse de sus dedos—. Me sorprende que un hombre con tanto talento y éxito pueda ser tan ignorante.

Cliff reconoció el golpe con un gesto de asentimiento.

—A mí me sorprende que una mujer con tanto talento y éxito pueda ser tan tonta.

—¿Tonta? ¿Y qué diablos se supone que significa eso?

—Me parece una tontería animar a la prensa a informar de cada aspecto de tu vida.

Apretó los dientes y trató de respirar. Nada funcionó.

—Yo no animo a la prensa a hacer nada.

—No la desanimas —repuso él.

—O sea que no desanimarla *es* animarla —espetó. Cruzó los brazos—. ¿Por qué me estoy defendiendo? —musitó—. Tú no sabes nada de la situación. Ni necesito que sepas nada.

—Sé que concediste una entrevista para hablar de ti y de tu marido semanas después de su muerte —se maldijo por mencionar algo tan personal y fuera de lugar.

—¿Tienes alguna idea de lo que me machacó la prensa durante esas semanas? —repuso con voz baja y tensa; ya no lo miraba—. ¿Sabes toda la basura que estaba imprimiendo? —apretó los dedos sobre sus propios brazos—. Elegí a un periodista en quien podía confiar y concedí la entrevista más honesta y directa que pude dar, sabiendo que era mi única oportunidad de evitar que las cosas siguieran empeorando. Esa entrevista fue por Jerry. Era lo único que me quedaba para ofrecerle.

Había querido provocarla, incitarla, pero no herirla.

—Lo siento —apoyó la mano otra vez en su hombro, pero ella se apartó.

—Olvídalo.

En esa ocasión, le aferró los dos hombros y la giró con firmeza para que lo mirara.

—No olvido los golpes bajos, y menos cuando soy yo quien los da.

Maggie esperó para hablar hasta que tuvo la certeza de que había recuperado cierto control.

—He sobrevivido a los golpes con anterioridad. El consejo que te puedo dar es el de no criticar algo que no tienes capacidad de entender.

—Me he disculpado —no la soltó cuando trató de apartarse—. Pero no se me da muy bien seguir los consejos.

De algún modo, se habían acercado más, de forma que en ese momentos sus muslos se rozaban. La combinación de ira y deseo se estaba volviendo demasiado fuerte para obviarla.

—Entonces, tú y yo no tenemos más que decirnos.

—Te equivocas —musitó—. No hemos empezado a decir todo lo que hemos de decirnos.

—Trabajas para mí...

—Mi empresa trabaja para ti —corrigió Cliff.

Maggie entendía esa clase de orgullo, la admiraba. Pero con la admiración no iba a conseguir que le soltara los hombros.

—Te pago para que hagas un trabajo.

—Le pagas a mi empresa. Eso es negocio.

—Pues va a ser la única relación que tengamos.

—Te vuelves a equivocar —murmuró, pero la soltó.

Ella abrió la boca para replicarle, pero el perro comenzó a ladrar excitado. Decidió que darle la espalda para investigar lo que le sucedía a su mascota era un insulto mayor que el verbal que había planeado lanzarle. Sin decir una palabra, comenzó a rodear la pendiente de la hondonada en dirección al montón de tierra y rocas que había levantado la excavadora.

—Vamos, Killer —el camino era tan complicado que maldijo para sus adentros mientras trastabillaba con las piedras—. Jamás encontrarás nada valioso entre ese montón.

Sin prestarle atención, el cachorro continuó excavando, con los ladridos amortiguados a medida que su hocico se hundía en la tierra.

—Basta ya —se agachó para sacarlo de allí y terminó

sentada sobre el trasero—. Maldita sea, Killer —sin cambiar de postura, agarró al perro con una mano, tiró de él y en el proceso desprendió una pequeña avalancha de piedras.

—¿Quieres tener cuidado? —gritó Cliff por encima de ella, sabiendo que había tenido suerte de que una de las piedras no le hubiera despellejado la espinilla.

—¡Es el estúpido perro! —gritó Maggie cuando volvió a escurrírsele de la mano—. Sólo Dios sabe lo que encuentra tan fascinante en este caos. No hay más que tierra y piedras.

—Bueno, pues recógelo y subid los dos antes de que terminéis por haceros daño.

—Sí —jadeó—. Eres de gran ayuda —disgustada, comenzó a incorporarse cuando los dedos resbalaron sobre la piedra gastada y redondeada en la que se había apoyado su mano. «Es hueca», pensó con curiosidad. Con la atención dividida entre la hondonada y los incesantes ladridos, bajó la vista.

Entonces, se puso a gritar, con la suficiente fuerza como para hacer que Killer buscara refugio.

Lo primero que pensó Cliff al bajar a toda carrera fue en serpientes. Al llegar a su lado, la puso de pie y la alzó en brazos en un movimiento instintivo de protección. Maggie había dejado de gritar, y aunque respiraba de forma entrecortada, lo agarró de la camisa antes de que pudiera subirla por la pendiente.

—Huesos —susurró. Cerró los ojos y apoyó la cabeza en su hombro—. Oh, Dios mío.

Cliff bajó la vista y vio lo que la maquinaria y el perro habían desenterrado. Mezclados con las rocas y la vegetación, había lo que se podría haber tomado por muchos palos blancos cubiertos de tierra.

Pero sobre los huesos, a centímetros de donde había estado sentada Maggie, se veía una calavera humana.

IV

—Estoy bien —Maggie estaba sentada a la mesa de la cocina y aferraba el vaso de agua que Cliff le había dado—. Me siento como una idiota por haber gritado de esa manera.

—Fue una reacción natural.

—Supongo —alzó la vista y logró esbozar una sonrisa trémula. Tenía frío, pero rezó para no empezar a temblar delante de él—. Nunca antes me había encontrado en esa clase de... situación.

—Yo tampoco —Cliff enarcó una ceja.

—¿No? —de algún modo, quería pensar que ya había sucedido con anterioridad. En ese caso, podría ser menos horrible... y personal—. Pero ¿no excavas muchas... —titubeó, sin saber cómo exponerlo— cosas? —decidió al final.

Lo supiera o no, esos ojos grandes le suplicaban que le ofreciera una explicación fácil. Pero no tenía ninguna que ofrecerle.

—No ese tipo de cosas.

Se miraron durante un momento silencioso y prolongado antes de que ella asintiera. Si había aprendido algo en el negocio duro y competitivo que había elegido, era a aceptar las cosas según llegaban.

—De modo que ninguno de los dos dispone de una explicación lógica. Supongo que el siguiente paso es llamar a la policía.

—Sí —cuanto más decidida se mostraba a parecer serena, más le costaba a él. Debilitaba algo en él que quería mantener objetivo. Tenía las manos cerradas en los bolsillos en su afán por no tocarla. La distancia era la defensa más veloz—. Será mejor que llames. Saldré a cerciorarme de que el personal se mantiene lejos de la hondonada.

Una vez más, ella asintió. Lo observó ir hasta la mosquitera y abrirla. Entonces, titubeó. Habría maldecido de saber qué quería maldecir. Al mirar atrás, ella contempló la misma preocupación que había observado cuando lo vio hablar con Joyce.

—Maggie, ¿estás bien?

La pregunta, y el tono, la ayudaron a tranquilizarse.

—Lo estaré. Gracias —esperó hasta que la mosquitera se cerró detrás de él antes de apoyar la cabeza en la mesa.

Santo cielo, ¿en qué se había metido? La gente no encontraba cadáveres en el patio. C.J. habría dicho que era totalmente incivilizado. Contuvo una risita histérica y se enderezó. Lo único indiscutible era que había encontrado uno. Y tenía que enfrentarse a ello. Respiró hondo, fue al teléfono y marcó el número de la operadora.

—Póngame con la policía —pidió con rapidez.

Unos minutos más tarde, salió al exterior. Aunque había esperado que informar del descubrimiento la calmaría, no había funcionado. No se acercó a la hondonada. Rodeó la casa, encontró una roca apropiada y se sentó en ella. El cachorro se estiró bajo el sol a sus pies y se puso a dormir.

Cliff se acercó, y el anhelo de abrazarla se reavivó en su interior. En ese momento deseó haber rechazado el trabajo y haberse ido nada más verla. Se sentó a su lado.

—Alguien vendrá pronto —anunció Maggie, al tiempo que juntaba las manos sobre las rodillas y miraba en dirección a los bosques.

—Bien —pasaron varios minutos en silencio—. ¿Has hablado con Stan?

—¿Stan? —miró su perfil. A pesar de hallarse cerca como para tocarlo, lo sentía a kilómetros de distancia—. Oh, el sheriff —deseó que la tocara, sólo un momento. Sólo una mano—. No, no lo llamé a él. Llamé a la operadora y pedí que me pusiera con la policía. Me conectó con la policía del Estado, en Hagerstown.

—Probablemente, sea lo mejor —murmuró él—. Le di el resto del día a los obreros. Así será más tranquilo.

A pesar de que el sol le calentaba la espalda, sentía la piel como hielo. «Es hora de despertar, Maggie», se dijo, irguiendo los hombros.

—Estoy segura de que tienes razón. ¿Te llamo a la oficina cuando la policía dé el visto bueno para continuar con el trabajo? —tenía la garganta seca ante la idea de quedarse sola... con lo que había en la hondonada.

Cliff giró la cabeza. Sin hablar, se quitó las gafas para que sus ojos se encontraran.

—He pensado quedarme.

Sintió un gran alivio. Supo que debía de haberse reflejado en su cara, pero no tenía la fuerza de voluntad para anteponer el orgullo.

—Me gustaría que lo hicieras. Es una estupidez, pero... —miró en dirección de la hondonada.

—No es una estupidez.

—Quizá debilidad sea una mejor palabra —murmuró, tratando de sonreír.

—Humana —a pesar de su determinación de no hacerlo, alargó el brazo y le tomó la mano. El contacto, pensado para consolarla, reafirmarla, desató una reacción en cadena emocional demasiado veloz para frenarla.

A Maggie se le pasó por la cabeza regresar dentro, pero no se movió. Permaneció donde estaba, mirándolo y dejando que la sensación de calor intenso y líquido fluyera por ella. No existía nada más. Nada más importaba.

Había una sensación de poder en sus dedos. Vio que los ojos se le oscurecían hasta que los iris apenas se distinguieron de las pupilas. Era como si mirara a través de ella, como si penetrara en sus pensamientos caóticos. En la quietud de la tarde, oyó cada respiración de él. El sonido agitó la excitación que vibraba en el aire, entre ellos.

Al unísono avanzaron hacia el otro hasta que las bocas se fundieron entre sí.

Intensidad. No había imaginado que algo entre dos personas pudiera estar tan concentrado, pudiera ser pura sensación. Entendió que si pasaban años, que si se quedara sorda y ciega, reconocería a ese hombre por el simple contacto de los labios. En un instante adquirió intimidad con la forma de su boca, con el sabor y la textura de su lengua.

Era fácil, demasiado fácil, olvidar la complexión delicada de Maggie, el aspecto frágil que ofrecía, cuando la boca era tan ardiente sobre la suya. Debía haber imaginado que habría una pasión inquieta y profunda en una mujer que creaba música con tanta sexualidad. Pero ¿cómo habría podido imaginar que esa pasión lo llamaría a él como si la hubiera estado esperando durante años?

Resultaba demasiado fácil olvidar que no era la clase de mujer que quería en la vida cuando su sabor lo llenaba. Una vez más, debería haber sabido que tenía el poder para conseguir que un hombre olvidara toda lógica, todo intelecto. Sus labios eran cálidos, húmedos, con el sabor de tierra recién removida. Sintió la necesidad de tomarla en brazos y satisfacer, allí mismo, bajo el sol de la tarde, todas las necesidades que se le acumulaban en el interior. Se apartó, resistiendo esa última atracción intensa del deseo.

Jadeante, palpitante, lo miró fijamente. ¿Esa unión abrasadora de los labios podría haberlo conmovido tanto como la había conmovido a ella? ¿Los pensamientos le daban vueltas igual que a ella? ¿El cuerpo le vibraba con deseos salvajes y urgentes? Su rostro no le reveló nada. Aunque la miraba a los ojos, su expresión resultaba inescrutable. Si se lo preguntaba, ¿también él le diría que nunca había conocido una oleada de pasión tan abrumadora o hipnotizadora? Lo preguntaría y lo averiguaría en cuanto pudiera hablar. Allí sentada, tratando de recuperar el aliento, los acontecimientos del día retornaron. De pronto, se puso de pie.

—Dios, ¿qué estamos haciendo? —demandó. Con mano temblorosa, se apartó el pelo de la cara—. ¿Cómo podemos estar aquí sentados de esta manera cuando esa... esa cosa se encuentra a sólo unos metros?

La tomó del brazo y la hizo girar para mirarlo.

—¿Qué tiene que ver una cosa con la otra?

—Nada. No sé —lo miró. Sus emociones siempre habían sido demasiado dominantes. Y a pesar de saberlo, jamás había sido capaz de cambiarlo. Confusión, angustia, pasión... emanaban de ella como cosas tangibles—. Lo que hemos encontrado es terrible, increíblemente terrible, y unos momentos atrás estaba ahí sentada preguntándome cómo sería hacer el amor contigo.

Algo centelleó en los ojos de Cliff, para ser rápidamente controlado. A diferencia de Maggie, hacía tiempo que había aprendido a canalizar sus emociones y guardárselas para sí mismo.

—Es evidente que no crees en evadir el tema.

—Requiere demasiado tiempo y esfuerzo —suspiró y logró imitar su tono casual—. Escucha, no esperaba esa especie de... estallido. Supongo que todo esto me ha puesto muy tensa y un poco susceptible.

—Susceptible —su elección de palabras lo hizo sonreír. Levantó una mano y le acarició la mejilla. Aún tenía la piel encendida por el deseo—. Yo no lo habría descrito de esa manera. Pareces ser una mujer que sabe lo que quiere y cómo conseguirlo.

Si había querido enfadarla, había encontrado la manera.

Se le ocurrió que nunca se había esforzado mucho por discutir con alguien antes. Muchas cosas estaban cambiando.

—Para —con un movimiento brusco, le apartó la mano de la cara—. Ya te lo he dicho... no me conoces. Cada vez que estamos juntos, me reafirmo en el hecho de que no deseo que lo estemos. Eres un hombre muy atractivo, Cliff. Y muy desagradable. Me mantengo alejada de las personas que no me gustan.

—En una pequeña comunidad como ésta, cuesta mantenerse alejado de alguien.

—Me esforzaré.

—Es casi imposible.

Entrecerró los ojos y luchó por no sonreír.

—Soy muy buena cuando me concentro en algo.

—Sí —volvió a ponerse las gafas—. Apuesto que lo eres.

Cuando sonreía, resultaba casi irresistible.

—¿Intentas hacerte el listo o ser encantador?

—Jamás tuve que intentar ser alguna de esas cosas.

—Vuelve a pensarlo —como le costaba controlar la sonrisa, giró, y tuvo la suerte de encontrarse de cara hacia la hondonada. Un escalofrío le recorrió la espalda. Maldijo y cruzó los brazos—. No puedo creerlo

—musitó—. No puedo creer que esté aquí mante- niendo una conversación ridícula cuando hay un... —se detestó por no poder decirlo—. Creo que todo el mundo debe de estar volviéndose loco.

No iba a dejar que se pusiera trémula otra vez. Cuando era vulnerable, resultaba mucho más peli- grosa.

—Lo que hay ahí abajo lleva mucho tiempo en ese sitio —expuso con voz casi dura—. No tiene nada que ver contigo.

—Es mi tierra —soltó. Giró en redondo con los ojos encendidos y el mentón alzado—. Tiene que ver todo conmigo.

—Entonces será mejor que dejes de temblar cada vez que pienses en ello.

—No estoy temblando —sin decir una palabra, él la obligó a descruzar una mano para que ambos pudieran ver el temblor. Furiosa, volvió a apartarla—. Cuando quiera que me toques, te lo haré saber —espetó.

—Ya lo has hecho.

Antes de poder pensar en una respuesta apropiada, el perro se levantó y comenzó a ladrar con furia. Se- gundos más tarde, los dos oyeron el sonido de un co- che al acercarse.

Cuando el vehículo oficial apareció a la vista, Cliff se inclinó para palmear la cabeza del cachorro antes de dirigirse hacia el final del sendero. Maggie se apre- suró para mantener el ritmo. Se dijo que era su tierra, su problema, su responsabilidad. *Ella* hablaría.

Un patrullero bajó del coche, se ajustó el sombrero y luego sonrió.

—Cliff, no esperaba verte por aquí.

—Bob. Mi empresa se encarga de la remodelación del paisaje.

Como el saludo no incluyó un apretón de manos, Maggie sacó la conclusión de que se conocían bien y se veían a menudo.

—La vieja propiedad de los Morgan —el patrullero miró alrededor con interés—. Hace tiempo que no estoy aquí. ¿Has excavado algo que deberíamos conocer?

—Eso parece.

—Ahora es la propiedad Fitzgerald —cortó Maggie con energía.

El patrullero se llevó la mano al ala del sombrero y antes de poder realizar un comentario cortés, abrió mucho los ojos y la observó con atención.

—Fitzgerald —repitió—. ¿Es usted Maggie Fitzgerald?

Sonrió, aunque el reconocimiento con Cliff a su lado la incomodó.

—Sí.

—Qué me aspen. Está igual que en todas las fotos de las revistas. Creo que no hay una canción que haya escrito que no pueda tararear. Ha comprado la propiedad de los Morgan.

—Así es.

Se echó el sombrero hacia atrás en un gesto que le recordó a los vaqueros.

—Ya verá cuando se lo cuente a mi mujer. En nuestra boda hicimos que tocaran *Forever*. ¿Lo recuerdas, Cliff? Cliff fue el padrino.

—¿De verdad? —Maggie ladeó la cabeza para mirar al hombre que tenía a su lado.

—Si has terminado de mostrarte impresionado —comentó Cliff con amabilidad—, quizá quieras echarle un vistazo a lo que hay en la hondonada.

Bob volvió a sonreír.

—Para eso he venido —comenzaron a caminar hacia la hondonada—. ¿Sabe? No es fácil reconocer qué es humano y qué es animal sólo con mirar. Quizá haya desenterrado un ciervo.

Maggie miró a Cliff.

—Ojalá pudiera pensar lo mismo.

—Por ahí —indicó Cliff sin reconocer la mirada de Maggie—. El terreno es irregular —con un movimiento calculado, bloqueó el camino de ella antes de que pudiera comenzar a bajar—. ¿Por qué no esperas aquí?

Habría sido fácil obedecer. Muy fácil.

—Es mi tierra —pasó a su lado y abrió el descenso—. Mi perro empezó a excavar en ese montón —oyó los nervios en su voz y luchó contra ellos—. Bajé para apartarlo, y fue en ese momento cuando vi... —calló y señaló.

El patrullero se puso en cuclillas y soltó un silbido bajo.

—Santo cielo —murmuró. Giró la cabeza, pero miró a Cliff, no a Maggie—. No parece que haya encontrado un ciervo.

—No —con un movimiento casual, Cliff se movió para bloquear la visión de Maggie—. ¿Y ahora qué?

Bob se incorporó. Ya no sonreía, aunque Maggie creyó detectar un destello de entusiasmo.

—Tendré que llamar al equipo de investigación. Querrán echarle un vistazo.

Maggie no habló cuando volvieron a subir la pendiente. Aguardó en silencio mientras el patrullero iba al coche para informar por radio. Cuando se decidió a hablar, evitó el tema que los tenía allí afuera.

—De modo que os conocéis —afirmó, como si fuera un comentario normal en un día normal.

—Bob y yo fuimos juntos al colegio —observó un cuervo negro y grande sobrevolar los árboles—. Hace unos años terminó por casarse con una de mis primas.

—Tienes un montón de primos —se agachó para recoger una flor silvestre y comenzó a quitarle los pétalos.

—Suficientes —se encogió de hombros. El cuervo aterrizó y se quedó quieto.

—Algunos Morgan.

Eso captó su atención.

—Algunos —convino despacio—. ¿Por qué?

—Me preguntaba si sería tu relación con ellos lo que te hacía estar molesto porque hubiera comprado la propiedad.

—No.

—Pero te ha molestado —insistió ella—. Te molestó desde antes de conocerme.

Así era, y quizá el resentimiento hubiera crecido desde que había podido probar a Maggie.

—Joyce tenía el derecho de vender esta propiedad cuando y a quien quisiera.

Ella asintió, mirando al perro jugar entre la tierra.

—¿También Joyce es tu prima?

—¿Adónde quieres ir a parar?

Alzó la cabeza y se encontró con su mirada impaciente.

—Sólo intento entender las ciudades pequeñas. Después de todo, voy a vivir aquí.

—Entonces lo primero que deberías aprender es que a las personas no les gusta que las interroguen. Puede que ofrezcan información que desees oír, pero no les gusta que les pregunten.

Maggie enarcó una ceja.

—Lo recordaré —satisfecha de haberlo irritado, se volvió hacia el oficial cuando éste regresó.

—Van a enviar a un equipo —los miró a los dos, y luego hacia la hondonada—. Probablemente estén un rato y se lleven lo que encuentren.

—¿Y después qué?

—Buena pregunta —Bob movió los pies mientras lo pensaba—. Para serle franco, nunca antes había participado en un caso parecido, pero mi conjetura es que lo enviarán al forense en Baltimore. Tendrá que analizar... todo antes de que puedan abrir una investigación.

—¿Investigación? —repitió ella, y sintió un nudo en la garganta—. ¿Qué clase de investigación?

—La verdad, señora, es que hasta donde puedo ver, no hay motivo para que nada así esté enterrado en esa hondonada a menos que...

—A menos que alguien lo enterrara ahí —finalizó Cliff.

Maggie miró hacia la apacible línea de bosque verde que se extendía más allá del sendero.

—Creo que a todos nos vendría bien un café —murmuró. Sin aguardar una respuesta, regresó a la casa.

Bob se quitó el sombrero y se secó el sudor de la frente.

—Esto es para los libros.

Cliff siguió la mirada de su amigo al observar a Maggie subir los escalones desvencijados.

—¿Qué? ¿Ella o eso? —con una mano indicó la hondonada.

—Los dos —sacó una caja de chicles y con precisión desenvolvió uno—. En primer lugar, ¿qué hace una mujer como ella, una celebridad, en estos bosques?

—Quizá ha decidido que le gustan los árboles.

Bob se llevó el chicle a la boca.

—Debe de haber diez, doce acres de tierra boscosa.

—Doce.

—A mí me da la impresión de que ha comprado más de lo que esperaba. Santo cielo, Cliff, no hemos tenido algo parecido en esta parte del condado desde que el loco Mel Stickler incendió esos graneros. Y ahora, en la ciudad...

—Te has acostumbrado a la vida veloz, ¿verdad?

Bob lo conocía lo suficiente como para captar la puya y el humor.

—Me gusta un poco de acción —repuso con afabilidad—. Hablando de lo cual, la dama compositora huele como el jardín del edén.

—¿Cómo está Carol Ann?

Sonrió ante la mención de su esposa.

—Bien. Escucha, Cliff, si un hombre no mira, y aprecia, lo mejor es que vaya a ver a un médico. No vas a decirme que no has notado lo agradable que es esa dama.

—Lo he notado —miró la roca donde se había sentado cuando la besó—. Estoy más interesado en su tierra.

Bob soltó una risa rápida.

—Si es verdad, has cambiado mucho desde el instituto. ¿Recuerdas cuando solíamos venir aquí... con aquellas gemelas rubias, las animadoras cuyos padres alquilaron esta propiedad una temporada? A tu viejo Chevy se le estropeó el amortiguador en aquel giro.

—Lo recuerdo.

—Dimos paseos interesantes por los bosques. Eran las chicas más bonitas del instituto hasta que trasladaron a su padre.

—¿Quién vino a vivir aquí entonces? —preguntó, casi para sí mismo—. Aquella vieja pareja de Harrisburg... los Faraday. Permanecieron mucho tiempo, hasta que el viejo murió de un ataque al corazón y ella se fue a vivir con sus hijos —entrecerró los ojos al tratar de recordar—. Eso fue un par de meses antes de que Morgan se saliera del puente. Desde entonces no ha vivido nadie.

Bob se encogió de hombros; luego ambos miraron hacia la hondonada.

—Creo que la propiedad lleva vacía unos diez años.

—Diez años —repitió Cliff—. Mucho tiempo.

Los dos giraron la cabeza al oír el sonido de un coche.

—Los investigadores —anunció Bob, ajustándose otra vez el sombrero—. Ahora se harán cargo ellos.

Desde el porche, Maggie observó los procedimientos. Había llegado a la conclusión de que si la necesitaban, se lo comunicarían.

Antes de que acabara todo, tendría que saber quién había sido esa persona, por qué había muerto y por qué la tumba había estado en su tierra. Necesitaría obtener las respuestas si quería vivir en el hogar que había elegido. Se terminó la taza de café cuando uno de los policías se separó del grupo y fue hacia el porche. Maggie salió a su encuentro.

—Señora —asintió y, para alivio de ella, no le ofreció la mano. A cambio, sacó una placa—. Soy el teniente Reiker.

A ella le parecía un contable de mediana edad y se preguntó si llevaría una pistola en la sobaquera.

—Sí, teniente.

—Ya casi hemos terminado. Lamento los inconvenientes creados.

—No pasa nada —juntó las manos en torno a la taza y deseó poder entrar para dedicarse a su música.

—Tengo el informe del patrullero, pero me preguntaba si podría contarme cómo encontró los restos.

«Restos», pensó ella con un escalofrío. Daba la impresión de ser una palabra muy fría. Se lo contó con serenidad, sin un solo temblor en la voz.

—¿Acaba de comprar el lugar?

—Sí, me he trasladado hace unas pocas semanas.

—Y ha contratado a Delaney para remodelar el paisaje.

—Sí —miró hacia el lugar donde Cliff se hallaba con otro miembro del equipo—. Me lo recomendaron.

—Mmmm —de forma indiferente, el investigador tomaba notas—. Delaney me ha contado que usted quería que excavaran la hondonada para poner un estanque.

—Así es —se humedeció los labios.

—Es un lugar bonito para un estanque —acordó el otro—. Pero me gustaría pedirle que frenara ese proyecto una temporada. Quizá necesitemos regresar para echar otro vistazo.

—De acuerdo.

—Lo que nos gustaría hacer es acordonar esa zona —apoyó un pie en el primer escalón—. Emplear alambrada, para evitar que su perro o cualquier otro animal pueda excavar allí.

«Y las personas», pensó, decidiendo que no hacía falta ser un genio para leer entre líneas. Antes de que acabara el día, ésa sería la noticia principal del condado. Aprendía deprisa.

—Haga lo que sea necesario.

—Le agradecemos la cooperación, señorita Fitzgerald.

—Desconozco este tipo de situaciones —comenzó con energía—, pero le agradecería que me mantuviera informada sobre lo que hagan.

—Dispondremos del informe del forense en unos días —se guardó el bloc de notas—. Por ese entonces, todos sabremos algo más. Gracias por su tiempo, señorita Fitzgerald. Dejaremos de importunarla en cuanto podamos.

Aunque aún sentía la mirada de Cliff encima, no miró en su dirección. Se volvió y regresó a la casa.

Momentos más tarde, se pudo oír música a través de las ventanas abiertas.

Cliff permaneció donde estaba, aunque ya había respondido todas las preguntas que podía contestar. Sus pensamientos se hallaban concentrados en los sonidos procedentes de la sala de música. No era una de las canciones de ella, sino algo clásico, algo que requería velocidad, concentración y pasión. Terapia. Se encogió de hombros y se dirigió hacia su coche. No era problema suyo si estaba alterada. ¿Acaso no le había dicho que se había trasladado allí para estar sola?

Giró la cabeza y vio que los investigadores se preparaban para marcharse. Pensó que en unos momentos se quedaría completamente sola. La música que salía por la ventana era tensa, casi desesperada. Maldiciendo, se guardó las llaves y fue hacia los escalones.

No contestó a su llamada. La música siguió sonando. Sin pensárselo, empujó la puerta de entrada. La casa vibraba con la tormenta procedente del piano. La siguió y la observó desde el umbral.

Tenía los ojos tormentosos, la cabeza inclinada. Cliff ni siquiera creyó que viera las teclas.

Quizá quería consolarla. Se dijo que, en esas circunstancias, haría lo mismo por cualquiera. Ella no tenía que significar nada para él para que quisiera ofrecerle una distracción. Los pájaros heridos siempre habían sido su debilidad. Insatisfecho con su propia lógica, esperó hasta que terminó.

Maggie alzó la vista y se mostró sobresaltada al verlo en el umbral. Maldijo sus propios nervios y juntó las manos sobre el regazo.

—Creía que te habías ido.

—No. Se han ido los investigadores.

Se apartó el pelo de los ojos y esperó parecer ecuánime.

—¿Querías algo más?

—Sí —se acercó para pasar un dedo por las teclas del piano. Notó que no había ni una mota, en una casa que rebosaba polvo. Era evidente que su trabajo era de máxima importancia.

—¿Qué?

—Pensaba en un chuletón.

—¿Perdona?

La reacción distante lo hizo sonreír. Sí, decididamente la prefería de esa manera.

—No he comido.

—Lo siento —comenzó a enderezar la partitura—. Pero no tengo ninguno que ofrecerte.

—Hay un lugar a unos quince kilómetros de la ciudad —la tomó del brazo para incorporarla—. Además, me da la impresión de que sabrán tratar un chuletón mejor que lo harías tú.

Se apartó y lo estudió.

—¿Vamos a ir a cenar?

—Así es.

—¿Por qué?

Volvió a tomarla del brazo, para no tener que formularse él la misma pregunta.

—Porque tengo hambre —respondió con sencillez.

Ella comenzó a resistirse, aunque Cliff no pareció notarlo. Entonces pensó en lo mucho que deseaba salir, alejarse un rato de allí. Tarde o temprano, iba a te-

ner que estar sola en la casa, pero en ese instante...
No, en ese instante no quería estar sola en ninguna
parte.

Él lo sabía, lo entendía, y sin importar cuál fuera su
enfoque, Cliff le ofrecía exactamente lo que necesitaba.

Aunque sus pensamientos no estaban especialmente serenos, ninguno de los dos habló cuando salieron juntos de la casa.

Maggie dejó el día siguiente para completar el tema principal de la banda sonora de la película. Realizó un esfuerzo consciente para olvidar todo lo sucedido el día anterior. Todo.

De la misma manera, se negó a pensar en Cliff, en el beso salvaje y excitante o en la cena extrañamente civilizada que habían compartido. Le costaba creer que había experimentado ambas cosas con el mismo hombre.

Ese día, era Maggie Fitzgerald, compositora. Si pensaba sólo en eso, si *era* sólo eso, quizá podría convencerse de que todo lo sucedido el día anterior le había pasado a otra persona.

Se preguntó si Cliff la habría sacado a rastras de la casa la noche anterior si no hubiera aceptado acompañarlo de forma voluntaria. Por fortuna, no era algo que se hubiera planteado, ya que lo consideraba perfectamente capaz de hacerlo. Sin embargo, había sido un compañero de cena ideal. Así como no había esperado consideración de él, se había mostrado considerado. Tampoco había esperado una amabilidad sutil, pero ahí había estado. Esas dos cosas le habían dificultado recordar que lo consideraba un hombre desagradable.

No habían hablado de lo encontrado en su propiedad, tampoco habían especulado con las posibles causas para que estuviera en ella. No habían discutido el trabajo de ninguno... simplemente, habían charlado.

No podía recordar precisamente sobre qué habían hablado, sólo que la atmósfera había sido relajada. Tanto, que casi había olvidado la pasión que habían encontrado el uno en el otro bajo la plácida luz del sol. Casi. El recuerdo había estado presente y le había hecho bullir un poco la sangre durante toda la velada. También se había preguntado si él sentía lo mismo.

Maldijo y borró las cinco últimas notas que había plasmado sobre el pentagrama. Hacía exactamente lo que se había prometido no hacer, y tal como había sabido que sucedería, la conmoción del día anterior afectaba su trabajo. Respiró hondo varias veces hasta que su mente volvió a despejarse. Lo más inteligente sería rebobinar y empezar desde el principio. Pero la llamada a la puerta perturbó sus pensamientos. «La tranquilidad del campo», se dijo cuando fue a responder.

El revólver en la cadera del hombre le contrajo el estómago. La pequeña placa sujeta a la camisa color caqui le dijo que era el sheriff. Al alzar la vista a su

cara, quedó sorprendida por su aspecto. Rubio, bronceado, con ojos azules abanicados por líneas que hablaban de humor o sol.

—¿Señorita Fitzgerald?

—Sí.

—Soy el sheriff Agee. Espero que no la moleste que
haya pasado a visitarla.

—No —trató de esbozar una sonrisa cortés, pero la
sintió tensa. Revólveres, placas y vehículos oficiales.
Se dijo que era demasiada policía en demasiado poco
tiempo.

—Si no representa mucha molestia, me gustaría pasar y hablar con usted unos minutos.

Tuvo ganas de decirle que sí, que la molestaba, luego
cerrarle la puerta a él y a todo de lo que quería hablar.
«Cobarde», se dijo, y retrocedió para dejarlo pasar.

—Supongo que ha venido por lo que encontramos
ayer —cerró la puerta con el hombro—. No sé qué
puedo decirle.

—Estoy seguro de que ha sido una experiencia desagradable, señorita Fitzgerald, y que le gustaría olvidar —la voz exhibía el toque justo de simpatía y profesionalidad—. No desempeñaría bien mi labor como
sheriff o como vecino si no le ofreciera toda la ayuda
que pudiera.

Maggie volvió a mirarlo. En esa ocasión, la sonrisa
le salió con más naturalidad.

—Se lo agradezco. Puedo ofrecerle café, si no le importa el desorden en la cocina —él sonrió y pareció
tan sólido y agradable, que Maggie casi olvidó el revólver que llevaba a la cintura.

—Jamás rechazo un café.

—La cocina está por aquí —comenzó, y luego rió—. No tengo que indicárselo, ¿verdad? Conocerá la casa de memoria.

Se situó al lado de ella.

—Para serle franco, he estado en la propiedad, cortando maleza o cazando, pero pocas veces he pasado al interior. Los Morgan se mudaron cuando Joyce era una niña.

—Sí, me lo contó.

—Hace más de diez años que nadie vive aquí. Louella la abandonó después de que muriera el viejo Morgan —alzó la vista a la pintura agrietada del techo—. La mantuvo en un fideicomiso hasta que Joyce la heredó a los veinticinco años. Probablemente sepa que yo quería evitar que Joyce la vendiera.

—Bueno... —sin saber cómo responder, se ocupó en la cocina.

—Supongo que pensaba que terminaríamos por arreglarla y volver a alquilarla. Pero un lugar tan grande y viejo como éste necesita mucho tiempo y dinero. Lo más probable es que Joyce hiciera lo correcto al venderlo.

A Maggie le sonó como un hombre que sabía lo que eran los sueños pero que nunca encontraba tiempo para ellos.

—Me alegro de que lo hiciera —encendió la cafetera y le indicó una silla.

—Con Bog encargándose de las reparaciones y Delaney del terreno, ha elegido a los hombres idóneos —cuando Maggie sólo lo miró, le sonrió—. En las ciudades pequeñas lo único que viaja deprisa son las noticias.

—Supongo que es verdad.

—Escuche, lo que pasó ayer... —carraspeó—. Sé que debe de ser duro para usted. He de decirle que Joyce estaba alterada. Mucha gente que encontrara algo así a tiro de piedra de su casa recogería todo y se marcharía.

Maggie buscó unas tazas en un armario.

—Yo no me iré a ninguna parte.

—Me alegra oírlo —guardó silencio un momento mientras la miraba servir el café. Las manos parecían bastante firmes—. Tengo entendido que Cliff también estaba aquí ayer.

—Así es. Supervisaba parte del trabajo.

—Y su perro excavó...

—Sí —dejó las dos tazas sobre la mesa antes de sentarse—. No es más que un cachorro. Ahora está arriba, durmiendo. Demasiada excitación.

El sheriff rechazó el ofrecimiento de leche y bebió el café solo.

—No he venido para presionarla por detalles. La policía del estado me ha puesto al corriente. Sólo quería comunicarle que estoy igual de cerca del teléfono si necesita algo.

—Se lo agradezco. En realidad, desconozco el procedimiento, pero supongo que ayer debería haberlo llamado.

—Me gusta ocuparme de mi propio territorio —manifestó despacio—, pero con algo así... —se encogió

de hombros—. Yo mismo habría tenido que llamar a la
policía del estado. Veo que está rehaciendo el suelo.

—Oh, sí, he quitado el viejo linóleo. Ahora he de
centrarme en pulirlo.

—Llame a George Cooper —le dijo el sheriff—. Está
en la guía. Le traerá una pulidora eléctrica que se
ocupará del trabajo en un abrir y cerrar de ojos. Dígale que Stan Agee le dio su nombre.

—De acuerdo —sabía que la conversación debería
haberla relajado, pero volvía a tener los nervios a flor
de piel—. Gracias.

—Cualquier otra cosa que necesite, llámenos. Joyce
querrá invitarla a cenar. Prepara el mejor jamón asado
del condado.

—Sería agradable.

—No consigue quitarse de la cabeza que alguien
como usted se haya trasladado a vivir a Morganville
—bebió el café—. Yo no estoy muy al corriente de la
música, pero Joyce conoce todas sus canciones. También lee todas esas revistas, y ahora alguien que aparece en ellas vive en su vieja casa —miró hacia la
puerta de atrás—. Debería hablar con Bog para que le
ponga algunos cerrojos.

Ella miró hacia la mosquitera y recordó que había
que engrasar las bisagras.

—¿Cerrojos?

Riendo, él se terminó el café.

—Eso es lo que pasa cuando se es sheriff. Siempre
se está pensando en la seguridad. Tenemos una comunidad agradable y tranquila. Pero me sentiría mejor
sabiendo que tiene unos cerrojos sólidos en las puer-

tas, ya que vive aquí sola —se puso de pie y se acomodó la cartuchera—. Gracias por el café. Recuerde
llamar si necesita algo.

—Sí, lo recordaré..

—Me iré y la dejaré volver al trabajo. Llame a George Cooper, ahora.

—De acuerdo —lo acompañó a la puerta de atrás—.
Gracias, sheriff.

Durante un momento, se quedó junto a la puerta,
con la cabeza apoyada en la jamba. El sheriff había ido
a tranquilizarla, a mostrarle que la comunidad en la
que había elegido vivir tenía un agente de la ley preocupado y capaz. Sus nervios estaban a flor de piel
por haber hablado con tantos policías. «Igual que
cuando murió Jerry», pensó. Tanta policía, tantas preguntas. Había creído que todo eso había quedado
atrás, pero volvía renovado.

—Su marido se ha salido de la carretera, señora
Browning. Aún no hemos localizado su cuerpo, pero
hacemos todo lo que podemos. Lo siento.

Al principio había encontrado simpatía. De la policía, de sus amigos, de los amigos de Jerry. Luego preguntas: «¿Su marido había estado bebiendo al salir de
la casa?». «¿Estaba alterado, enfadado?». «¿Se estaban
peleando?»

¿No les había bastado con su muerte? ¿Por qué habían hurgado en todas las razones? ¿Cuántas razones
podía haber para que un hombre de veintiocho años
lanzara su coche por un risco?

Sí, había estado bebiendo. Había bebido mucho
desde que su carrera había empezado a ir cuesta abajo

y la de ella subido. Sí, se habían estado peleando, porque ninguno de los dos había entendido lo que le había pasado a los sueños que una vez habían tenido.

Había contestado las preguntas; había aguantado a la prensa hasta que creyó volverse loca.

Cerró los ojos con fuerza. Se dijo que eso se había acabado. Ya no podía recuperar a Jerry ni solucionar sus problemas. Él había encontrado su propia solución. Regresó a la sala de música.

En su trabajo encontraba la serenidad y la disciplina que necesitaba. Siempre había sido así para ella. Podía escapar en la música para que sus emociones hallaran una salida. Podía entrenar su mente en sincronización y estructura. Su impulso siempre había sido liberar las emociones, las suyas mediante la creación de una canción y las del oyente mediante la audición. Si triunfaba en eso, no necesitaba otra ambición.

Sabía que el talento no bastaba en sí mismo. No había sido suficiente para Jerry. Había que controlarlo con la disciplina; y ésta ser guiada por la creatividad. Maggie utilizaba las tres cosas en ese momento.

Locura. Ésa fue la palabra que pasó por su mente. El deseo era locura. Cerró los ojos a medida que las palabras y la melodía fluían por ella. ¿No había experimentado la locura, la dulzura y el anhelo cuando la boca de Cliff se posó en la suya? ¿No había querido sentirlo contra ella, piel contra piel? La había hecho pensar en noches oscuras, sin luna, cuando el aire era tan denso que se lo sentía palpitar. Luego había dejado de pensar, porque el deseo era locura.

Dejó que las palabras la penetraran, apasionadas, promesas lujuriosas que hirvieron sobre el calor de la música. Seductoras, sugerentes, manaron de sus propias necesidades. Palabras de amantes, desesperadas, susurradas hasta que la sala se cargó con ellas. Nadie que las oyera permanecería indiferente. Ésa era su ambición.

Al terminar, estaba sin aire, conmovida y eufórica. Alzó la mano para rebobinar la cinta y escucharla cuando, por segunda vez, vio a Cliff de pie en el umbral.

La mano se le paralizó, y los latidos, ya desbocados, se dispararon. Con pensamientos frenéticos, se preguntó si lo habría llamado con la canción. ¿Tan poderosa era la magia? Cuando él no dijo nada, apagó la grabadora y habló con calma estudiada.

—¿Es una costumbre aceptada en el campo que la gente entre en los hogares sin permiso?

—Cuando trabajas, parece que no oyes la puerta.

—Eso podría significar que no quiero que me molesten cuando trabajo.

—Podría —la palabra casi lo hizo reír. Quizá la había molestado en su trabajo, pero eso no se parecía en nada a lo que la canción le había hecho a él... lo que le había hecho verla cantar. Necesitó de todo su control para no arrancarla del piano y tomarla en el suelo polvoriento.

—Ayer perdí bastante tiempo —tragó lo que fuera que intentara bloquearle la voz. El cuerpo aún le palpitaba, era demasiado vulnerable por la pasión que había liberado—. Tengo una fecha tope para acabar esta banda sonora.

Él le miró las manos. Quería sentirlas acariciarlo con la misma destreza con que utilizaba las teclas del piano. La respiración de Maggie no era regular; sus ojos no estaban serenos. Así la quería en ese momento. Sin importar lo a menudo que se decía que debía alejarse de ella, sabía que llegaba a un punto en que sería casi imposible. Maggie no era para él... podía convencerse de eso. Pero tenían algo que había que liberar y probar.

—Por lo que he oído —murmuró—, pareces haber terminado.

—Eso lo decido yo.

—Pon la canción —en sus ojos vio que había reconocido el desafío. Un desafío que podría estallarles a los dos en la cara—. La última canción... quiero oírla otra vez.

Peligroso. Maggie comprendía el peligro. Al vacilar, los labios de él sonrieron. Eso bastó. Sin decir una palabra, apretó la tecla de rebobinado. Se dijo que la canción era una fantasía. Igual que la película era una fantasía. Era una canción para los personajes de la historia y no tenía nada que ver con ella. O con él. Apretó la tecla de reproducción.

Cuando la música comenzó a llenar la habitación, decidió que escucharía con objetividad.

Espera hasta la noche, cuando el aire quema y reina la locura.

Te haré hervir la sangre.

Espera hasta la noche, cuando la pasión sube como una crecida.
En el calor de la danza.
Y el deseo se vierte por encima del borde.

Él escuchó, igual que había hecho antes, y sintió que su sistema respondía a la música y a las promesas que hacía esa voz baja. Quería todo lo que insinuaba la canción. Todo eso y más.

Cuando cruzó la habitación, la vio ponerse tensa. Pensó que podía oír crepitar el aire, sisear con el calor que había avivado la canción. Antes de llegar hasta ella, Maggie se volvió. Las palabras que había escrito llenaron la sala a su alrededor. Dio la impresión de que esas palabras eran suficientes.

No habló, pero rodeó la parte de atrás de su cuello con las manos. Ella tampoco habló, pero se resistió, haciendo que su cuerpo se pusiera rígido. Había furia en sus ojos en ese momento. Se había llevado a sí misma hasta ese punto al permitir que sus propias necesidades y fantasías despejaran el camino. No era locura lo que quería, sino estabilidad. No buscaba lo salvaje, sino serenidad. Él no le ofrecería esas cosas.

Cuando ella quiso retirarse, él apretó los dedos. Eso los sorprendió a los dos. Había olvidado las reglas de la seducción civilizada, igual que había olvidado que sólo había ido a verla para comprobar cómo se encontraba. Se aproximó. Cuando ella alzó una mano en protesta, le tomó la muñeca. Los latidos palpitaron bajo su mano con la misma intensidad que la música palpitaba en el aire. Sus ojos se encontraron, chocaron, pasión contra pasión. Con un movimiento, la pegó a él y le tomó la boca.

Maggie vio los colores vívidos y las luces que una vez había imaginado. Probó el sabor del deseo urgente. Cuando sus brazos lo pegaron aún más a ella, oyó su gemido de placer trémulo. De pronto el mundo se había reducido a un instante, y ese instante no cesaba.

Él había dejado de pensar. En una pequeña parte de su cerebro, Cliff supo que había perdido la capacidad de razonar. No había espacio para el intelecto. La buscó con las manos, introduciéndose por debajo de la camisa para encontrar la piel suave y encendida con la que sabía que había soñado. Se pegó a él, ofreciéndole más. Algo salvaje estalló en su interior al sentir que los labios de ella formaban su nombre.

No se mostró gentil, aunque como amante nunca antes había sido rudo. Estaba demasiado desesperado por tocarla. El beso se tornó salvaje. Sabía que jamás sería capaz de sacarle suficiente para satisfacerlo. Quería más y más, aunque la boca de Maggie estaba tan frenética y exigente como la suya.

La estaba volviendo loca. Nadie le había mostrado nunca una necesidad tan grande. El apetito avivó el apetito hasta que vibró con él. Sabía que podría consumirla, tal vez a ambos. Con un fuego tan poderoso, podrían quemarse y quedarse sin nada. El pensamiento la hizo gemir otra vez. Quería más. Pero temía tomar más y hallarse vacía.

—No —los labios de él sobre su cuello le licuaban las rodillas—. No, es una locura —logró manifestar.

Él alzó la cabeza. Tenía los ojos casi negros y la respiración entrecortada. Por primera vez, Maggie sintió una punzada de miedo. ¿Qué conocía de ese hombre?

—Tú lo llamaste locura —murmuró Cliff—. Tenías razón.

Sí, había tenido razón y había pensado en él al escribir las palabras. Sin embargo, se dijo que era cordura lo que necesitaba.

—No es lo que ninguno de los dos debería querer.

—No —su control amenazaba con quebrarse por completo. Le pasó una mano por el pelo—. Pero ya hemos avanzado demasiado para parar. Te deseo, Maggie, sin importar lo que sea más apropiado.

Si no hubiera usado su nombre... hasta entonces no se había dado cuenta de que podía decir su nombre y debilitarla. Dominada por las necesidades, apoyó la cabeza en su pecho.

Fue ese gesto espontáneo lo que despejó sus pensamientos frenéticos y tocó algo más que el deseo.

Si la excitación que había sentido no lo había preocupado, la ternura que experimentó en ese momento si lo inquietó. Lo mejor era volver al camino principal. La tomó por los hombros y la apartó.

—Nos deseamos —sonaba tan sencillo al decirlo... Estaba decidido a creer que así podía ser.

—Sí —asintió, casi recuperada—. Estoy segura de que has descubierto, igual que yo, que no se puede tener todo lo que se desea.

—Es cierto. Pero no hay motivo alguno para que no podamos tener lo que deseamos ahora.

—A mí se me ocurren algunos. El primero es que apenas te conozco.

—¿Te importa eso? —frunció el ceño mientras la estudiaba.

Se apartó con tanta celeridad que las manos de él cayeron a los costados.

—De modo que sí crees todo lo que lees —afirmó con voz y ojos fríos—. Los Ángeles, tierra de pecado y de pecadores. Lamento decepcionarte, Cliff, pero no he llenado mi vida con amantes sin rostro o nombre. Esto llena mi vida —apoyó la mano sobre el piano—. Y como has leído tanto, como *sabes* tanto acerca de mí, sabrás que hasta hace dos años estuve casada. Tuve un marido, y a pesar de lo ridículo que te pueda sonar, fui fiel durante seis años.

—Mi pregunta no tenía nada que ver con eso —su voz fue tan suave que la paralizó—. Era más personal, sólo nos abarcaba a ti y a mí.

—Entonces, digamos que tengo la regla de no meterme en la cama con hombres que no conozco. Tú incluido.

—¿Hasta dónde tienes que conocerme? —preguntó, apoyando las manos sobre las de ella.

—Supongo que más que lo que jamás te conoceré —tuvo que luchar contra el impulso de quitar la mano. No quería parecer una tonta—. También tengo la regla de alejarme de las personas a las que no les gusta quién o qué soy.

—Quizá no sepa quién o qué eres —la miró a los

ojos—. Quizá tenga la intención de averiguarlo por mí mismo.

—Para eso necesitarás mi cooperación, ¿no?

—Ya veremos —enarcó una ceja divertido.

—Me gustaría que te marcharas —anunció con voz más fría—. Tengo mucho trabajo.

—Dime en qué pensabas cuando escribiste la canción —algo aleteó en su cara con tanta rapidez que no estuvo seguro de que fuera pánico o pasión. Cualquiera de las dos cosas le habría gustado.

—He dicho que quiero que te vayas.

—Lo haré... después de que me cuentes en qué pensabas.

Mantuvo el mentón ladeado y los ojos firmes.

—Pensaba en ti.

Él sonrió. Le tomó la mano y se llevó la palma a los labios. El gesto inesperado hizo que los truenos reverberaran en la mente de Maggie.

—Bien —musitó—. Piensa un poco más. Volveré.

Cuando se marchó, ella cerró los dedos. No le había dado más elección que hacer lo que pedía.

Era bien entrada la noche cuando despertó. Aturdida, pensó que la había alterado un sueño. Maldijo a Cliff y se puso boca arriba. No quería soñar con él. Desde luego, no quería estar despierta en mitad de la noche, pensando en él.

No supo por qué de pronto la cama le parecía tan vacía y la noche tan larga. Se puso de costado y luchó por desterrar ese estado de ánimo y los pensamientos de Cliff.

Arriba, una tabla de madera crujió, pero no le prestó atención. Las casas viejas hacían ruido por la noche. No había tardado en aprenderlo. Inquieta, se movió en la cama y permaneció observando la luz de la luna menguante.

Como no quería tener presente a Cliff, centró la mente en las tareas que la esperaban al día siguiente.

Cuando el sonido se repitió, frunció el ceño y automáticamente miró hacia el techo. Los crujidos rara vez la inquietaban, aunque siempre había dormido profundamente en esa casa. Hasta que apareció Cliff Delaney. Con decisión cerró los ojos. El sonido de una puerta al cerrarse con sigilo hizo que los abriera de nuevo.

El corazón se le desbocó. Estaba sola y había alguien en la casa. En su mente surgieron todas las pesadillas que siempre habían asolado a una mujer sola en la oscuridad. Cerró los dedos sobre la sábana y se afanó por oír.

¿Era una pisada en las escaleras o todo estaba en su imaginación? Mientras el terror la poseía, pensó en la hondonada. Se mordió el labio para evitar emitir un sonido. Despacio, giró la cabeza y distinguió al cachorro que dormía al pie de la cama. Él no oía nada. Volvió a cerrar los ojos y trató de calmar la respiración.

Razonó que si el perro no oía nada que lo pudiera inquietar, no había nada de qué preocuparse. Sólo el ruido de unas maderas flojas. Mientras trataba de convencerse, oyó un movimiento abajo. Un crujido suave, un arañazo atenuado. ¿La puerta de la cocina? Luchando contra el pánico y para moverse despacio y en silencio, alargó la mano hacia el teléfono que había en la mesilla junto a la cama. Al llevarse el auricular a la oreja, oyó el zumbido que le recordó que antes había dejado descolgada la extensión de la cocina para que no la molestaran. Era como tener la línea muerta. Apenas pudo reprimir la histeria.

«Piensa», se ordenó. «Mantén la calma y piensa». Si estaba sola, sin modo alguno de solicitar ayuda, debía contar consigo misma. ¿Cuántas veces en las últimas semanas había afirmado que podía depender de sí misma?

Se llevó una mano a la boca para que el sonido de su propia respiración no la distrajera de concentrarse en escuchar. En ese momento no captaba nada, ni crujidos ni pisadas suaves sobre la madera.

Con cuidado de no hacer ningún ruido, se levantó de la cama y encontró el atizador de la chimenea. Con los músculos tensos, se sentó en el sillón, de cara a la puerta. Con el atizador sujeto con ambas manos, rezó para que llegara la mañana.

VI

Pasados unos días, Maggie prácticamente había olvidado los ruidos en su casa. De hecho, a la mañana siguiente al incidente, se había sentido como una tonta. La había despertado el cachorro al lamerle los pies descalzos, mientras ella seguía sentada, rígida y dolorida de pasar la noche en el sillón. El atizador había estado sobre su regazo como una espada medieval. El sol y los pájaros la habían convencido de que lo había imaginado todo, amplificando cada ruido insignificante como un niño amplifica las sombras en la oscuridad. Al menos podía agradecer haber descolgado la extensión de la cocina; de lo contrario, todo el mundo en la ciudad habría descubierto que era una idiota nerviosa.

Aunque era comprensible en esas circunstancias. La gente excavaba esqueletos al lado de su casa, el sheriff le recomendaba poner cerrojos en las puertas y Cliff Delaney la mantenía despierta por la noche.

Lo único bueno que había dado toda esa semana era que había terminado la banda sonora.

Decidió que el siguiente acto constructivo sería llevar la cinta y la partitura que había empaquetado a la oficina de correos para enviársela a C.J. Quizá luego celebrara las primeras canciones que había escrito en su casa nueva.

Al entrar en Morganville, notó que las casas estaban más juntas que en el trayecto hasta la ciudad. La gente mantenía cuidados los jardines y se veía que competía entre sí por el cuidado de las flores. Lo que le recordó comprobar sus petunias.

La oficina de correos se hallaba en una esquina, un pequeño edificio de ladrillo rojo con un aparcamiento para dos coches. A su lado, separado por menos de un metro de franja de hierba, estaba el banco de Morganville.

Después de enviar el paquete certificado y mantener una breve conversación con la cartera, que la había reconocido y dicho que tenía todos los discos de su madre, regresó al exterior. Respiró hondo y disfrutó del aire primaveral antes de girar hacia su coche. Entonces la sonrisa se borró de su cara al ver a Cliff apoyado en el capó.

—Has salido temprano —comentó él relajado.

Ya le había dicho que era difícil evitar a alguien en una ciudad de ese tamaño. Llegó a la conclusión de que semejante precisión la irritaba.

—¿No deberías estar trabajando en alguna parte?

Sonrió y le ofreció la botella de refresco que tenía.

—De hecho, acabo de salir de una propiedad e iba camino de otra —cuando ella no hizo movimiento alguno para aceptar el refresco, se llevó la botella a los labios y bebió profundamente—. No se ven muchos parecidos en Morganville —con el dedo golpeó el costado del Aston Martin.

—Si me disculpas —indicó con frialdad, tratando de rodearlo para subir al coche—. Estoy ocupada.

La detuvo sin esfuerzo alguno apoyando una mano en su brazo. Sin hacer caso de la mirada centelleante que le dedicó, estudió su cara.

—Tienes ojeras. ¿No duermes bien?

—Duermo perfectamente.

—No —volvió a detenerla, pero en esa ocasión también alzó una mano a su cara. Aunque ella no parecía saberlo, cada vez que afloraba su lado vulnerable, Cliff perdía terreno—. Pensaba que no creías en evasivas.

—Escucha, estoy ocupada.

—Has dejado que el asunto de la hondonada te afectara.

—Bueno, ¿y qué si ha sido así? —estalló—. Soy humana. Es una reacción normal.

—No he dicho que no lo fuera —le echó el mentón un poco hacia atrás—. Te enciendes fácilmente estos días. ¿Es ese asunto el que te mantiene tensa o hay algo más?

Maggie dejó de tratar de alejarse y se quedó muy quieta. Quizá él no había notado a la cartera en la ventana, pero ella sí.

—No es asunto tuyo si estoy o no tensa. Y ahora, si

quieres dejar de montar una escenita, he de volver a casa a trabajar.

—¿Te molestan las escenas? —divertido, la acercó más—. Nunca lo habría adivinado, por todas las veces que te han fotografiado.

—Cliff, para ya —apoyó ambas manos en su torso—. Por el amor del cielo, estamos en la Calle Principal.

—Sí, y nos hemos convertido en la noticia de las diez.

Ella soltó una risa antes de saber lo que iba a pasar.

—Te encanta eso, ¿verdad?

—Bueno… —se aprovechó de que se hubiera relajado un poco y la rodeó con los brazos—. Quizá. Quería hablar contigo.

Una mujer pasó junto a ellos con una carta en la mano. Maggie notó que se tomaba su tiempo para echarla en el buzón.

—Creo que deberíamos encontrar un lugar mejor —la risotada de él la hizo entrecerrar los ojos—. No me refería a eso. Y ahora, ¿quieres soltarme?

—Dentro de un minuto. ¿Recuerdas cuando la otra noche salimos a cenar?

—Sí, lo recuerdo. Cliff… —la mujer no se había movido—. Esto no es gracioso.

—La cuestión es —continuó él— que por aquí tenemos una costumbre. Si yo te invito a cenar, tú también tienes que hacerlo.

Impaciente, se retorció contra él para descubrir que con eso sólo conseguía que le subiera la tensión.

—Ahora mismo no tengo tiempo para salir a cenar. Te llamaré en un par de semanas.

—Comeré lo que comas tú.

—¿En *mi* casa?

—Buena idea.

—Aguarda un momento, no he dicho...

—A menos que no sepas cocinar.

—Claro que sé cocinar —espetó.

—Perfecto. ¿A las siete?

Le lanzó su mirada más mortífera y arrogante.

—Esta noche me toca pegar el papel de la pared.

—Tendrás que comer en algún momento —antes de que pudiera responder, le dio un beso breve pero lo bastante firme como para sellar el acuerdo—. Te veo a las siete —luego se dirigió hacia su furgoneta—. Y, Maggie —añadió a través de la ventanilla abierta—, nada especial. No soy remilgado.

—Tú...

Pero el rugido del motor de la furgoneta ahogó su voz. Se quedó sola en el centro del aparcamiento, echando chispas. Como sabía que había unos cuantos pares de ojos sobre ella, mantuvo la cabeza erguida al subirse a su coche.

En el trayecto de cinco kilómetros hasta la casa, lo maldijo repetidas veces.

Esperaba que los hombres del equipo de Cliff estuvieran presentes cuando regresara. Sin embargo, lo que resultó inesperado fue el discreto coche negro al final del sendero. Al aparcar junto a él, descubrió que no estaba de humor para visitantes, ya fueran vecinos corteses o curiosos. Quería estar sola con la pulidora que le había alquilado a George Cooper.

Al bajar, vio al hombre que cruzaba el patio delantero procedente de la hondonada. Y lo reconoció.

—Señorita Fitzgerald.

—Buenos días. Teniente Reiker, ¿verdad?

—Sí, señora.

—¿Puedo ayudarlo en algo? —preguntó, sin saber muy bien qué enfoque adoptar.

—Voy a solicitar su cooperación, señorita Fitzgerald —mantuvo el peso sobre una pierna, como si lo molestaran las caderas—. Estoy seguro de que querrá acabar cuanto antes con el arreglo de la casa, pero queremos pedirle que postergue el estanque un poco más.

—Comprendo —y así lo temía—. ¿Puede decirme por qué?

—Hemos recibido el informe preliminar del forense. Vamos a iniciar una investigación.

Podría haber sido más fácil no preguntar, no saber. Maggie no estaba segura de poder vivir consigo misma si tomaba la salida de los cobardes que evidentemente le estaba siendo ofrecida.

—Teniente, no sé cuánto puede contarme, pero sí creo que tengo derecho a conocer algunas cosas. Ésta es mi propiedad.

—No se verá involucrada en nada, señorita Fitzgerald. Este asunto se adentra mucho en el pasado.

—Mientras mi propiedad forme parte de él, estoy involucrada. Me resultaría más fácil, teniente, saber qué es lo que sucede.

Reiker se pasó una mano por la cara. La investigación apenas había comenzado y ya tenía mal sabor de boca. Quizá las cosas que llevaban muertas y enterradas diez años había que dejarlas enterradas. Algunas cosas.

—El forense ha determinado que los restos pertenecían a un varón caucasiano de poco más de cincuenta años.

Maggie tragó saliva. Eso hacía que fuera demasiado real. Demasiado.

—¿Cuánto...? —comenzó, pero tuvo que tragar otra vez—. ¿Cuánto tiempo llevaba ahí?

—El forense calcula que unos diez años.

—El tiempo que la casa ha estado vacía —murmuró—. ¿Podrán determinar cómo murió?

—De un tiro —expuso Reiker sin rodeos y observó cómo el horror llenaba los ojos de ella—. Parece que con una escopeta del treinta, probablemente a quemarropa.

—Santo cielo —asesinato. Pero ¿no lo había sabido, no lo había percibido casi desde el primer instante? Clavó la vista en el bosque. ¿Cómo había podido suceder ahí?—. Después de tantos años... —comenzó, pero tuvo que tragar saliva una vez más—. Después de tantos años, ¿no sería prácticamente imposible identificar el... identificarlo?

—Fue identificado esta mañana —vio que lo miraba, pálido, los ojos casi opacos. No le gustó. Se dijo que se debía a que, como todos los hombres del condado, había tenido un amor platónico con su madre veinte años atrás; porque era lo bastante joven como para ser su hija. En ocasiones como ésa, deseaba haber elegido otra profesión—. También encontramos un anillo, un anillo antiguo muy tallado y tres pequeños fragmentos de diamante. Hace una hora, Joyce Agee lo identificó como de su padre. William Morgan fue asesinado y enterrado en esa hondonada.

Era un error. Se pasó una mano por el pelo y trató de pensar.

—No puede ser. Me dijeron que William Morgan había sufrido un accidente... de coche, creo.

—Hace diez años, su coche rompió la protección del puente que cruza a West Virginia. El vehículo lo sacaron del Potomac, pero su cuerpo jamás se encontró... hasta hace unos días.

«Como Jerry», pensó Maggie embotada. Tampoco habían encontrado el cuerpo de Jerry... durante casi una semana. Durante esos días había vivido un infierno. Al ponerse de pie con la vista clavada al frente, sintió como si fuera dos personas en dos épocas distintas.

—¿Qué harán ahora?

—Se abrirá una investigación oficial. No tiene nada que ver con usted, señorita Fitzgerald, aparte del hecho de que necesitamos que mantenga esa parte de la propiedad despejada. Esta tarde vendrá un equipo que repasará el terreno otra vez, por si hubiéramos pasado algo por alto.

—De acuerdo, si no necesita nada más...

—No, señora.

—Estaré dentro.

Al cruzar el césped hacia la casa, se dijo que algo que había sucedido diez años atrás no tenía nada que ver con ella. Diez años atrás había estado ocupada con su propia tragedia, la pérdida de sus padres.

Con un escalofrío, pensó que se trataba del padre de Joyce Agee. Ésta le había vendido la casa sin saber lo que descubrirían. Pensó en la mujer joven, bonita y tensa que se había mostrado agradecida por una sencilla gentileza hacia su madre. Se acercó al bloc con nombres y números que tenía junto al teléfono. Sin pensárselo, marcó el número de Joyce Agee. La voz que respondió fue suave, poco más que un murmullo. Maggie sintió una oleada de simpatía.

—Señora Agee... Joyce, soy Maggie Fitzgerald.

—Oh... Sí, hola.

—No quiero molestarla —«¿y ahora qué?», se preguntó. No tenían ningún vínculo salvo una parcela de tierra abandonada durante diez años—. Sólo quería comunicarle lo mucho que lo siento, y que si hay algo que yo pueda hacer... me gustaría ayudarla.

—Gracias, pero no hay nada —la voz le falló—. Ha sido una conmoción. Siempre pensamos...

—Sí, lo sé. Por favor, no crea que tiene que hablar conmigo o mostrarse cortés. Sólo llamaba porque, de algún modo... —se pasó una mano por el pelo—. No sé. Siento como si yo hubiera sido el detonante de todo.

—Es mejor conocer la verdad —la voz de Joyce exhibió una calma súbita—. Siempre es mejor saber. Me preocupa mi madre.

—¿Se encuentra bien?

—No estoy... no estoy segura —repuso con fatiga—. Ahora está aquí. El doctor ha venido a verla.

—No la distraeré entonces, Joyce. Comprendo que apenas nos conocemos, pero me gustaría ayudar. Por favor, comuníqueme si en algo puedo hacerlo.

—Lo haré. Gracias por llamar.

Colgó. Reflexionó que con la llamada no había conseguido nada. Porque no conocía a Joyce Agee. Cuando uno sufría, necesitaba a alguien a quien conocía, tal como ella había necesitado a Jerry cuando fallecieron sus padres. Aunque sabía que Joyce estaba casada, pensó en Cliff y en el modo en que le había tomado las manos, en la expresión de preocupación que había mostrado al hablar con ella.

«Estará a su lado», pensó, y deseó saber qué significaban el uno para el otro.

Para canalizar el exceso de energía, encendió la pulidora alquilada.

El sol estaba bajo y el cielo con un tinte rosado, cuando Cliff se dirigía hacia la propiedad Morgan. Tenía la mente llena de preguntas. William Morgan asesinado. Le habían pegado un tiro y enterrado en su propia propiedad; luego, alguien había ocultado el rastro lanzando su coche al río.

Estaba lo bastante próximo a los Morgan y a los habitantes de Morganville como para saber que cualquier persona de la ciudad podría haber deseado muerto a William Morgan. Había sido un hombre duro y frío, con genio para ganar dinero y enemigos. Pero ¿podría alguien que él conocía, alguien con quien podía hablar en la calle cualquier día de la semana, haber llegado a asesinarlo?

La verdad era que el viejo le importaba un bledo, pero sí lo preocupaban Louella y Joyce... en especial

Joyce. No le gustaba verla tal como la había visto aquella tarde, tan serena, tan distanciada. Para él significaba más que cualquier mujer que hubiera conocido, pero no parecía existir modo alguno en que pudiera ayudarla en ese momento. Eso quedaba para Stan.

Se preguntó si miraría a los vecinos y se preguntaría si alguno de ellos había asesinado a su padre.

Con una imprecación, se adentró en el sendero que conducía a la casa Morgan. Había alguien más que lo preocupaba, aunque no tenía la excusa de una larga y estrecha amistad con esa mujer.

Se detuvo detrás de su coche y observó con mirada sombría la casa. Quizá con todo lo que estaba pasando, decidiría regresar al oeste. Lo preferiría. Le encantaría creerlo. Soltó una serie de maldiciones al recordar la canción. Sabía que la deseaba como nunca antes había deseado a una mujer. Era algo que no podía controlar.

Entonces, ¿qué hacía ahí? Porque cuando pensaba en ellos dos juntos, no quería controlarlo. Esa noche no deseaba control.

Al ir hacia la entrada, se recordó que trataba con una mujer que no se parecía a ninguna que hubiera conocido. «Acércate con cautela», se advirtió, y luego llamó a la puerta.

Desde el otro lado, Maggie agarró el pomo con ambas manos y tiró. Necesitó dos intentos antes de lograr abrir, y por ese entonces Killer no paraba de ladrar.

—Deberías decirle a Bog que se ocupara de eso —le

sugirió. Se agachó para acariciar al cachorro, que se echó boca arriba para ofrecerle la barriguita.

—Sí —la alegraba verlo. Se dijo que la alegraría ver a cualquiera. Pero sabía que era mentira. Había estado esperando ese momento toda la tarde—. Siempre pienso en llamarlo.

Vio tensión en su postura, en el modo en que aún asía el pomo con una mano. Adrede, le ofreció una sonrisa arrogante.

—Bien, ¿qué hay para cenar?

Ella soltó una risa veloz a medida que se evaporaba parte de los nervios.

—Hamburguesas.

—¿Hamburguesas?

—Tú te autoinvitaste —le recordó—. Y dijiste que no preparara nada especial.

—Es verdad —acarició por última vez a Killer y luego se puso de pie.

—Bueno, como es la primera cena que ofrezco, pensé en ceñirme a mi especialidad. Era eso o sopa de lata y sándwiches fríos.

—Si ésa ha sido tu dieta desde que te trasladaste aquí, no me extraña que estés flaca.

Ceñuda, Maggie se miró.

—¿Te das cuenta de que conviertes en costumbre el criticar?

—No he dicho que no me gustaran las mujeres flacas.

—Ésa no es la cuestión. Puedes venir a la parte de atrás y quejarte mientras preparo las hamburguesas.

Al avanzar por el pasillo, Cliff vio unos puntos desnudos allí donde ella había quitado tiras de papel. Al

parecer, iba en serio en la abrumadora tarea de rehabilitar la casa. Al pasar delante de la sala de música,
vio el piano y se preguntó por qué. Se hallaba en posición de poder contratar a un ejército de decorado-
res y artesanos. El trabajo podía hacerse en semanas
en vez de los meses, incluso años, que prometía tardar
de esa manera. El suelo recién pulido de la cocina
captó su atención.

—Buen trabajo —se puso en cuclillas para pasar los
dedos por la superficie del suelo. El perro consideró
eso una invitación para lamerle la cara.

Maggie enarcó una ceja.

—Vaya, gracias.

La miró al escuchar el tono empleado. No podía
negar que le había hecho pasar un mal rato desde el
principio. Tenía sus motivos. El principal, tal como lo
veía en ese momento, era el efecto que surtía en él.

—La cuestión —dijo, incorporándose otra vez— es
por qué lo haces.

—El suelo lo necesitaba —se volvió hacia la encimera para comenzar con las hamburguesas.

—Me refiero a por qué lo haces *tú*.

—Es mi casa.

Se acercó al lado de ella. Una vez más, le observó
las manos.

—¿Puliste tú misma los suelos de tu casa de California?

—No —irritada, puso las hamburguesas en la parrilla—. ¿Cuántas quieres?

—Con una será suficiente. ¿Por qué pules los suelos
y pegas el papel de las paredes?

—Porque es mi casa —sacó una lechuga de la nevera y comenzó a cortarla para la ensalada.

—También era tu casa en California.

—No como lo es ésta —soltó la lechuga y lo miró con impaciencia, irritación y frustración—. Escucha, no espero que lo entiendas. No me *importa* si lo entiendes. Esta casa es especial. Incluso después de todo lo que ha sucedido, es especial.

No, no lo entendía, pero quería hacerlo.

—Entonces, la policía ya ha contactado contigo.

—Sí —comenzó a cortar lechuga con vehemencia—. El teniente Reiker vino esta mañana. Maldita sea, Cliff, me siento fatal. Llamé a Joyce y me sentí como una idiota, una intrusa. No había nada que pudiera decirle.

—¿Sí? —era extraño que Joyce no le hubiera comentado nada al respecto. Aunque le había dicho muy poco—. No hay nada que tú puedas decir —apoyó las manos en sus hombros y sintió la tensión—. Es algo que deberán tratar Joyce, su madre y la policía. No tiene nada que ver contigo.

—Intelectualmente, sé que es verdad, pero... —se volvió, porque necesitaba a alguien. Porque lo necesitaba a él—. Ha sucedido aquí mismo. Estoy involucrada, relacionada con ello, lo quiera o no. Asesinaron a un hombre a pocos metros de mi casa. Lo mataron en un punto donde había planeado instalar un estanque apacible, y ahora...

—Y ahora —interrumpió Cliff—, han pasado diez años.

—¿Por qué debería importar eso? —demandó ella—.

Mis padres fallecieron hace diez años... el tiempo no marca ninguna diferencia.

—Eso —replicó con menos gentileza de la deseada— tiene todo que ver contigo.

Con un suspiro, se permitió la debilidad de apoyar la cabeza contra él.

—Sé cómo se siente Joyce ahora. A cualquier parte que miro, algo me arrastra a esto.

Introdujo los dedos en su pelo. En ese momento no sentía deseo, sino un impulso casi fiero de protección que nunca había esperado sentir. Decidió que quizá había algo que podía hacer. La apartó.

—Tú no conociste a William Morgan.

—No, pero...

—Yo sí. Era un hombre frío y despiadado que no creía en palabras como «compasión» y «generosidad» —adrede la apartó a un lado y atendió la carne que se asaba en la parrilla—. La mitad de la ciudad habría dado vítores hace diez años de no ser por Louella. Ella amaba al viejo. Joyce también lo quería, pero las dos le tenían miedo. A la policía no le resultará fácil demostrar quién lo mató y a la ciudad no le importa. Yo mismo lo detestaba, por un montón de razones.

No le gustaba saber que podía hablar del asesinato de un hombre con tanta calma y frialdad. Se dedicó a preparar la ensalada.

—¿Joyce? —preguntó con curiosidad.

—Sí, entre otras Morgan creía en la disciplina. La disciplina antigua. Joyce era como mi hermana pequeña. Cuando lo sorprendí golpeándola con un cinturón cuando ella tenía dieciséis años, amenacé con matarlo.

Lo dijo con voz tan pragmática, que a Maggie se le heló la sangre. Él vio las dudas y las preguntas en la expresión de ella.

—Y así —añadió—, le sucedía a la mitad de Morganville. Nadie lo lamentó cuando sacaron su coche del río.

—Nadie tiene el derecho de tomar una vida —afirmó ella con voz temblorosa—. Ni la propia ni la de otra persona.

Cliff recordó que también habían sacado el coche del marido de ella del agua. Y que el veredicto final había sido suicidio.

—Será mejor que no hagas comparaciones —comentó con aspereza.

—Parecen hacerse por sí solas.

—Lo que le sucedió a Jerry Browning fue la pérdida trágica de una vida y un talento. ¿También piensas asumir esa culpa?

—Jamás lo hice —repuso con voz cansada.

—¿Lo amabas?

Sus ojos fueron elocuentes, pero respondió con voz firme:

—No lo suficiente.

—Lo suficiente como para serle fiel seis años —replicó Cliff.

—Sí, lo suficiente para eso —sonrió al recibir sus propias palabras—. No obstante, el amor es algo más que fidelidad, ¿verdad?

—Has dicho que no te habías considerado culpable —le acarició la cara con suavidad.

—La responsabilidad y la culpa son cosas distintas.

—No —movió la cabeza—. En esta ocasión, no hay responsabilidad ni culpa. ¿No crees que es el colmo del egoísmo sentirse responsable de las acciones de otra persona?

—Quizá. Quizá lo sea —no le resultó fácil, pero desterró la pesadez de ánimo y le sonrió—. Creo que las hamburguesas ya están. Comamos.

VII

Algo había ocurrido en el equilibrio de su relación con Jerry. A medida que él se volvía más débil, ella se había vuelto más fuerte. Con el tiempo, habían llegado al punto en que todo el apoyo había salido de su parte y toda la necesidad de parte de él. Sin embargo, se había quedado, porque había sido imposible olvidar que habían sido amigos. Y los amigos no rompen las promesas.

Mientras comía y estudiaba a Cliff, se preguntó qué clase de amigo sería. Y aunque intentó no hacerlo, también se preguntó cómo sería como amante.

—¿En qué piensas?

La pregunta fue tan repentina, que estuvo a punto de derramar su copa. Con rapidez ordenó sus pensamientos y eligió el menos personal. No podía contarle lo último que había pasado por su cabeza.

—Pensaba —volvió a alzar la copa de vino— en lo

acogedor que es cenar aquí en la cocina. Probablemente postergue el comedor hasta el final.

—¿Pensabas en eso?

Por el modo en que la miraba, percibía que había
habido otras cosas.

—Más o menos —alzó la botella y volvió a llenar la
copa de Cliff—. El burdeos es otro regalo de mi
agente. U otro soborno —añadió.

—¿Soborno?

—Quiere que abandone este plan loco de acampar
en el páramo y regrese a la civilización.

—¿Cree que puede convencerte con cachorros y
vino francés?

Con risa chispeante, Maggie bebió de su copa.

—Si no estuviera tan apegada a este lugar, uno de
los dos podría haber funcionado.

—¿Es así como estás? —preguntó él con tono pensativo—. ¿Apegada?

Dejó de reír.

—Por tu negocio, deberías saber que algunas cosas
enraizan con rapidez.

—Algunas —coincidió—. Y otras no consiguen acli-
matarse al nuevo territorio.

Deseó entender por qué sus dudas le hacían tanto
daño.

—No tienes mucha fe en mí, ¿verdad?

—Puede que no —se encogió de hombros como
para aligerar un tema del que ya no estaba muy seguro—. En cualquier caso, me resulta interesante observar cómo te adaptas.

—¿Cómo lo llevo? —decidió seguirle la corriente.

—Mejor de lo que pensaba —alzó la copa en un brindis—. Pero aún es pronto.

Maggie rió, porque discutir parecía una pérdida de tiempo.

—¿Naciste cínico, Cliff, o tomaste lecciones?

—¿Y tú naciste optimista?

—*Touché* —como la cena ya no le interesaba, lo estudió, y aunque el rostro le resultaba muy de su agrado, seguía sin poder juzgarlo por los ojos. «Demasiado control», pensó. Una persona conseguiría entrar en su cabeza sólo si era invitada—. ¿Sabes? —comenzó muy despacio—, cuando dejé de estar irritada, decidí que me alegraba de que vinieras esta noche —sonrió—. De lo contrario, no sé cuándo habría podido abrir la botella de vino.

—¿Te irrito? —fue el turno de él de sonreír.

—Creo que eres bien consciente de eso —respondió—. Y por tus propios motivos personales, te satisface hacerlo.

Cliff bebió un sorbo de vino, cálido y rico, como la boca de ella.

—De hecho, así es.

Lo dijo con tanta naturalidad, que ella volvió a reír.

—¿Es sólo conmigo o irritar a la gente es una afición?

—Sólo contigo —la estudió por encima del borde de la copa. Se había recogido el pelo de forma suelta y eso le resaltaba las facciones delicadas. Los ojos parecían más grandes y llevaba la boca sin pintar—. Me gustan tus reacciones —añadió—. No te gusta perder los estribos.

—De modo que te gusta provocarme hasta que los pierdo.

—Sí —sonrió otra vez—. Eso lo resume bastante bien.

—¿Por qué? —demandó con voz llena de exasperación divertida.

—No soy inmune a ti —musitó—. No me gustaría pensar que tú eres inmune a mí.

Maggie permaneció quieta, conmovida y desconcertada. Antes de que sus emociones pudieran acercarse más a la superficie, se puso de pie y comenzó a recoger la mesa.

—No, no lo soy. ¿Quieres más vino o prefieres café?

Las manos de él se cerraron sobre las de ella encima de los platos. Despacio, se incorporó sin apartar la vista de su cara. Maggie sintió como si la cocina hubiera encogido. El leve golpeteo de la lluvia en el exterior pareció convertirse en un rugido.

—Quiero hacerte el amor.

Se dijo que no era una niña. Era una adulta y los hombres la habían deseado con anterioridad. Sabía lo que era resistir las tentaciones. Pero ¿había tenido una más tentadora que ésa?

—Ya hemos pasado por esto.

Las manos de él se tensaron cuando intentó alejarse.

—Pero no lo hemos resuelto.

No, comprendió que no podía apartarse o huir de un hombre así. Debería mantener su terreno.

—Estaba segura de lo contrario. Quizá lo mejor sea café, ya que tendrás que conducir y yo trabajar.

Cliff tomó los platos y volvió a depositarlos en la

mesa. Con las manos vacías, Maggie no supo qué hacer. Cruzó los brazos, hábito que él ya había descubierto que se manifestaba cuando estaba molesta o inquieta. En ese momento, no le importaba lo que pudiera ser, siempre y cuando no fuera indiferencia.

—No lo hemos resuelto —repitió, sacándole un broche del pelo—. No hemos empezado a resolverlo.

—De verdad creía que había dejado mi postura clara —logró indicar ella con lo que le sonó una voz firme y arrogante.

—Está clara cuando te toco —la apoyó contra la encimera y luego le quitó otro broche del pelo—. Está clara cuando me miras como lo estás haciendo ahora.

Maggie sintió un nudo en la garganta. Empezaba a ceder; lo sentía en la pesadez de sus extremidades, en la ligereza de su cabeza. El deseo era tentación, y la tentación una seducción en sí misma.

—No he dicho que no te deseara...

—No, no lo has dicho —cuando le quitó el otro broche, el pelo cayó pesadamente sobre los hombros y permaneció allí—. No creo que se te de bien mentir.

Tenía cada músculo del cuerpo tenso en el esfuerzo por combatir lo que parecía inevitable.

—No, no miento —repuso con voz más baja, más ronca—. Dije que no te conocía. Que no me entendías.

—Me importa un bledo lo poco que nos conozcamos o lo poco que nos comprendamos. Sé que te deseo —le tomó el pelo con una mano—. Sólo tengo que tocarte para saber que me deseas.

Los ojos de Maggie se tornaron más oscuros. Se preguntó por qué siempre daba la impresión de que su deseo iba mezclado con furia y, aunque lo detestaba, con una cierta debilidad que no podía controlar.

—¿De verdad crees que es tan simple?

Por el bien de su propia supervivencia, tenía que mantener lo que hubiera entre ellos en un terreno puramente físico. Harían el amor toda la noche hasta que cayeran exhaustos. Por la mañana, la necesidad y el vínculo habrían desaparecido. Tenía que creer eso. De lo contrario... No quería pensar en ello.

—¿Por qué debería ser complicado? —replicó.

La furia y el anhelo la recorrieron.

—¿Por qué, ciertamente? —murmuró ella.

La habitación había perdido su atmósfera acogedora. En ese momento, sentía que si no escapaba, la asfixiaría. Sus ojos estaban tormentosos, los de él exhibían una calma casi brutal. Se preguntó por qué debería sentir la necesidad de racionalizar. No era una jovencita soñadora con sueños nebulosos, sino una adulta, una viuda, una profesional que había aprendido a vivir con la realidad. En la realidad, la gente tomaba lo que quería, y luego asumía las consecuencias. Eso debería hacer ella.

—El dormitorio está arriba —lo informó y, pasando a su lado, abandonó la cocina.

Perturbado, Cliff la miró ceñudo. Pensó que eso era lo que había querido. Falta de complicación. Sin embargo, su brusca aceptación había sido inesperada, distante. Al seguirla, comprendió que no era eso lo que quería.

Maggie se hallaba al pie de las escaleras cuando la alcanzó. En silencio, subieron hasta la primera planta.

La lluvia caía con fuerza y constancia. El sonido hacía que Maggie pensara en la sutil percusión rítmica que había imaginado en el arreglo de la canción que acababa de componer. No había luna para guiarlos, de modo que se movió de memoria. La oscuridad era profunda y sin sombras. No miró al entrar en el dormitorio, pero sabía que Cliff seguía a su lado.

«¿Y ahora qué?», pensó con pánico súbito. ¿Qué estaba haciendo al llevarlo allí, al único sitio que consideraba exclusivamente privado? Se deseaban; era algo que resultaba inexplicable. Innegable.

A medida que sus nervios se tensaban, agradeció la oscuridad. No quería que viera las dudas que se reflejarían claramente en su cara. Supo que tampoco habría sido capaz de ocultarlo a medida que la necesidad se tornara más poderosa. La oscuridad era mejor porque aportaba anonimato. Cuando él la tocó, el cuerpo se le puso rígido con una docena de emociones encontradas.

Sintiéndolo, Cliff le pasó las manos por los hombros hasta bajar a su zona lumbar. No quería que estuviera demasiado relajada, demasiado rendida. Aún no. Quería saber que luchaba contra algo más profundo, algo sin nombre, igual que él.

—No quieres ceder a esto —afirmó él—. O a mí.

—No —pero sintió el temblor, no de miedo, sino de placer, que la recorrió cuando Cliff introdujo las manos bajo el fino jersey de lana—. No, no quiero.

—¿Qué alternativa hay?

Podía verle la cara a través de la nube de oscuridad... cerca, muy cerca de ella.

—Maldito seas —susurró—. No hay ninguna.

Subió las manos por su espalda desnuda, por la abertura del jersey, hasta que encontró su pelo.

—No, para ninguno de los dos.

Tenía el cuerpo firme contra el de ella. La voz, suave y baja, destilaba una ligera irritación. Su rostro era misterioso e impreciso en la oscuridad. Podría haber sido cualquiera. Cuando Maggie sintió el siguiente tirón salvaje del deseo, casi deseó que lo fuera.

—Hazme el amor —exigió. Una decisión tomada con celeridad, con libertad, no dejaría espacio para las lamentaciones—. Tómame ahora. Es lo único que deseamos.

¿Lo era? La pregunta apenas se había formado en la mente de Cliff cuando se lanzó sobre su boca. Luego no hubo preguntas, sólo llama, relámpago y poder. La comprensión, si antes había habido alguna, se diluyó. La razón se desvaneció. Los gobernó la sensación, sólo la sensación. Así como ambos lo habían esperado, se vieron atrapados en un remolino sobre el que no poseían control. Sacudidos por él, cayeron juntos en la cama y dejaron que el fuego bramara.

No podía encontrar ninguna gentileza que ofrecerle, pero al parecer Maggie no la demandaba ni la esperaba. La quería desnuda pero no vulnerable, suave pero no dócil. Si hubiera pronunciado en voz alta las necesidades, ella no habría sido más de lo que Cliff había esperado. Al arquearse contra él, sus labios se aferraron en un beso salvaje y urgente, preludio de la pasión. Tiró de su ropa, y luego contuvo el aliento cuando en un frenesí similar ella comenzó a desnudarlo.

Entonces quedaron desnudos, piel encendida contra piel encendida. En ambos creció la desesperación por obtener todo lo posible el uno del otro. Exigencias susurradas, respiración difícil, gemidos y suspiros de placer... todo ello ahogado por el sonido de la lluvia. El cuerpo de Maggie era pequeño, flexible y sorprendentemente fuerte. Los tres aspectos se combinaron para volverlo loco.

Ahí se le manifestó el significado de ser consumida. Maggie lo descubrió cuando la recorrió con las manos. Ansiaba cada nueva demanda. Codiciosa de cada placer que le diera y del que pudiera extraer, le permitió lo que quiso. No sintió vergüenza o vacilación en probar, tocar, pedir más o tomarlo.

Si el cuerpo de Cliff hubiera sido diseñado según sus deseos, no habría podido ser más perfecto. Se extasió con su esbeltez, con los músculos fibrosos, los huesos largos y estrechos que le recorrían las caderas. Allí donde tocaba, casi podía sentir el palpitar de la sangre bajo la piel.

Quería saber que Cliff no tenía más control que ella. Quería saber que ambos eran víctimas de su propio poder combinado. La mecha que se había encendido entre ellos con una simple mirada ardía con rapidez. El deseo era locura, y si las palabras que había escrito eran verdad, había hecho a un lado el raciocinio por esa locura.

Con un salvajismo que ambos anhelaban, juntos alcanzaron el clímax, luchando por prolongar una pasión escandalosa, codiciosos por capturar ese último centelleo de placer. Maggie pensó en remolinos, vientos huracanados y el rugido del trueno. Sintió el torbellino, la velocidad, y oyó el rugido. Luego, tanto su mente como su cuerpo temblaron debido a la última e indómita oleada.

«¿Amor?», pensó ella un rato más tarde, cuando los pensamientos empezaron a despejarse. Si eso era hacer el amor, había sido inocente toda la vida. El cuerpo le palpitaba como si hubiera subido corriendo la ladera de una montaña para caer por el otro lado. Había escrito canciones sobre el amor, sobre la pasión, pero hasta ese momento jamás había entendido plenamente sus propias palabras.

Hasta que el hombre que yacía a su lado la había retado a vivir sus fantasías. Con él había encontrado respuesta a las necesidades oscuras que le daban fuerza a casi toda su música. Entendía, pero el entendimiento abría la puerta a docenas de preguntas.

Quizá el destino la había llevado a esa pequeña parcela de tierra con sus trasfondos de violencia. El mismo destino podría haberla llevado hasta ese hombre taciturno y físico que parecía conectado tanto con la tranquilidad como con el peligro. La pregunta en ese momento era saber si era lo bastante fuerte como para tratar con las consecuencias de ambas.

Con la vista clavada en la oscuridad, se preguntó qué pasaría a continuación.

Como nada era tal como había esperado, Cliff guardaba silencio. Había querido pasión, pero jamás había imaginado el alcance que tendría. Había querido lo que había susurrado la canción de Maggie, pero la realidad había sido mucho más dramática que cualquier palabra o melodía. Había estado seguro de que en cuanto liberaran la tensión que había entre ellos, las necesidades se reducirían.

Su cuerpo estaba saciado con un placer más intenso que cualquiera que hubiera conocido nunca, pero su mente... cerró los ojos y deseó que su mente reposara. Sin embargo, estaba demasiado llena de ella. Tanto, que sabía que un simple contacto volvería a desbocarle el cuerpo. Era una necesidad demasiado próxima a la dependencia como para que le gustara. Se recordó que no tenían nada que ofrecerse, nada más que un escandaloso deseo mutuo.

De haber podido controlarse, no habría vuelto a tocarla. Pero ya había alargado la mano hacia ella.

—Tienes frío —murmuró, y automáticamente la pegó a él para darle calor.

—Un poco.

—Así —la cubrió con la colcha enredada y luego volvió a acercarla—. ¿Mejor?

—Sí —relajó el cuerpo contra el de Cliff, a pesar de que los pensamientos seguían en su carrera inagotable.

Guardaron silencio otra vez, sin saber muy bien cómo encarar lo que había brillado entre ellos. Cliff escuchó el batir de la lluvia contra el cristal de la ventana, que aumentaba la sensación de aislamiento. Sabía que incluso en una noche clara, no se podía ver la luz de ninguna casa vecina.

—¿Te causa algún problema estar aquí sola?

—¿Problema? —repitió de modo evasivo. Quería permanecer exactamente como estaba, pegada a él, cobijada y segura. En ese momento no quería pensar en quedarse sola en la casona, en dormir sola.

—Este lugar está más aislado que la mayoría de los de la zona. Muchas personas, aunque hayan crecido aquí, sentirían recelos de estar tan alejadas y solas, en especial después de todo lo que ha pasado.

No quería hablar de ello. Cerró los ojos para recordarse que se había trasladado decidida a cuidar de sí misma, para enfrentarse a lo que le surgiera. Respiró hondo, pero cuando quiso apartarse, Cliff la retuvo.

—Tienes problemas.

—No. En realidad, no —en ese momento, su mayor problema era evitar que su cuerpo y mente desearan más de él—. Reconozco que pasé un par de noches inquietas desde... bueno, desde que empezamos a excavar la tierra para el estanque. No es fácil sabiendo lo que pasó en la hondonada hace diez años, y tengo una imaginación muy activa. Una noche estuve segura de haber oído a alguien en la casa.

Él dejó de acariciarle el pelo y la apartó lo suficiente para verle los ojos.

—¿En la casa?

—Sólo fue mi imaginación —se encogió de hombros—. Tablas de madera crujiendo en el desván, pisadas sigilosas en las escaleras, puertas que se abrían y cerraban. Conseguí ponerme bastante nerviosa.

A él no le gustó nada, ni siquiera con el tono de voz desdeñoso empleado por Maggie.

—¿No tienes teléfono en esta habitación? —quiso saber.

—Sí, pero...

—¿Por qué no llamaste a la policía?

Maggie suspiró y deseó no haber mencionado el tema.

—Porque dejé descolgada la extensión de la cocina. Aquella tarde había tratado de trabajar y... —abochornada, calló—. Sea como fuere, es mejor que no llamara. Por la mañana me sentí como una idiota.

Con o sin imaginación, seguía siendo una mujer sola y aislada, y todo el mundo en un radio de diez kilómetros lo sabía.

—¿Estás cerrando las puertas?

—Cliff...

—Maggie —rodó hasta que ella estuvo boca arriba y él mirándola—. ¿Cierras las puertas?

—No lo hacía —respondió, irritada—. Pero después de que viniera el sheriff...

—¿Stan estuvo aquí?

Ella soltó el aire.

—Maldita sea, ¿sabes cuán a menudo me cortas en mitad de una frase?

—Sí. ¿Cuándo vino Stan?

—El día después de que estuviera aquí la policía del estado. Quiso tranquilizarme —ya no tenía frío pegada a él... y el deseo comenzó a renacer—. Parece conocer su trabajo.

—Ha sido un buen sheriff.

—¿Pero? —instó, percibiendo algo más.

—Sólo algo personal —murmuró, alejándose otra vez.

Maggie sintió que el frío retornaba.

—Joyce —manifestó, y comenzó a incorporarse. El brazo de Cliff apareció para inmovilizarla.

—Tienes la costumbre de decir poco e insinuar mucho —aseveró—. Es todo un talento.

—Parece que tenemos poco que decirnos.

—No tengo por qué darte explicaciones.

—No te las pido —permaneció rígida.

—Y un cuerno —enfadado, se sentó y la arrastró con él, de modo que la colcha se desprendió. Tenía la piel pálida y el cabello era como un torrente de noche sobre los hombros—. Joyce ha sido como mi hermana. Cuando se casó con Stan, yo entregué su mano. Soy el padrino de su hija mayor. Puede que te resulte difícil entender esa clase de amistad.

No le costaba. Así había sido entre Jerry y ella. Durante el matrimonio, la amistad había ido deteriorándose, porque el matrimonio había sido un error.

—No, lo entiendo —murmuró—. Lo que no entiendo es por qué pareces tan preocupado por ella.

—Eso es asunto mío.

—Desde luego.

Él maldijo.

—Escucha, Joyce ha pasado por momentos difíciles. Nunca quiso quedarse en Morganville. De niña, soñaba con irse a la ciudad para estudiar arte escénico.

—¿Quería ser actriz?

—Fantasías, tal vez —movió los hombros—. Tal vez no. Las abandonó cuando se casó con Stan, pero nunca ha sido feliz quedándose en Morganville. Uno de los motivos por los que vendió la casa fue para tener dinero suficiente para trasladarse. Stan no quiere ceder.

—Podrían alcanzar un compromiso.

—Stan no comprende lo importante que es para ella alejarse de aquí. Tenía dieciocho años cuando se casó. Y en los siguientes cinco años tuvo tres hijos. Pasó la primera parte de su vida acatando las reglas de su padre, la segunda cuidando de sus hijos y de su madre. Una mujer como tú no entendería eso.

—¡Estoy harta de eso! —estalló, apartándose de él—. Estoy harta de que me englobes en alguna categoría. Celebridad consentida sin idea alguna de cómo vive o siente la gente real —la ira la sacudió de forma poderosa—. ¿Qué clase de hombre eres, que te acuestas con una mujer por la que no sientes nada de respeto?

Aturdido por el súbito y apasionado exabrupto, la observó levantarse de la cama.

—Aguarda un momento.

—No, ya he cometido demasiados errores por una noche —comenzó a buscar su ropa entre todas las prendas diseminadas por el suelo—. Ya has tenido tu cena y tu sexo —espetó—. Ahora, lárgate.

«Tiene razón», se dijo Cliff. Había ido para llevarla

a la cama; eso era todo. La intimidad no siempre representaba proximidad. No le interesaba estar próximo a ella o involucrarse con algo que no fuera su cuerpo. Incluso al pensarlo, experimentó el gran vacío de ese concepto. La satisfacción que fugazmente había sentido se desvaneció.

—Tú y yo no hemos terminado —murmuró él.

—¿No? —enfurecida, se volvió. Sentía las lágrimas que querían aflorar a sus ojos, pero la oscuridad le daba seguridad. El jersey que se había puesto le cubría las caderas. Sabía lo que pensaba de ella, y en esa ocasión iba a darle la satisfacción de hacerle creer que tenía razón—. Nos fuimos a la cama, y fue bueno para los dos —comentó con desparpajo—. No todas las aventuras de una noche tienen tanto éxito. Recibes una calificación alta como amante, Cliff, si eso ayuda a tu ego.

En ese momento, no pudo controlarse más. La aferró por los dos brazos y la acercó.

—Maldita seas, Maggie.

—¿Por qué? ¿Por haberlo dicho primero? Vete a casa a cobijarte con tu doble rasero, Cliff. Yo no lo necesito.

Todo lo que decía daba en el blanco, y con fuerza. Si se quedaba, no estaba seguro de lo que era capaz de hacer. ¿Estrangularla? Resultaba tentador. ¿Arrastrarla de vuelta a la cama para purgarse del deseo airado que lo machacaba? Más tentador. Al agarrarla, no estuvo seguro de si era él quien la sacudía, pero sabía que si se quedaba, algo volátil, tal vez irrevocable, estallaría.

Bajó las manos y salió de la habitación.

—Cierra las puertas —dijo, y la maldijo mientras bajaba las escaleras.

Maggie cruzó los brazos y dejó que las lágrimas cayeran. Pensó que ya era demasiado tarde para poner cerrojos.

VIII

Los siguientes días, Maggie trabajó como una con-
denada. Selló el suelo de la cocina y lo convirtió en
su primer proyecto acabado con éxito. Añadió tres tiras más de papel de pared en su dormitorio, encontró
una alfombra para la sala de música y limpió los adornos del vestíbulo de la planta baja.

Por las noches, trabajaba ante el piano hasta quedar
demasiado cansada para ver las teclas u oír su propia
música. Mantuvo el teléfono descolgado. Llegó a la
conclusión de que la vida de una reclusa tenía sus
ventajas. Era productiva y nadie interfería con el fluir
de sus días. Fue casi posible creer que eso era lo único
que quería.

Pero, desde luego, la soledad no duró para siempre.
Pintaba el marco de la ventana de la sala de música
cuando oyó el sonido de un coche al aproximarse.
Mientras debatía si podría ignorar a quien fuera hasta
que se marchara, reconoció el viejo Lincoln. Dejó el

cubo de pintura en el suelo y fue a recibir a Louella Morgan.

En esa ocasión parecía incluso más frágil. La piel era casi translúcida bajo el marco del cuidado pelo blanco. Era una extraña y casi sobrenatural mezcla de juventud y edad. Durante un momento, pareció una estatua, inmóvil, sin parpadear ni respirar, mirando hacia la hondonada. Cuando Maggie vio que daba un paso hacia la sección vallada, salió al exterior.

—Buenos días, señora Morgan.

Louella alzó la vista y lentamente sus ojos se centraron. La mano que alzó para arreglarse el pelo temblaba un poco.

—Quería venir.

—Desde luego —Maggie sonrió y esperó estar haciendo lo correcto—. Por favor, pase. Iba a preparar café.

Louella se acercó a los escalones combados que Bog aún tenía que arreglar.

—Ha realizado algunos cambios.

—Sí, por dentro y por fuera. Los paisajistas trabajan más deprisa que yo.

Entraron, seguidas de Killer, y Louella miró alrededor.

—Una casa como ésta tiene que oler a aceite de limón y a flores.

—Lo hará —afirmó Maggie, deseando poder alterar la fragancia de serrín y polvo.

—Siempre pensé que tenía que estar llena de niños. Los niños le dan personalidad a una casa, más que la decoración. Dejan su marca en ella.

Miró alrededor con la clase de concentración brumosa que hizo que Maggie pensara que la veía tal
como había sido hacía más de veinte años.

—Tiene nietos, ¿verdad? —la guió hasta el sofá.

—Sí, los hijos de Joyce. La más pequeña ya va a la
escuela. El tiempo pasa tan deprisa para los jóvenes...
¿Ha mirado las fotos? —preguntó de repente.

—¿Las fotos? —frunció el ceño, y luego lo recordó—.
Oh, sí, realmente sólo he tenido la oportunidad de
echarles un vistazo. He estado bastante ocupada —fue
a la repisa y recogió el sobre—. Sus rosas se ven preciosas. Yo no sé si tendría ese talento.

Louella aceptó el sobre y lo miró.

—Las rosas requieren amor y disciplina. Como los
niños.

Decidió sentarse junto a ella.

—Quizá si las miráramos juntas, ayudaría.

—Fotos viejas —Louella abrió la solapa y las sacó—.
Hay tanto que ver en las fotos viejas, si se sabe dónde
mirar. Comienzos de primavera —murmuró al bajar la
vista a la primera instantánea—. Mire, los jacintos están floreciendo, y los narcisos.

Maggie estudió la foto en blanco y negro, pero fue
el hombre y la niña pequeña quienes captaron su
atención. Él era alto, de pecho ancho, con un rostro
fino y de huesos afilados. Llevaba un traje severo. A su
lado, la niña llevaba puesto un vestido de encaje, con
una cinta a la cintura, zapatos negros y un gorro flo-
reado.

Maggie concluyó que debía de ser por Pascua. La
pequeña sonreía decidida a la cámara. Joyce debía de

tener unos cuatro años entonces. William Morgan no parecía cruel. Simplemente, inabordable. Contuvo un escalofrío.

—Quiero plantar algunas flores. Las cosas estarán más asentadas para el otoño. ¿Tiene jardín ahora?

—El de Joyce —Louella dejó la foto y alzó otra—. Lo atiendo de vez en cuando, pero no es lo mismo que tener el tuyo.

—No, no lo es, aunque Joyce debe de estarle agradecida por la ayuda que le presta.

—Nunca ha estado cómoda en la ciudad —comentó la mujer, a medias para sí misma—. Nunca. Es una pena que saliera a mí en vez de a su padre.

—Es preciosa —comentó Maggie, buscando algo para decir—. Espero verla más. Su marido mencionó que cenáramos juntos.

—Stan es un buen hombre. Sólido. Siempre la ha querido —la sonrisa triste y elusiva se asomó a sus labios—. Ha sido bueno conmigo.

Al sacar la siguiente foto, Maggie sintió que se ponía rígida. Vio que la sonrisa se helaba en vez de desaparecer. Bajó la vista y vio a William Morgan y a un Stan Agee joven, tal vez adolescente. Esa foto más reciente era en color y los árboles del fondo vibraban con el otoño. Los dos hombres llevaban unos chalecos y cargaban con unas escopetas.

Maggie pensó que tenían que haber estado de caza. Y notó que se hallaban cerca de la pendiente de la hondonada. Turbada, volvió a observar los árboles, el tapiz que quería ver por sí misma.

—Debió de tomarla Joyce —murmuró Louella—. Ca-

zaba con su padre. Él le enseñó a manejar armas antes
de cumplir los doce años. No importaba que las
odiara; aprendió a complacerlo. William parece complacido —continuó, aunque Maggie no pudo verlo—.
Le gustaba cazar en esta tierra. Ahora sabemos que
murió aquí. Aquí —repitió, colocando una mano sobre la foto—. No a cinco kilómetros, en el río. Nunca
salió de esta propiedad. De algún modo, creo que
siempre lo supe.

—Señora Morgan —dejó las fotos a un lado y apoyó
una mano en su brazo—. Sé que esta situación debe
de ser difícil para usted, como revivirlo todo de
nuevo. Ojalá hubiera algo que yo pudiera hacer.

Louella giró la cabeza y la miró larga y seriamente.

—Prepare su estanque —expuso sin rodeos—. Plante
sus flores. Es como debería ser. El resto se ha terminado.

Cuando comenzó a levantarse, Maggie se encontró más desasosegada por la respuesta carente de
emoción que lo que se habría sentido con un ataque
de llanto.

—Sus fotos —indicó.

—Guárdelas usted —se dirigió hacia la puerta antes
de volverse—. Yo ya no las necesito.

Al escuchar el coche alejarse, se frotó los brazos
para devolverles calor. Había habido algo extraño en
el modo en que Louella había mirado las fotos.
Como si pusiera a todas las personas que aparecían en
ellas a descansar, aunque sólo una hubiera muerto.

Se reprendió, diciéndose que volvía a darle rienda
suelta a su imaginación. Pero la manera en que Loue-

lla había estudiado la última foto, le había parecido
que buscaba detalles, algo. Ceñuda, regresó al sofá y
las inspeccionó, deteniéndose al llegar a la instantánea
en color.

Ahí estaba William Morgan otra vez, el pelo un
poco más ralo, los ojos un poco más severos que en la
foto de Pascua. El sheriff Agee estaba a su lado, poco
más que un muchacho, la complexión no del todo
desarrollada, aunque sostenía la escopeta como si estuviera muy familiarizado con las armas. Al mirarlo,
pudo comprender por qué Joyce se había enamorado
de él como para olvidar los sueños de fama y fortuna.
Era joven, atractivo, con un destello de sexualidad
arrogante en la expresión de la boca.

También podía entender por qué Joyce había te-
mido, obedecido y se había esforzado en complacer
al hombre que había junto a su futuro marido. William Morgan miraba directamente a la cámara, las
piernas separadas, el arma en ambas manos. Cliff lo
había descrito como un hombre duro y frío. No le
costó creerlo, aunque eso no explicaba por qué Louella se había mostrado tan turbada por esa foto. Ni por
qué ella se sentía incómoda al mirarla.

Irritada por su propia susceptibilidad, comenzó a
estudiar la foto más detenidamente cuando un ruido
en el exterior le advirtió de otro vehículo que se
acercaba.

Dejó la foto encima de las demás y se dirigió a la
ventana. Cuando la furgoneta de Cliff apareció a la
vista, el fogonazo interior de excitación la dejó aturdida. «Oh, no, otra vez no», se advirtió. «Una mujer

que comete dos veces el mismo error merece lo que recibe».

Recogió el pincel y volvió a dedicarse al marco de la ventana, diciéndose que ya podía llamar.

Transcurrieron minutos, pero no se presentó ante la puerta. Maggie siguió pintando, fingiendo que no le importaba lo que hacía afuera. No le importaba un pimiento Cliff Delaney. Pero sí le importaba que la gente vagara por su propiedad. Dejó el pincel y se convenció de que estaba en su derecho de salir para ver qué tramaba y ordenarle que se marchara.

Abrió la puerta de golpe, pero no lo vio por ninguna parte. Ceñuda, pensó que quizá había ido a la parte de atrás para comprobar si el agua erosionaba la ladera de la pendiente.

Irritada por no haber pensado ella misma en eso, iba a rodear la casa cuando un movimiento cerca de la hondonada captó su atención. Durante un instante, un miedo básico y primitivo que anidaba dormido en su interior despertó. Pensó en fantasmas, demonios y espíritus de las sombras que jamás dormían. Al siguiente instante reconoció a Cliff. A pesar de lo furiosa y abochornada que estaba por su reacción, fue a plantarse ante él.

Al aproximarse, vio el sauce, esbelto, pequeño y de un verde delicado. Cliff estaba acomodando la mata de raíces en un agujero que había excavado en el suelo rocoso con un pico y una pala. Se hallaba más o menos a dos metros de la hondonada, con la camisa tirada al descuido sobre la tierra. Cuando comenzó a rellenar el agujero con la pala, pudo ver cómo ondulaban los músculos de su espalda. El nudo que experimentó en el estómago le indicó que la reacción hacia él era igual de poderosa que antes de que hubieran hecho el amor.

Irguió los hombros y alzó la cabeza.

—¿Qué haces?

—Plantar un árbol —respondió relajado, sin cambiar el ritmo de las paladas.

Ella entrecerró los ojos de manera peligrosa.

—Eso puedo verlo. Por lo que recuerdo, no te pedí un sauce.

—No —se arrodilló para allanar la tierra en la base del árbol—. No te lo cobraré.

Impaciente por esas falsas respuestas y por su creciente excitación, cruzó los brazos.

—¿Por qué estás plantando un árbol que no he comprado?

Satisfecho de que el sauce se hallara seguro, Cliff se levantó. Se apoyó en la pala y la estudió. Verla otra vez no le alivió los nudos de tensión con los que había estado viviendo los últimos días.

—Algunos podrían llamarlo una ofrenda de paz —respondió al final; luego observó cómo la boca de ella se abría y cerraba.

Maggie miró el árbol. Era tan joven, tan frágil, pero un día lo vería maduro, extendiéndose sobre el estanque y... Se detuvo, dándose cuenta de que era la primera vez que pensaba en continuar con el estanque desde el descubrimiento. Él debió de saberlo, tal como había sabido que el sauce podría ser suficiente para hacerle ver la belleza y la serenidad otra vez. Casi toda su ira se había evaporado antes de que recordara aferrarse a ella.

—Una ofrenda de paz —repitió, pasando un dedo por una delicada hoja—. ¿Es así como lo llamas?

—Quizá —plantó la pala en el suelo, donde permaneció erguida, algo ladeada hacia la izquierda—. ¿Tienes algo fresco para beber?

Maggie llegó a la conclusión de que era una disculpa, quizá la única que sabría dar un hombre como él. Sólo necesitó cinco segundos para decidir aceptarla.

—Quizá —contestó con igual tono, y luego se volvió para ir hacia la casa. Sonrió cuando él caminó a su lado—. Tus hombres han hecho un trabajo excelente —continuó mientras se dirigían a la parte de atrás—. Estoy ansiosa por ver qué aspecto va a tener la vegetación que pongamos sobre el muro de contención.

—Debería poder verse algo en cuatro o cinco días más. Se extenderá con bastante rapidez como para cubrir esta loma antes de que acabe el verano —mantuvo las manos en los bolsillos de atrás de los vaqueros mientras estudiaba el trabajo que habían realizado sus hombres y pensaba en la mujer que lo acompañaba—. ¿Has estado ocupada?

Maggie enarcó una ceja.

—Supongo que sí. La casa necesita mucha atención.

—¿Has visto el periódico?

—No —repuso, desconcertada—. ¿Por qué?

Él se encogió de hombros, y luego se adelantó para abrir la mosquitera.

—Aparece una gran historia basada en el hallazgo de William Morgan enterrado en su antigua propiedad. Propiedad —continuó cuando ella pasó delante para entrar en la cocina— que acaba de adquirir una compositora famosa.

—¿Pusieron mi nombre? —se volvió con brusquedad.

—Sí, lo mencionan... varias veces.

—Maldición —murmuró y, olvidando que él había pedido beber algo, se dejó caer en una silla—. Había querido evitar eso —esperanzada, alzó la vista—. ¿En el periódico local?

Cliff fue a la nevera a buscar un refresco.

—Morganville no tiene periódico. Aparecieron artículos en el *Frederick Post* y en el *Herald Mail* —al abrir la botella, indicó el auricular descolgado del teléfono—. Si no hubieras hecho eso, ya habrías tenido que contestar un aluvión de llamadas de periodistas —«y mías», pensó. En las últimas veinticuatro horas, la había llamado una docena de veces. Se llevó la botella a los labios y bebió—. ¿Es tu vía de escape estos días?

En su defensa, Maggie se puso de pie y con fuerza colgó bien el auricular.

—No necesito escapar de nada. Tú mismo dijiste que todo este asunto no tenía nada que ver conmigo.

—Así es —examinó el líquido que quedaba en la botella—. Quizá escapabas de otra cosa —la miró—. ¿Te escondías de mí, Maggie?

—Desde luego que no —fue hasta el fregadero y comenzó a limpiarse las manchas de pintura de la mano—. Te he dicho que estuve ocupada.

—¿Demasiado ocupada para contestar el teléfono?

—Es una distracción. Si quieres empezar una discusión, Cliff, puedes llevarte tu ofrenda de paz y... —el teléfono sonó detrás de ella, haciendo que finalizara la sugerencia con una maldición. Antes de poder contestar, lo hizo Cliff.

—¿Sí? —vio la mirada furiosa que le dedicó al apoyarse en la encimera. Descubrió que había echado eso de menos, igual que la sutil sexualidad del perfume que llevaba—. No, lo siento, la señorita Fitzgerald no está disponible en este momento —colgó mientras Maggie se secaba las manos en los vaqueros.

—Yo puedo filtrar mis propias llamadas, gracias. Cuando necesite un enlace, te lo comunicaré.

—Sólo quise ahorrarte más enfados —bebió otro trago de la botella.

—No quiero que tú ni que nadie me ahorre contrariedades —refunfuñó—. Es mi contrariedad y haré lo que me apetezca con ella —él sonrió, pero antes de que Maggie pudiera pensar en una réplica, el teléfono volvió a sonar—. No te atrevas —le advirtió. Lo apartó a un lado y contestó ella—. Hola.

—Maldita sea, Maggie, has vuelto a descolgar el teléfono.

Soltó un bufido. Un periodista habría sido más fácil de manejar.

—Hola, C.J., ¿cómo estás?

—¡Yo te diré cómo estoy!

Apartó el auricular del oído y miró a Cliff con expresión ceñuda.

—No es necesario que te quedes.

Él tomó otro largo trago de la botella antes de reclinarse cómodamente.

—No me importa.

—¡Maggie! —la voz de C.J. vibró en su oído—. ¿Con quién diablos hablas?

—Con nadie —farfulló, dándole la respalda adrede a Cliff—. Ibas a contarme cómo te encontrabas.

—Durante las últimas veinticuatro horas he estado frenético tratando de llamarte. Maggie, es una irresponsabilidad dejar descolgado el teléfono cuando la gente trata de hablar contigo.

—Es evidente que lo dejé descolgado para que no se me pudiera localizar.

—Si no hubiera podido hablar contigo ahora, te iba a enviar un telegrama, y ni siquiera estoy seguro de que entreguen telegramas en esa zona. ¿Qué diablos has estado haciendo?

—Trabajar —soltó entre dientes—. No puedo trabajar cuando el teléfono no para de sonar. Me trasladé aquí para estar sola. Aún estoy esperando que eso suceda.

—Es una bonita actitud —replicó. Buscó en un cajón del escritorio unos antiácidos—. Hay gente por todo el país preocupada por ti.

—Maldita sea, la gente por todo el país no tiene que preocuparse por mí. ¡Estoy bien!

—Suenas bien.

Con un esfuerzo, controló su precario genio.

—Lamento haberte gritado, C.J., pero estoy harta de que se me critique por hacer lo que quiero hacer.

—Yo no te critico —gruñó él—. Sólo se trata de una preocupación natural. Por el amor de Dios, Maggie,

¿quién no estaría preocupado después de ese asunto en el periódico?

Se puso tensa y, sin pensárselo, se volvió para mirar a Cliff. Él la observaba con intensidad.

—¿Qué asunto en el periódico?

—Sobre ese hombre... ah, lo que quedaba de ese hombre encontrado en tu propiedad. Santo cielo, Maggie, estuve a punto de sufrir un ataque al corazón cuando lo leí. Luego, al no poder contactar contigo...

—Lo siento —se pasó una mano por el pelo—. De verdad que lo siento, C.J. No pensé que saliera en los periódicos, al menos no allí.

—Maggie, deberías saber que cualquier cosa que lleve tu nombre va a aparecer en la prensa a ambos lados del Atlántico.

Ella comenzó a frotarse la sien derecha.

—Y tú sabes que ésa era una de las causas por las que quería irme.

—Dónde vivas no va a cambiar eso.

—Al parecer, no —suspiró—. No he leído el periódico, pero estoy convencida de que todo se ha sacado de quicio.

—¿Sacado de quicio? —ella tuvo que apartar el auricular de la oreja—. ¿Te topaste o no con un montón de... de huesos?

Hizo una mueca ante esa imagen.

—No exactamente —tuvo que concentrarse en mantener la voz serena—. De hecho, fue el perro el que los encontró. La policía se presentó de inmediato. En realidad, yo no he estado involucrada —vio que Cliff enarcaba una ceja.

—Maggie, ponía que el hombre había sido asesinado y enterrado allí mismo, a sólo metros de tu casa.

—Hace diez años —apretó los dedos con más firmeza sobre la sien.

—Maggie, vuelve a casa.

—C.J., estoy en casa —cerró los ojos.

—Maldita sea. ¿Cómo se supone que voy a dormir por la noche pensando que estás sola en medio de ninguna parte? Por el amor de Dios, eres una de las mujeres con más éxito, rica y celebrada del mundo, y vives en un pueblo fantasma.

—Si tengo éxito, soy rica y celebrada, puedo vivir donde quiera —luchó por contener el genio. Sin importar cómo lo expusiera, la preocupación de C.J. era real—. Además, tengo al feroz perro guardián que me enviaste —bajó la vista a donde Killer dormía apaciblemente a los pies de Cliff. Sonrió—. No podría estar más segura.

—Si contrataras a un guardaespaldas...

Rió.

—Vuelves a comportarte como una solterona. Lo último que necesito es un guardaespaldas. Estoy bien. He terminado la banda sonora, tengo docenas de ideas para canciones nuevas rondándome la cabeza, e incluso estoy pensando en otro musical. ¿Por qué no me dices lo brillante que fue la banda sonora?

—Sabes que es brillante —musitó—. Probablemente, es lo mejor que has hecho.

—Más —insistió—. Dime más. Mi ego está famélico.

C.J. suspiró, reconociendo la derrota.

—Cuando se la puse a los productores, se mostraron

extasiados. Sugirieron que vinieras a supervisar la grabación.

—Olvídalo —comenzó a caminar por la cocina.

—Maldita sea, iríamos hasta donde estás tú, pero no hay estudio en Hicksville.

—Morganville —corrigió con suavidad—. No me necesitáis para la grabación.

—Quieren que interpretes tú el tema principal.

—¿Qué? —sorprendida, dejó de caminar.

—Escúchame antes de responder que no —adoptó su mejor voz de negociador—. Comprendo que siempre te has negado a interpretar o a grabar, y yo jamás te he presionado. Pero se trata de algo que realmente creo que deberías considerar. Maggie, esa canción es dinamita, absoluta dinamita, y nadie será capaz de transmitir con ella lo que tú has escrito. Después de pasar la cinta, todo el mundo en la sala necesitó una ducha fría.

Aunque rió, no fue capaz de desterrar por completo la idea.

—Se me ocurre media docena de artistas que podría interpretarla, C.J. No me necesitas a mí.

—Y a mí una docena —contraatacó él—. Pero no como tú. La canción te necesita, Maggie. Al menos podrías pensarlo.

Se dijo que ya lo había rechazado demasiadas veces por un día.

—De acuerdo, lo pensaré.

—Dame una respuesta en una semana.

—C.J...

—Vale, vale, en dos semanas.

—Muy bien. Y lamento lo del teléfono.

—Al menos podrías poner uno de esos odiosos contestadores.

—Tal vez. Cuídate, C.J.

—Siempre lo hago. Sigue tu propio consejo.

—Siempre lo hago. Adiós —colgó con un largo suspiro.

—¿Siempre es tan insistente?

—Supongo. Parece que la noticia ha llegado hasta los diarios de la Costa Oeste. Y entonces, al no poder hablar conmigo... —calló y miró ceñuda en dirección a la ventana.

—Estás tensa.

—No.

—Sí —corrigió él—. Puedo verlo —pasó la mano por el costado de su cuello hasta la curva del hombro—. Puedo sentirlo.

El roce de sus dedos le provocó un hormigueo en la piel.

—No quiero que hagas eso.

Adrede, él llevó la otra mano en un recorrido similar, de modo que pudo aflojar la tensión de ambos hombros.

—¿Tocarte? —musitó—. Es difícil no hacerlo.

Sabiendo que ya empezaba a ceder, alzó las manos a sus muñecas.

—Esfuérzate —aconsejó al tratar de apartarlo.

—Lo he hecho estos últimos días —presionó los dedos sobre su piel y los aflojó, presionó y los aflojó—. Llegué a la conclusión de que era una canalización errónea de energía, cuando podía dedicar el mismo esfuerzo a hacerte el amor.

Empezaba a nublársele la mente y a entrecortársele la respiración.

—No tenemos nada que darnos el uno al otro.

—Los dos sabemos que eso no es verdad —bajó la cabeza para poder rozarle con los labios la sien que había visto que se masajeaba durante la conversación telefónica.

Antes de que lo detuviera, de su boca escapó un suspiro. Se dijo que no era eso lo que quería... era todo lo que quería.

—El sexo es...

—Una parte necesaria y gozosa de la vida —concluyó él antes de bajar los labios para provocar a los de Maggie.

«De modo que esto es la seducción», pensó ella mientras su mente comenzaba a flotar. Era excitación sin voluntad. Sabía que no ofrecía resistencia, igual que sabía que cuando la rendición fuera completa, quemaría los puentes a su espalda.

—Sólo seremos dos personas compartiendo una cama —murmuró—. No hay nada más.

Fuera una pregunta o una afirmación, Cliff trató de creer que era verdad. Si hubiera algo más, no terminaría, y se encontraría enredado para el resto de la vida con una mujer a la que apenas entendía. Si sólo había necesidades, podría renunciar al control y entregarse a ellas. Si hubiera sólo deseo, podría tomar lo que quisiera sin ninguna consecuencia.

—Deja que te sienta —murmuró sobre sus labios—.

Quiero tu piel bajo mis manos, tu piel suave y encendida, tu corazón palpitante y desbocado.

«Cualquier cosa», pensó mareada. Le daría cualquier cosa, siempre y cuando permaneciera tan cerca como en ese momento, mientras la boca continuara con la oscura, desesperada y delirante seducción de sus sentidos. Le quitó la camiseta por la cabeza, luego bajó las manos por los costados de su torso y las volvió a subir, de manera que la fricción casi la enloqueció en su deseo de más. La camisa de Cliff le frotó los pezones tensos hasta que introdujo las manos entre ellos para poseerlos.

Tenía los muslos apretados contra los de Cliff, con sólo dos finas capas de vaqueros separándolos. Podía recordar cada pendiente y plano de su cuerpo, la sensación de tenerlo cálido, urgente y desnudo sobre ella.

Olía a trabajo y a intemperie, con rastros de sudor y tierra removida. A medida que el olor le atravesaba los sentidos, pasó los labios por su cara y su cuello para extraer el sabor.

Salvaje, como la tierra que los contenía a ambos. Tentador e indómito, como los densos bosques que los rodeaban. No había peligro en ninguno de los dos, sólo placer y maravilla. Hizo a un lado toda razón y se entregó al momento.

—Ahora —exigió con voz ronca—. Te quiero ahora.

Sin sentido del tiempo o del lugar, sin titubeos, se tumbaron en el suelo. La lucha con la ropa sólo incrementó el aura de desesperación y deseo implacable que brotaba cada vez que se tocaban. Con cuerpos cálidos, se encontraron.

Cuando el teléfono quebró la atmósfera, ninguno lo oyó. Ya fuera por elección propia o por voluntad del destino, no había nada para ninguno de los dos que no fuera el otro.

Un temblor, un gemido, una caricia áspera, el olor y la furia de la pasión; ése era su mundo. Cada vez con más urgencia, buscaron el sabor y el contacto del otro, como si el apetito nunca fuera a saciarse, como si ninguno fuera a permitirlo. El suelo estaba duro y suave debajo de ellos. Rodaron sobre él como si fuera un lecho de plumas. El sol los bañaba. Exploraron todos los secretos de la noche.

Hombre para mujer, mujer para hombre... el tiempo no dispuso de ningún lugar y el lugar careció de sentido. En llamas y abierta, su boca encontró la de Maggie y al hacerlo, ardió con la necesidad de poseerla por completo. Sus dedos se clavaron en las caderas de ella al colocarla encima. La sintió palpitar, del mismo modo que sintió el torrente de la pasión golpear contra el debilitado dique de su control. En el momento de la unión, el cuerpo de ella se arqueó hacia atrás en asombrado placer. El ritmo fue frenético, dejándolos a los dos desvalidos y salvajes. Una y otra vez se empujaron hacia el abismo, sin piedad.

Con ojos entornados, la vio temblar con la velocidad con que alcanzaba la cumbre. Luego se vio arrastrado con ella hacia el poder de la definitiva danza de fuego.

IX

¿Habían pasado horas o su sensación del tiempo seguía distorsionada? Cliff trató de evaluar el tiempo por el ángulo del sol a través de la ventana, pero no pudo estar seguro. Se sentía más que descansado; se sentía revitalizado. Giró la cabeza y observó a Maggie mientras dormía a su lado. Aunque sus propias acciones aparecían vagas en su mente, como un sueño borroso al despertar, podía recordar llevarla arriba, donde se dejaron caer en la cama, para sumirse en un sueño exhausto el uno en los brazos del otro. Sí, esa parte era vaga, pero el resto...

En el suelo de la cocina. Se pasó una mano por la cara, inseguro de sentirse complacido o asombrado. Descubrió que ambas cosas.

Cuando un hombre con experiencia había alcanzado los treinta años, debería ser capaz de mostrar un poco más de control, emplear un poco más de delicadeza. Pero no había sido así las dos veces que le había hecho el amor. Y no estaba seguro de que fuera a cambiar si la amara cien veces. Ejercía un poder sobre él que era profundo y desataba en él frenesí en vez de estilo. Sin embargo... Mirarla se estaba convirtiendo en una costumbre que no sabía si le resultaría fácil eliminar. Y al verla quieta de esa manera, lo embargaba una ternura protectora. Hasta donde podía recordar, ninguna mujer le había producido semejante reacción. El descubrimiento no resultaba cómodo.

Quizá se debía a que cuando dormía, como en ese momento, parecía frágil, indefensa, pequeña. Jamás había sido capaz de resistir la fragilidad. Cuando la tenía en brazos, era toda fuego y llamarada, con un poder tan poderoso que parecía indestructible.

Frunció el ceño e inconscientemente la acercó. Maggie murmuró algo pero siguió durmiendo. Aunque le había dicho que no tenía relación alguna con lo sucedido diez años atrás, no le gustaba saber que estaba sola en la casa grande y aislada.

Quienquiera que hubiera matado a William Morgan había estado diez años sin recibir castigo. Probablemente había caminado por las calles de la ciudad, había conversado a la puerta del banco, vitoreado en los partidos de las ligas infantiles. No era un pensamiento agradable. Como no lo era llegar a la conclusión de que quienquiera que había asesinado una vez podía hacer lo que fuera necesario para continuar llevando una vida tranquila en una ciudad donde todo el mundo conocía tu nombre y tu historia. Eso de que el asesino siempre regresaba al escenario del crimen podía ser un tópico, pero...

Despertó sola, la mente aún desorientada. Aturdida, se preguntó si sería de mañana. Al moverse y alzar las dos manos para apartarse el cabello, sintió la dulce pesadez en sus miembros, causada por el acto sexual. Giró la cabeza para ver que la cama estaba vacía.

Quizá había sido un sueño. Pero al tantear las sábanas a su lado, aún estaban templadas.

Habían hecho el amor en el suelo de la cocina, pero él se había marchado sin decir nada.

«Crece, Maggie», se ordenó. «Sé sensata». Desde el principio había sabido que no se trataba de ningún romance, sino de deseo. Lo único que ganaría de continuar pensando en lo primero sería dolor. El romance era para los soñadores, los vulnerables, los ingenuos. ¿Acaso no había dedicado gran parte de su tiempo a educarse para no ser ninguna de esas cosas?

No se amaban. La negativa le provocó que se le retorcieran las entrañas. No, insistió, no lo amaba. No podía permitirse ese lujo.

Se cubrió los ojos con el brazo y se negó a reconocer el temor creciente de que ya le había entregado más que su cuerpo, sin que ninguno de los dos fuera consciente de ello.

Entonces lo oyó... el suave crujido justo encima de su cabeza. Despacio, bajó los brazos y se quedó quieta. Cuando lo oyó por segunda vez, el pánico se

le atragantó. Estaba despierta, era plena tarde y los sonidos procedían del desván, no de su imaginación.

Aunque temblaba, se levantó de la cama. En esa
ocasión no iba a quedarse amilanada en la habitación,
mientras alguien invadía su casa. Se humedeció los labios y se puso una camiseta, dispuesta a ir a averiguar
quién era y qué quería. Con frialdad y claridad de
ideas, recogió el atizador de la chimenea y salió al pasillo.

Las escaleras del desván se hallaban a su derecha. Al
ver que la puerta superior estaba abierta, el miedo
volvió a atravesarla. No se había abierto desde que se
fuera a vivir allí. Temblando, pero decidida, aferró con
más fuerza el atizador y subió los escalones.

En el umbral, se detuvo y oyó un leve susurro de
movimiento en el interior. Juntó los labios, tragó saliva y entró.

—Maldita sea, Maggie, podrías herir a alguien con
esa cosa.

Dio un salto atrás y se golpeó contra la jamba.

—¿Qué haces aquí arriba? —demandó mientras Cliff
la miraba ceñudo.

—Echaba un vistazo. ¿Cuándo fue la última vez que
subiste?

Ella soltó el aliento contenido y liberó parte de la
tensión que la dominaba.

—Nunca. No figura en lo más alto de mi lista de
prioridades, de modo que no he subido desde que
me vine a vivir aquí.

Él asintió.

—Alguien lo ha hecho.

Por primera vez, ella estudió la habitación. Tal como había sospechado, contenía poco más que polvo y telarañas. Era lo bastante alta como para que Cliff permaneciera erguido, con unos centímetros de sobra hasta el techo, aunque por los lados descendía con el ángulo del tejado. Había una vieja mecedora que podría resultar interesante restaurada, un sofá irrecuperable, dos lámparas sin pantallas y un baúl de viaje alto y grande.

—No parece haber tenido la presencia de alguien en muchos años.

—Posiblemente, una semana —corrigió él—. Mira esto —fue hasta el baúl y, con una mueca de desagrado por el polvo del suelo, Maggie lo siguió descalza.

—¿Y? —quiso saber ella—. Joyce mencionó que tenía unas cosas aquí arriba que no le servían para nada. Le dije que no se molestara por ellas, que yo me ocuparía de tirarlas llegado el momento.

—Yo diría que alguien ya se ha llevado algo —se puso en cuclillas frente al baúl polvoriento y señaló.

Maggie se inclinó y lo vio. Cerca de la cerradura, y muy tenue, la huella de una mano.

—Pero...

Cliff le sujetó la muñeca antes de que pudiera tocar la huella.

—Yo no lo haría.

—Alguien estuvo aquí —murmuró—. No fue mi imaginación —luchó por retener la calma—. Pero ¿qué habría podido querer de aquí arriba?

—Buena pregunta —se irguió, pero no le soltó la mano.

—¿Y qué te parece una buena respuesta?

—Creo que podríamos ver qué piensa el sheriff.

—¿Crees que tiene que ver con... con la otra cosa?

—Creo que es extraño que todo suceda al mismo tiempo. Las casualidades son cosas curiosas. Tú no serías tan lista como para dejar correr ésta.

—No —no pertenecía a algo de diez años atrás. Era del presente—. Llamaré al sheriff.

—Lo haré yo.

Se detuvo en la puerta.

—Es mi casa —comenzó.

—Desde luego que lo es —convino Cliff con suavidad; luego la asombró al acariciarle los muslos y las caderas—. No me importa mirarte medio vestida, pero eso va a distraer a Stan.

—Muy gracioso.

—No, muy hermosa —bajó la cabeza y la besó con la primera muestra de gentileza verdadera exhibida hasta el momento. Cuando alzó otra vez la cabeza, dijo—: Llamaré al sheriff. Tú ve a ponerte algo.

Sin esperar una respuesta, bajó los escalones, dejándola para mirarlo con ojos centelleantes. Aturdida, se llevó un dedo a los labios. Había sido algo inesperado y tan difícil de explicar como todo lo sucedido entre ellos.

Mientras regresaba a su habitación, se preguntó qué haría si volvía a besarla de esa manera. ¿Cuánto iba a tener que esperar hasta que lo hiciera? Una mujer podía enamorarse de un hombre que besara de esa manera.

Se contuvo. «Algunas mujeres», corrigió mientras

se enfundaba unos vaqueros. Ella no. No iba a enamorarse de Cliff Delaney. No era para ella. Sólo quería...

Entonces recordó que no se había marchado sin
decir nada. De hecho, no se había marchado.

—¡Maggie!

La voz desde el pie de las escaleras la sobresaltó.

—Sí —respondió mientras contemplaba su propia
cara asombrada en el espejo.

—Stan viene de camino.

—De acuerdo, ya bajo —«en un minuto», se dijo para
sí misma. Moviéndose como alguien que no estaba
segura de poder confiar en sus piernas, se dejó caer
en la cama.

Si estaba enamorándose de él, era mejor que lo re-
conociera ya, mientras todavía había tiempo de hacer
algo al respecto. ¿Quedaba tiempo? De pronto se le
ocurrió que el tiempo ya se le había agotado. Tal vez
se había agotado en cuanto bajó de la furgoneta la
primera vez que entró en su propiedad.

«¿Y ahora qué?», se preguntó. Se había permitido
enamorarse de un hombre al que apenas conocía y
entendía y que ni siquiera tenía la certeza de que le
cayera bien todo el tiempo. Desde luego, él no la entendía ni daba la impresión de querer hacerlo.

Sin embargo, había plantado un sauce en su patio.
Quizá comprendía más de lo que ninguno de los dos se
daba cuenta. Sin embargo, eran polos opuestos en actitud. Por el momento, no le quedaba otra opción que
seguir a su corazón y esperar que su mente la mantuviera equilibrada. Al ponerse de pie, con cierto fatalismo
recordó que hasta el momento nunca había sido así.

Abajo reinaba el silencio, pero en cuanto llegó al rellano, percibió el olor a café. No supo si debería sentirse irritada o complacida de que él se comportara como si estuviera en su casa. Incapaz de decidirlo, regresó a la cocina.

—¿Quieres una taza? —preguntó Cliff al verla entrar. Él bebía una.

—De hecho, sí —enarcó una ceja—. ¿Has tenido problemas para encontrar lo que necesitabas?

Él soslayó el sarcasmo y sacó otra taza del armario.

—No. No has almorzado.

—Por lo general, no lo hago —se acercó por detrás para servirse ella misma la taza.

—Yo sí —indicó con sencillez.

Con una naturalidad que Maggie consideró que bordeaba la arrogancia, abrió la nevera y comenzó a inspeccionarla.

—Como si estuvieras en tu casa —musitó antes de quemarse la lengua con el café.

—Será mejor que aprendas a llenarla —la informó al descubrir la escasez de provisiones—. No es muy extraño quedar aislado una semana por la nieve en estos lugares.

—Lo recordaré.

—¿Tú comes esto? —preguntó, empujando un paquete de yogures.

—Da la casualidad de que me gustan —se acercó con la intención de cerrar la nevera, sin pensar en si él aún tenía la mano dentro o no. Cliff se adelantó y la sacó con una pata de pollo—. Me gustaría mencionar que te estás comiendo mi cena.

—¿Quieres un mordisco? —en apariencia todo amabilidad, extendió el muslo delgado.

—No —Maggie se concentró en evitar que los labios se curvaran hacia arriba.

—Es gracioso —dio un mordisco y masticó pensativo—. Pero con sólo entrar en esta cocina, da la impresión de que mi apetito despierta.

Adrede, ella se acercó más y lentamente subió las manos por su torso. Decidió que ya era hora de devolverle su propia medicina.

—Puede que esté hambrienta, después de todo —murmuró y, poniéndose de puntillas, pasó los labios por los de él.

Como no había esperado algo así, Cliff no hizo nada. Desde el principio había sido quien había acechado y seducido. Al mirar en esos ojos profundos y aterciopelados, pensó que estaba ante una hechicera. Mientras la sangre le hervía, se cuestionó quién había acechado y seducido.

Lo dejaba sin aliento... sólo olerla y tocarla le nublaba la razón. Cuando lo miraba de esa manera, con los labios entreabiertos y cercanos, era la única mujer a la que deseaba, la única a la que conocía. En momentos como ése, la deseaba con un fuego que prometía no apagarse nunca. De pronto lo aterró.

—Maggie —alzó una mano para contenerla, para acercarla; pero jamás lo sabría, porque el perro comenzó a ladrar y desde el exterior les llegó el sonido de un coche al subir la pendiente. Volvió a dejar caer la mano al costado—. Debe de ser Stan.

—Sí —lo estudió con manifiesta curiosidad.

—Será mejor que vayas a abrir.

—De acuerdo —lo miró otro momento, complacida con la incertidumbre que veía—. ¿Vienes?

—Sí. En un minuto —esperó hasta que se fue, y luego suspiró. Con el apetito extrañamente perdido, abandonó el muslo de pollo y recogió la taza de café. Al notar que no tenía las manos muy firmes, se lo bebió de un trago.

Tenía mucho en qué pensar. El sheriff estaba ante su puerta, Cliff se hallaba en su cocina como si lo hubieran golpeado con un instrumento romo y su propia cabeza se encontraba tan ligera con la sensación de... ¿poder?... que no sabía qué podía pasar a continuación. Nunca en la vida se había sentido más estimulada.

—Señorita Fitzgerald.

—Sheriff —recogió a Killer con un brazo para contener sus ladridos.

—Vaya bestia tiene aquí —comentó; luego alargó la mano para dejar que el cachorro la oliera con cautela—. Cliff me ha llamado —continuó—. Dijo que parecía como si alguien hubiera entrado en su casa.

—Es la única explicación factible —retrocedió para luchar con el cachorro y la puerta—. Aunque para mí no tiene ningún sentido. Al parecer, alguien estuvo en el desván la semana pasada.

—¿La semana pasada? —Stan se ocupó de la puerta, y apoyó la mano con indiferencia sobre el mango del revólver—. ¿Por qué no me llamó antes?

Sintiéndose tonta, dejó al perro en el suelo.

—Desperté en un momento de la noche y oí ruidos. Reconozco que en su momento me dominó el pánico, pero por la mañana... —se encogió de hombros—. Por la mañana pensé que había sido mi imaginación, de modo que, más o menos, olvidé todo el asunto.

Stan escuchó, y el gesto de asentimiento fue de comprensión y de ánimo para que prosiguiera.

—¿Y ahora?

—Se lo mencioné a Cliff esta... esta mañana —finalizó—. Sintió la suficiente curiosidad como para subir al desván.

—Comprendo.

Maggie tuvo la impresión de que lo comprendía todo muy bien.

—Stan —Cliff avanzó por el pasillo procedente de la cocina—. Gracias por venir —se lo veía perfectamente relajado.

«Yo debería haber dicho eso», pensó Maggie, pero antes de que pudiera abrir otra vez la boca, los hombres se pusieron a hablar.

—Tengo entendido que has encontrado algo en el desván.

—Lo suficiente como para hacerme pensar que alguien ha estado husmeando.

—Será mejor que eche un vistazo.

—Se lo mostraré —intervino ella, abriendo el camino hacia las escaleras.

Al llegar a la puerta del desván, Stan bajó la vista al atizador que aún estaba apoyado contra su superficie.

—Alguien podría tropezar con eso —comentó con suavidad.

—Debí de dejarlo antes —sin prestar atención a la sonrisa de Cliff, lo recogió y lo sostuvo a su espalda.

—No parece que haya habido alguien por aquí en mucho tiempo —comentó Stan al apartarse una telaraña de la cara.

—Yo no he venido nunca hasta hoy —tembló al ver subir a una araña negra por la pared de su izquierda. Todavía no le había reconocido a nadie que era la posibilidad de los insectos y los ratones lo que la mantenía lejos—. Ha habido tantas cosas que hacer en la casa —adrede, se apartó más de esa pared.

—Hay poca cosa aquí —Stan se frotó el mentón—. Joyce y yo limpiamos todo lo que nos interesaba nada más heredar. Louella ya tenía todo lo que le interesaba a ella. Si usted no ha subido —miró lentamente alrededor—, ¿cómo sabe que falta algo?

—No lo sé. Es por esto —por segunda vez, cruzó la estancia en dirección al baúl. En esa ocasión fue ella quien se puso en cuclillas y señaló.

Stan se inclinó por encima de ella.

—Es curioso —murmuró, con cautela de no borrar el débil perfil—. ¿Lo ha abierto usted?

—Ninguno de los dos lo ha tocado —anunció Cliff por detrás.

Stan asintió y apretó el botón del cerrojo. Su otra mano se alzó automáticamente y se detuvo justo antes de sujetar el baúl en el mismo punto en que lo había hecho la huella.

—Parece que alguien sí —con precaución apoyó la

mano en el cierre y tiró–. Cerrado –se puso en cuclillas y frunció el ceño–. Maldición si recuerdo lo que
hay aquí dentro o si hay una llave. Puede que Joyce
lo sepa... aunque es más factible que lo sepa Louella.
No obstante... –movió la cabeza y se irguió–. No
tiene mucho sentido que alguien irrumpa aquí para
sacar algo de este viejo baúl, en especial ahora que la
casa está ocupada por primera vez en diez años
–miró a Maggie–. ¿Está segura de que no falta nada
abajo?

–No... es decir, eso creo. Casi todas mis pertenencias siguen embaladas.

–No estaría mal echar un vistazo.

–De acuerdo –regresó a la primera planta, comprendiendo que esperaba que faltara algo. Eso tendría
sentido; sería algo tangible. La leve huella del baúl sin
ninguna explicación le provocaba una sensación de
desasosiego. Un robo sin causa ulterior simplemente
la indignaría.

Seguida por los dos hombres, fue a su dormitorio
para comprobar primero el joyero. Todo se hallaba tal
como debía ser. En el dormitorio siguiente había cajas que a primera vista revelaban que no habían sido
tocadas.

–Es todo lo que hay aquí arriba. Hay más cajas
abajo y algunos cuadros que aún no he vuelto a en-
marcar.

Vayamos a ver.

Siguiendo la sugerencia del sheriff, volvió a enca-
minarse hacia las escaleras.

–No me gusta –le dijo Cliff a Stan en voz baja–. Y

tú tampoco crees que vaya a descubrir que falta algo abajo.

—Lo único que tiene sentido es un robo, Cliff.

—Muchas cosas no han tenido sentido desde que empezamos a excavar en esa hondonada.

Stan suspiró sin dejar de mirar la espalda de Maggie mientras bajaba las escaleras.

—Lo sé, y muchas veces no hay respuestas.

—¿Vas a contarle esto a Joyce?

—Puede que tenga que hacerlo —se detuvo al llegar al pie de las escaleras y se frotó la nuca, como si tuviera tensión o cansancio—. Es una mujer fuerte, Cliff. Supongo que no supe cuán fuerte era hasta que empezó todo este asunto. Sé que cuando nos casamos, mucha gente pensó que lo hacía por su herencia.

—No todos los que te conocían.

Stan se encogió de hombros.

—Sea como fuere, eso se apagó pasado un tiempo, y desapareció por completo cuando me convertí en sheriff. Supongo que hubo ocasiones en las que me pregunté si Joyce lo había pensado alguna vez.

—Me lo habría contado —soltó Cliff sin rodeos.

Con una risa a medias, Stan se volvió hacia él.

—Sí, lo habría hecho.

Maggie volvió al pasillo desde la sala de música.

—Ahí tampoco falta nada. Tengo algunas cosas en el salón, pero...

—Ya que estamos, seamos exhaustivos —indicó Stan, y cruzó el vestíbulo para inspeccionar el umbral—. ¿Pintando? —preguntó al notar la lata y el pincel junto a la ventana.

—Había pensado en acabar todos los adornos hoy —comentó distraída mientras examinaba unas cajas más—, pero entonces apareció la señora Morgan y...

—Louella —interrumpió Stan.

Como fruncía el ceño, Maggie quiso suavizarlo.

—Sí, aunque no se quedó mucho. Sólo le echamos un vistazo a las fotos que me prestó —recogió el sobre—. De hecho, quería mostrártelas, Cliff. Me preguntaba si sabrías cómo aconsejarme plantar unas rosas colgantes como éstas —flanqueada por los hombres, Maggie repasó las instantáneas—. Desde luego, Louella tiene un toque especial para conseguir que las flores parezcan que han crecido solas —murmuró—. No sé si yo poseo ese talento.

—Siempre le ha gustado este lugar —dijo Stan—. Ella... —calló al aparecer la foto en color en la que estaba él y Morgan—. La había olvidado —musitó al rato—. Joyce la sacó el primer día de la temporada de caza del ciervo.

—Louella mencionó que su hija cazaba.

—Así es —indicó Cliff—, porque él quería que lo hiciera. Morgan tenía... afecto por las armas.

«Y una le causó la muerte», pensó Maggie con un escalofrío. Puso las fotos boca abajo.

—No falta nada en ningún sitio que se me ocurra, sheriff.

Él miró las fotos.

—Bueno, entonces iré a comprobar las puertas y las ventanas, ver si se ha forzado algo.

—Puede hacerlo —Maggie suspiró—, pero no sé si las puertas tenían el cerrojo, y como mínimo, la mitad de las ventanas estaban abiertas.

La miró con la misma expresión que los padres emplean con los hijos cuando cometen una tontería esperada.

—No obstante, echaré un vistazo. Nunca se sabe.

Cuando salió, ella se dejó caer en el sofá y guardó silencio. Como si no tuviera nada mejor que hacer, Cliff se acercó al reloj de la repisa y comenzó a darle cuerda. Killer salió de debajo del sofá y se puso a bailar entre sus piernas. La tensión en la habitación era palpable. Maggie ya casi había abandonado la esperanza de saber si alguna vez desaparecería.

¿Por qué alguien querría forzar un viejo baúl que llevaba años abandonado? ¿Por qué Cliff había participado de ese descubrimiento, tal como del realizado en la hondonada? ¿Qué la había impulsado a enamorarse de él? Si pudiera entender algo de eso, quizá lo demás encajara en su sitio y sabría qué movimiento realizar.

—No parece haber ninguna entrada forzada —expuso Stan al regresar—. Iré a la ciudad, redactaré un informe oficial y me pondré a trabajar en esto, pero... —movió la cabeza—. No puedo prometer nada. Le sugiero que mantenga las puertas cerradas y que piense en poner los cerrojos que le recomendé.

—Me quedaré aquí los próximos días —anunció Cliff, sumiendo a los dos en un silencio sorprendido. Prosiguió como si no hubiera notado la reacción causada por su declaración—. Maggie no estará sola, aunque da la impresión de que fuera lo que fuere lo que se buscaba ya se ha conseguido.

—Sí —Stan se rascó la nariz y casi ocultó una sonrisa—. Será mejor que me vaya. Conozco la salida.

Maggie no se puso de pie para despedirse, sino que miró a Cliff hasta que se cerró la puerta de la entrada.

—¿Qué quieres decir con eso de que te vas a quedar aquí?

—Primero tendremos que hacer compras en el supermercado. No puedo mantenerme con lo que guardas en la cocina.

—Nadie te ha pedido que vivas de ello —se puso de pie—. Y nadie te ha pedido que te quedes. No entiendo por qué he de recordarte constantemente de quién es esta casa y esta propiedad.

—Yo tampoco.

—Se lo has contado a *él* —prosiguió—. Es como si le hubieras anunciado a toda la ciudad en general que tú y yo...

—Somos exactamente lo que somos —concluyó de buen humor—. Será mejor que te calces si vamos a ir a la ciudad.

—No voy a ir a la ciudad y tú no te vas a quedar aquí.

Se movió con tanta celeridad, que la sorprendió por completo. Cerró las manos sobre sus brazos.

—No voy a dejar que te quedes aquí sola a menos que sepamos con exactitud qué es lo que está pasando.

—Ya te he dicho que puedo cuidar de mí misma.

—Es posible, pero ésta no es la ocasión en que vamos a comprobarlo. Me voy a quedar.

Lo miró fijamente. La verdad era que no deseaba estar sola. De hecho, quería que se quedara. Y como era él quien insistía, tal vez le importaba más de lo que estaba dispuesto a reconocer. Quizá era hora de arriesgarse.

—Si dejo que te quedes... —comenzó.

—Me voy a quedar.

—Si dejo que te quedes —repitió con frialdad—, tendrás que preparar la cena esta noche.

Enarcó una ceja y aflojó un poco las manos en sus brazos.

—Después de probar tu destreza, no opondré resistencia.

—Bien —asintió, sin sentirse insultada—. Iré a ponerme los zapatos.

—Luego —antes de que supiera lo que iba a hacer, ambos cayeron sobre el sofá—. Tenemos todo el día.

Maggie consideró irónico que justo cuando empezaba a acostumbrarse a vivir sola dejara de vivir sola. Cliff realizó la transición de forma discreta. Un sentido enérgico y sutil de la organización parecía ser parte de su base. Ella siempre había respetado a las personas organizadas... desde una distancia segura.

Se marchaba temprano por las mañanas, mucho antes de que ella considerara decente que una persona se levantara de la cama. Era sigiloso y eficiente y nunca la despertaba. En ocasiones, cuando bajaba a tientas por la mañana, encontraba una nota manuscrita junto a la cafetera.

«El teléfono estaba otra vez descolgado», podría decir. O: «Estamos escasos de leche. Compraré».

No eran exactamente cartas de amor. Un hombre como Cliff no plasmaría sus sentimientos sobre el papel del modo en que ella sentía la necesidad de hacerlo. En ese sentido, eran opuestos.

En cualquier caso, no estaba segura de que alber-
gara algún sentimiento por ella, aparte de impaciencia y un esporádico ataque de intolerancia. Aunque
había veces en que sospechaba que tocaba algunos de
sus bordes más suaves, no se comportaba como un
amante. No le llevaba flores, pero recordaba que había plantado un sauce. No le ofrecía frases sofisticadas
e inteligentes, pero recordaba la expresión que a veces captaba en sus ojos. No era un poeta, no era romántico, pero esa mirada, esa mirada larga e intensa,
decía más de lo que oía la mayoría de las mujeres.

Quizá, y a pesar de ambos, comenzaba a compren-
derlo. Cuanto más entendía, más difícil se hacía controlar un amor en constante crecimiento. No era un
hombre cuyas emociones se pudieran empujar o canalizar. Y ella era una mujer que, una vez que se tocaban sus emociones, corría con ellas en la dirección
que eligieran.

Aunque sólo llevaba un mes viviendo en la casa de
las afueras de Morganville, comprendía unos pocos
elementos de la vida en una ciudad pequeña. Fuera
lo que fuere lo que hiciera, pasaba a ser de conocimiento general casi antes de haberlo completado. Y
eso atraía una variedad de opiniones que conduciría
a un consenso general. Había unas pocas personas es-
cogidas cuya opinión podía hacer oscilar ese consenso. Sabía que Cliff era una de ellas, siempre que
eligiera molestarse. Stan Agee y la cartera eran otras.
No tardó mucho en darse cuenta de que Bog era otra
persona cuya opinión se buscaba y se valoraba.

La política en Morganville podría haber estado a

una escala mucho menor que la de la industria de la música del sur de California, pero vio que corría en la misma vena. Sin embargo, en Los Ángeles ella había pertenecido a la segunda generación de la realeza, mientras que allí era una foránea. Una foránea cuya notoriedad podía ser desdeñada o aceptada. Hasta el momento, había sido afortunada, porque la mayoría de la gente clave había decidido aceptar. Había arriesgado esa aceptación al vivir con Cliff.

«Nada de vivir», corrigió mientras extendía adhesivo sobre el suelo recién levantado del cuarto de baño. No vivía con ella; se quedaba con ella. Había un mundo de diferencia. No se había trasladado allí con sus cosas ni habían mencionado la extensión de su estancia. Decidió que era como tener a un invitado a quien no se tenía la obligación de agasajar o impresionar.

Por elección propia y de manera del todo innecesaria, había elegido ser su guardaespaldas. Y por la noche, cuando el sol se ponía y en los bosques reinaba el silencio, su cuerpo era de él. Cliff aceptaba su pasión, sus apetitos y sus deseos. Quizá, sólo quizá, un día podría aceptar sus emociones. Pero primero tenía que llegar a entenderla tal como ella empezaba a entenderlo a él. Sin eso, y el respeto que acarreaba, las emociones y los deseos se marchitarían y morirían.

Situó el siguiente cuadrado de baldosa, y luego se echó para atrás con el fin de observar el resultado. La cerámica con motivos de piedra era rústica y le daría libertad para emplear un abanico infinito de combinaciones de color. No quería que en su casa hubiera nada demasiado limitado.

Al analizar las seis piezas que había instalado, asintió. Empezaba a adquirir habilidad con el trabajo.

Alargó la mano hacia la caja de baldosas, y maldijo cuando se cortó un dedo contra un borde afilado. Mientras iba al fregadero para pasarle agua fría al corte, se dijo que era el precio de ser el propio factótum. Quizá era hora de dejar las baldosas para regresar al pegamento y al papel para la pared.

Cuando el perro comenzó a ladrar, supo que cualquiera de los dos proyectos tendría que esperar. Resignada, cerró el grifo en el momento que oyó el sonido de un coche. Se acercó a la ventana pequeña y vio al teniente Reiker aparecer por la última curva.

Con el ceño fruncido, se preguntó por qué había vuelto. No tenía más información que darle. Al ver que no se acercaba de inmediato a la casa, Maggie se quedó donde estaba. Recorrió el sendero de losas que el equipo de Cliff había puesto aquella semana. Al llegar al final, no giró hacia el porche y sí miró en dirección de la hondonada. Despacio, sacó un cigarrillo y lo encendió con una cerilla de madera. Durante varios minutos, permaneció allí, fumando y contemplando la tierra y las piedras como si tuvieran las respuestas que quería. Entonces, antes de que pudiera reaccionar, giró y miró directamente a la ventana donde estaba ella. Sintiéndose como una idiota, bajó a su encuentro.

—Teniente —bajó con cuidado los escalones del porche.

—Señorita Fitzgerald —tiró la colilla cerca de la hondonada—. Su propiedad va cobrando forma. Cuesta creer el aspecto que tenía hace unas semanas.

—Gracias —parecía tan inofensivo y agradable... Se preguntó si llevaría un arma bajo la chaqueta.

—He notado que ha plantado un sauce allí —pero la miró a ella, no hacia la hondonada—. No falta mucho para que pueda poner el estanque.

Igual que Reiker, Maggie tampoco miró hacia la hondonada.

—¿Significa eso que la investigación casi ha acabado?

Reiker se rascó el lado de la mandíbula.

—No sé si me atrevería a afirmar eso. Trabajamos en ello.

Ella contuvo un suspiro.

—¿Va a inspeccionar la hondonada otra vez?

—No creo que sea necesario. Ya la hemos repasado dos veces. La cuestión es... —calló y cambió su peso de pierna para aliviar la cadera—. No me gustan los cabos sueltos. Cuanto más ahondamos en esto, más encontramos. Cuesta atar cabos sueltos que han estado colgando durante diez años.

Maggie se preguntó si sería una visita social u oficial.

—Teniente, ¿hay algo en que pueda ayudarlo?

—Me preguntaba si la ha visitado alguien... que usted conociera, quizá que no conociera.

—¿Visitarme?

—El asesinato tuvo lugar aquí, señorita Fitzgerald, y cuanto más investigamos, más personas descubrimos que tenían motivos para matar a Morgan. Muchas todavía viven en esta ciudad.

Ella cruzó los brazos.

—Si intenta ponerme nerviosa, teniente, lo está consiguiendo.

—No busco eso, pero tampoco quiero mantenerla en la oscuridad —titubeó, y luego decidió seguir su instinto—. Hemos averiguado que Morgan retiró veinticinco mil dólares en efectivo de su cuenta bancaria el día que desapareció. Encontraron su coche, y ahora su cuerpo, pero el dinero jamás apareció.

—Veinticinco mil —murmuró Maggie. Una buena suma, incluso mejor diez años atrás—. ¿Me está diciendo que cree que el motivo del asesinato fue el dinero?

—El dinero siempre es motivo para asesinar, y es un cabo suelto. Estamos comprobando a un montón de personas, pero eso lleva tiempo. Hasta ahora, nadie de por aquí gastó ese dinero. Tengo un par de teorías...

Podría haber sonreído si la cabeza no hubiera empezado a dolerle.

—¿Y querrá contármelas?

—Quienquiera que matara a Morgan fue lo bastante inteligente como para cubrir su rastro. Puede que haya sido lo bastante listo como para saber que aparecer con veinticinco mil dólares no pasaría desapercibido en una ciudad como ésta. Quizá, sólo quizá, sintió pánico y se deshizo del dinero. O tal vez lo escondió para esperar mucho tiempo, hasta que cualquier rumor sobre Morgan hubiera desaparecido; entonces ese dinero lo estaría esperando.

—Diez años es mucho tiempo, teniente.

—Algunas personas son más pacientes que otras —se encogió de hombros—. No es más que una teoría.

Pero la hizo pensar. El desván, el baúl y la huella.

—La otra noche... —comenzó, pero se detuvo.

—¿Sucedió algo la otra noche? —instó él.

Era una tontería no contárselo. Después de todo, estaba a cargo de la investigación.

—Bueno, parece que alguien entró y se llevó algo de un baúl que hay en el desván. No lo descubrí hasta unos días más tarde; entonces se lo comuniqué al sheriff Agee.

—Ha sido lo correcto —alzó la vista a la ventana abuhardillada—. ¿Descubrió algo?

—En realidad, no. Encontró una llave. Es decir, su esposa encontró una en alguna parte. Regresó y abrió el baúl, pero estaba vacío.

—¿Le importaría que le echara un vistazo?

Quería que todo se acabara de una vez, pero daba la impresión de que cada paso que daba, la involucraba más.

—No, no me importa —resignada, se volvió para conducirlo hasta la casa—. Parece extraño que alguien pueda esconder dinero en el desván y luego esperar hasta que alguien esté viviendo aquí para reclamarlo.

—Usted compró la propiedad casi en el momento en que la sacaron a la venta.

—Pero pasó casi un mes hasta que me trasladé.

—He oído que la señora Agee apenas habló de la venta. Que a su marido no le gustó la idea.

—Oye muchas cosas, teniente.

—Se supone que es mi trabajo —le sonrió con timidez.

Maggie guardó silencio hasta que llegaron a la primera planta.

—El desván está ahí arriba. Si le sirve de algo, no eché en falta nada.

—¿Cómo entraron? —preguntó cuando comenzó a subir los escalones más empinados y estrechos.

—No lo sé —respondió ella—. No tenía cerrada ninguna puerta.

—Pero ¿las cierra ahora? —la miró por encima del hombro.

—Sí.

—Bien —fue directamente al baúl, se puso en cuclillas y estudió la cerradura. La huella había vuelto a quedar mezclada con el polvo.

—¿Ha dicho que la señora Agee tenía la llave?

—Sí, o una de ellas. Parece que este baúl pertenecía a las últimas personas que alquilaron la casa, una pareja mayor. La mujer lo dejó aquí a la muerte de su marido. Al parecer había un mínimo de dos llaves, pero Joyce sólo pudo encontrar una.

—Mmm —abrió el baúl y estudió el interior.

—Teniente, ¿cree usted que hay una relación entre esto y… lo que está investigando?

—No me gustan las casualidades —murmuró, coincidiendo con el anterior comentario de Cliff—. ¿Ha dicho que el sheriff lo investiga?

—Sí.

—Hablaré con él antes de irme. Veinticinco mil dólares no ocupan mucho —indicó—. Es un baúl grande.

—No entiendo por qué alguien los dejaría en un baúl durante diez años...

—La gente es peculiar —se irguió, gruñendo un poco por el esfuerzo—. Desde luego, no es más que una teoría. Otra es que la amante de Morgan tomara el dinero y huyera.

—¿Su amante? —repitió ella desconcertada.

—Alice Delaney —informó Reiker—. Llevaba con Morgan cinco, seis años. Es gracioso cómo la gente habla en cuanto se la estimula a ello.

—¿Delaney? —musitó Maggie, con la esperanza de haber oído mal.

—Así es. De hecho, es su hijo quien se dedica a modelar el paisaje de su propiedad. Casualidades —repitió—. Este negocio está lleno de ellas.

De algún modo, logró retener la serenidad mientras regresaban a la planta baja. Incluso sonrió al cerrar la puerta detrás del teniente. Al quedar a solas, sintió que la sangre se le helaba.

La madre de Cliff había sido amante de Morgan durante años; ¿luego había desaparecido, justo a la muerte de él? Cliff lo habría sabido. Todo el mundo lo habría sabido... se cubrió la cara con las manos. Se preguntó en qué se había metido y cómo podría salir alguna vez de eso.

Quizá se estaba volviendo loco, pero Cliff empezaba a pensar en el largo y sinuoso camino colina arriba como regresar a casa. Jamás habría creído posible que consideraría la vieja propiedad de los Morgan

como su casa. No por lo que siempre le había inspi-
rado William Morgan. Ni habría creído que la mujer
que vivía en ella lo haría pensar de esa manera. Daba
la impresión de que sucedían muchas cosas que no
podía detener o controlar. Sin embargo, quedarse con
Maggie había sido elección propia, igual que lo sería
volver a marcharse... cuando estuviera preparado.

No se parecía a nadie que hubiera conocido alguna vez, y se daba cuenta de que en algún momento
a lo largo del camino, había empezado a compren-
derla. Había sido más fácil cuando podía descartarla
como una princesa consentida de Hollywood, que
había comprado una abandonada propiedad en el
campo como un capricho o una maniobra publicita-
ria. En ese momento sabía que había comprado la
casa por el único motivo de que la quería.

Quizá estaba un poco consentida. Tendía a dar órdenes con demasiada facilidad. Cuando no se salía
con la suya, tendía a crisparse o a mostrarse fría. Sonrió. Tuvo que reconocer que lo mismo se podía decir
de él.

Condujo los últimos metros y luego se detuvo al
borde del sendero. La nueva hierba era como una
sombra verde sobre la tierra. Las petunias de Maggie
eran una mancha de color.

Se dio cuenta de que los dos ya habían proyectado
parte de sí mismos en la tierra. Quizá eso en sí mismo
era un vínculo que sería difícil de romper. Incluso al
bajar de la furgoneta, deseó su fragancia, su suavidad.
No había nada que pudiera hacer para cambiar eso.

No sonaba música. Frunció el ceño al subir los es-

calones delanteros. A esa hora del día, Maggie estaba
siempre al piano. Miró la hora. Las seis menos veinticinco. Inquieto, giró el picaporte de la puerta de entrada.

Irritado, vio que no había echado el cerrojo. Aquella mañana le había dejado una nota en la que le decía que nadie de su equipo se presentaría aquel día y
que cerrara todas las puertas. ¿Por qué no podía en-
trarle en la cabeza que estaba completamente aislada?
Habían sucedido demasiadas cosas, y por el simple
hecho de vivir en esa casa, se hallaba en el centro de
todo.

Reinaba demasiada quietud. La irritación comenzó a transformarse en ansiedad. El perro no la-
draba. La casa tenía esa sensación de vacío y eco que
casi todo el mundo puede percibir pero no puede explicar. Aunque el instinto le decía que no había nadie, comenzó a ir de habitación en habitación, lla-
mándola. Su nombre rebotó en las paredes para
burlarse de él.

¿Dónde diablos estaba? Subió los escalones de dos
en dos para ir a comprobar la primera planta. No le
gustaba reconocer que podía sentir pánico por el
simple hecho de llegar a casa y encontrársela vacía,
pero era exactamente lo que sentía. No había querido dejarla sola, pero como no podía explicarlo, ese
día había roto el ritual. Y en ese momento no podía
encontrarla.

—¡Maggie!

Buscó con desesperación, sin estar seguro de lo
que esperaba, o quería, encontrar. Jamás había experi-

mentado esa clase de miedo descarnado y básico. Sólo
sabía que la casa estaba vacía y su mujer ausente.

Al ver las baldosas nuevas en el cuarto de baño,
trató de calmarse. En su estilo confuso, había empezado un proyecto nuevo. Pero ¿dónde diablos...?

Entonces, en el fondo del fregadero, vio algo que
le paralizó el corazón. Contra la impoluta porcelana,
había tres gotas de sangre. El pánico remolineó en su
interior y le hizo dar vueltas la cabeza.

En alguna parte del exterior, el perro comenzó a
ladrar excitado. Cliff bajó los escalones a la carrera,
sin ser consciente siquiera de que pronunciaba el
nombre de Maggie una y otra vez.

La vio nada más salir por la puerta de atrás. Avan-
zaba despacio por el bosque, con el cachorro bailando
alrededor de sus piernas. Llevaba las manos en los
bolsillos y la cabeza gacha. Asimiló cada detalle mientras la combinación de miedo y alivio le aflojaba las
piernas.

Corrió hacia ella y vio que levantaba la cabeza al
oír su nombre. Entonces la abrazó con fuerza, cerró
los ojos y simplemente la sintió, cálida y a salvo. Estaba demasiado abrumado por las emociones nuevas
como para notar que ella seguía rígida e inconmovi-
ble contra él.

Enterró la cara en el suave lujo de su cabello.

—Maggie, ¿dónde has estado?

No era el hombre al que creía haber empezado
entender. Era el hombre al que había empezado a
amar.

—Salí a dar un paseo.

—¿Sola? —preguntó con irracionalidad, apartándola—. ¿Has salido sola?

Todo se tornó frío: su piel, sus maneras, sus ojos.

—Es mi tierra, Cliff. ¿Por qué no debería salir sola?

Se contuvo antes de poder gritarle que debería haberle dejado una nota. No sabía qué le estaba pasando.

—Había sangre en el fregadero de arriba.

—Me corté el dedo con una baldosa.

—Por lo general, a esta hora estás tocando el piano —logró decir.

—No estoy atrapada en una rutina, como no estoy atrapada en la casa. Si buscas una mujercita plácida y dócil a la espera de caer a tus pies cada noche cuando llegues a casa, será mejor que busques en otra parte —lo dejó desconcertado y se marchó hacia la casa.

Más sereno pero más confuso, Cliff entró en la cocina para verla servirse una copa. Whisky. Otra sorpresa. Pudo ver que el color normal estaba ausente de sus mejillas y que tenía los hombros rígidos por la tensión. En esa ocasión, no se acercó para tocarla.

—¿Qué ha pasado?

Maggie hizo remolinear una vez el whisky antes de bebérselo.

—No sé a qué te refieres —la cocina era demasiado pequeña. Con la copa en la mano, salió al exterior.

El aire era cálido. Fue a sentarse sobre la extensión de hierba nueva. Pensó que se sentaría allí en el verano y leería. Dejaría que el sol cayera sobre ella, que el silencio la envolviera, y leería hasta dormirse. Seguía con la vista clavada en el bosque cuando la sombra de Cliff la cubrió.

—Maggie, ¿qué te pasa?

—Estoy de malhumor —repuso sin rodeos—. Es lógico que las celebridades consentidas estén de malhumor, ¿no?

Conteniéndose, se sentó al lado de ella y le tomó la barbilla en la mano. Esperó hasta que sus ojos se encontraron.

—¿Qué?

Había sabido que tendría que contárselo. Era no saber qué quedaría luego lo que le atenazaba las entrañas.

—Hoy vino el teniente Reiker —comenzó, pero con cuidado apartó la mano de él de su cara.

Cliff maldijo por dejarla sola.

—¿Qué quería?

Ella se encogió de hombros y volvió a beber un trago de whisky.

—Es un hombre al que no le gustan los cabos sueltos. Al parecer, ha encontrado muchos. Parece que William Morgan sacó veinticinco mil dólares de su cuenta el día en que lo asesinaron.

—¿Veinticinco mil?

Notó que parecía sorprendido. Sinceramente sorprendido. Pero ¿cómo podía estar segura de algo ya?

—Jamás se recuperó el dinero. Una de las teorías de Reiker es que el asesino lo escondió, y que esperó con paciencia hasta que la gente olvidó a Morgan.

—¿Aquí? —automáticamente giró la cabeza hacia la casa.

—Posiblemente.

—Diez años es mucho tiempo para inmovilizar

veinticinco mil dólares —musitó él. No obstante, tampoco le gustaban los cabos sueltos—. ¿Le hablaste del baúl en el desván?

—Sí, le echó un vistazo en persona.

—Eso te ha turbado —le tocó el hombro levemente. No lo miró ni dijo nada. La tensión comenzó a crecer en sus propios músculos—. Hay más.

—Siempre hay más —lo miró; tenía que hacerlo—. Mencionó que la amante de Morgan había desaparecido justo a su muerte —sintió los dedos de Cliff cerrarse de forma convulsiva sobre su hombro y también las oleadas de ira.

—No era su amante —soltó—. Mi madre podría haber sido lo bastante tonta como para enamorarse de un hombre como Morgan, podría haber sido lo bastante poco inteligente como para acostarse con él, pero no era su amante.

—¿Por qué no me lo contaste antes? —demandó ella—. ¿Por qué esperaste hasta que lo averigüé de esta manera?

—No tiene nada que ver contigo ni con nada de lo que ha sucedido aquí —se puso de pie.

—Casualidades —anunció Maggie con serenidad—. ¿No fuiste tú quien dijo que no había que confiar en las casualidades?

Estaba atrapado, por una ira antigua y unos ojos castaños. Una vez más, se sintió impulsado a explicar lo que nunca antes había explicado.

—Mi madre se sentía muy sola y vulnerable tras la muerte de mi padre. Morgan supo cómo explotar eso. Por ese entonces, yo vivía en Washington. De ha-

ber estado aquí, tal vez lo habría podido detener
—controló el resentimiento—. Él sabía explotar las de-
bilidades, y así lo hizo con las de mi madre. Cuando
me enteré de que eran amantes, quise matarlo.

Lo manifestó como lo había hecho con anterioridad, con frialdad, con calma. Maggie sintió la garganta seca.

—Ya estaba demasiado involucrada para que se pudiera hacer algo, creía que lo amaba, o quizá sí lo
amara. Otras mujeres inteligentes lo habían hecho.
Había sido amiga de Louella durante años, pero eso
no importó. Cuando encontraron su coche en el río,
ella se vino abajo.

Era doloroso revivirlo, pero los ojos solemnes de
Maggie insistían en que continuara.

—No desapareció; fue a verme. Estaba inquieta, y
por primera vez desde que se había relacionado con
Morgan, volvía a ver con claridad. La vergüenza
afecta a las personas de diferentes maneras. Mi madre
rompió todos los vínculos con Morganville y todos
los que allí vivían. Sabía que su relación con Morgan
no era un secreto, y una vez acabada, sencillamente
no era capaz de enfrentarse a los rumores. Sigue en
Washington. Tiene una nueva vida y no quiero que
nada de esto la toque.

—Cliff, entiendo cómo te sientes. También mi madre era una de las personas más preciadas en mi vida.
Pero quizá no haya nada que tú puedas hacer al respecto. Están reconstruyendo lo que sucedió hace diez
años, y tu madre tiene un papel en ello.

Cliff se dio cuenta de que eso no era todo lo que

ella pensaba. Se sentó a su lado y la aferró de los hombros.

—Te estás preguntando qué parte he podido desempeñar en el asunto.

—No... —trató de ponerse de pie, pero la inmovilizó.

—Si es posible que le haya pegado un tiro a Morgan para acabar con esa relación destructiva con mi madre.

—Lo odiabas.

—Sí.

Maggie buceó en el gris nebuloso de sus ojos y creyó lo que vio en ellos.

—No —murmuró, pegándolo a ella—. No, te entiendo demasiado bien.

—¿Sí? —la fe de Maggie estuvo a punto de ser su perdición.

—Quizá demasiado bien —susurró—. Antes estaba tan asustada —cerró los ojos y aspiró la fragancia familiar de él. Era real, era sólido, y por el tiempo que pudiera retenerlo, era suyo—. Ya no, no ahora que tú estás aquí.

Cliff pudo sentir la atracción lenta y suave. Como no fuera con cuidado, no tardaría en olvidar que no había nada ni nadie en su vida salvo ella.

—Maggie —los dedos se cerraron en su cabello—. No deberías confiar a ciegas.

—Si cuestionas, deja de ser confianza —repuso—. Cliff... —se sintió atrapada en la sedosa telaraña que era más amor que pasión.

Habría podido decírselo si los labios de él no hubieran capturado los suyos con una dulzura que la dejó sin habla.

La desvistió mientras sus besos la mantenían en la dulce prisión de placer. Cuando estuvo desnuda, observó el sol fluir por su piel. Los ojos grandes y expresivos estaban medio cerrados. Entregada, alzó las manos para ayudar a desnudarse.

La necesidad primitiva y descarnada que tan a menudo incitaba en él no se incrementó. A cambio, le extrajo las emociones más suaves que por lo general Cliff contenía. Sólo quería complacerla.

Con suavidad, bajó la boca a su pecho. Pudo oír cómo el latir de su corazón se incrementaba cuando la lamió y la mordisqueó. La punta se contrajo, de modo que al llevársela a la boca, la oyó suspirar y luego contener el aliento. Ella le revolvió el pelo mientras se echaba para atrás, saturada por la sensación.

Su cuerpo era como un tesoro por descubrir y admirar antes de la posesión. Lentamente, casi con pereza, la llenó de besos húmedos y de caricias. Sabía que se hallaba inmersa en ese mundo oscuro y pesado donde las pasiones flotan alrededor de los bordes y los deseos lamen de forma tentadora, como diminutas lenguas de fuego. Quería mantenerla allí durante horas, días, años.

Tenía los muslos esbeltos, largos y de un blanco nacarado. Se demoró allí, acercándolos a ambos mucho más al abismo. Pero lejos de caer en él.

Ella había olvidado dónde estaba. Aunque tenía los ojos medio abiertos, no veía más que brumas y sueños. Podía sentir cada caricia de la mano de Cliff, cada contacto cálido de sus labios. Podía oír sus suaves y gentiles murmullos. No había razón para sentir u oír nada más. Lenta, inevitablemente, estaba siendo arrastrada a través de la dulzura hacia el calor. Comenzó a anhelarlo.

Él sintió los cambios de su cuerpo, oyó el cambio en el ritmo de la respiración. Subió la boca por su muslo, pero sin darse ninguna prisa. Disfrutaría de todo lo que tenía para dar antes de que acabaran.

Maggie se arqueó, se catapultó con la súbita intensidad de placer. Llegó a la cumbre con celeridad y poder, abandonando el ego y la voluntad. Antes de que pudiera asentarse, volvió a elevarla, hasta que una vez más la locura penetró en los dos. Cliff la mantuvo a raya, casi delirante por el conocimiento de que era capaz de ofrecerle aquello con lo que una mujer únicamente podría soñar. Tenía el cuerpo vivo con sensaciones. La mente era un torbellino donde sólo había pensamientos de Cliff.

Sabiendo eso, disfrutando con ello, la penetró, tomándola con una ternura que duró, duró y duró.

XI

No sabía qué había esperado, pero Maggie estaba
con ganas de disfrutar de una velada lejos de la casa,
mezclada con otras personas. Después de haber pro-
bado brevemente la vida de ermitaña, había descubierto que podía asumir el control total de sus propias necesidades. Ser capaz de vivir consigo misma
durante largos períodos de tiempo simplemente de-
mostraba que no siempre tenía que hacerlo para rea-
firmar su independencia. Quizá no había intentado
aprender nada con el cambio drástico en su estilo de
vida, pero de todos modos lo había aprendido. Podía
ocuparse de los pequeños detalles de la vida cotidiana
que siempre había dejado en manos de otros, pero
para hacerlo no era necesario que se aislara de los demás.

No, no sabía qué esperar, tal vez un pequeño festi-
val de música popular y limonada caliente en vasos
de papel. Lo que no esperaba era quedar especial-

mente impresionada. Desde luego, no esperaba quedar encantada.

La hilera de coches que se extendía por el sendero inclinado hasta llegar al parque la sorprendió. Había pensado que la mayoría de los habitantes de la ciudad simplemente iría a pie. Cuando se lo mencionó a Cliff, él se encogió de hombros y situó la furgoneta detrás de una caravana amarilla.

—Vienen de todo el condado, y a veces desde Washington y Pennsylvania.

—¿De verdad? —frunció los labios y bajó del vehículo a la noche cálida y clara.

Habría luna llena, a pesar de que en ese momento el sol sólo empezaba a ponerse. Tomó a Cliff de la mano y comenzó a caminar con él hacia la cumbre de la colina.

Mientras miraba, el sol descendió detrás de las montañas del oeste. De algún modo, al contemplar esos tonos dorados y malvas y rosas sobre las laderas de una gran cordillera, se sintió profundamente afectada. Quizá fuera una tontería, pero se sentía más parte de ese lugar, más involucrada con la llegada de esa noche que con cualquier otro momento. En un impulso, rodeó el cuello de Cliff con los brazos y se aferró a él.

Riendo, él apoyó las manos en sus caderas.

—¿A qué se debe esto?

—Es agradable.

Entonces, con un estampido que destrozó el silencio, la música estalló. Siendo ella misma músico, reconoció cada instrumento individual... el violín, el banjo, el piano. Como amante de la música, sintió que el entusiasmo la desbordaba.

—¡Es fabuloso! —exclamó, apartándose de inmediato de él—. Absolutamente fabuloso. Date prisa, tengo que verlo —lo agarró de la mano y corrió el resto del trayecto colina arriba.

Su primera impresión fue de un laberinto de gente, doscientas, tal vez doscientas cincuenta personas, apiñadas en un pabellón cubierto. Luego vio que estaban en filas, seis... no, ocho. Había una hilera de hombres de cara a una de mujeres y así sucesivamente, hasta que sencillamente se quedaban sin espacio. Y se movían al ritmo de la música en un sistema que parecía tan confuso como fluido.

Algunas de las mujeres llevaban faldas que se abrían a medida que se agachaban, oscilaban o giraban. El atuendo de los hombres no era más consistente ni más formal que el de las mujeres. Algunos de los bailarines llevaban zapatillas, mientras que otros muchos lucían lo que parecían ser los clásicos zapatos de piel negra con cordones y tacones robustos. Sin embargo, no parecía importar lo que se llevara; lo esencial era moverse. Y por encima de todo, la atmósfera estaba impregnada de carcajadas.

Una mujer se hallaba en el borde de un pequeño escenario de madera delante de la orquesta y soltaba instrucciones con voz cantarina. Quizá Maggie no entendiera todas las palabras, pero sí entendía el ritmo. Ya se moría de ganas de probarlo.

—Pero ¿cómo saben lo que tienen que hacer? —gritó por encima de la música—. ¿Cómo lo entienden?

—Es una secuencia de movimientos repetidos una y otra vez —informó Cliff—. En cuanto asimilas la secuencia, ni siquiera necesitas a una organizadora.

«Una secuencia», pensó Maggie, y trató de localizarla. Al principio, sólo veía cuerpos que se movían en lo que parecía un patrón fortuito, pero poco a poco comenzó a ver la repetición. Se concentró en una pareja al tiempo que intentaba anticipar el siguiente movimiento. Le satisfizo poder encontrar la secuencia, así como la música satisfacía su oído y los colores remolineantes la vista. Podía oler la mezcla de colonias y perfumes y la fragancia exuberante de las flores de primavera que bordeaban el pabellón.

A medida que el sol descendía, las luces entrelazadas en lo alto se vertieron sobre los bailarines. El suelo vibraba bajo sus pies, de modo que sentía que ya estaba bailando. Con el brazo de Cliff alrededor de ella, observó con fascinación no diluida el descubrimiento de algo nuevo y estimulante. Reconoció a la cartera. La mujer de mediana edad de aspecto más bien severo giraba como un derviche y coqueteaba como una jovencita.

Comprendió que el coqueteo formaba parte del baile y comenzó a mirar las caras en vez de los pies y los cuerpos. El contacto visual era esencial, igual que los movimientos rápidos de cabeza. Era, quizá como siempre había sido, una especie de ritual de apareamiento.

Cliff sintió un placer abrumador al saber que había sido capaz de brindarle esa fascinación que veía en sus ojos. Tenía el rostro acalorado, el cuerpo moviéndose al ritmo de la música, y los ojos en todas partes al mismo tiempo. No lo hacía pensar en Maggie Fitzgerald, estrella y celebridad sofisticada, sino en Maggie, una mujer con la que se podía estar y bailar hasta que el sol volviera a salir.

Cuando la música terminó, Maggie acompañó a todos los demás en el estruendoso aplauso. Riendo, le tomó la mano.

—Tengo que probar el siguiente, aunque quede en ridículo.

—Sólo escucha a la guía y sigue la música —dijo él a medida que volvían a formarse las hileras—. Siempre da instrucciones una vez antes de que empiece la música.

Escuchó mientras la guía explicaba la siguiente secuencia de baile. Aunque no entendió la mitad de los términos, trató de vincularlos mentalmente con los movimientos que siguieron. A medida que Cliff la guiaba despacio a través de los pasos, Maggie disfrutó de la sensación de camaradería y falta de inhibiciones que la rodeaban.

Aunque podía percibir que era observada con especulación e interés, se negó a que eso la inquietara. Decidió que tenían derecho a mirar. Después de todo, era la primera vez que participaba en una función de la ciudad, y encima acompañada por un hombre al que todo el mundo parecía conocer.

La primera vez que Cliff le hizo dar vueltas, sintió el aire en la cara y rió.

—Mira mis ojos —advirtió él—. O estarás demasiado mareada para incorporarte.

—¡Me gusta! —exclamó ella—. ¡Whooops! —al saltarse el siguiente paso y apresurarse para mantener el resto de la hilera.

No la molestó la sensación de confusión o la multitud. Los hombros chocaban, los pies se enredaban, la sujetaron por la cintura y gente a la que nunca había visto le hizo dar vueltas. Adolescentes bailaban con abuelos. Señoritas con vestidos de encaje giraban con hombres con vaqueros y pañuelos en los bolsillos. Era evidente que cualquiera era bien recibido para incorporarse a la fila y bailar, y Maggie ya había notado que las mujeres elegían a sus parejas casi con tanta asiduidad como hacían los hombres. Eran todos para todos y apenas había reglas.

Cuando los pasos se tornaron más repetitivos e instintivos, comenzó a disfrutarlo aún más. Sus pasos se volvieron más animados, su concentración menos centrada en los movimientos y más en la música. Pudo ver por qué impulsaba a la gente a bailar. Los pies no podían quedarse quietos con ese ritmo. Sabía que habría podido bailar durante horas.

—Se acabó —dijo Cliff, riendo mientras ella se aferraba a él

—¿Ya? —estaba jadeante, pero no agotada—. Ha sido maravilloso, pero demasiado corto. ¿Cuándo hacemos otro?

—Cuando tú quieras.

—Ahora —le pidió, incorporándose a las nuevas hileras que se formaron.

Tenía una elegancia innata que no podía pasarse por alto, ya estuviera arrancando el linóleo del suelo de la cocina o tumbada en sus brazos. Se trataba de una distinción aportada por la riqueza y las escuelas elegantes que la separaban de las mujeres que la rodeaban.

Vivir con ella esos últimos días le había provocado la extraña sensación de tener algo que no había sabido que quería. Había algo demasiado atractivo en llegar a casa junto a Maggie y su música. Sería más inteligente, mucho más inteligente, si recordara esas diferencias entre ellos. Se repitió que no tenían un verdadero terreno en común. Pero cuando ella giró y cayó en sus brazos, riendo, era como si la hubiera estado esperando.

Las primeras danzas fueron una mancha de color, sonido y música. Maggie se soltó y comprendió que hacía semanas que no se sentía tan libre de tensión y problemas. Había bailado en clubes de moda con celebridades, dado vueltas en salas de baile con la realeza, pero sabía que nunca había disfrutado de una diversión tan sencilla como en ese momento, siguiendo a la guía y al violinista.

Al girar hacia su siguiente pareja, encontró su mano entre la de Stan Agee. Sin su placa y pistola, podría haber sido un atleta atractivo en su mejor momento. Por algún motivo que Maggie no fue capaz de analizar, de inmediato se puso tensa con el contacto.

—Me alegra ver que sale, señorita Fitzgerald.

—Gracias —decidida a no perder la alegría, sonrió y alzó una mano al hombro de él cuando comenzó a girar. Captó su fragancia familiar de colonia de grandes almacenes, pero no la tranquilizó.

—Aprende deprisa.

—Es maravilloso. No puedo creer que me perdiera esto toda la vida —por el rabillo del ojo, vio a Cliff girar con Joyce. La tensión no quería disolverse.

—Guárdeme un baile —ordenó él antes de que recuperaran a sus parejas originales para el siguiente paso.

En cuanto la tocó, Cliff sintió la rigidez de sus músculos.

—¿Qué sucede?

—Nada.

Se dijo que no era nada, porque no podía explicarlo. Pero en ese momento, mientras giraba de unos brazos a otros, pensó que cada vez que bailaba con alguien, podría estar haciéndolo con el asesino. ¿Cómo iba a saberlo? Podría tratarse de cualquiera... el agente inmobiliario que le vendió la casa, el carnicero que el día anterior le había recomendado las chuletas de cerdo, la cartera, el cajero del banco. ¿Cómo iba a saberlo?

La mente comenzó a darle vueltas. Durante un instante, sus ojos se encontraron con los del teniente Reiker, en la periferia de la pista, mirando. Mientras volvía a girar, se preguntó por qué estaba ahí. Quizá la estaba vigilando, pero... ¿por qué? Protegiéndola... ¿de qué?

Entonces volvió a estar en los brazos de Cliff, y agradeció que sus pies pudieran seguir la irreflexiva repetición del baile mientras sus pensamientos iban en docenas de direcciones.

Ahí estaba Louella, pareciendo flotar por la danza.

Sus movimientos exhibían una dignidad contenida que resultaba adorable e incómoda de observar. Adorable, porque Louella poseía la gracilidad de una bailarina nata. Incómoda... aunque no lograba dar con la causa, percibía que debajo de la contención había algo que luchaba por ser liberado.

Estaba siendo tonta y caprichosa, imaginando cosas que no existían. Pero la sensación de incomodidad era persistente. Sabía que estaba siendo vigilada. ¿Por Reiker? ¿Por Stan Agee, Joyce, Louella? Por todo el mundo. Todos se conocían; todos habían conocido a William Morgan. Ella era la foránea que había desenterrado lo que llevaba muerto y enterrado durante una década. La lógica indicaba que al menos uno de ellos estaría resentido por ello... quizá todos.

De pronto la música fue demasiado alta, los pasos demasiado rápidos y el aire estuvo demasiado lleno de olores.

Entonces, se vio en los brazos cortos y fibrosos de Bog y giró a un ritmo vertiginoso.

—Es usted una excelente bailarina, señorita Maggie —le dijo, sonriendo y mostrando varios huecos en vez de dientes—. Una magnífica bailarina.

Al mirar la cara fea y arrugada, sonrió. Estaba siendo ridícula. Nadie le guardaba rencor. ¿Por qué iban a hacerlo? Ella no se hallaba involucrada en una tragedia de diez años de antigüedad. Era hora de dejar de mirar bajo la superficie y de aceptar las cosas según las veía.

—¡Me encanta bailar! —le gritó—. Podría dar vueltas durante horas.

Él emitió una risa parecida a un cacareo y la soltó para la siguiente secuencia. La música creció, pero ya no parecía demasiado alta. El ritmo se incrementó, pero podría haber bailado más y más deprisa. Al terminar, tenía las manos entrelazadas en torno al cuello de Cliff y reía.

En ese momento no había tensión en ella. Le pareció comprender la causa. Adrede, Cliff la guió lejos de los Agee y de Louella.

—No me vendría mal una cerveza.

—Suena perfecto. Me gustaría mirar otro baile. Es el espectáculo perfecto.

Le entregó un dólar a un hombre con un peto, que se dedicó a servir cerveza de un barril de madera en unos vasos de papel.

La cerveza estaba tibia, pero era algo líquido. El pie ya empezaba a seguir el ritmo. Notó que se había incorporado una mandolina. El sonido era dulce y anticuado.

—Creía que disfrutarías con la música —se apoyó en la pared, de modo que podía verla con un fondo de bailarines—. Creía que necesitabas salir. Pero no esperaba que te adaptaras a todo esto como si hubieras nacido para ello.

Maggie bajó el vaso medio vacío y le dedicó una sonrisa solemne.

—¿Cuándo vas a dejar de meterme en esa brillante jaula de cristal, Cliff? No soy una delicada flor de invernadero ni una consentida fulana de Hollywood. Soy Maggie Fitzgerald y compongo música.

—Creo que sé quién eres —alzó una mano y pasó el

dorso por su mejilla—. Creo que conozco a Maggie Fitzgerald. Podría ser más seguro para los dos que estuvieras en la jaula de cristal.

Sintió que le subía la temperatura. Bastaba para ello con un simple contacto.

—Tendremos que verlo, ¿no? —con una ceja aún enarcada, acercó el vaso al suyo—. ¿Por un nuevo entendimiento?

—De acuerdo —le tomó el mentón en la mano antes de besarla—. Lo probaremos.

—¿Señorita Fitzgerald?

Giró la cabeza para ver a un hombre bajo de poco más de veinte años, que jugaba con un sombrero de fieltro en las manos. Hasta ese momento, había estado tan concentrada en Cliff, que no había notado que la música había cesado.

—Es usted la pianista. Quería decirle que es maravillosa.

Los ojos de ella se iluminaron y la sonrisa que podía deslumbrar se asomó a sus labios.

—No podía creerlo cuando me dijeron que estaba aquí.

—Vivo aquí —repuso con sencillez.

El modo en que lo dijo hizo que Cliff la mirara. Sí, vivía allí. Había elegido vivir allí, igual que había hecho él. No importaba dónde ni cómo había vivido antes. En ese momento se hallaba allí porque lo había elegido. Y se iba a quedar. Por primera vez, lo creyó por completo.

—Señorita Fitzgerald... —el pianista aplastó el borde del sombrero entre los dedos, indeciso entre el placer y la ansiedad—. Sólo quería hacerle saber que es estupendo tenerla aquí. No queremos obligarla a nada, pero si quisiera tocar algo, cualquier cosa...

—¿Me lo estás pidiendo? —interrumpió ella.

El muchacho trastabilló en terreno desconocido.

—Sólo queríamos que supiera que si quisiera...

—No conozco ninguna de las canciones —bebió un último trago de cerveza—. ¿Confiáis en que improvise?

—¿Bromea? —se quedó boquiabierto.

Ella rió y le pasó el vaso a Cliff.

—Aguántalo.

Él movió la cabeza y se apoyó contra la pared mientras Maggie iba al escenario con el pianista.

Tocó durante una hora. Descubrió que era tan divertido hacer la música como bailarla. Disfrutó del desafío de la música desconocida y su estilo despreocupado. Antes de entrar en la segunda canción, había decidido escribir una propia.

Desde la ventaja que le brindaba el escenario, podía ver a los bailarines. Vio otra vez a Louella, con Stan por pareja. Automáticamente buscó en la multitud a Joyce y la encontró frente a Cliff. Como si supiera que estaría allí, miró hacia la izquierda. Reiker apoyado en un poste, observando a los que bailaban.

Se preguntó a quién vigilaba. A medida que las hileras se mezclaban y cambiaban, no pudo estar segura, sólo que la dirección de su mirada se posaba donde Stan bailaba con Louella y en Cliff con Joyce.

Si veía a uno de ellos como el asesino, no lo mostraba en los ojos. Estaban serenos y firmes y hacían que a Maggie se le contrajera el estómago. Adrede, giró la cabeza y se concentró en la música.

—No esperaba perder a mi pareja con el piano —comentó Cliff cuando la música volvió a detenerse.

—No pareciste notarlo mucho.

—Un hombre solo es presa fácil por aquí —le tomó la mano y la puso de pie—. ¿Tienes hambre?

—¿Ya es medianoche? —se llevó una mano al estómago—. Me muero de hambre.

Llenaron los platos, aunque la luz era tan tenue que era imposible decir qué comían hasta no probarlo. Se sentaron en la hierba bajo un árbol y charlaron amigablemente con las personas que pasaron por allí. Una vez más, Maggie experimentó una poderosa sensación de camaradería y conexión. Se echó para atrás y estudió a la multitud.

—No veo a Louella.

—Stan la habrá llevado a casa —comentó Cliff entre bocados—. Jamás se queda hasta pasada la medianoche. Él volverá.

—Mmmm —Maggie probó lo que resultó ser ensalada Waldorf.

—Señorita Fitzgerald.

Ella dejó el tenedor al tiempo que Reiker se ponía en cuclillas a su lado.

—Teniente.

—Me encantó su interpretación —le ofreció una sonrisa suave—. Durante años he escuchado su música, pero jamás había esperado que disfrutaría de la oportunidad de oírla tocar en directo.

—Me alegro de que le gustara —se sintió impulsada a continuar—. No lo vi bailar.

—¿Yo? —la sonrisa se volvió tímida—. No, no bailo. A mi esposa le gusta venir.

Maggie sintió que se relajaba. De modo que la explicación había sido sencilla, inocente.

—A casi todas las personas que les gusta la música les gusta bailar.

—A mí me encantaría. A mis pies, no —miró a Cliff—. Quiero darle las gracias por su cooperación. Puede que nos ayude a atar algunos cabos sueltos.

—Lo que esté a mi alcance —repuso Cliff—. A todos nos gustaría que este asunto se aclarara.

Reiker asintió; luego, con cierto esfuerzo, se puso de pie.

—Espero que toque un poco más antes de que termine la noche, señorita Fitzgerald. Es un verdadero placer escucharla.

Cuando se marchó, Maggie soltó un suspiro prolongado.

—No es justo que me ponga incómoda. Sólo hace su trabajo —cuando Cliff permaneció en silencio, comenzó a comer otra vez—. ¿A qué se refería al agradecerte tu cooperación?

—Me puse en contacto con mi madre. Vendrá el lunes para ofrecer una declaración.

—Comprendo. Debe de ser difícil para ella.

—No —se encogió de hombros—. Fue hace diez años. Ha quedado atrás. De todos —añadió—. Menos de uno.

Maggie cerró los ojos y experimentó un escalofrío. No quería pensar en ello, no esa noche.

—Baila conmigo otra vez —insistió cuando los músicos se pusieron a afinar sus instrumentos—. Quedan horas hasta que amanezca.

No se cansaba, ni siquiera cuando la luna comenzó a ponerse. La música y el movimiento le ofrecían la liberación que necesitaba para su energía nerviosa. Algunos bailarines desaparecían; otros, se tornaban más exuberantes con el paso de la noche. La música no paró en ningún momento.

Cuando el cielo empezó a aclararse, apenas quedaban unos cien bailarines de pie. Había algo místico, algo poderoso, en ver salir el sol detrás de las montañas mientras la música llenaba el aire. Con la luz rosácea del nuevo día, se anunció el último vals.

Cliff tomó a Maggie en brazos y giraron por la pista. Podía sentir la vida que emanaba de ella... estimulante, fuerte. En cuanto parara, sabía que dormiría durante horas. Pero en ese instante se movía con él, pegada a él. Observó los colores extenderse sobre las montañas del este y entonces ella echó la cabeza atrás y le sonrió.

Y cuando se dio cuenta de que estaba enamorado, se quedó atónito y sin habla.

XII

Maggie podría haber notado el retraimiento brusco de Cliff si no hubiera estado tan llena de noche y música.

—No puedo creer que se haya terminado. Todavía bailaría horas.

—Estarás dormida antes de que lleguemos a casa —le indicó él, pero se cercioró de no tocarla. Se dijo que tenía que estar loco enamorándose de una mujer como ella. No era capaz de decidir si pegar papel para la pared o baldosas. Daba órdenes. Se ponía ropa interior de seda. Tenía que estar loco.

Al subirse a la cabina de la furgoneta, apoyó la cabeza en su hombro como si ése fuera su sitio natural. Aunque la aceptación no le resultó fácil, le rodeó los hombros con el brazo y la acercó. Ése era su sitio.

—No sé cuándo lo he pasado tan bien —la energía la abandonaba con rapidez. Por pura fuerza de voluntad, mantuvo los ojos abiertos.

—La música sigue sonando en tu cabeza.

Ladeó la cara para poder verle el perfil.

—Creo que empiezas a entenderme.

—Un poco.

—Con eso basta —emitió un bostezo enorme—. Ha sido divertido tocar esta noche. ¿Sabes?, siempre evité tocar en público, principalmente porque sabía que abriría la puerta a más comparaciones. Pero esta noche...

Cliff frunció el ceño, sin saber si le gustaba el rumbo que tomaba la conversación.

—¿Estás pensando en tocar?

—No, no de forma habitual. Si de verdad lo sintiera, lo habría hecho hace tiempo —adoptó una postura más cómoda—. Pero he decidido aceptar el consejo de C.J. y hacer el tema principal de *Heat Dance*. Es un compromiso, una grabación en vez de una interpretación. Y la canción es algo muy personal.

—¿Lo has decidido esta noche?

—Llevo un tiempo pensándolo. Parece una tontería vivir de acuerdo a unas reglas tan estrictas que te impidan hacer lo que realmente te apetece hacer. Quiero hacer esa canción —cuando la cabeza comenzó a caérsele, se dio cuenta de que entraban en el sendero de su propiedad—. Significará volver a Los Ángeles unos días para la grabación, lo que le encantará a C.J. —rió con voz somnolienta—. Recurrirá a todos los trucos imaginables para evitar que regrese aquí.

Cliff sintió el pánico en el pecho. Detuvo la furgoneta al final del sendero y puso el freno de mano.

—Quiero que te cases conmigo.

—¿Qué? —medio dormida, movió la cabeza, convencida de que había oído mal.

—Quiero que te cases conmigo —repitió, pero en esa ocasión la agarró por los hombros para erguirla—. No me importa si grabas una docena de canciones. Vas a casarte conmigo antes de volver a California.

Lo miró como si uno de los dos hubiera perdido la cabeza.

—Debo de estar un poco ida en este momento —manifestó despacio—. ¿Me estás diciendo que te quieres casar conmigo?

—Sabes muy bien lo que estoy diciendo —era demasiado conocer el miedo de perderla justo cuando se había dado cuenta de que no podía vivir sin ella. No podía ser racional; no podía dejarla ir sin la promesa de que volvería—. No te vas a ir a California hasta que te cases conmigo.

Tratando de aclarar la mente, Maggie se echó para atrás.

—¿Hablas de que grabe un disco o de matrimonio? Una cosa tiene que ver con mi profesión y la otra con mi vida.

Frustrado porque mantuviera la calma cuando a él le resultaba imposible, la acercó otra vez.

—A partir de ahora, tu vida es mi profesión.

—No —eso sonaba demasiado familiar—. No, no quiero a alguien cuidando de mí, si es a eso a lo que te refieres. No pienso asumir otra vez esa clase de responsabilidad, o de culpabilidad.

—No sé de qué diablos hablas —estalló Cliff—. Te estoy diciendo que nos vamos a casar.

—Es el colmo... ¡no puedes *decírmelo!* —se soltó de él y la somnolencia de los ojos se transformó en fuego—. Jerry me dijo que íbamos a casarnos, y yo acepté porque parecía lo correcto. Era mi mejor amigo. Él me había ayudado a superar la muerte de mis padres, me animó a escribir otra vez. Quería cuidar de mí —se pasó una mano por el pelo—. Y yo se lo permití, hasta que las cosas comenzaron a ir cuesta abajo y no fue capaz siquiera de cuidar de sí mismo. Entonces no pude ayudarlo. El patrón ya estaba establecido y yo no pude ayudarlo. Otra vez no, Cliff. No permitiré que me vuelvan a poner en esa jaula de cristal.

—Esto no tiene nada que ver con tu primer matrimonio ni con jaulas —soltó él—. Eres bien capaz de cuidar de ti misma, pero vas a casarte conmigo.

Entrecerró los ojos hasta que sólo fueron dos rendijas y contuvo su temperamento.

—¿Por qué?

—Porque te lo estoy diciendo.

—Respuesta equivocada —salió del vehículo y cerró de un portazo—. Puedes ir a enfriarte o a hacer lo que te apetezca —le dijo con frialdad—. Yo me voy a la cama.

Subió los inseguros escalones que llevaban hasta la puerta principal. Al girar el picaporte, oyó el sonido de la furgoneta descendiendo por la colina. «Que se vaya», se dijo antes de poder dar la vuelta y llamarlo. «No puedes dejar que te muevan de un lado a otro de esa manera». Decidió que cuando un hombre cree

que le puede ordenar a una mujer que se case con él,
merece exactamente lo que ella le había dado. Una
buena patada en el ego. Si la quería, si la quería de
verdad, iba a tener que hacerlo mejor.

«Te amo». Apoyó la cabeza en la puerta y se dijo
que no iba a llorar. Eso era todo lo que habría necesitado decir. Llegó a la conclusión de que aún se hallaban muy lejos de entenderse.

«¿Por qué no ladra el perro?», se preguntó al empujar la puerta. Vaya perro guardián que le habían regalado. Irritada, se volvió hacia los escalones con la idea
de darse un baño caliente y dormir, cuando una fragancia la detuvo. Desconcertada, la reconoció como
cera de velas. ¿Rosas? Pensó que era muy raro. Su imaginación era buena, pero no lo bastante para invocar
aromas. Fue hacia el salón y se detuvo en el umbral.

Louella estaba sentada muy recta en un sillón de
respaldo alto. Tenía las manos dobladas sobre el regazo
del mismo vestido gris niebla que se había puesto
para el baile. La piel estaba tan pálida, que las ojeras
parecían moretones. Los ojos parecieron mirar más
allá de ella. En la mesa, ardían velas casi consumidas,
con la cera acumulada en las bases de los candelabros.
Cerca tenía un jarrón con rosas.

Tras la primera sorpresa, Maggie intentó ordenar
sus pensamientos. Desde el principio había sido obvio que Louella no se hallaba completamente bien.
Habría que llevarla con gentileza, de modo que se le
acercó como lo habría hecho a un pájaro herido.

—Señora Morgan —musitó; luego, con cautela,
apoyó una mano en su hombro.

—Siempre me ha gustado la luz de las velas —comentó con su voz serena y suave—. Es mucho más bonita que la de una lámpara. A menudo enciendo velas por la noche.

—Son preciosas —se arrodilló a su lado—. Pero ya es de mañana.

—Sí —miró perdida la ventana inundada por el sol—. A menudo permanezco sentada toda la noche. Me gustan los sonidos. El bosque produce una gran música por la noche.

—¿Viene a menudo aquí, señora Morgan?

—A veces en coche —respondió con tono soñador—. A veces, si la noche es tan clara y templada como ésta, paseo. De joven solía caminar mucho. A Joyce le encantaba jugar en los senderos del bosque cuando apenas era un bebé.

Maggie se humedeció los labios.

—¿Viene aquí a menudo por la noche, señora Morgan?

—Sé que debería mantenerme alejada. Joyce me lo ha dicho siempre. Pero... —suspiró y esbozó su habitual sonrisa triste—. Ella tiene a Stan. Es un hombre tan bueno... se cuidan mutuamente. Para eso es el matrimonio, para quererse y cuidar el uno del otro.

—Sí —vio cómo las manos de Louella se agitaban en su regazo.

—William no era un hombre cariñoso. Simplemente, no era así. Yo quería que Joyce tuviera a un hombre cariñoso, como Stan —guardó silencio, entornó los ojos y respiró entrecortadamente. Luego cerró la mano sobre la de Maggie—. Aquella noche lo seguí aquí —susurró con ojos de nuevo intensos y centrados.

—¿Lo siguió? —a Maggie se le resecó la boca.

—No quería que pasara nada. Joyce lo quería tanto...

Maggie se afanó por mantener la voz baja y firme.

—¿Siguió a su marido hasta aquí?

—William estaba aquí —le contó—. Estaba aquí y tenía el dinero. Sé que iba a hacer algo terrible, algo de lo que se habría librado por ser quien era. Había que ponerle fin a eso —apretó los dedos de forma convulsiva sobre los de Maggie. Luego se relajó y echó la cabeza atrás—. Desde luego, el dinero no se podía enterrar con él. Pensé que si lo encontraban, no deberían encontrar el dinero. Así que lo escondí.

—Aquí —logró aventurar Maggie—. En el desván.

—En el viejo baúl. Luego lo olvidé por completo —dijo a medida que la fatiga le impregnaba la voz—. Lo olvidé hasta unas semanas atrás, cuando excavaron la hondonada. Vine, me llevé el dinero y lo quemé, como debería haberlo hecho hace diez años.

Maggie bajó la vista a la mano que estaba laxa sobre la suya. Era frágil y las venas azules se veían con nitidez en la fina piel amarfilada. ¿Podría esa mano haber apretado un gatillo, haberle pegado un balazo a un hombre? La miró a la cara y vio que la serenidad del sueño se había apoderado de ella.

«¿Qué hago?», se preguntó mientras devolvía la mano con cuidado al regazo de la mujer mayor. No podía llamar a la policía; carecía del temple para hacerlo. Llamaría a Joyce.

Fue al teléfono y le pidió a la operadora el teléfono. No hubo respuesta en casa de los Agee. Suspiró y miró por encima del hombro a Louella, quien aún dormía. Odiaba hacerlo, pero tendría que llamar al teniente Reiker. Cuando tampoco pudo localizarlo, le dejó un mensaje.

Al regresar al salón, se quedó boquiabierta cuando una figura se movió hacia ella.

—Oh, me ha asustado.

—Lo siento —Stan miró con preocupación a las dos mujeres—. Entré por la parte de atrás. El perro duerme profundamente en la cocina. Es posible que Louella le diera parte de una pastilla para dormir con el fin de mantenerlo callado.

—Oh —hizo un movimiento instintivo hacia la cocina.

—Se encuentra bien —le aseguró él—. Sólo estará un poco aturdido cuando despierte.

—Sheriff... Stan —decidió, con la esperanza de que la falta de formalidad se lo facilitara un poco—. Acabo de llamarlos. Creo que Louella lleva aquí parte de la noche.

—Lo siento —se frotó los ojos somnolientos—. Ha empeorado de forma constante desde que empezó todo esto. Joyce y yo no queremos ingresarla en una residencia.

—No —preocupada, le tocó el brazo—. Pero me contó que sale por la noche y... —calló y rodeó la habitación. ¿Podía contarle lo que había dicho Louella? Era su yerno, pero seguía siendo el sheriff. La placa y el revólver se lo recordaron.

—Oí lo que le contó, Maggie.

Se volvió, los ojos llenos de compasión.

—¿Qué hacemos? Es tan frágil... No puedo soportar ser responsable de que la castiguen por algo que sucedió hace tanto tiempo. Sin embargo, si ella mató... —con la conciencia enfrentada, giró otra vez.

—No lo sé —Stan miró a Louella mientras se frotaba la nuca—. Lo que le contó no tiene por qué ser verdad.

—Pero tiene sentido —insistió Maggie—. Sabía de la existencia del dinero. Si fue ella quien lo escondió en el baúl, y luego lo olvidó, lo bloqueó de su mente porque le recordaba... —movió la cabeza y se obligó a continuar—. Stan, es la única explicación para la entrada forzada a la casa —se cubrió la cara con las manos mientras su sentido del bien y del mal libraban una batalla—. Necesita ayuda —comentó de repente—. No necesita a la policía ni a abogados. Necesita un doctor.

El rostro de Stan mostró alivio.

—Recibirá uno. El mejor que Joyce y yo podamos encontrar.

Aturdida, insegura, Maggie apoyó una mano en la mesa.

—Está entregada a usted —murmuró—. Siempre habla muy bien de usted, de lo mucho que ama a Joyce. Creo que haría lo que pudiera para mantenerlos a los dos felices.

Mientras hablaba, su mirada se vio atraída hacia el sitio en el que reposaba la palma de su mano... la foto en color de Morgan y Stan, cerca de la hondonada.

«Todo descansará ahora», pensó al mirar la foto. Louella ya había sufrido bastante, había recibido suficiente
castigo por...

Distraída, entrecerró los ojos y miró con más atención. Jamás sabría por qué lo pensó en ese momento,
pero recordó las palabras de Reiker: «También encontramos un anillo, un anillo antiguo muy tallado y
tres pequeños fragmentos de diamante... Joyce Agee
lo identificó como de su padre».

Pero en la foto William Morgan no lucía el anillo.
Sí Stan Agee.

Alzó la vista, con los ojos secos y despejados por el
conocimiento.

Él no tenía que mirar la foto que había bajo su
mano. Ya lo había visto.

—Debería haberlo dejado estar, Maggie.

No se detuvo a pensar, a razonar; simplemente, re-
accionó. Se lanzó a la carrera hacia la puerta. El movimiento fue tan inesperado, que había logrado salir
al pasillo y aferrado el pomo antes de que él hubiera
dado el primer paso. Cuando la puerta se atascó,
Maggie maldijo su propia incompetencia por no haberse ocupado de ello semanas atrás. Cuando iba a tirar una segunda vez, la mano de Stan se cerró sobre
su brazo.

—No —ordenó en voz baja y tensa—. No quiero hacerle daño. He de reflexionar.

Con la espalda hacia la puerta, Maggie lo miró fijamente. Estaba sola en la casa con un asesino. Sola,
con la excepción de una anciana frágil que lo ado-
raba lo suficiente como para haberlo protegido du-

rante diez años. Lo vio apoyar la mano en la culata del revólver.

—Será mejor que nos sentemos.

Cliff bebió la segunda taza de café y deseó que fuera whisky. Si hubiera querido quedar como un imbécil ante una mujer, no habría podido hacerlo mejor. ¿Cómo había podido estropearlo tanto? ¿Qué mujer en su sano juicio respondería de forma favorable a una proposición gritada y airada? Maggie lo había mandado a hacer gárgaras, y una vez que se había calmado, no podía culparla.

«Volverá», se repitió. Había sido un idiota al pensar que forzarla a casarse con él le aseguraría eso. Maggie no se dejaba avasallar y ya se había integrado en esa tierra. Eran dos de las razones por las que la amaba.

Debería haberle dicho eso. Apartó el café. Podría haber encontrado las palabras para decirle que hacía semanas que estaba enamorado de ella y que lo había comprendido al amanecer, cuando la luz nueva del sol le iluminó la cara. Lo había dejado sin aliento, le había robado los sentidos, debilitado. Podría haber encontrado las palabras para contárselo.

Se apartó del mostrador de la cafetería y miró el reloj. Había dispuesto de una hora para dormir. Decidió que una mujer no necesitaba más que eso para recibir una proposición decente de matrimonio. Dejó el dinero sobre la barra y comenzó a silbar.

Siguió silbando mientras cruzaba el pueblo, hasta

que Joyce se lanzó a la calle y lo llamó con gestos frenéticos.

—¡Oh, Cliff!

Aunque paró el coche en mitad de la calle, había salido casi a medias cuando habló:

—¿Qué sucede? ¿Es uno de los chicos?

—No, no —luchando por mantener la calma, lo agarró de los brazos—. Es mi madre —logró exponer tras un momento—. No se ha acostado en toda la noche... y tampoco logro encontrar a Stan por ninguna parte.

—Encontraremos a Louella —le apartó el pelo de la cara, tal como había hecho desde que ella era niña—. Quizá estuviera inquieta y saliera a dar un paseo. Con el estímulo de la noche pasada...

—Cliff —le apretó más los brazos—. Creo que fue a la vieja casa. Estoy convencida; no sería la primera vez.

Pensó en Maggie con cierta inquietud.

—Es la casa de Maggie —la tranquilizó—. Ella la cuidará.

—Ha empeorado —musitó—. Oh, Cliff, pensaba que hacía lo correcto, lo único que se podía hacer.

—¿De qué estás hablando?

—Le mentí a la policía. Mentí antes de haberlo meditado, pero sé que haría lo mismo otra vez —se frotó los ojos brevemente, y luego bajó las manos. Al mirar a Cliff, lo hizo con una calma superficial mortal—. Sé quién mató a mi padre. Lo he sabido durante semanas. Mamá... parece que mamá lo ha sabido durante años.

—Sube —ordenó. En ese momento pensaba en

Maggie, sola en la casa, rodeada de bosques—. Cuénta-
melo mientras conducimos.

Sentada en un banco bajo, Maggie tenía la espalda
rígida y recta. Moviendo sólo los ojos, observó a Stan
recorrer la habitación. Quería creer que no le haría
daño. Pero ya había matado una vez, hacía diez años.
En ese momento iba a tener que ocuparse de ella o
pagar por aquel acto.

—Nunca quise que Joyce vendiera esta casa —se
acercó a la ventana, y luego regresó al centro del
cuarto—. Nunca. El dinero no significaba nada para
mí. Su dinero, el dinero de su padre, jamás ha repre-
sentado nada. ¿Cómo iba a ocurrírseme que sacaría la
casa al mercado mientras yo estaba fuera de la ciudad?
Le mintió a la policía por el anillo.

—Lo ama —Maggie se humedeció los labios.

—Ella no lo sabía... jamás se lo conté en todos estos
años. Entonces, cuando no me quedó más remedio,
se mantuvo a mi lado. Un hombre no puede pedir
más que eso —volvió a caminar—. No lo asesiné —expuso. Al mirarla, los ojos mostraron toda la fatiga—.
Fue un accidente.

Ella se aferró a eso.

—Entonces, si va a la policía y explica...

—¿Explicar? —cortó él—. ¿Explicar que maté a un
hombre, lo enterré y lancé su coche al río? —se frotó
la cara—. Sólo tenía veinte años —comenzó—. Joyce y
yo llevábamos dos años enamorados. Morgan ya había dejado claro que no podría haber nada entre los

dos, de modo que nos veíamos en secreto. Cuando Joyce se enteró de que estaba embarazada, los secretos no pudieron continuar.

Se apoyó en la ventana y miró hacia la habitación.

—Debimos saber que algo no iba bien cuando se lo tomó con tanta ecuanimidad, pero los dos nos sentimos tan aliviados, tan entusiasmados por la idea de casarnos y establecer una familia, que jamás lo sospechamos. Nos pidió que no dijéramos nada durante unas semanas mientras él preparaba la boda.

Maggie recordó la cara severa en la fotografía.

—Pero no era ésa su intención.

—No, los dos nos hallábamos demasiado absortos el uno en el otro como para recordar la clase de hombre que era. Dijo que tenía problemas con las marmotas en su casa. Yo era joven y estaba ansioso por hacer cualquier cosa que me permitiera mantener su favor. Le dije que una noche, después de trabajar, llevaría mi escopeta y me ocuparía de ellas.

Vio a Maggie temblar y mirar su revólver.

—Apareció al anochecer. No lo esperaba. Al bajar del coche, recuerdo que pensé que parecía un sepulturero, todo de negro con zapatos lustrosos. Llevaba una pequeña caja de metal que depositó en el tocón de un árbol cerca de la hondonada. No perdió el tiempo —continuó—. Me expuso directamente que jamás permitiría que un don nadie de una ciudad pequeña como yo se casara con su hija. Dijo que la iba a enviar lejos. A Suecia o a alguna parte por el estilo. Que tendría al bebé y que lo entregaría en adopción. No esperaba que yo cerrara la boca a cambio de nada. Me dijo que tenía veinticinco mil dólares en la caja. Debía aceptarlos y desaparecer.

El dinero había sido para comprar su silencio. No le costaba creer que el hombre de la foto hubiera pensado que el dinero podría garantizar todo.

—Me puse frenético. No podía creer que amenazara con llevarse todo lo que había querido nunca. Y lo habría podido hacer —se secó el sudor que le humedecía el labio superior—. Lo habría hecho sin pensarlo. Le grité. Le dije que no me iba a quitar a Joyce y a nuestro bebé. Le dije que se fuera, que no necesitábamos su asqueroso dinero. Abrió la caja y me mostró todos esos billetes, como si quisiera tentarme. Se lo tiré de las manos.

Respiraba pesadamente, como si reviviera el momento... la ira, la desesperación.

—Jamás perdió los estribos. Ni un momento. Simplemente se agachó, y volvió a guardar el dinero en la caja. Pensó que quería más. Nunca lo entendió, no era capaz. Cuando llegó al punto en que se dio cuenta de que no iba a marcharme con el dinero, recogió mi escopeta con la misma calma con la que había recogido la caja. Supe, con absoluta certeza, que me mataría allí donde estaba y se libraría del crimen. De algún modo, conseguiría escapar a la ley. Sólo pude pensar que jamás vería otra vez a Joyce, que jamás sostendría en brazos a nuestro bebé. Luché por asir el arma... y se disparó por encima de mi hombro. Empezamos a debatirnos.

Entonces Maggie vio la escena de la película a la que le había puesto música en la que la abrumadora

necesidad había estallado en una violencia irrevocable. Pero eso era real y no necesitaba música para encender el drama.

—Era fuerte... ese viejo era fuerte. Supe que sería
hombre muerto como no le quitara la escopeta. De
algún modo... —se pasó las dos manos por la cara y el
pelo—. De algún modo la tuve en las manos y caí hacia atrás. Jamás lo olvidaré... fue como un sueño, una
pesadilla. Caí hacia atrás y el arma se disparó.

Pudo imaginarlo con absoluta claridad. Entre una
oleada de simpatía y de miedo, se atrevió a hablar.

—Pero fue un accidente, en defensa propia.

Él movió la cabeza al tiempo que dejaba caer las
manos a los costados. Con un temblor, ella vio que
estaban cerca del revólver.

—Yo tenía veinte años, sin un céntimo. Acababa de
matar al hombre más importante de la ciudad, y junto
a su cuerpo había una caja con veinticinco mil dólares. ¿Quién me habría creído? Quizá me dejé llevar
por el pánico, quizá hice lo único sensato, pero lo enterré a él y a su dinero en la hondonada, y luego lancé
su coche al río.

—Louella... —comenzó Maggie.

—No sabía que me había seguido. Supongo que conocía a Morgan mejor que nadie y entendió que jamás dejaría que me casara con Joyce. No sabía que lo
había visto todo desde el bosque. Si lo hubiera sabido,
las cosas habrían sido diferentes. Dio la impresión de
que jamás superó la conmoción de haber perdido a
su marido; ahora lo comprendo mejor. Lo había visto
todo... y entonces, por algún motivo propio, desente-

rró la caja del dinero y la escondió en la casa. Supongo que todos estos años me ha protegido.

—¿Y Joyce?

—Nunca lo supo —movió la cabeza y tiró del cuello de su camisa, como si lo apretara demasiado—. Jamás se lo conté. Tiene que entenderlo. Yo amo a Joyce. La he amado desde que era una adolescente. No hay nada que no hiciera por ella si fuera necesario. Si le hubiera contado todo, todo lo que él había amenazado hacer y lo que había sucedido, podría haber pensado... podría no haber creído que se había tratado de un accidente. No habría podido vivir con eso. Durante años he hecho todo lo que he podido para compensar lo que pasó en la hondonada. Me he dedicado a la ley, a la ciudad. He sido el mejor padre, el mejor marido que he podido ser.

Recogió la foto en color y la estrujó.

—Esa maldita foto. Maldito anillo. Estaba tan tenso que no me di cuenta de que lo había perdido hasta días más tarde. Era el anillo de mi abuelo —se pasó una mano por la sien—. Diez años después, es encontrado junto a Morgan. ¿Sabe cómo me sentí al enterarme de que Joyce lo había identificado como el de su padre? Ella lo sabía —afirmó con ardor—. Sabía que era mío, pero me apoyó. Jamás me cuestionó, y cuando le conté todo, nunca dudó de mí. Todos estos años... he vivido con ello todos estos años.

—Ya no tiene que vivir con ello —Maggie habló con calma, aunque tenía el corazón en un puño—. La gente lo respeta, lo conoce. Louella lo vio todo. Ella lo atestiguará.

—Louella se encuentra al borde de un colapso nervioso completo. ¿Quién sabe si será capaz de emitir
una frase coherente si todo esto sale a la luz? Tengo
que pensar en Joyce, en mi familia, en mi reputación
—un músculo comenzó a contraerse en su mejilla
mientras miraba a Maggie—. Hay demasiadas cosas en
juego —susurró—. Demasiadas cosas que proteger.

Ella vio cómo la mano flotaba sobre la culata del
revólver.

Cliff subió por el sendero empinado a toda velocidad. La historia angustiada de Joyce le reveló una cosa
vital. Maggie estaba atrapada en medio de una violencia
y una pasión que habían hervido de forma subterránea
durante diez años. Si estallaba ese día, estaría sola... sola
porque él había sido un idiota. Al tomar la última curva,
un hombre se interpuso en el camino del coche, obli-
gándolo a frenar. Maldiciendo, bajó del vehículo.

—Señor Delaney —saludó Reiker con amabilidad—.
Señora Agee.

—¿Dónde está Maggie? —exigió Cliff, que habría
seguido de largo si Reiker no lo hubiera detenido
con una mano sorprendentemente fuerte.

—Dentro. En este momento, se encuentra bien.
Que siga así.

—Voy a subir.

—Todavía no —miró a Cliff con ojos firmes y acera-
dos antes de volverse hacia Joyce—. Su madre está
dentro, señora Agee. Está bien, duerme. También está
su marido.

—Stan —Joyce miró hacia la casa, dando un paso instintivo.

—He mantenido una estrecha vigilancia. Su marido
le ha contado todo a la señorita Fitzgerald.

La sangre de Cliff se heló.

—Maldita sea, ¿por qué no la ha sacado?

—Vamos a sacarla. Vamos a sacarlos a todos. Con
tranquilidad.

—¿Cómo sabe que no le hará daño?

—No lo sé... quizá si se siente presionado. Quiero
su ayuda, señora Agee. Si su marido la ama tanto
como dice, usted es la clave —miró hacia la casa—.
Tiene que haber oído el coche. Será mejor que le
haga saber que está aquí.

Dentro de la casa, Stan agarraba a Maggie por el
brazo mientras él se hallaba ante la ventana. Podía
sentir sus músculos tensos, la respiración agitada. A
medida que la bañaba el terror, cerró los ojos y pensó
en Cliff. Si hubiera regresado, todo habría estado
bien. Si regresara, la pesadilla se terminaría.

—Hay alguien ahí afuera —con la cabeza, Stan indicó la ventana abierta y la mano libre se cerró y
abrió sobre la culata del revólver—. No puedo dejarla
hablar con nadie. Tiene que entenderlo. No puedo
correr ese riesgo.

—No lo haré —los dedos se clavaron en su brazo, de
modo que el dolor le mantuvo la cabeza despejada—.
Stan, quiero ayudarlo. Le juro que sólo quiero ayudarlo. Si me hace daño, jamás se terminará.

—Diez años —musitó, afanándose por captar algún movimiento fuera—. Diez años y Morgan aún trata de arruinar mi vida. No puedo permitírselo.

—Su vida se arruinará si me hace algo —«muéstrate lógica, Maggie», se dijo cuando el miedo amenazó con dominarla. «Mantén la calma»—. Esta vez no sería un accidente, Stan. Esta vez sería un asesinato. Jamás conseguiría que Joyce lo comprendiera.

Los dedos se cerraron hasta que tuvo que morderse el labio inferior para no gritar.

—Joyce me apoyó.

—Ella lo ama. Cree en usted. Pero si me hace daño, todo cambiará.

Lo sintió temblar. El apretón se aflojó levemente. Mientras Maggie observaba, Joyce caminó por la pendiente en dirección a la casa. Al principio, pensó que alucinaba; luego oyó que Stan contenía el aliento. También él la había visto.

—Stan —la mano de Joyce se movió sobre su garganta, como si pudiera lograr que así la voz sonara más fuerte—. Stan, por favor, sal.

—No quiero que te involucres en esto —sus dedos volvieron a ser como hierros sobre el brazo de Maggie.

—Estoy involucrada. Siempre lo he estado. Sé que todo lo que hiciste lo hiciste por mí.

—Maldita sea —pegó la cara al cristal de la ventana—. No puede arruinar todo lo que hemos construido.

—No, no puede —Joyce se acercó a la casa, midiendo cada paso. En todos los años en que había conocido a su marido, nunca había conocido desesperación en la voz de él—. Stan, ya no puede tocarnos. Estamos juntos. Siempre estaremos juntos.

—Me alejarán de ti. La ley —cerró los ojos—. He hecho todo lo que he podido de acuerdo con la ley.

—Todo el mundo sabe eso. Stan, yo estaré contigo. Te amo. Lo eres todo para mí, mi vida entera. Por favor, por favor, no hagas nada de lo que pueda avergonzarme.

Maggie lo sintió ponerse tenso al erguirse. El músculo en la mejilla seguía contrayéndosele. Había una línea de sudor sobre su labio que ya no se molestaba en secar. Miró por la ventana, a Joyce, luego hacia la hondonada.

—Diez años —susurró—. Pero aún no ha terminado.

Embotada por el miedo, Maggie vio cómo desenfundaba el revólver. Sus ojos la miraron, fríos, de un azul claro, inexpresivos. Tal vez habría suplicado por la vida, pero sabía, como sabe cualquier presa, que la misericordia depende del capricho del cazador.

Su expresión en ningún momento cambió al depositar el arma en el alféizar y soltarle el brazo. Maggie sintió que la sangre volvía a bombearle.

—Voy fuera —expuso Stan sin emoción—, junto a mi esposa.

Débil por el alivio, Maggie se sentó en el banco del piano. Sin ni siquiera tener energía para llorar, enterró la cara en las manos.

—Oh, Maggie —los brazos de Cliff la rodearon—. Han sido los diez minutos más largos de mi vida —murmuró mientras le llenaba la cara de besos desesperados—. Los más largos.

Ella no quería explicaciones. Estaba allí; con eso bastaba.

—No paraba de decirme que vendrías. Eso me mantuvo cuerda.

—No debería haberte dejado sola —apoyó la cara en su pelo y bebió su fragancia.

Ella lo abrazó con fuerza.

—Te dije que sabía cuidar de mí misma.

Él rió, porque la tenía en los brazos y nada había cambiado.

—Sí, lo hiciste. Ya ha terminado —le enmarcó el rostro entre las manos para poder estudiarlo. Notó que estaba pálido. Los ojos se veían con ojeras pero firmes. Su Maggie era una mujer que sabía cuidar de sí misma—. Reiker estaba fuera, el tiempo suficiente para captar lo que sucedía. Se lleva a los tres.

Ella pensó en la cara pálida de Louella, en los ojos angustiados de Stan, en la voz trémula de Joyce.

—Ya han recibido suficiente castigo.

—Es posible —le pasó las manos por los brazos, para asegurarse de que se encontraba sana y salva—. Si te hubiera hecho daño...

—No lo habría hecho —movió la cabeza y volvió a abrazarlo—. No habría podido. Quiero el estanque, Cliff —afirmó con vehemencia—. Quiero que lo acabes rápidamente, y quiero ver el sauce inclinado sobre él.

—Lo tendrás —la apartó otra vez para mirarla—. ¿Y a mí? ¿Me tendrás a mí, Maggie?

Ella respiró hondo, dejando que los dedos de él volvieran a posarse en su cara. «Otra vez», pensó. Volvería a intentarlo para ver si Cliff lo entendía.

—¿Por qué debería?

Él frunció el ceño, pero logró tragarse la maldición que brotó en su mente.

—Porque te amo.

Maggie soltó el aire contenido. Ya no cabía duda de que estaba en casa.

—Ésa era la respuesta correcta.

Nora Roberts

a Reina del Romance.
isfruta con esta autora de
estsellers del *New York Times*.

usca en tu punto de venta
s siguientes títulos, en los que
contrarás toda la magia del romance:

as Estrellas de Mitra: Volumen 1
as Estrellas de Mitra: Volumen 2
eligros
listerios
a magia de la música
mor de diseño
esa para dos
nágenes de amor
asiones de verano

> **¡Por primera vez disponibles en español!**

da libro contiene dos historias
critas por Nora Roberts.
n nuevo libro cada mes!

NORASPANISH05